文学论丛

岛崎藤村小说研究

刘晓芳 著

图书在版编目(CIP)数据

岛崎藤村小说研究/刘晓芳著. —北京：北京大学出版社，2012.10
（文学论丛）
ISBN 978-7-301-21390-2

Ⅰ.①岛… Ⅱ.①刘… Ⅲ.①岛崎藤村(1872～1932)－小说研究 Ⅳ.①I313.074

中国版本图书馆 CIP 数据核字(2012)第 238436 号

书　　　名：岛崎藤村小说研究
著作责任者：刘晓芳　著
责 任 编 辑：兰　婷
标 准 书 号：ISBN 978-7-301-21390-2/I·2522
出 版 发 行：北京大学出版社
地　　　址：北京市海淀区成府路 205 号　100871
网　　　址：http://www.pup.cn
电　　　话：邮购部 62752015　发行部 62750672　编辑部 62767347
　　　　　　出版部 62754962
电 子 信 箱：lanting371@163.com
印　刷　者：三河市北燕印装有限公司
经　销　者：新华书店
　　　　　　890 毫米×1240 毫米　A5　11.5 印张　210 千字
　　　　　　2012 年 10 月第 1 版　2012 年 10 月第 1 次印刷
定　　　价：36.00 元

未经许可，不得以任何方式复制或抄袭本书之部分或全部内容。
版权所有，侵权必究
举报电话：(010)62752024　电子信箱：fd@pup.pku.edu.cn

序

于荣胜

岛崎藤村与日本近代文学大家夏目漱石、森鸥外、芥川龙之介齐名,是日本近代文学史上无法跨越的一位作家。他既是激情四射的浪漫诗人,也是文采飞扬的散文家,更是不断表现自己、忠实自己的小说家。自日本明治时期以来,他的诗歌、散文以及个别小说作品内容在很长的一段时期内成为了中学课本的必选,这使他为日本的读者熟知的著名文学家,他的作品影响了一代又一代日本人,同时也成为日本近代文学研究者的重要研究对象,为日本国内文学研究者广泛关注。在我国,虽然岛崎藤村主要的诗歌、散文、小说作品大都被翻译成中文介绍给了中国读者,但是在日本文学研究界中,对藤村以及他的作品特别是小说作品的研究还很不充分,对于藤村文学全面、系统的研究专著以及对于藤村小说创作的系统研究著作未见出版,到目前为止,我们仅能看到1988年辽宁大学出版社出版的《岛崎藤村论稿》(师瑜著)这样一部有关岛崎藤村文学的专著,由于这部著作出版时间较早,对于岛崎藤村的介绍要远远多于深入的研究。因此,刘晓芳的这部著作既填补了岛崎藤村文学研究、岛崎藤村小说作品研究的空白,同时也以其全新的研究视角引人注目。

在很长一段时间里，国内对于岛崎藤村小说作品的研究主要停留在对于他的成名作《破戒》的批评评论上，最早人们看重的是《破戒》对于日本近代社会现实的批判和现实主义描写，进而也看到了主人公纠结的内心和强烈的自我告白的愿望。后来，研究者开始关注藤村的另一部小说代表作品《家》，但这类研究也大都从比较文学的角度探寻其与巴金的同名小说《家》的异同。虽然国内研究者注意到《破戒》中主人公自我告白的问题，但也多看到的是《破戒》主人公走向告白过程中的点点滴滴，还缺少对于作者的文学观念和作品的告白之间关系的探讨。当然，所谓小说的告白并不是藤村独有的，事实上，日本近代纯文学小说作品在一定意义上讲，可以说多是近代知识分子的内心告白，这种告白虽然不具有西方意义的忏悔，但却传达了近代日本知识分子试图袒露内心世界，大胆表现近代知识分子自我觉醒过程中的种种问题的文学表现愿望，近代知识分子争取自我过程中的希望、痛苦、犹豫、彷徨、妥协、绝望以及自我批判等等心理现实，都在这种告白的叙事中得以展现。不过，岛崎藤村小说作品中的告白又有其独有的一面，它不同于森鸥外、夏目漱石、芥川龙之介等作家的小说中的告白，森鸥外等作家大都借助小说人物告白的叙事形式去展现近代知识分子的普遍问题，而岛崎藤村的小说作品则往往将自己的内心和生活在作品里真实袒露出来。这种袒露可以说就是他个体精神世界的告白，是藤村"真实表现自我"的文学观念的体现。因此，研究藤村的小说创作，探讨岛崎藤村小说创作的特征，从告白的角度切入无疑是重要的，而且是十分有效的。晓芳的著作从告白与藤村文学的关系入手，通过对其四部代表性长篇小说的准确解读，全面细致地讨论了岛崎藤村小说的本质性特征，对岛崎藤村的小说创作特点进行了有意义的探讨，显现出岛崎藤村文学研究的重大意义，这一研究成果应该说走在了国内日本近代文学研究的前沿，其研究结论在岛崎藤村文学研究上也具有突破性的意义。

这部著作突破了以文学史的方法、社会学的方法研究岛崎藤村小说创作的先行研究成果，重点考察了告白与藤村文学的关系，认为告白对于藤村文学而言不仅是一种文学创作方法，而且是浸润藤村文学的重要的文学理念，同时还体现在藤村的创作行为中，表现出藤村近代自我追求上的人生价值观。自我告白作为追求人生真实与文学真实的媒介，促进了藤村文学的发展，显示了藤村的近代自我追求，造就了藤村别具一格的文学风格，也成就了藤村与众不同的丰富人生。正像严绍璗先生给晓芳博士论文的评语中所指出的："这是比以往几乎所有的关于这一主题的研究提出的更为明确的也是更具哲理的判断，体现了本论文作者对研究对象的世界观和创作论具有超越前人的理解和把握。"这部著作的另一值得评价的地方就是重视文本的细读，作者在论著中准确成功地解读了岛崎藤村的四部告白性特征最为突出、代表其文学成就的小说，由此揭示了四部代表作之间在"告白"性上的本质联系，为重新审视岛崎藤村的小说创作提供了全新的视角。在这部论著中，作者对于告白在藤村文学中的积极作用给予了充分肯定，同时也看到藤村文学告白背后的负面影响，为客观评价作家藤村、重新认识藤村的创作拓宽了视野。另外，在这部专著里，作者还准确地提炼出藤村小说创作的三个重要主题（觉醒者的悲哀、性的困扰、家的困扰），对藤村小说创作的这三大主题进行了深入的探讨，明确了岛崎藤村文学创作和其个人生活之间的关系，使藤村文学的告白与自我的创作特征凸显出来。

　　文学的研究既需要研究者的感性热情，同时也离不开研究者的理性分析阐述，晓芳就是一个不乏激情但又擅长理性批判的人，他不仅热爱文学，将热情倾注于文学研究之中，而且善于思考，勤于学习，不断拓展自己的学术视野。这部著作是在他的博士论文的基础上修改补充完成的。他在撰写博士论文的过程中，曾经获得日本法政大学的研究资助，作为法政大学客座研究员赴日进行了1年的研究，在日期间他查阅了大量相关的资料，与日本学者进行了广泛深入的交流，在经过认真考察、思考和研究的基础之上，撰写了相关的论文和读书报告多篇，有效地提高了自身的学术研究能力。国内外资料的收集、与专家学者的交流使其十分熟悉岛崎藤村的先行研究成果，充分掌握了相关的研究资料，开阔了其研究视野，同时也使他对岛崎藤村文学的理解大大加深，这也是他最终能够完成这样一部很有特色的专著的坚实基础。

晓芳是一个有学术追求的人，他在北京大学日语语言文学学科读完硕士课程后，曾一度从事商贸工作，但却难以忘怀学术研究，又于2001年考入北京大学攻读日本文学方向的博士研究生，重新投入日本文学的研究。获得博士学位以后，他进入同济大学日语系任教，在繁重的教学与行政工作之余，依然坚持岛崎藤村文学的研究，发表多篇论文，活跃于日本文学研究领域。今年，他的"自我告白意识与藤村文学嬗变研究"经过严格的评审成为国家社科基金的资助项目，我相信这一项目成果能够为深入探讨藤村文学与自我告白关系作出更大贡献，同时我也期待晓芳在岛崎藤村文学研究上取得更加丰硕的成果。

2012年7月于燕北园

目 录

导论 1
  第一节　告白与岛崎藤村文学 1
    一、岛崎藤村及其文学 1
    二、藤村文学的告白性特征 8
  第二节　日本的岛崎藤村研究 11
  第三节　中国的岛崎藤村研究 17
  第四节　本书关注的问题及研究方法 23

第一章　岛崎藤村自我告白意识的形成 31
  第一节　关于告白和告白文学 32
    一、关于告白 32
    二、关于告白文学 37
  第二节　藤村告白意识形成的内在因素 40
    一、造成自我矛盾、自我分裂的时代背景 42
    二、藤村的性格特点——主体性的动摇和自我形象的分裂 ... 45
    三、告白意识的出现——"难以言说的真实的秘密" 53
  第三节　藤村告白意识形成的外在因素 57
    一、基督教的影响 59
    二、浪漫主义思潮的影响 64
    三、自然主义文学思潮的影响 78
    四、日本传统文学观念的影响 85

第二章　"破戒"的告白——《破戒》 94
  第一节　《破戒》的告白性之争 95
    一、社会小说之说 96

二、告白小说之说…………………………………………………… 98
　　三、两者结合之说…………………………………………………… 100
　第二节　告白与《破戒》的近代意义……………………………… 103
　第三节　部落民题材与告白性的关系……………………………… 106
　　一、藤村早期小说的方法…………………………………………… 107
　　二、"部落民"——藤村走向告白的契机………………………… 110
　第四节　《破戒》中的两个告白…………………………………… 118
　　一、《罪与罚》中的三个告白……………………………………… 118
　　二、《破戒》的两个告白…………………………………………… 120

第三章　自我告白的突破——自传体小说《春》的出现………… 126
　第一节　《破戒》与《春》之间的断层问题……………………… 130
　第二节　从《破戒》到《春》——自我告白的必然性…………… 133
　　一、《棉被》影响论………………………………………………… 133
　　二、自我告白与藤村文学创作的连贯性…………………………… 138
　　三、从《破戒》到《春》无断层…………………………………… 151
　第三节　《春》的告白性特点……………………………………… 155
　　一、印象主义的特征：在现象中把握过去的时间和事实………… 155
　　二、事实的再现——结构的断层——告白方法的变化…………… 156
　　三、自传体告白与第三人称………………………………………… 158

第四章　自我凝视下的告白——《家》…………………………… 163
　第一节　从《春》的断层到"家"的出现………………………… 165
　　一、自我凝视的态度………………………………………………… 165
　　二、作为问题意识的"家"的出现………………………………… 170
　第二节　自我凝视下的"家"……………………………………… 175
　第三节　"屋内理论"与《家》的方法…………………………… 180
　　一、"家"的题材与藤村的独特视野和方法……………………… 181
　　二、真实原则下的写实主义方法…………………………………… 187
　　三、平面描写方法的实践…………………………………………… 193

第四节 《家》的自我告白的客观性 …………………………… 195
一、独白式的告白 ……………………………………………… 196
二、冷静客观的告白态度 ……………………………………… 199

第五章 形式与内容完美结合的告白——《新生》 205
第一节 《新生》与前期作品的关联性 ………………………… 208
第二节 "惊世骇俗的秘密"笼罩下的自我告白 ……………… 212
一、关于《新生》的主题 ……………………………………… 212
二、惊世骇俗的秘密的出现 …………………………………… 215
三、《新生》中的三个告白 …………………………………… 223
第三节 从自我告白到自我拯救的蝉变 ………………………… 232
第四节 《新生》的告白特点 …………………………………… 243
一、迫不及待的告白特点 ……………………………………… 243
二、通过客观写实还原真实 …………………………………… 246

第六章 告白与藤村文学的主题 249
第一节 藤村文学的三大主题 …………………………………… 249
第二节 主题一——觉醒者的悲哀 ……………………………… 252
第三节 主题二——家的困扰 …………………………………… 258
一、旧家的困扰 ………………………………………………… 260
二、新家的困扰 ………………………………………………… 263
第四节 主题三——性的困扰 …………………………………… 269
一、与妻子之间 ………………………………………………… 271
二、与侄女之间 ………………………………………………… 274
三、作为"放荡的血"的遗传 ………………………………… 279
第五节 伟大的人生的记录者 …………………………………… 285

第七章 告白与岛崎藤村的近代自我 291
第一节 岛崎藤村的近代自我 …………………………………… 292
一、藤村近代自我的外在特征 ………………………………… 292
二、藤村近代自我的内涵——"内面的自由" ……………… 295

第二节　人生和文学的结合点——真实原则 300
　　　一、自我告白与人生真实 301
　　　二、文学创作与人生真实 307
　　第三节　文学创作（自我告白）与藤村的近代自我追求 312
　　第四节　小结 324

结语 334

参考文献 345

岛崎藤村年表 350

附录：藤村作品名称中日文译名对照表 354

后记 356

导 论

第一节 告白与岛崎藤村文学

一、岛崎藤村及其文学

福田清人编、佐佐木冬流著《岛崎藤村》一书在封面上十分醒目地印有下面几段话,高度概括了岛崎藤村作为文学家的一生——

一生贯穿三个时代[1]的作家很多,但是,能在三个时代都始终坚持创作的作家却很少。藤村正是这样一位坚忍不拔地坚守了三个时代的作家。

以浪漫主义诗人为出发点,作为自然主义的大家而活跃于文坛,又以伟大的历史小说家辞世。而且,不管在哪个领域其表现都可圈可点:无论是在确立近代抒情诗方面,还是完成和发展自然主义方面,他都按照自己的风格坚持不懈地进行创作,发表了具有大视野的历

---

[1] 指明治、大正、昭和时期。

史小说，从而将自然主义文学推向了一个新的高度，向世人展示了一位生活在新时代的大文豪的真本事。无论拿出哪部作品来，都能显示出他的伟大之处。

他这一生并未得到过命运之神的眷顾，反而受尽磨难，然而，他并未因此颓废消沉下去。他始终不屈不挠、勤勤恳恳，且堂堂正正地活了下来。他是一位值得我们骄傲的近代日本的不朽作家。[1]

岛崎藤村，原名岛崎春树，生于明治五年（1872）三月，卒于昭和十八年（1943）八月，享年71岁。他的一生都是处在波澜壮阔的时代——他不仅经历了明治、大正和昭和三代天皇的更迭，而且还亲历了两次世界大战的发生（第一次世界大战爆发时他正好在法国）。在文学创作方面，从他20岁开始发表习作，到他71岁去世前创作《东方之门》，他的创作生涯整整跨越了五十个春秋，算得上是日本近代文学史上文笔生涯最长的作家。步入晚年之后，他作为首任日本笔会会长一度活跃于世界文坛。可以说，无论在哪个时期他都是作为日本文坛的代表性人物发出了璀璨的光芒。相对于日本近现代文坛上像北村透谷、国木田独步、石川啄木、芥川龙之介、太宰治等英年早逝的文学家，或是那些同样跨越了明治、大正和昭和三个时代，其文学生命却只是在明治时期活跃过的正宗白鸟、永井荷风等文豪大家[2]，岛崎藤村的确算得上十分罕见而又颇为独特的伟大存在了。作为日本近代文学史上最伟大的作家之一，藤村的一生可谓既是充满艰辛坎坷的一生，又是不断奋发图强的一生。他不仅历尽各种磨难，同时也在文学创作上做到了与时俱进、勇于探索和不断创新，从他身上我们仿佛看到了日本近代文学史的一个缩影。

首先，岛崎藤村乃是日本近代诗歌的奠基者之一，也是最有代表性

---

[1] 清水書院1992年7月版。

[2] 岛崎藤村和德田秋声都有过50年以上的文笔生涯，且在同一年去世，但他们在日本文坛的境遇却迥然相异。岛崎藤村一直是日本文坛的风云人物，而德田秋声虽也曾红极一时，但还是不得志的时候居多。张我军认为，这是因为岛崎藤村"随着社会的环境和时代的风潮，清算自己的内部，使自己的作风步步推进"。（参见《张我军与沦陷时期的中日文学关联》一文，《中国现代文学研究丛刊》2000年01期）

的诗人。他和森鸥外一样，都属于日本浪漫主义文学的先驱人物。作为浪漫主义诗人，他是日本浪漫派文学运动的策源地——《文学界》这一刊物的核心人物。藤村的诗歌创作与北村透谷的文学评论相互呼应，共同对当时的浪漫主义文学运动起到了具有开拓性和指导性的作用，后来走上文学道路的青年有不少就受到过他们的影响，如诗人石川啄木。明治二十六年（1893）一月，岛崎藤村在《文学界》创刊号上发表了第一首习作，至明治三十年（1897）他26岁那年，出版了第一部诗集《嫩菜集》，确立了他在日本近代诗坛的领袖地位。《嫩菜集》作为日本近代文学史上的第一部白话诗集，也是日本前期浪漫主义运动的代表作，成功开创了日本诗歌的新时代，其地位有如我国著名文学家郭沫若所创作并成为中国现代文学史上第一部白话诗集的《女神》；藤村也因此被誉为"日本现代诗歌之父"。岛崎藤村还相继出版了《一叶舟》、《夏草》和《落梅集》等诗集，使他在诗歌上的成就迈上了新的高峰。后来这四部诗集又被汇编成《藤村诗集》，其中还有几首诗如《椰果》等被谱写成曲，成为日本家喻户晓的名篇，至今还为人们所传唱。

其次，岛崎藤村还是日本近代著名的散文家。他的散文集《千曲川速写》（也译作《千曲川素描》）被誉为与国木田独步的《武藏野》齐名的日本近代文学两大散文名篇之一。相对于《武藏野》的纯粹的自然描写，《千曲川速写》则是把日本中部地区千曲川一带的风土人情和民众生活都揉入到自然描写之中，贯穿全篇的写实主义风格不仅为藤村从诗歌转向散文、进而向小说创作蜕变提供了重要的契机，也为他后来创作《破戒》等巨著积累了重要的生活素材和写作实践。

再次，岛崎藤村更是一位在日本近代文学史上具有举足轻重地位的小说家。岛崎藤村在小说方面可谓斩获颇丰，成绩斐然。他一生著有6部长篇，66部短篇。从他长达半个世纪的创作生涯来看，虽然从数量上看算不上多，但他的每一部作品都堪称精品，其中又以6部长篇最具代表性。《破戒》被认为是日本近代文学史上首部真正消化了西方的文学思潮和写作技巧的作品，它所闪耀的批判现实主义的光芒至今仍为日本文学史家所津津乐道。第二部长篇小说《春》与田山花袋的《棉被》一同对日本私小说的形成产生过至关重要的影响。《家》则代表了日本写实主义文学的最高成就，被公认为日本自然主义文学的代表作。《新生》乃是日本私小说的扛鼎之作，也被视为日本告白文学中的登峰造极的绝品，甚至还有人称之为日本头号忏悔小说、日本自然主义最具颓废色彩的作品，等等。藤村晚年创作的《黎明前》是一部以明治维新的胎动期为背景、以其父亲为主人公的历史小说，更算得上日本近现代文学之中不可多得的鸿篇巨制，其题材之宏厚，视野之开阔，写实之讲究，都是日本文学史上所罕见的。藤村的最后一部大作《东方之门》虽然没有写完，但作为体现他晚年对东西方文明进行深刻思考和比较的一部大作，其意义也非同一般。

除此之外，岛崎藤村还写过不少童话，并创办了妇女杂志《处女地》，创作和译介了不少旨在促使日本妇女觉醒的文章。藤村所取得的非凡的文学成就，与他在文学创作上坚持不断创新求变、努力进取的态度是分不开的。从诗人到散文家再到小说家，从浪漫主义到写实主义（批判现实主义）和自然主义，再发展到私小说，以及晚年创作的历史小说等，岛崎藤村都是作为日本近代文学的开拓者、先驱者来开展他的文学活动的。他的不懈追求使得其文学轨迹充满变化并多彩纷呈，也使得他的文学生涯称得上是近代日本文学的断面史。[1]在曾经担任岛崎藤村研究会会长的伊东一夫看来，藤村几乎可以与日本近代文学史画等号——作为一个一生跨越了明治・大正・昭和三个时代的文学家，藤村的足迹本身就在讲述日本近代文学的历史，日本近代文学的历史几乎就是由藤村开拓出来的。[2]从岛崎藤村对于日本近代文学史的发生、形成和发展各阶段所作出的贡献以及他在日本文坛所产生的影响来看，这一看法并不为过。这种"岛崎藤村现象"在日本文坛已属罕见，即便在世界文坛也不多见，充分说明岛崎藤村作为日本近代文坛上的多面手，他所拥有的能量之大超乎一般人的想象，究其原因，正如我国学者张我军所言，因为岛崎藤村有着"随着社会

---

[1] 刘晓芳《岛崎藤村的文学轨迹》，《国外文学》1995年第一期。
[2] 伊东一夫著《島崎藤村研究》，明治書院，昭和四十四年3月，第7页。

的环境和时代的风潮,清算自己的内部,使自己的作风步步推进"的精神,即具有与时俱进的精神。伊东一夫还谈到,近代文学研究这一领域几乎与新文学的创造和发展同步,也得到了长足的发展,经过注释研究、作品研究、作家研究等分类之后,在精密化、组织化方面毫不逊色于古典研究的同时,通过引进比较文学、风土学、病理学、结构主义、分析批评方法等崭新的方法论立场而形成了近代文学独自的研究成果。在上述成果中,尤其是与漱石、鸥外一样,藤村所起的作用的重要性和深刻性,近来变得更加明确了。他不只是亲自投身到了近代文学的历史的开拓和形成之中,还以欧美文化为媒介把民族传统的真实加以艺术表现,把庶民的精神、庶民的生活、庶民的真切的叹息都一丝不苟地描写了出来,其作品可以命名为近代庶民生活的生动纪实,这就是藤村文学的特质。夏目漱石剖析了日本知识分子的宿命的苦恼,森鸥外对于生活在封建时代的重压之下的古人身上所具有的高贵的原质性倾慕不已。和他们的文学所刻画的人物的各种形象相比较,藤村的文学简直就是对近代庶民的人生加以浓妆淡抹的活生生的民族生活史,也是对近代日本文明史的详尽的叙述。[1]综合上述,我们不难看出藤村文学所潜藏的博大情怀和可贵的庶民精神。

另一方面,关于岛崎藤村在日本近现代文坛的历史地位的提法则不尽相同。比如,谈及日本近代文学最杰出、最有代表性的作家,如果要求举出四个人来,一定会是森鸥外、夏目漱石、岛崎藤村和芥川龙之介。[2] 这种提法应该是一般的文学史家所广为认可的。如果要求举出三个人来,答案则会有所不同:森鸥外、夏目漱石和岛崎藤村,或是森鸥外、夏目漱石和芥川龙之介。如果要求举出两个人来,答案就更加不同,常常有以下几种可能:森鸥外和夏目漱石,或夏目漱石和岛崎藤村,甚至是夏目漱石和芥川龙之介。与其他日本作家有所不同,日本学界长期以来对岛崎藤村的态度明显呈现喜欢和讨厌的两极分化。著名学者剑持武彦对岛崎藤村可

---

[1] 伊东一夫『島崎藤村事典』,明治書院,1972年,第1页。
[2] 叶渭渠、唐月梅著《日本文学史近代卷》,经济日报出版社,2000年1月,第336页。

谓推崇备至,在他看来,"20世纪日本最具代表性的作家是夏目漱石和岛崎藤村。……这两大家的文学才是日本近代文学不可动摇的独立的标志"[1]。曾任日本文艺学会会长的实方清在他的《藤村文艺的世界》一书的序言中也对岛崎藤村给予了很高的评价:"日本文艺分为古典文艺、近代文艺和现代文艺三个世界。作为古典文艺的代表性作品可以举出万叶集和源氏物语,作为近代文艺的代表性作品可以举出藤村文艺和漱石文艺。"[2]岛崎藤村在日本近代文坛的举足轻重的地位由此可窥一斑。

关于岛崎藤村在日本文坛的作用和地位的评价还有不少,下面再介绍一二,以供参考。

(1)(岛崎藤村)称得上是开创日本近代诗的诗人。《嫩菜集》给迄今为止的新体诗带来了清新的诗歌精神,从而创出了近代诗歌的潮流。他变身为小说家之后,《破戒》所具有的西欧近代小说风格,一下子把日本文学提升到了一个新的高度。后来的作品自传性色彩越来越浓,他那种坚持以无与伦比的冷静的态度来进行写实主义的风格,以及他在家族中探寻自己生命的根源的独特尝试,使他获得了与夏目漱石、森鸥外比肩的作家地位。[3]

(2)可以说,给日本的自然主义定型的是岛崎藤村和田山花袋。但是,必须指出的是,由这两个人定型的自然主义是所谓的"日本自然主义",与西欧、尤其是法国的左拉的自然主义是不同的。[4]

(3)说到代表近代日本文学的大作家,与森鸥外和夏目漱石一道,必然会算上岛崎藤村。这三位大作家,不管好与坏,从三个方面代表了近代日本文学。[5]

上述评价所表现出的差异其实是有关文学史地位的龙虎之争所致,

1　佐藤三武朗『島崎藤村〈破戒〉に学ぶ―いかに生きる』序,双文社,2003年7月。
2　实方清『藤村の文芸世界』,桜楓社,昭和六十一年4月,第1页。
3　《新研究资料现代日本文学第一卷 小说1戏曲》,明治书院,2000年3月,第57页。
4　参见川副国基的『藤村と自然主義』,《岛崎藤村必携》,三好行雄编,学燈社,昭和四十年4月,第58页。
5　瀬沼茂树『島崎藤村評伝』序说,筑摩书房,昭和五十六年10月,第4页。

一方面说明学者们对于岛崎藤村的文学地位问题的见解可谓见仁见智,另一方面也表明藤村处于日本近代文坛顶级位置这样一个不争事实,还从另一个侧面反映了岛崎藤村及其文学本身所具有的特殊性和复杂性的一面。众所周知,文学创作与作家的人生经历往往是密不可分的,而藤村又属于坚定的人生派作家,藤村文学其实就是藤村人生的纪实。因此,与藤村文学创作上的丰富多变相对应的,便是藤村充满坎坷的人生经历;他的文学创作不仅反映了他一生所受到的种种困扰,也体现了他不折不挠的精神风貌。

在日本近现代各大作家中,很少会有类似对于藤村的评价那样明显的对立现象的存在。有研究者指出,藤村受到一般读者尤其是女性读者无条件的尊敬,而在专职文人和评论家那里,对藤村抱有厌恶感的则大有人在。不只是对作品,对藤村本人的好恶的看法也是仁者见仁,智者见智。如谷崎润一郎、芥川龙之介等对其作品和人品都不认可,而正宗白鸟、青野季吉、龟井胜一郎等则视他为明治大正文学之第一人。在结合其人生和人品来评价他的一部部具体作品的时候,如针对《破戒》、《新生》和《黎明前》也会有或肯定、或否定这种貌似两极分化的现象出现。类似现象在其他作家那里似乎很难见到。有评论指出,藤村的生活态度极其慎重、踏实,不管是在生活上还是在文学上都很有计划性,而且他的处事态度谨慎,决不做那些徒劳无益的事情,这对于那些经常过着藐视法律的生活的文坛人来说,藤村的生活方式自然是不屑一顾的。藤村不会像德田秋声和田山花袋那样轻易露出人生的破绽来,而他唯一的一次破绽就是"新生"事件。但他把这一事件写成小说之后反而提高了自己的身价,也因此招致了文坛的反感。[1] 这一事件在讨厌藤村的人看来,他在人品方面就是一个伪善者,是一个过于功利主义的现实人。在崇拜者那里,反而把它看成是禁欲式的求道者的态度,是一个决不把自己的艺术与人生分割开来的稳重的人格者的所为。藤村是一个有着很强个性的人,讲究必须把艺术和

---

1 参见《藤村・花袋》,《国语国文学研究史大成13》,吉田精一、石丸九、岩永胖编著,三省堂,1965年,第3—4页。

生活统一到自己的个性和兴趣中来。这种个性特点也成为人们对他本人及其文学产生好恶感的一个重要因素。总之，读者与研究者在对待藤村的态度上所存在的差异性，其中的重要原因就在于读者关注的重点在藤村文学，而研究者除了藤村文学本身还会研究藤村其人。由于藤村文学与其人生结合得过于紧密，在作为研究者的读者群之中明显出现"很喜欢"和"很讨厌"的两极分化的现象也就不足为怪，这也是影响到藤村在日本近现代文学史上地位的评价的微妙之处吧。

二、藤村文学的告白性特征

"岛崎藤村将文学与生活两者完美地结合在一起，运用文学的手法表现了他的人生，倾吐了他的感情。他自始至终置身于生活的洪流之中，用笔墨记述了自己的苦乐悲辛，把自己的精神世界毫无掩饰地呈现在世人面前。岛崎藤村对生活，对读者有着十分火热的内心，十分忠诚的灵魂，现实中的一切善恶美丑，在他的笔下一一自然显现出来，没有经过任何的伪装和修饰。从这一点上说，藤村文学是最忠诚的文学。这也许就是作家能够在相当长的历史时期内依然享有崇高的声望、拥有众多的读者的根本原因吧。"[1]国内学者、著名翻译家陈德文先生的上述评价，可以理解为对藤村文学的告白性特征的一个脚注。佐藤春夫也谈到了藤村文学的特征：藤村这个人是一个在小说中把个人生活中的行为都实话实说的老实人。虽说社会上也是什么事情都有，但他是一个把别人说不出口的事情滔滔不绝地说出来的老实人。（《我所热爱的诗人的传记》）岛崎藤村本人对自己的文学也做过如下总结：在这十二卷拙劣的著作之中，不管打开哪一卷来看，都有我在其中。有着半生都在旅途中的我。有着多少次遭遇挫折、感到沮丧的我。有着热汗冷汗同时流个不停的我。有着迈出这小小的一步两步恍如昨天发生的事，却已早生华发的我。（《藤村全集》序）的确，正如他所讲述的那样，藤村文学的一个突出特征就是自传性，而藤村

1　陈德文《破戒》中译本前言，人民文学出版社，2008年版。

文学的自传性特征又是通过十分明显的自我告白来实现的。从早期诗歌中对于恋爱和自然美的抒情表现形式中的若隐若现,到《破戒》、《春》、《家》、《樱桃熟了的时候》、《新生》等大作的问世,一直到晚年的《黎明前》和《东方之门》,整个藤村文学都具有强烈的自我告白风格。藤村文学很好地实现了文学与人生的完美对接,这一点正是依托了自我告白这样一种表现形式才得以实现的。

佐佐木冬流把岛崎藤村的文学生涯划分为四个时期——

第一个时期——诗歌时期（1893—1901）

第二个时期——从《破戒》到《新生》时期（1902—1919）

第三个时期——短篇集《岚》（《暴风雨》）时期（1920—1927）

第四个时期——《黎明前》与《东方之门》时期（1927—1943）

除了第一个时期,其他三个时期都是以小说为主的时期,佐佐木冬流的这一划分法更加有助于我们分析和把握藤村文学的告白性特征。通过上述四个时期的划分我们可以清楚地看出藤村文学创作的步伐,即从自己的主观呐喊出发再转向客观的自我表白,然后逐渐把目光移向远方。这些步伐并非激进式的,而是一步一个脚印,因而力量也倍增,这一过程体现了藤村的人性及其文学的真切性。[1]在他的第二个时期,也就是他从《破戒》的成功起步,再大步迈向《春》和《家》的时候,正是日本自然主义文学的兴盛时期。这段时期不仅确立了藤村作为一流作家的文坛地位,也确立和完善了藤村文学的自我告白风格。《破戒》、《春》和《家》这三部作品有一个共同特点,就是都是以自我告白为主线来贯穿全篇的。《新生》虽然在时代上与前三部作品存在一些差异,但仍把它划归到这一时期也是基于其强烈的自我告白特征。在《新生》之后,藤村在文学创作上开始放弃长篇,而主要写一些短篇、感想和童话之类。第三个时期的作品与这一时期相比,不只是存在篇幅和体裁上的表面差别,而且在作品风格上也发生了很大变化。他开始有意识地淡化创作中的自我告白倾向,并把

---

1 以上引自《岛崎藤村》,清水書院,1992年7月,第196—199页。

目光从自己的内心世界转向了周围的世界。到了第四个时期,藤村所关注的重点,除了对东西方文化的比较思考之外,还有一个重要的内容,就是对于父亲与自己的血脉相连的关系进行更为深刻的思考和表述,并树立了他文笔生涯的又一丰碑。

　　论及藤村文学的告白性,有日本学者指出:一提起岛崎藤村,马上让人联想到"告白"一词的是《破戒》最后部分青年教师濑川丑松面对自己的学生忏悔的场面,以及在报刊上连载过的小说《新生》中关于与节子之间的爱欲的告白。但并不仅仅是这些,所有以自己为主题的藤村的作品都可以称之为告白小说。[1]告白作为藤村文学最根本的表现形式,最早是在其诗歌中得到体现的。藤村在诗歌中运用告白这一形式比《破戒》早了五年,在他19岁的时候所写的诗剧《蓬莱曲》所体现的原始风格,就被认为具有很明显的自我告白倾向。他的诗,称得上是自我告白的开拓者,"是苦苦挣扎的自白"。在散文集《千曲川速写》中,他的自我意识,以及他通过文学创作来表现人的内心要求的愿望都得到了很好的表现。作为小说家,藤村的成就主要集中在佐佐木冬流所划分的四个时期的第二个阶段,除晚年的《黎明前》和《东方之门》之外,他最有影响力的四大作品都是在这一时期完成的。这四大名著堪称最能代表藤村文学的告白性特征、并在日本近代文学史上产生过深远影响的经典之作。《破戒》是藤村把追求近代自我过程中所形成的苦恼的内心世界小说化、并因此引起广泛争论的告白小说。《春》是藤村抛弃《破戒》中的社会批判性特征和虚构手法,彻底走上自传式的告白自我的小说之路、从而完全进入自我内心世界的小说,也因此被认为是与田山花袋的《棉被》一同开创了私小说这一新的小说形式的先驱之作。《家》则是藤村坚持《春》所开创的自我告白方向,通过从作家的角度"凝视事物的内部"去追求人性真实和生活真实而结出的硕果。《新生》更是一部赤裸裸的自我告白小说,作家大胆告白的勇气和作品惊世骇俗的内容在当时引起了很大的轰动。即便是他晚年创

1　小池健男『藤村とルソー』,双文社,2006年10月,第30页。

作的历史小说《黎明前》也具有深沉的自我告白情结,堪称他的自我告白情结与写实主义风格相结合的集大成之作。总之,告白是贯穿岛崎藤村整个文学生涯及其文学的最为重要的一个特征。可以说,藤村文学就是自我告白的文学,岛崎藤村也是日本近代文学史上最有代表性的自我告白性作家。

第二节　日本的岛崎藤村研究

　　日本文坛对于岛崎藤村这样一位举足轻重的作家及其文学的研究已有超过一百年的历史,有关研究论文和专著更是不胜枚举。上世纪五、六十年代,日本近代文学研究迈入真正的兴盛期,藤村文学在吉田精一、猪野谦二、濑昭茂树等先学与紧随其后的和田谨吾、畑实、榎本隆司、山田晃等学术新锐一同兴起了藤村文学研究的一个高潮。不仅如此,1963年在日本东洋大学成立的"岛崎藤村学会"算得上是日本单一作家研究会中运作得最为成功、也最具影响力的一个,该学会不仅每年举办一次大型研讨会,还不定期出版《岛崎藤村研究》等会刊,迄今已出版近40期。在岛崎藤村的作品集方面,除了众多单行本和选集之外,也出版了岛崎藤村全集,它有两个版本,分别为《岛崎藤村全集》共19卷(东京:新潮社、1948—1952年)和《岛崎藤村全集》共31卷(东京:筑摩书房、1956—1957年)。为了便于我国的藤村文学读者和研究者对日本的藤村文学有一个比较全面和清晰的了解,以下简要介绍一下日本藤村文学研究的学术史状况和先行成果。

　　在20世纪的岛崎藤村及其文学的文献研究方面的成果之中,当首推曾任岛崎藤村研究会会长伊东一夫编的《岛崎藤村事典》(东京:明治书院、初版1972年、改定初版1976年、新订初版1982年)。该书由"著作解说"(全著作的书志的解说、内容·梗概、作品评价、作品主要人物的解说与批评)、"与作者的关联项目"(人名、书名、作品名、地名、动植物名、色彩语、设施名)、"参考资料"(年谱、藤村全集目录、参考文献、家谱、项目分类索引兼目录、地图)三大项构成,说它是关于岛崎藤村的百科全书也不为过。在藤村作品目录和藤村文学研究文献的整理汇编工作方面还有一部基础的重要文献,那就是昭和女子大学近代文学研究室编《近代文学研究丛书》第51卷(东京昭和女子大学近代文化研究所、1980年),该书收录了从其生平到作品年表、业绩、先行研究一览(截止到1980年2月)。在文献目录研究方面,石川岩的《藤村书誌》(东京:大观堂书店、1940年)对藤村的所有著作进行了详细解说。

有关岛崎藤村的评传和基础研究方面,成果可谓琳琅满目:伊藤信吉《岛崎藤村的文学》(东京:第一书房、1936年);平野谦《岛崎藤村》(东京:筑摩书房、1947年)、濑沼茂树《岛崎藤村》(东京:塙书房、1953年)以及《评传岛崎藤村》(东京:事业之日本社、1959年)、龟井胜一郎《岛崎藤村论》(东京:新潮社、1953年)、吉田精一《自然主义的研究》上下卷(东京:东京堂、1955·1958年)、池田义孝《岛崎藤村的生涯》(东京:门川书店、1961年)、猪野谦二《岛崎藤村》(东京:有信堂、1963年)、涉川骁《岛崎藤村》(东京:筑摩书房、1964年)、三好行雄《岛崎藤村论》(东京:至文堂、1966年)、和田谨吾《岛崎藤村》(东京:明治书院、1966年)、西丸四方《岛崎藤村的秘密》(东京:有信堂、1966年)、伊东一夫《岛崎藤村研究—近代文学研究方法的各种问题》(东京:明治书院、1969年)、铃木昭一《岛崎藤村论》(东京:樱枫社、1979年)、井出孙六《岛崎藤村》(东京:小学馆、1992年)、小林利裕《岛崎藤村》(京都:三和书房、1991年)、拇濑良平《岛崎藤村研究》(上山:みちのく書房、1996年)、佐佐木雅发《岛崎藤村:〈春〉前后》(东京:审美社、1997年)、笹渊友一《小说家岛崎藤村》(东京:明治书房、1990年)。尤其是伊东一夫·青木正美编的《照片与书简组成的岛崎藤村传》、《不为人知的晚年的藤村》、《与藤村相关的女人们》、《从手稿看岛崎藤村》四大岛崎藤村珍藏卷(东京：国书刊行会、1998年）收录了很多珍贵的文献资料。作为论文集出版的有：东荣藏编《研究藤村文学的新视点》（名古屋：信州白桦、1979年）、剑持武彦编《岛崎藤村〈黎明前〉作品论集成》全四卷（东京：大空社、1997年）、福冈UNESCO协会编《日本的近代文学III关于藤村文学》（东京：丸善BOOKS、1998年）、岛崎藤村学会编《岛崎藤村：论集》（东京：おうふう、1999年）、下山嬢子编《岛崎藤村》（东京：若草书房、1999年）。在比较文学研究方面，矢野峰人的《〈文学界〉与西方文学》（京都：门书房、1951年）论述了藤村诗歌与以英国文学为中心的西方文学的联系，笹渊友一的《〈文学界〉及其时代》下卷（东京：明治书院、1960年）论述了藤村文学与基督教和西欧浪漫主义之间的联系。

尤其值得特别关注的研究成果还有：泷藤满义的《岛崎藤村：小说的方法》（东京：明治书院、1991年）从近代日本的小说与"诚实"的视点分析藤村文学，高桥昌子的《岛崎藤村：遥远的视线》（大阪：和泉书院、1994年）论述了藤村文学的写实主义方法，渡边广士的《重读岛崎藤村》（东京：创树社、1994年），以及平冈敏夫·剑持武彦编《岛崎藤村：文明批判与诗和小说》（东京:双文社出版、1996年）、北条浩《岛崎藤村〈黎明前〉写实的虚构与真实：从木曾山林事件看衰败文学的背景》（东京：御茶水书房、1999年），等等。

自2000年以后至今，日本对于藤村研究重新出现了一个小高潮，不只是在作家研究和作品研究方面，而且从近代化和日本文化等社会批评的角度来论述的成果也大量涌现了出来。

首先作为单行本，藤一也的《岛崎藤村〈东方之门〉》（东京：冲积社、2000年）通过考察在日本近代和传统的夹缝中长期"苦苦挣扎"的藤村来窥视其"内部的真实"；平林一的《岛崎藤村·文明论的考察》（东京：双文社出版、2000年）对藤村的文明论进行了系统梳理；川端俊英《岛崎藤村的人间观》（东京：新日本出版社、2006年）剖析了一直以文学来对抗旧社会的习俗的藤村谋求人类解放的愿望，并以此来追问现代社会。东荣藏《大江磯吉及其时代——藤村〈破戒〉的原型》（长野：信浓每日新闻社、2000年）、成泽荣寿的《漫游岛崎藤村〈破戒〉》上下卷（京都：部落问题研究所、2008—2009年）从社会批评的角度对《破戒》进行了考证式研究和论述。

另外，包括评传在内的基础研究的成果还有：岛崎蓊助《岛崎蓊助自传·对父亲藤村的抵触与回归》（东京：平凡社、2002年），下山孃子的《岛崎藤村·人与文学》（东京：勉诚出版、2004年）和《近代的作家岛崎藤村》（东京：明治书院、2008年），掛川邦男的《岛崎藤村的余韵：访问有缘之地及有缘之人》（东京：文艺社、2009年），松本鹤雄的《春回大地的世界—岛崎藤村的文学》（东京：勉诚出版、2010年）等。梅本浩志《岛崎藤村与巴黎公社》（东京：社会评论社、2004年）一书则对身处战争与法西斯阴云时代背景下的岛崎藤村进行了分析。梅本浩志的另一部著作《岛崎驹子的〈黎明前〉》（东京：日本文学馆、2009年）关注的是藤村小说《新生》中的原型人物。莎士比亚研究专家佐藤三武朗用英文写作的《莎士比亚对岛崎藤村的影响》（东京：双文社、2009年）也是从比较文学研究藤村文学的大作。

在作品研究方面，还有佐藤三武朗的《向岛崎藤村〈破戒〉学习：如何生存》（东京：双文社出版、2003年）从十六个方面对与《破戒》相关的问题进行了详实的分析，《藤村小说的世界》（大阪：和泉书院、2008年）是精通日韩两国文学的金贞惠从全新的视角分析了藤村的小说世界；伊狩弘的《岛崎藤村小说研究》（东京：双文社、2008年）从西欧与日本两大文化体之间的冲突与融合来论述藤村文学的生成原因。另外，关于藤村诗歌方面的有神田重幸编的《岛崎藤村诗鉴赏》（『島崎藤村詩への招待』）（东京：双文社、2000年），水本精一郎的《岛崎藤村研究——诗的世界》（东京：近代文艺社、2010年）等。

总体来看，日本学界对于岛崎藤村的兴趣可谓长久不衰，日本从事岛崎藤村研究的学者中从来不乏大家，包括平野谦、伊藤整、吉田精一、猪野谦二、濑沼茂树、十川信介、和田谨吾、伊东一夫、三好行雄、伊藤信吉、铃木昭一等在内的著名学者都是研究岛崎藤村方面的专家，与岛崎藤村相关的学术专著已超过100本。日本国会图书数据库能搜到的近二十年关于岛崎藤村研究的论文就有近四百篇，其中1989—1999年有167篇，2000—2010年有215篇。由此可见，在进入新世纪之后的2000—2010年这十年，相比1989—1999年的十年反而显得更加活跃，对岛崎藤村研究的热度不减反升。这些研究以作家论和作品论居多。从作品分类来看，在过去20年间，《破戒》168篇，《黎明前》168篇，《家》78篇，《春》47篇，《新生》23篇，远远多于与藤村同时代的其他作家，说明对岛崎藤村及其文学的研究是日本学界的"常青树"。

从日本岛崎藤村研究的学术史进程来看，《破戒》问世之后便出现了"社会小说"与"告白小说"之争，之后出现不少关于藤村文学（主要是《破戒》、《春》和《新生》）的告白问题的论文，以及近年《藤村的世界——爱与告白的轨迹》等专著的先行研究成果，为研究藤村文学的告白性问题打下了良好的基础。值得一提的是，中村光夫早在《风俗小说论》中就已关注到告白问题影响到日本近代文学发展轨迹的问题，他从正统小说（严肃小说）的发展和流变的角度对藤村文学（《破戒》和《春》）转向自我告白之后导致日本近代文学发展方向的曲折现象进行过批判。另一方面，日本学者对于告白和告白文学这一命题一直都十分重视，甚至在文坛上还出现过"关于私小说的论争"，其中不乏一些著名论调。凡是涉及到关于日本自然主义和私小说的研究，都无法回避告白这个问题，也会或多或少涉及到岛崎藤村。著名的有小林秀雄的《私小说论》、中村光夫的《风俗小说论》和伊藤整的《近代日本人的思维方式的各种形式》等，都从告白的角度对藤村文学进行了一定程度的解读，尤其是中村光夫的《风俗小说论》重点从文学史的角度，即从正统小说（严肃小说）的发展轨迹的角度对《破戒》和《春》的告白性特点带给日本文坛的影响进行了颇为深刻的阐述。另外，柄谷行人在《日本近代文学的起源》一书中充分肯定了日本近代文学的告白性特征，并引入了告白制度的提法，为包括伊藤氏贵等在内的学术新锐开展告白文学的研究奠定了重要的理论基础。不过，这些论著更多的还是侧重从私小说的形成及其特点的角度来论述的。

至于以告白或是告白文学作为一个专题来加以研究的专著,则是21世纪以后的事了。比如2002年8月出版的《告白的文学——从森鸥外到三岛由纪夫》,该书是作者伊藤氏贵的博士论文。作者从森鸥外、岛崎藤村、夏目漱石、德田秋声、三岛由纪夫和芥川龙之介这几位日本近现代文学中的代表作家的作品中各找出了一部小说,从告白的文学性或是文学的告白性的角度进行了研究和论述。该论文更多的是以作品论为中心来考察告白这一制度在日本近代的出现以及在这些作品中所表现出的具体特征,并尝试着对告白和告白文学进行某种程度上的概念上的界定。作者对于每一部具体作品的考察应该说是比较详细的,但是未能就"告白的文学"这一命题本身进行纵向的考察和系统性的论述,或者说作者最终还是采取了回避的态度。这多少反映了该命题的复杂性,就像伊藤氏贵本人在该书一开头所强调的:为人们所熟知的"告白文学"的定义还不能说很缜密,因此期待着有一份现成的"告白文学年表"的出现,并以此为依据来进行思考是不可能的。按照一般的逻辑,首先必须搞清楚什么是告白文学。虽然说"首先",但是,要对"告白文学"进行定义绝非易事。也正因为如此,伊藤氏贵选择了以分析上述作家的作品为突破口来对告白文学进行解析。该书专门有一章是围绕岛崎藤村的《破戒》的告白性来展开论述的,对该作品的告白性特征分析得颇为透彻。另外,研究岛崎藤村的专家高阪熏所著的《藤村的世界——爱与告白的轨迹》也涉及到了藤村文学的告白性问题,尤其是对岛崎藤村前期小说结构上的告白性特点的考察可谓卓有成效。高阪熏把藤村的作品世界设定为爱、告白、漂泊三个基调,遗憾的是,这部作品未能如标题所示紧扣告白问题来展开深入的考察和论述,而是混杂在"爱与告白"这样一个模棱两可的表述之中,并侧重于"爱"的角度,有避重就轻之嫌。渡边广士的《重读岛崎藤村》虽说不是以告白为专题来研究的,但作者选择了从告白的角度对藤村文学中的一些现象进行重新思考和文本解读,虽然很多地方给人以晦涩难懂的印象,但在笔者看来,该书仍然称得上是近年来研究岛崎藤村的一部难得的力作,其中一些研究成果对于今后的藤村文学研究都具有很好的借鉴和启迪作用。总之,迄今为止的诸多先行研究确认了藤村文学中的告白性特点,为全面考察和研究藤村文学的告白性问题奠定了基础。

第三节 中国的岛崎藤村研究

岛崎藤村的文学在整体上恰如其分地呈现出了日本的风土、民族和语言的特征,因此,不只是对于日本人,甚至对于想要了解日本的那些学习日语的外国人,也能从中得到启发。自二战前就在上智大学讲授比较文学、于昭和五十七年去世的德国神父洛根德尔夫先生也发表过类似感慨:"为了理解日本,认识日本人的问题并解决之,日本作家之中能够帮助我去理解他们所共有的精神构造的唯有藤村。我对于日语所具有的深厚、庄重和优雅的敬仰,是从藤村那里,而非那些写出了更加巧妙多彩的文章的作家们那里学到的。"(《欧洲人看岛崎藤村》,《文艺·临时增刊·岛崎藤村读本》,昭三十一·4)[1]但是,藤村文学在海外很难遇到像洛根德尔夫神父这样的知音,他在海外的影响力也明显不如夏目漱石等作家。

海外的岛崎藤村研究当属韩国最为活跃,从金贞惠《韩国的岛崎藤村研究》一文汇总的相关资料和数据来看,其研究所涉及的范围堪称日本学界对岛崎藤村研究的微缩版。藤村的众多作品中,《破戒》最受国外欢迎,1931年被译成俄文,1955年再被译成俄文和罗马尼亚文,1974年被译成英文。《家》于1976年被译成英文,1981年被译成法文。《新生》和《黎明前》也于1999年被译成法文。《藤村短篇集》译本也在印度出版。1987年《黎明前》翻译成英文出版。在其海外译本中,《破戒》就占了总量的三分之一。相对来说,藤村文学在海外的传播不如夏目漱石、川端康成和村上春树等。根据迈克尔·波达舒《国际化中的藤村——以欧美为例》一文介绍,1954年,美国学者Joseph Roggendorf谈到过藤村文学在西

---

1 剑持武彦『藤村文学序説』,樱枫社,昭和六十七年7月,第7页。

方的影响问题时指出："实际上,很不幸的是藤村在外国几乎不为人知,《新生》有中译本,《破戒》有俄译本,《黎明前》中的两三幅插图部分被译成了德文,除此之外,藤村的作品在外国能读懂的几乎没有,只是在日本文学入门书中会写上他的名字和两三行经历而已。"在他的发言过去了半个多世纪之后,国外尤其是西方的岛崎藤村研究是否有了很大的改观呢?据美国加利福尼亚大学洛杉矶分校迈克尔·伯达修先生的考察,美国对日本近代文学正式开展研究是在1950年代开始的,但是当时几乎没有岛崎藤村的作品的英译本。相反,《伊豆的舞女》(1955)、《雪国》、《细雪》、《潮骚》(1956)、《千羽鹤》(1958)、《金阁寺》(1959)相继译成了英语出版。进入1970年代以后,才有藤村的长篇小说的英译本问世。1987年《黎明前》的英译本出版的时候,美国主流媒体如《华盛顿邮报》等还给予了很高的评价。被认为是西方研究日本文学第一人的唐纳德·金曾经在其撰写的介绍日本文学的著作中对藤村的《春》进行了评述,认为这部作品也许日本人觉得有趣,但是对一般的西方人来说会觉得十分枯燥。很长时间西方对藤村文学的研究都不够重视,一直到1990年代以后这一局面才得到了彻底改观,关于藤村文学的研究论文如雨后春笋般涌现了出来。

那么,中国的岛崎藤村研究情况又如何呢?在论及这一点之前,有必要先对我国的日本文学研究状况作一个大致的了解。谭晶华在《回眸与见证——改革开放时代的中国日本文学研究会》一文中简单回顾了三十年来中国日本文学研究的发展历程,并把它大致分为三个十年。第一个十年是拓荒或开拓的阶段,此期"文革"刚刚结束,研究者的视野和方法受到很大的局限,老一代日本文学研究者在重整旗鼓,年轻一代刚刚介入且正在学习;第二个十年是积累与升华的阶段,此期的基本特征在于老一代学者打破了"文革"的思想禁锢,厚积薄发,开始将研究扩展到日本文学的多个领域且陆续推出了重要的、具有铺垫意义的研究成果,同时在老一辈学者的引导下,"文革"中的一代年轻学者基本完成了大学或研究生的学习,有的开始在研究、教学、翻译或出版领域担当重任,有的则留学日本进一步深造;第三个十年即20世纪末至今,距离我们今天最为贴近的一段时期,这是中国日本文学研究事业不断深化和全面发展的新阶段,各个不同岗位上年富力强的日本文学学者开始成为业务骨干,一批新生力量对于中国日本文学研究事业的发展起着举足轻重的作用。[1]这样的发展历程同样在岛崎藤村研究上也得到了印证。

  有关岛崎藤村的研究活动在我国已有近百年历史,以往的研究大致可以分为译介和研究两个阶段。译介阶段始于上世纪20年代。1921年,鲁迅与周作人合译的《域外小说集》中,收录了周作人译的《破戒》,1926年,鲁迅译的《壁下译丛》中收进了岛崎藤村的散文《从浅草来》。有学者指出该文较为集中地体现了岛崎藤村的创作思想,鲁迅在某些事情的看法上与其相同,因而无疑受到过藤村影响。有意思的是,岛崎藤村也写过缅怀鲁迅的文章《鲁迅的话》,并在1937年1月从欧美回日本的旅途中途经上海时造访了内山书店,买下了鲁迅生前爱坐的藤椅带回日本。回国后写下了《鲁迅的话》:"寂寞的人,鲁迅。我在上海一家常为鲁迅寄寓的U书店的一隅,坐在他生前经常坐着的几藤椅上,以消歇旅途的疲劳。……到达上海最使我感兴趣的就是倾听这位中国的老朋友U君讲述鲁迅的故事。据说鲁迅晚年经常到这家书店来。我甚至感觉出了他的体温依然存留在这把古老的藤椅上。"周作人在《岛崎藤村先生》一文中,还介绍到"岛崎藤村一生只来过中国一次,他同中国现代作家的交往也只限于和周作人、徐耀辰等少数人的一两次会面"等情况。而在他的著述中,除了鲁迅之外,未见提及其他任何现代中国作家。鲁迅与岛崎藤村之间的"神交"堪称中日文学交流史上的经典。

  岛崎藤村的作品虽然很早就已经由鲁迅两兄弟介绍到中国了,但其主要作品的翻译和出版还有些滞后,直到1927年才有徐祖正翻译的《新生》出版。《破戒》则是在1955年由平白先生翻译、平明出版社出版。1958年由其先生翻译的《破戒》由人民文学出版社出版。80年代以后陈德

---

[1] 谭晶华主编《日本文学研究:历史足迹与学术现状——日本文学研究会三十周年纪念文集》,译林出版社,2010年,第3页。

文先生先后翻译了《家》、《春》和《破戒》等。值得一提的是，岛崎藤村也是沦陷时期被张我军翻译得最多的一位作家。在周作人的怂恿下张我军曾经着手翻译《黎明前》这部巨著，终因作品本身的难度和译者经济困窘的原因而半途而废，不能不说是我国藤村文学研究上的憾事[1]。张我军在1942年曾经在《日本研究》上发表过《关于岛崎藤村》一文，并曾经在第一次赴日参加"大东亚文学者大会"的时候见到过岛崎藤村，他还在会上提出过设立岛崎藤村奖金案。他给予藤村很高的评价："近代日本文学像岛崎藤村的长篇小说以及志贺直哉的短篇和欧洲的作品比较也不见得稍逊。"由于众所周知的历史原因，在上世纪的特定历史时期，有很长一段时期包括岛崎藤村在内的许多日本近现代文学作品都成了文学研究的禁区，但是，《破戒》这部作品反而作为日本批判现实主义文学的代表作而受到"优待"，藤村也因此得到了比其他日本作家更多的重视和关注。其中最具代表性的学者当属刘振瀛，他从批判现实主义的角度对《破戒》进行过评述："《破戒》是一部具有深刻社会意义的作品。作者以极大的义愤，描写了日本近代社会中种种不合理的现象，把鞭挞的矛头直接指向了对日本贱民阶级的压迫。这篇小说通过虚构及典型化的创造方法，与以后的私小说形成鲜明的对照。"在论及岛崎藤村的《春》，刘振瀛先生认为"由于作者受了自然主义创作方法的毒害，囿于单纯的生活记录，……这就使这部作品的现实主义精神极大地受到损害"。《家》则是"由于作者遵循了自然主义的原则——不写社会，只写家族。读者从作品中所能看到的只是家族之间的纠葛、金钱的渴望、爱欲的冲突一类暗淡的生活图景"。一直到改革开放以前的相当长一段时期，在意识形态因素的影响下，我国对于岛崎藤村的关注和评价都主要集中在《破戒》这部作品上，使得长期以来对于岛崎藤村的研究都处于片面化、简单化的层面，对藤村文学的研究没有取得实质性的进展。

国内的岛崎藤村研究应该是从改革开放以后才步入正轨的。进入80

1　1941年下半年，生活拮据的张我军接受周作人的建议翻译《黎明前》，计划两年时间翻完，但实际上在1942年10月便中止了，只完成全书的三分之一。

年代以后，随着改革开放的不断深入，藤村文学受到了中国读者前所未有的热情关注，尤其以1987年《译林》举办的"岛崎藤村文学翻译与阅读奖"这一活动为标志，中国国内出现了"岛崎藤村热"，甚至出现了日本地方政府（藤村纪念馆所在地小诸市）率团前来南京与国内研究者交流的盛况，由此形成了译介岛崎藤村作品的小高潮，从小说、诗歌到散文等都相继得以翻译和出版。国内对于岛崎藤村的研究也打破了此前长达数十年的沉寂和单调，对于以《破戒》为代表的藤村文学的评论逐渐呈现出更多的可能性，出现多元化的研究动向，截止到2011年底，国内发表的研究文章已近百篇。1958年刘振瀛以沉英的笔名为《破戒》中译本（由其译）写的《前记》算得上是解放以后国内有关岛崎藤村文学评论的开创之作，到了改革开放以后以后，先后涌现出了一批关于岛崎藤村研究方面的成果，如刘振瀛的《从〈破戒〉想起的——略论日本近代文学的发展与挫折》（《外国文学研究》1979）、倪玉的《试论岛崎藤村〈家〉的自然主义创作特色》（《东北师大学报》1984）、《论悲剧人物青山半藏》（《日本研究》1985），李德纯的《"屋外仍是一片漆黑"——评岛崎藤村的〈家〉》（《译林》1983）、《新旧混杂中的迷惘》（《日语学习与研究》1988），俞秋东的《〈破戒〉浅议》（《译林》1987），邱岭的《巴金的〈家〉与岛崎藤村的〈家〉》（《福建师范大学学报》1988），等等。不难看出这些成果除倪玉的《论悲剧人物青山半藏》是研究《黎明前》之外，《破戒》和《家》是国内学者关注的主要作品。以此为契机，国内对岛崎藤村的研究一度十分活跃，研究范围也扩展到诗歌和散文等方面，除李芒在藤村诗歌方面的翻译和评论之外，叶渭渠和陈德文在岛崎藤村研究方面的成果也令人瞩目。叶渭渠在他的《日本文学史近代卷》和《日本文学思潮史》等著作中对岛崎藤村及其作品进行了大量评介。陈德文不仅翻译了岛崎藤村的《春》、《家》和《破戒》等主要代表作，还一直致力于岛崎藤村及其文学的研究，尤其是对岛崎藤村的诗歌的研究更是为学界瞩目，算得上国内唯一一位长期活跃在日本岛崎藤村研究界的学者。上世纪90年代以来，随着学术思想的进一步解放，岛崎藤村研究方面也取得了很大进步。刘晓芳的《岛崎藤村的文学轨迹》（《国外文学》1995）、《岛崎藤村的近代自我》（《国外文学》2004）、《从〈新生〉看岛崎藤村文学的告白性特征》（《日语学习与研究》2012），文洁若的《岛崎藤村的〈破戒〉———一部为"贱民"的人权呼吁的小说》（《日语学习与研究》1996），于荣胜的《巴金与藤村的同名小说〈家〉中的"长子"形象》（《国外文学》1998）、《岛崎藤村的"旧家"与"新家"》（《日本研究》2000），肖霞的《论岛崎藤村早期浪漫主义思想》（《山东社会科学》2003）等，在研究方法和研究主题方面都较前有了很大的拓展。

  总体来看，大半个世纪以来，中国学者对岛崎藤村的研究，更多的学术活动依旧停留在译介和文学文本解读的层面，或是与日本近代文学史相关联的一些常识性的阐述的层面上。对藤村文学作品的研究，关注点也主要集中在《破戒》和《家》上，而且我国学界对于藤村及其文学的研究在很长一段时期都是采用作家论和作品论的传统研究方法，还缺乏对藤村文学的整体把握和全面综合的分析。从近几年我国学术界的研究状况来看，相对于日本学界对于岛崎藤村研究的持久而又全面的学术热情，我们对于岛崎藤村的研究显得有些后劲不足。青年学者尤其是在读研究生虽然对藤村文学研究有所偏爱，但在选题方面暴露出低水平重复建设的现象，而藤村晚年大作《黎明前》和《东方之门》等则因缺乏中译本及作品本身的难度至今尚未得到真正研究。从学术倾向看，其中80%都集中在《破戒》、《家》和《春》，且多从批判现实主义、自然主义的角度加以评述；从比较文学的角度研究藤村文学也是国内学界的一个热点，有超过10篇论文将《家》与巴金同名小说进行比较。于荣胜的博士论文就岛崎藤村的《家》与巴金的《家》进行比较研究，算得上是国内首位把岛崎藤村纳入博士论文研究课题的学者。

  在涉及到藤村文学的告白性特征的研究方面，国内学者多停留在已为日本学者所广泛论及的《破戒》这部作品的层面，这些研究大多基于藤村在小说中的告白内容与作家的人生经历的比照来加以考证性论述，从文学史的角度论及日本自然主义文学的演变和私小说的生成的时候也会屡屡涉及到。偶有涉及《春》和《新生》等作品的告白性问题的论文，但基本上也是泛泛而谈，缺乏系统性的考察和深刻细致的论述。尽管刘振瀛先生很早就注意到了日本近代文学中的告白现象，但他对于以"告白"为主要特征的自然主义创作方法基本上是持否定态度的，认为"用暴露自己私生活的方式来表现自己，以此来忏悔，以此来得到拯救"的创作方式，"给日本近现代文学带来了可悲的结果"，"对以后近现代文学也带来了极大的消极影响"。他的一些观点明显受到了当时占主流地位的社会批评方法和意识形态的影响，也反映了当时我国的学术处境。好在自上世纪末以来，围绕岛崎藤村的研究呈现出多元化的趋势，尤其是就某一主题来展开研究的趋势，如关于"家"的主题的论文可谓此起彼伏，但是仍然没有出现一部从一个专题的角度，尤其是从文艺发生学的角度来对告白与藤村文学的特征及其生成原因之间的关联性来进行研究的论文。

第四节　本书关注的问题及研究方法

提及日本近代文学，自然离不开"告白"一词。柄谷行人在《日本近代文学的起源》一书中就明确指出：可以说日本的"近代文学"是和告白这一形式一同开始的。[1]柄谷行人把"告白制度"与日本近代文学的诞生相联系，高屋建瓴地肯定了告白在日本近现代文学发生和发展过程中所发挥的关键作用。日本近代文学的代表作家，森鸥外、夏目漱石、岛崎藤村、芥川龙之介这些泰斗级作家，都在他们的文学创作中或多或少地采用了告白这一形式；名气稍逊于他们的，更是不胜枚举。日本近现代文学的告白性问题也越来越受到国内学者的重视，魏大海（《私小说——二十世纪日本文学的一个神话》）、王志松（《"告白"、"虚构"与"写

1　柄谷行人著『日本近代文学の起源』，講談社，1992年5月，第87页。

实"——重新评价〈棉被〉的文学史意义》、《日语学习与研究》2001)潘世圣(《关于日本近代文学中的"私小说"》、《外国文学研究》2001)和魏育邻(《告白作为一种话语制度——日本近代文学中的一种权力》、《外语研究》2005)等相继发表了相关论文。伊藤氏贵的博士论文《告白的文学》首次以专题的形式对日本近代文学的告白性问题展开考察和研究,为进一步拓展对藤村文学的告白性研究起到了很好的示范作用。

  "告白"一词源于《晋书》,并在明治时期的欧化风潮中作为与佛教的"忏悔"相区别的基督教用语而被赋予新意。岛崎藤村的自我告白意识是在卢梭的《忏悔录》的启发和法国自然主义的真实观等西方思潮影响下,在继承平安日记文学所代表的自我观照精神的基础上形成,并与其追求近(现)代自我价值的观念密切相关的近代意识。"告白"作为舶来的西方理念是如何在以岛崎藤村为代表的日本近代作家那里发酵并茁壮成长为日本近代文学的一大风景的,本书的研究内容将致力于解决这一疑问。中村光夫在《风俗小说论》中已经提出自我告白影响了日本近代文学的发展轨迹的问题,并批评《棉被》中作者与主人公处在同一平面的那种写实主义其实是主观写实主义、变质了的写实主义,从正统小说(严肃小说)的发展和流变的角度对藤村文学(《破戒》和《春》)转向自我告白之后导致日本近代文学发展方向的曲折现象进行过批判。这也说明,告白问题与日本近代文学的变异现象有着密切关系。

  提到近代日本文学中的告白或告白文学,就肯定离不开日本自然主义文学。一般而言,日本自然主义文学的作家们正是告白这一表现形式、也是告白文学的始作俑者,而且相对于同时代的其他作家,他们对告白这种表现形式似乎更加情有独钟,在他们的作品中告白这一表现形式可谓表现得淋漓尽致,成为日本近代文学中的一道独特的风景线。日本自然主义文学的这种告白性的特点使得它区别于欧洲的自然主义文学,包括在题材上都形成了自己的独特性格,那就是专注于自己的内心世界来写自己身边的事情,写自己的感受,暴露自己的私生活。进行这种大胆的自我告白、自我暴露的作家们有一个共同的特点,那就是都是从地方来到当时文明开化的中心地区东京的，而且他们在经济上都不富裕，甚至还要为自己和家人的基本生活发愁。上述基本状况使得他们在接受基督教的洗礼和西方浪漫主义和自然主义文学思潮的影响之后，很快就形成了他们所特有的文学理念和文学创作方法。告白性的文学特点在日本近代文学的形成和发展过程中自始至终有着或浓或淡的表现，也就是说，日本近代文学很难摆脱与告白性之间的干系。在某种意义上，欧洲的自然主义文学思潮就是因了这种告白性而在近代日本文坛逐渐发生变异的。从日本近代文学发展史来看，这种自传式的告白小说大当其道的结果导致了私小说这一概念的出现。"私小说"被认为是近代以来日本文学特有的文学样式，其主要特征就在自我告白这样一种表现形式上（实际上"私小说"所强调的，却是某种主观——将"自我"的心绪化为"自我"的感慨，进而直接地加以陈述。[1]），因而使得私小说依然属于告白小说的范畴（私小说将小说的基本表现限定在写实性的"自我"暴露层面上，因而大大淡化了对社会性问题的关注，更加重视所谓"个人化"、"隐私化"的自我精神世界，最终的告白文学在私小说之中。《棉被》被称为私小说之鼻祖）。私小说对日本近现代文学产生了巨大影响，当时几乎所有的自然主义作家都写私小说，就像早在大正年间（1912~1926年）集作家和评论家于一身的久米正雄所指出的那样："现在，几乎所有的日本作家都在写'私小说'。岛崎君的岸本故事，尤其是《新生》等就是其中最合适的例子"。[2]可以说，私小说作为日本自然主义文学的另一种存在方式，取而代之成为了继自然主义文学之后长期影响日本文坛的主流文学，并作为日本文坛独特的文学体裁而引起世界文坛的关注。有的评论甚至认为，"私小说"的精神与方法浸透到了整个日本近代文学的历史，在这个意义上，私小说几乎可以与日本近代小说等同视之，绝非全无道理。这种说法从一个侧面反映了私小说所具有的独特的魅力以及影响力，而这种魅力和影响力与自然主义文学

1 　勝又功『大正─私小説研究』，明治書院，1980年，第167页。
2 　久米正雄『「私」小説と「心境」小説』，收录在『近代評論集』（日本近代文学大系58），角川書店，昭和四十七年1月，第411页。

的告白性特点是分不开的。日本私小说的直接母体是日本近代文学中的自然主义文学。日本自然主义文学把左拉为代表的西欧的自然主义外向的社会描写转化为内向的自我暴露（自我告白），这种以自我暴露为主要内容的文学已经具备了私小说的本质特征，而实现自我暴露的文学手段就是通过告白或自我告白的表现形式。正是这种告白性赋予了私小说的基本特点：如实描写个人私生活的事实（身边小说的特点），表现自己的内心感受（心境小说的特点）。

近代日本文学中的告白或告白文学自然离不开藤村文学。在日本自然主义的诸多告白性作家中，岛崎藤村是最有代表性的，也是最独特的一个存在。藤村和田山花袋一样都是处在私小说的源头的重要作家，他对于日本自然主义文学的确立，对于私小说的形成，都产生了这样那样的重要影响。同时，他又不完全被认为是私小说的作家。相对于自然主义作家普遍表现出的"逃亡奴隶"[1]的特点，岛崎藤村则表现出了与他们迥然不同的一些特质，以至于伊藤整在他的《文学入门》一书中把岛崎藤村专门单列开来论述。他在另一部重要著作《近代日本人的构思的各种形式》中也对岛崎藤村进行了重点分析。因此，无论从告白对日本近代文学、对私小说的重要性来看，还是从藤村文学本身来看，从告白的角度来研究藤村文学都具有十分重要的意义。

下山嬢子在关于《藤村的表现方法》一文中开宗明义地指出："如何把握作家的文学创作方法和表现方法这个问题，必然与该作家如何认识世界、如何认识人类这样的问题相关。"[2]本书选择从告白性的角度来对岛崎藤村及其文学进行考察，不仅有利于加深我们对岛崎藤村及其文学的理解，同时也可以使我们由此进一步了解日本近现代文学的发生和形成，了解日本近现代作家们的思考问题的方式和他们的文学观念等。渡边广士在谈到写《重读岛崎藤村》一书的初衷时特别强调："我之所以想重读岛

---

1 指通过艺术创作逃避现实矛盾的文学家。伊藤整用来比喻私小说作家，他们为了个人理想或写作，不惜抛弃妻儿子女，拆散家庭，外出旅行或躲进旅馆埋头创作。

2 『島崎藤村 日本の近代文学4』，有精堂，昭和五十八年1月，第36页。

崎藤村的重要作品，一句话，是因为如果采用新的解读方法，感觉到了会出现与一直以来完全不同的藤村的文学世界。"[1]他的这种思路对本书的研究方法同样具有启发意义。告白作为藤村文学在自我表现上的一个重要特征和方法，从迄今为止的研究情况来看，日本研究界对它的重视程度和研究深度与它在藤村文学中所占的分量还很不相称。长期以来，从作品论的角度指出藤村作品中的告白性特点的研究成果不少，并产生了由于其中的告白性因素而形成的对于藤村文学的一些迥然不同的评价。迄今为止，虽然有很多谈及藤村作品中的告白性特征的研究成果，却缺乏对藤村文学所表现出的告白性特征进行整体性考察的研究，更没有专门论述藤村文学的告白性问题的专著问世，因而给人以只见树木、不见森林的印象。那么，告白与整个藤村文学究竟是一个怎样的关系？告白对于藤村文学的形成和发展产生了哪些影响？告白对于藤村文学具有怎样的意义？既然告白与藤村文学有着如此密切的关系，我们从告白的角度来考察藤村文学又能发掘出什么新的东西来呢？这一连串的问题还有待学者们做进一步的思考和研究。这无疑是值得期待的一件事情。通过告白这一媒介来对藤村文学做进一步的研究和考察，对于我们了解藤村文学的更为本质的一些东西，无疑会有很大帮助。可以说，告白作为藤村文学的主要特征，无论在表现形式上、在表现的主题和内容上、在写作动机上都有充分体现，因此，从告白的角度考察藤村文学，有利于我们从岛崎藤村这个作家的内在创作规律来解读藤村文学所发生的变化及其特质，从而突破一直以来对藤村文学的文学史的方法和社会学的方法所形成的一些结论。

　　从告白的角度对藤村文学的特点及其生成原因进行深入探讨，这本身就具有一定的开拓性，因为不只是在我国尚未有人做过，即便在日本学界也未曾出现过。中日学者对于藤村文学告白性特点的研究往往过于倚重《破戒》和《新生》这两部作品，对于另外两部作品《春》和《家》的告白性特质还挖掘得不够。围绕《破戒》的研究主要在于它是否属于告白性

1　渡辺広士『島崎藤村を読み直す』，創樹社，1994年6月，第9頁。

小说；对于《新生》的研究主要放在了艺术与实际人生的关系问题上。围绕藤村文学的告白性问题的研究情况可以概括为几个方面：

（1）《破戒》究竟是社会小说还是告白小说的问题。关于《破戒》的争论，其意义非同一般，它关系到对日本自然主义文学发展方向的评价，就像平野谦所强调的："为了日本自然主义的正统的发展，《破戒》才是绝对不可缺少的出发点。"[1]自从野间宏在《关于〈破戒〉》一文中把《破戒》作为社会小说来读之后，围绕《破戒》是社会小说还是告白小说的争论也因此愈演愈烈，并形成了意见相左的两大阵营。

（2）围绕《春》的争论主要集中在《破戒》与《春》之间是否存在断层的问题上，它涉及到对藤村文学发展方向的认识问题。文坛多数观点认为从《破戒》到《春》的演变是藤村文学的一种倒退。但比起这两者之间的断层现象，《春》本身所存在的"曲折"或变向问题更值得关注。一方面，《破戒》的全篇充满了隐藏在主人公身上的作者的苦恼以及围绕它的告白意识。而到了《春》中，作者从一开始就有意加强了小说的客观化因素，但在执笔过程中他又发生了某些动摇，再次回到了广义的私小说性格（自我告白路线）上。对于造成这一结果的原因及其褒贬，学界存在多种不同看法。

（3）对于《家》所具有的告白性因素虽然已有不同程度的涉及，但明显不如其他三部小说，因而还有待进一步的研究。关于《家》的最基本的评价，就是把它看作日本近代写实主义的一个高峰，是"藤村最大的杰作"，是"日本自然主义时代的代表性杰作"（广津和郎），"值得纪念的国民文学"（濑沼茂树）。

（4）《新生》和《破戒》一样引起了评论界的极大关注，对它的评价可谓毁誉参半，主流的看法则是把它视为私小说或忏悔告白的宗教小说。主要的分歧集中在《新生》的创作动机上，其中尤以平野谦的"获得恋爱和金钱的自由"的观点最有代表性。

---

1 平野謙『島崎藤村』，岩波書店，2001年11月，第15頁。

经过上面的梳理之后，自然就会涉及到《破戒》和《春》、《家》、《新生》之间在创作方法上的关联性问题，是分裂、跳跃的关系还是秉承了一贯统一的创作方法、创作理念的问题。对此到目前为止学界并未给出明确的结论，也缺乏系统的论述。这正是本书所要重点考察的主要问题。换言之，"告白"这一具有西方近代意义的意识和表现方法是如何移花接木到藤村文学之中，又是如何在藤村文学中得以实践、并在藤村文学中留下了怎样的烙印等，是本书所要致力于解决的一大课题。

三好行雄曾针对《破戒》出现的两种对立的评价指出："真正必要的是，要发现已经写好的《破戒》作为一个整体来评价的新的基点。"如何在现有的先行研究的基础上，找出能把藤村文学作为一个整体来解读的方法？本书拟将藤村文学还原到东西方文化的语境之中，从文艺发生学的角度对告白与藤村文学的关系进行全面性考察，并通过对藤村文学的告白性特点的分析来重新认识岛崎藤村在文学创作上的规律以及两者之间的内在关联性。本书将从以下几个方面展开思考：

（1）藤村告白意识的形成；

（2）告白在藤村文学的产生、形成和发展中的作用；

（3）告白对藤村文学的特质包括表现形式、主题、写作动机等方面所产生的影响；

（4）告白对岛崎藤村的人生追求上的影响；

（5）如何评价藤村文学的告白性特征。

如果把结论先说出来的话，那就是，自我告白作为藤村文学的主要表现形式，既体现在藤村文学的创作手法上，也表现在藤村文学的写作动机上。对于岛崎藤村来说，告白不只是文学创作上的一种表现形式，它更是作家的一种创作理念，是他自我表现的一种方式，也是一种人生态度（人生价值观的体现）。因此，在某种意义上来说，告白自我也就成了藤村文学的最核心的主题和内容。自我告白是藤村近代自我追求的一个必然结果。告白成就了藤村文学，也支撑了藤村的近代自我人生。

本书主要以藤村文学中告白性特征最为突出、也最能突出其文学成就的四部小说《破戒》、《春》、《家》和《新生》作为考察对象。对于他的另一部巨著历史小说《黎明前》，虽然也具有一定的自我告白性特征，但是，鉴于这部作品是他为了追溯自己的生命的根源而写的，该作品是以藤村的父亲、而非藤村本人为主人公，笔者在此只好割爱，留待以后再进行专题研究。

第一章

岛崎藤村自我告白意识的形成

"**他**们开始了告白,但这并不是因为他们是基督徒才开始告白的。为什么总是失败者告白而支配者不告白呢?原因在于告白是另一种扭曲了的权利意志。告白绝非悔过,告白是以柔弱的姿态试图获得主体即支配力量。"[1]

告白制度是先于告白行为而存在的。考察岛崎藤村的告白意识的形成,某种意义上就是考察藤村所认识、或者是影响到藤村后来的告白行为的告白制度的形成。同时,考察岛崎藤村告白意识的形成,也是了解和分析藤村文学的一个重要途径。迄今为止,学界对于藤村文学的告白性特征有过或多或少的论及,但对于藤村的告白意识的形成却缺乏系统的考察。本文拟从内在和外在两个方面的因素对岛崎藤村的告白意识的形成进行考察。所谓内在原因,侧重于藤村的一些个人性因素,即他所具备的"告白的内面"的形成的角度;而外在因素方面,则重点放在影响他把"告白作为一种制度"来接受的各种思潮和对他产生重大影响的人物等方面来进行考察和分析。

---

1 柄谷行人『日本近代文学の起源』,講談社,1992年5月,第100页。

第一节　关于告白和告白文学

一、关于告白

说到告白，我们有必要对"告白"一词的含义有一个了解。在日语中，"告白"一词包括以下含义：

（1）心中所想或所藏秘密毫不隐瞒地、原原本本地说出来。

（2）向社会广而告知。广告。

（3）基督教中，表明自己的信仰，或是说出自己过去的罪过以求得上帝的宽恕。[1]而中文中所说的"告白"一词除了机关、团体或个人对公众的声明或启事之外，还有说明、表白的意思。[2]

由此可以看出，日语"告白"一词除了中文"告白"所表达的意思之外，还多了宗教意义上尤其是基督教中的忏悔的意思。一般而言，它包含了汉语里的"自白"、"坦白"、"忏悔"、"表白"等意思，因而在翻译成中文的时候这几个词都会用到。为了便于与日语用词的衔接，也考虑到国内已有诸如自白文学、告白文学的说法或译法，同时兼顾到我国现代文学中更多也是原封不动地采用"告白"一词的传统，本书一概沿用日文的"告白"和"告白文学"的表述方式。

按照凭借《告白的文学》一书获得日本第45届《群像》新人文学奖的伊藤氏贵的考证，"告白"一词最早可以追溯到《晋书》。但在日本，从使它具备近代意义并具有文学上的影响力这几点来看，则与卢梭有很大关系。一般认为近代自卢梭开始，近代与告白的关联性由此可窥一斑。对卢梭而言，只有自我意识是无需媒介就能把握住的一个"透明体"，它使

1　出自《日本国语大辞典》告白词条，著者译。
2　参照词条"告白"：《现代汉语词典》修订本，商务印刷馆，第420页。

主体与语言和感动得以浑然一体。这种主体和语言被等同视之,才使得卢梭得以从古典主义之中分离出来。而主体与感动和语言达到一致的瞬间,那正是告白。感动的主体在语言上的喷发让卢梭写出了《忏悔录》。尽管感动在近代以前就已经有了,也有过感动在瞬间使主体和语言之间的距离消失的现象,但告白在近代以前、至少在日本是没有的。这里就牵涉到有关告白的定义了。之所以说在近代以前的日本没有告白,根据就在于"告白"一词是作为明治时期那些数不胜数的西洋思想的翻译词中的一个而出现的。日语里的"告白"一词在明治初期,我们现在所使用的意思并未普及。它很容易让人联想到"忏悔"一词,也就是英语的"Confession",但还没有现在所使用的把自己的内面暴露出来的含义。[1]

概括地说,"告白"一词虽然能从《晋书》中找到出处,但它的含义却经历了从西方意义上的忏悔到现在拥有更为广义的含义的变迁。"相对于忏悔是佛教用语,告白则只能作为基督教用语来使用。"[2]要理解近代意义上的"告白"一词的含义,可以先从"忏悔"一词入手。日语里的"告白"包含了英语里的Confession,也就是"忏悔"的意思。"忏悔"一词在东方本是佛教语,在佛典和日本中世的各种作品中时有出现。这一传统语到了近代,尤其是进入到文学的世界,产生了很大的影响,很快成了主题语。[3]

按照《日本国语大辞典》中的解释,"忏悔"一词有以下意思:

(1)佛教用语。把过去所犯的罪过说出来以求得原谅。再就是后悔自己过去所犯的罪恶向神佛和人们表示歉意。

(2)后悔过去所犯的罪恶,向人们说出来。一般也指把对他人难以启齿的事情说出来。

(3)罪恶。错误。

---

1 参见伊藤氏贵『告白の文学』,鸟影社,2002年8月,第9页。
2 佐藤三武朗『島崎藤村・告白と自白の位相』,『島崎藤村研究』第16号,島崎藤村学会编,双文社,第23页。
3 『明治の文学とことば』,桥浦兵一著,評論社,昭和四十六年6月,第269—270页。

4）议论别人过去的罪恶、过失。诽谤。

5）基督教中祈求赎罪的行为。[1]

也就是说，在明治时期，它同样有一个被西化的过程，或者说西方的Confession通过"忏悔"这一中间媒体的嫁接作用，最终形成了忏悔=Confession这么一个结果。

在西方，最早可追溯到4世纪奥古斯丁所写的《忏悔录》一书，在内容上有着"通过忏悔自己的罪行来对神表达感谢和赞美"的意思，这种思想是与基督教相贯通的。我们通常把西方文化视为罪感文化，就是因为基督教强调所谓的原罪意识，即人生而有罪，要通过不断地忏悔自身的罪孽才能获得天国的救赎。人是有原罪的，这种原罪源于人类灵魂受到肉体感性欲望的引诱而堕落这一事实；人必须甘心忍受现世苦难，向上帝忏悔，终生赎罪，死后才能进入天堂。在这种宗教理性的统治下，人们的社会生活和日常生活，精神生活与物质生活都渗透了一种神秘色彩，人类被自身设置的陷阱所迷惑。作为完整的人在这里发生了灵与肉、感性与理性、精神与物质的严重分裂，人类生活世界陷入矛盾和困境。"罪"意识指的是西方基督教文化中，从"原罪"及其"本罪"概念体现出的人性恶、罪恶感等观念。"罪"意识对西方文化发展具有某种引导性。这不仅表现在中世纪前后的西方哲学、文学中，也表现在19世纪以后的哲学、文学中。在对中国现代文学影响较大的西方学者、作家，如叔本华、托尔斯泰、陀思妥耶夫斯基等人身上，都很容易看到这些影响与表现。

随着文艺复兴的兴起，人的主体意识逐渐觉醒，原罪意识往往被代之以一种对人的乐观信念，忏悔逐渐变成了一种肯定人和人的自然本性的方式。到了18世纪，法国思想家、文学家卢梭在他的随笔《忏悔录》中，试图通过在最高审判者神以及周围人的面前赤裸裸地暴露自己的内心世界、大胆地忏悔自己的罪孽来树立个人的自信，从而肯定自我的价值，这种理念对近代社会以来的人们在摆脱或淡化来自宗教意义上的忏悔意识，

---

[1] 见《日本国语大辞典》第222页。

树立新的个人主义意识方面无疑是很有影响的。卢梭的意义就在于他把接受忏悔的特权从上帝那里分配到了一般人那里。从而使得"忏悔"一词的宗教意义被冲淡。柄谷行人在《日本近代文学的起源》中指出，西洋的"文学"作为一个整体乃是通过告白这一制度而形成发展起来的，应当说不管是否接受了基督教，也不管是否受到其感染，西洋文学是形成于这个告白制度之中的。当然，这没有必要一定是"基督教的文学"。[1]

在日本跨入近代社会以后，随着基督教和西方思潮大肆涌入，"告白"一词也变得时髦起来，自然主义时代的人们常常把怀疑、忏悔、告白挂在嘴边，自传性的告白小说蔚然成风。告白与自白几乎是同一意思，是与"忏悔"一同被经常使用的语言，一直到大正初期，给人们的印象是"告白"有着始终站在人的立场来重新解释忏悔的意思。"告白"一词主要是作为文学语言出现的，一开始它有着与"忏悔"相同的意思和用法。当初卢梭的《忏悔录》被翻译成《忏悔》或《忏悔录》，而时至今日人们更加习惯于称之为《告白》，由此不难看出两者意义上的混同，以及"忏悔"逐渐被"告白"所取代的趋势。另外，如伊藤整在《文学入门》一书中也屡屡同时提及"忏悔与告白"的说法，可见这两个词是各有侧重的。中文"忏悔"一词翻译成日语都可以译作"告白"，但"告白"一词在汉语和日语中均有"将真相表白出来，告白于天下"的意思。日语里的"告白"的另一层意思来源于confession一词，后者不管是过去还是现在都不含表白恋情的意思，它一直是指关于罪的告白（忏悔）。但是按照福柯的说法，这种罪并不一定是很明确的，而是先有应该告白这一外在压力，然后再基于自己内部所产生的罪孽感，这就是告白（忏悔）的基本形式。什么是罪，对自己来说有什么愧疚的事情，在告白（忏悔）之前自己内心肯定必须先反省一番。基督教的原罪意识是日本文化里所没有的，"告白"这一舶来概念所带来的、日本古代诗歌里（自照文学等）所缺少的正是这一点。另据伊藤氏贵考察，到了大正二年才在《文学新字小辞典》中

---

1 参考柄谷行人《日本现代文学的起源》，赵京华译，生活读书新知三联书店，2003年，第75页。

找到今天所使用的"告白"的意思:"指把自己所想的事情毫不隐瞒地直接了断地说出来。与忏悔有点相同。但说到忏悔,就有道德上宗教上的意味。告白并不一定是那样。"也就是说,日语的"告白"从英语的"Confession"所带有的宗教性中解放出来了,变成了文学的语言。文学范畴内的告白,并不把"恕罪"这种意思作为"告白"所必需的成立条件。所谓告白,就是指没有特别的理由的自我告白,就这点来说,"告白"对于明治的文学来说确实是崭新的。"告白表明在文学上是以近代日本所特有的不可或缺的东西作为条件的。"[1]恋爱的告白,只是告白中一个浅显的例子而已。

柄谷行人在《日本近代文学的起源》之《类型之死灭》一章中,介绍到了弗莱对告白的一些看法。弗莱把告白看做一种独立的散文形式。他说:我们有一些最高水准的散文作品乃是"思想性"的,很难断定为文学,还有一些是"散文文体的典范",很难说是宗教的或哲学的,故不经意地将这些都赶到角落里去了,其实应该承认这是一种告白形式,这些作品应在fiction中得到一个明确的位置。弗莱认为这是自奥古斯丁以来的传统,而在卢梭以后(包括卢梭本人),告白流入小说中来,混合之后,产生了虚构的自传、艺术家小说及其他类似的形式。柄谷行人也指出,在日本,自然主义作家也是从告白开始的,不过,这和作为西方意义上的类型的"告白"不是一回事,因为在日本自然主义作家那里缺乏"知识性理论性的关心"。[2]现代小说的叙述方法一方面将政治中性化,另一方面又创造了"自我表现"这一虚构,可以说,告白是将自我客观化的非常手段。

告白者的意识并没有被统一起来,反而是其中的分裂成为了形成告白的主要原因。告白是讲述自己的特殊的语言,另一方面也是证明不可能完全讲述自己的语言。著名评论家吉本隆明把语言分为"自我表达语"和"指示表达语"两类,也就是通常说的表现的语言和描写的语言。告白很容易被当成"自我表达"(表现)的语言,但是,让日本自然主义文学家

---

1 伊藤氏贵『告白の文学』序章 第7页,鸟影社,2002年8月出版。
2 柄谷行人『日本近代文学の起源』,講談社,1992年5月,第182页。

煞费心思的却是"描写"的问题,即"指示表达"的问题。这中间明显有着告白的自相矛盾的结构。告白,既是自我表达的同时,也必须是指示表达。自然主义者们所努力尝试的正是这一点,换句话说,就是针对主观的客观化。

另外,佐藤三武朗指出,在《破戒》的最后一章,藤村是把告白和忏悔当作同一个意思来使用的,但他并不是采取在佛教思想之上再加上基督教思想的立场,而是把它作为一代新人的人生观、世界观和价值观来接受,作为文学素材来发挥的。取代"忏悔"这一传统的严肃的佛教思想的,是"告白"这一崭新的基督教思想,它起到了培育更为广泛更为深入的人类观的作用。当然,藤村不是只是忠实地按照基督教思想来进行临摹,他所追求的并非宗教的原义,而是作为文学意义上的"告白"来加以应用,从而在形成他自己的人类观、人生观,以及生命观和对更美好的人生的期待方面发挥了作用。在此意义上,告白成为了丑松的自我意识的表现媒介。告白中对真实的自我的追求和发现,培育了崭新的人生观,使得构筑新的信赖关系成为可能。相反,潜藏在自白中的封建性前时代的人的认识和价值观念也被打破了。[1]在日本,告白作为主人公或作家的现代自我意识的表现媒介,它还具有某种反封建的作用和意义。这一点在与陈腐的家族制度的对抗中表现得尤为突出,并成为日本自然主义为学的一个标志。

二、关于告白文学

关于告白文学,伊藤氏贵在他的论文一开头就提到,如果能给"告白文学下定义",那么这个论题的一半就完成了。确实,要严格界定告白文学并不是一件容易的事,尤其是对于外国的读者来说,就更有难度了。但即便如此,我们还是要对它的定义有些了解。

关于"告白文学"一词,查词典的话,有以下几种解释:

---

[1] 佐藤三武朗『島崎藤村・告白と自白の位相』,『島崎藤村研究』第16号,第23页。

告白小说：把自己的体验和内心直接了断地表达出来的小说。中村光夫："我国最早的告白小说，正是由于作者丧失自我批评而得以成立……"（日本国语大辞典）

告白文学（1）：把自己的体验和内心直接了断地表达出来的文学（近代语新辞典1923）；（坂本义雄）：告白文学就是把过去的生活告白出来再跨入新生活道路的文艺作品。（日本国语大辞典）

告白文学（2）：作者回顾自己的一生，讲述自己的回忆、反省和教训的形式的文学。一种自传。另外，以第一人称形式穿插着作者的思想，作为独特的艺术作品所创作出来的东西也称作告白文学。（日本语大辞典第二版）

另外，与"告白文学"一词密切相关的还有"私小说"和"自照文学"的说法，在此对其定义也做一个简单介绍：

私小说：以作者本人为主人公，把身边的实际生活和心境以体验的告白这一形式描写出来的小说。在自我凝视中追求真实性。有时把身边杂记类的称为私小说，把观照性很强的称为心境小说。与西欧的第一人称小说不一样。（日本语大辞典第二版）

自照文学：自照的精神，即以自我反省、自我批判之心情写的文学。日记、随笔等。（日本语大辞典第二版）

关于私小说，国内学者做过较为详细的介绍，这里不再赘述。岛崎藤村实际上是处在"私小说"这一概念出现以前、但又对后来私小说的形成产生了巨大影响的这么一位作家。小林秀雄曾对私小说下过定义，即"把自己直接了断的告白写成小说体的就是私小说"[1]。也就是说，作为私小说的最为核心的东西，还是自我告白这一形式以及通过这一形式所表现出来的内容，即告白自我的内容。在这两个方面，应该说岛崎藤村和田山花袋的创作实践为私小说的出现做了开拓性的工作。告白小说与私小说可以有重叠，但是告白小说是一个更为宽泛的概念，相对于私小说的只以

1　小林秀雄著『Xへの手紙・私小説論』，新潮文库，平成15年2月，第113页。

作者本人为主人公，告白小说则可以通过虚构的人物形象来表达作者的内心世界和生活体验。伊藤氏贵认为告白小说还应该包括以告白为主题的小说，如夏目漱石的《心》。作品本身的主题是作家的自我告白。比起依靠告白的作品来，更多的是采用围绕告白而苦恼的作品。所谓告白，首先就是讲述它的人的告白。叙述者是谁这一点就是问题所在。[1]他的观点对我们理解告白文学与私小说之间的区别无疑大有帮助。通俗地说，像夏目漱石的《心》可以认为是把作者的体验和内心直接了断地表达了出来的作品，但他毕竟不是以作者本人为主人公，因此，虽然不能把它看成是私小说，但可以称之为告白小说或告白文学。岛崎藤村的《破戒》也是同样情况。对于《新生》，既被称作告白小说，又被称作私小说；而对于《春》和《家》，虽然也有称之为私小说的，但一般还是认为称作"自传风格的私小说式的小说"更为妥当，因为在这两部作品中作者并未完全局限于自己的视野，也就是说两部作品中还包含了一些非私小说的因素。不管怎么说，告白文学（告白小说）和私小说都是以告白这一表现形式为特征的。

　　同时，我们还要搞清楚告白文学与自传文学的区别。就像前面所引用的定义，"所谓告白文学"，就是"自传文学的一种形态，作者把自己内心的、外部的生活如实地（当然也有适当做过一些整理的例子）记录下来的文学"。但是，告白文学又不是简单的自传文学，其区别就在于，"作为文学意义上的告白，并非事实的含有量，而是基于吐露内面的程度。如果内面的吐露很少，那就和单纯的自叙传或者日记没什么区别了"[2]。实方清就"自传式小说的世界"也曾经作过说明："这一概念容易与作者的传记研究相混同，而自传式小说的代表就是《新生》。关于这部作品是私小说式的作品，还是自然主义小说，或是现实与浪漫相融合的象征主义的作品，有很多说法。但这里都可以作为自传式小说来认可。《新生》是文艺作品，而非传记。它是在作者的艺术意识之中以自己的体验为素材而加以形象化的文艺作品，而非作者记述自己的传记的作

1　参见伊藤氏贵『告白の文学』，鸟影社，2002年8月出版，第16页。
2　同上书，第9页。

品。""作品《新生》并非把藤村的新生事件原封不动写下来的作品，而是以新生事件为素材加以形象化的作品，必须清楚地区别它的虚构性及传记性。"[1]厨川白村就是以"表现自己不伪不饰的真"来评判"自我告白文学"的。他在《岛崎藤村的忏悔——'新生'合评》一文中进一步强调"所有的文学都是作者自己的忏悔或自我辩解"，为当时褒贬不一的《新生》做了辩护，表明了自己对告白文学的一种最基本的看法和态度。[2]

桥浦兵一在《明治的文学与语言》一书中指出，告白尤其是作为小说的方法很重要。艺术上的告白，只要不是万能的人，就需要有表现的创意。[3]所谓"文学的告白性"，也就是"在文学中的自我反省"。"告白"是从"confession"一词中上帝与原罪意识之间脱节的地方，与"暗恋"所具有的难以老老实实地毫不隐瞒地说出来的共同点的传统相结合之后形成的全新概念。[4]从"confession"起步的日本的自然主义文学，已经经历了这种重大的变质。告白已经不再是"confession"，因为在这种告白里边，罪孽感和祈求宽恕的心情已经很淡薄了。告白文学被认为只有日本才有。"告白"是个舶来概念，但意思已经发生了很大变化，并产生了近代日本所特有的"告白的文学"。这是我们理解日本近代文学中的"告白"及"告白文学"的关键所在。

第二节　藤村告白意识形成的内在因素

柄谷行人指出，可以说日本的"近代文学"是与告白形式一起诞生的。这是一个和单纯的所谓告白根本不同的形式，正是这个形式创造出了

1　実方清『藤村の文芸世界』，桜楓社，昭和六十一年4月，第140页。
2　李强《厨川白村文艺思想研究》，昆仑出版社，2008年3月，第203—204页。
3　桥浦兵一《明治の文学とことば》，評論社，第276页，昭和四十六年6月。
4　伊藤氏贵《告白的文学》序章，鳥影社，2002年8月，第14—15页。着重号为引者所加。

必须告白的内面。因此，不管狭义的告白怎样被否定和克服，这个形式却毫无损伤地保留下来了。这是一种把应该表现的（内面）和被表现的划分开来的两分法。今天的作家即使抛弃了狭义的告白，文学之中依然存在着这种告白制度。（《日本近代文学的起源》）伊藤氏贵在《告白的文学》一书中强调告白要以主体性的动摇和自我形象的分裂为前提。告白首先包含了"自己是谁"这么一个疑问。告白不一定要有深邃的哲学动机，但是，与单纯的心情的吐露不同，它必须包含有审视自我的目光。所表达的是比喜怒哀乐这类语言所表达的感情更为复杂一些的东西。感情的流露通常不称作告白。告白首先要有烦闷。这种烦闷是自己一直没有意识到、直到意识到自己里面还有另外一个自我的时候产生的。或者一直认为"自己是这样一个人"的信念突然发生动摇的时候开始的。对自己来说，意想不到的自我形象突然出现的时候才明白过来自己是如何评价迄今为止的自己的。[1]伊藤氏贵所说的"告白首先要有烦闷"其实是对柄谷行人所强调的"告白的内面"的具体化表述。柄谷行人所说的告白之义务无疑属于近代自我意识的一项重要内容，如对虚伪的排斥，而应该隐蔽的事物或内面又是近代自我意识的产物。伊藤氏贵把这几个方面的关系作了如下归纳：应该表现的"自我"先于表现而存在；应该表现的自我与作家本人的近代自我意识、以及与近代自我意识密切相关的告白意识存在因果关系。

　　近代自我意识的形成导致自我分裂意识的出现，于是有了自我告白。在日本，首先是近代自我意识的形成而出现了告白意识，最早体现这种近代自我意识的作品有《浮云》与《舞女》；这也是伊藤氏贵把《舞女》视为"告白的文学"的重要原因。但这些作品还只能算是处在萌芽阶段的告白，真正的告白文学的出现则要等到岛崎藤村、田山花袋为代表的日本自然主义文学的问世了。《破戒》、《棉被》等一系列作品的问世才宣告了告白文学真正作为日本近代文学的一种文学现象已经登上大雅之堂了。对岛崎藤村的告白意识的考察，在某种程度上也意味着对日本自然主

1　参见伊藤氏贵『告白の文学』，鳥影社，2002年8月，第306页。

义作家群的告白意识的形成的考察。

应该说,明治时期有着容易催生告白情结的土壤。当时,正处在各种西方思潮和西方价值观冲击日本传统的思想和传统的价值观的时期,即所谓的欧化风潮时期。在这样的形势下,尤其是很多年轻知识分子从一开始就满腔热情地投入到了这种浪潮之中。但是,随着社会矛盾的加剧和各种价值观之间的冲突,他们的精神生活很快也就陷入到痛苦彷徨的地步,从而构成了告白的前提——主体性的动摇和自我形象的分裂。

一、造成自我矛盾、自我分裂的时代背景

我们知道,明治维新是一种自上而下的激进式的社会变革运动,一次不彻底的资产阶级革命,保留了浓厚的封建性。体现在政治上逐步建立和维持的天皇极权主义,在思想上极权主义思想限制个人主义精神的发扬,家族主义束缚自我意识的发展。铃木贞美对明治维新的时代背景有进行了如下概括:

> 日清战争后的日本面对形形色色的社会问题。歉收频仍,贫民暴动不断。足尾铜山的矿毒事件,使附近的山林和渡良濑川流域受到污染,临近的县议员忍无可忍,在东京举行了规模盛大的游行。日俄、日清战争招致的重税,则令近半数的日本国民沦为佃农。随着资本主义经济的渗透,农村也出现了现金的需求,于是男人女人纷纷外出做苦力,不久便统统流向城市的工厂地带成为农民工。而这样形成的贫民窟,却成为社会不安的动因,于是兴起了社会主义运动。

> 处于这种矛盾中心的知识青年们非常苦恼,不知当如何生存。生存的目的是为自己?为社会?为国家?还是为人类呢?1903年5月,第一高等学校文科一年级学生藤村操,在日光的华严瀑布投瀑自杀。遗书中这样写道:"万有之真相惟一言可蔽,曰不可解。我怀此恨烦闷,终决一死。"

> 此事件引起了很大轰动,被称做"哲学的自杀",人们开始关注知识青年的怀疑与烦闷。此后在日俄战争后的约四年时间里,百数十人的青年为失恋步上藤村的后尘。如此成为一大社会问题。

有论者称,这种状况体现了"近代自我"的觉醒,实际上却是一种心生不满的证明,不满国家强制推行的教育敕语,或追赶列强诸国而推行的富国强兵政策。实际上,那是一种面对国际社会倾轧和国内矛盾激化的人生迷惘。青年们面对的是一个问题成堆的时代,如何实现现实的救济和灵魂的拯救呢?他们深知,"忠君爱国"和"立身出世"的人生信条已失去效用,无法满足的心灵开始深究世界的本质,他们追问"人生真谛或生存的意义",但令他们无限苦恼的是,他们无法找到世界的真谛,于是选择了死。也就是说,此时尚未形成一种可以包容青年心灵的伦理规范,以从制度上保障着学历的提升,便可由世袭的身份中获得自由。[1]

从铃木贞美对于明治时期的时代背景的全景式大扫描和局部特写镜头中,我们对于生活在明治时期的知识分子的处境有了更为深刻的理解。当时的很多做法和方式是在社会和民众还没来得及理解和消化的情况下就已经强行推广起来的。各种思潮也是如此。明治时期的知识分子因此面临着各种困惑:政治的困惑,宗教的困惑,家族的困惑,生活的困惑,情感的困惑,等等。在从封建社会向资本主义社会转型的时期,一方面是明治时期的文明开化风潮使得西方的近代文明和自由观念蜂拥而至,很多知识青年因此有了近代自我的初步觉醒,但很快就面临着新旧价值体系之间的矛盾和冲突。他们在接受了新思想的洗礼、积极追求个性解放、恋爱自由的同时,又在外在的孝道、利禄等面前产生动摇甚至妥协,表现出两重性格——觉醒与屈从、叛逆与妥协,这是当时最普遍存在、最具典型意义的问题。尤其是在当时曾经轰动一时的自由民权运动遭受挫折以后,这种现象更加明显,年轻的知识分子们一时找不到精神的出路,已经觉醒的近代自我意识处在彷徨矛盾之中。森鸥外的《舞女》表现的就是这种情形。北村透谷的长诗《蓬莱曲》以灵肉二元的矛盾纠葛,表达的也是在明治的专制政治制度下,近代人的悲戚和哀愁、孤独的自我和人生的内在的真实,

---

1 铃木贞美《日本的文化民族主义》,魏大海译,武汉大学出版社,2008年4月,第97—98页。

其基调是表现自我与自我分裂相克的苦恼。这些都说明自我矛盾和自我分裂是当时知识分子普遍拥有的一种心态。

石川啄木深刻地感受到这种"时代窒息"的现状正是造成年轻的藤村们自我苦闷和自我分裂的原因所在。他尖锐地指出，当时知识分子"处在丧失理想、失掉方向、失去出路的状态下，他们长期郁积下来的其自身的力量，是英雄无用武之地……今天我们所有青年都具有内讧、自毁的倾向，极其明确地说明了这个丧失理想的可悲状态——这确实是时代窒息的结果"[1]。日本近代的家国一体的社会性质决定了知识分子始终摆脱不了孤寂的精神困境与人格分裂的悲剧，他们最终或与旧的传统妥协，或走向自我的毁灭，或进行绝望的抗争，成为失去精神家园的孤魂。在家族衰落与文明解体的过程中，必然带来人的灵魂的分裂，这种分裂首先体现在觉醒的知识分子身上；而以岛崎藤村为代表的自然主义作家所表现出的告白性特点正是这种分裂意识的表现。因此，天皇制的枷锁束缚了言论思想的自由，民众的民主运动过于软弱，许多知识分子试图解答前述怀疑和烦闷，却只能通过宗教等领域来寻求现实世界和自身灵魂的解救。当时的社会状况下年轻知识分子所面临的诸如政治的困惑、宗教的困惑、家族的困惑、生活的困惑和情感的困惑等纷乱交织，客观上构成了促成藤村们的告白意识产生的大环境。

另一方面，明治时期一开始表现得过度西洋化，而后的教育勅语又将日本的开国举措拉回到了传统因袭之中。日俄战争的意外胜利带给日本国民的是膨胀的自负心理与社会问题堆积如山的危机感同时并存，表现在文化上则是"元禄风情"与西化风潮并存。具体到作为日本近代新文学的引导者岛崎藤村那里，这种"元禄情结"可谓伴随了他的大半生，并突出体现在他对松尾芭蕉的偏爱上。松尾芭蕉作为元禄时期日本和歌界的革新者，其俳谐世界在当时受到了高度评价。梅本浩志指出，藤村在巴黎的时

---

[1] 石川啄木《时代窒息之现状》，收录在《文学思想》，筑摩書房，1965年，第199页。此处引自叶渭渠《日本自然主义文艺思潮述评》，柳鸣九主编《自然主义》，中国社会科学出版社，1988年，第271页。

候对于自己十分关注的象征派诗人兰坡没有任何记载,而对于马拉美和保尔·魏尔伦都写下了名字,认为这是藤村的黑洞,并分析认为,其中的一个理由就是诗人藤村和小说家藤村的自我分裂:文学人生的前半生是作为诗人度过的,成为小说家之后他还继续维持了诗人的身份,尤其是爱读漂泊诗人松尾芭蕉的作品,甚至把芭蕉全集带到了巴黎,在本质上他是一个既采用韵律来遵循日本诗歌的传统,又通过带有抒情节奏的旋律来努力实现"新诗歌"的形成和确立的浪漫主义诗人。[1]作为文学追求上的新旧结合体,藤村文学的告白性特征其实也是传统与现代的矛盾结合体现。

　　岛崎藤村曾经报考过相当于现在东京大学的预科班的一高却遭到失败,因此断了他想成为政治家的念头;他也曾有志于投身实业,最后又打消了那样的念头,义无反顾地选择了走文学之路。在他的代表作《破戒》和《春》中,对困扰自己的时代背景做了详细的叙述。一言以概之,藤村生活在一个让觉醒者悲哀的时代。他的青壮年时期就是在这样一种令人窒息的社会环境下开创自己的文学伟业的。

　　藤村生于明治,因而他是在明治精神的沐浴之下成长起来的。明治时期是日本与欧洲产生激越碰撞的时代,如何摄取欧洲的思想和精神是生活在那个时代的人们所面临的重大课题。所谓明治的近代精神,就是指自我意识的觉醒以及确立自我主体的奋斗精神,它既独立于日本所固有的价值观,又必须直面在欧洲文化的冲击下如何保持自己的主体性和认同感的问题。藤村文学所塑造的主人公,在此意义上多属于孤独者这一类,在怀疑和异化之中不得不努力寻找适合自己生存下去的道路,这就是他们的命运。这些孤独的怀疑者们自然而然就成为了自我分裂之下谋求自我告白的最佳人选。

二、藤村的性格特点——主体性的动摇和自我形象的分裂

　　岛崎藤村本人算得上很符合告白条件的一个人。首先,他是一个有

1　梅本浩志『島崎藤村とパリ·コミューン』,社会評論社,2004年10月,第275页。

着坚定意志而又性格内向的人。平时生活中的他不大轻易表述自己，但又会十分坚守自己的信念。他的朋友们都公认他属于个性很强的那一类人。藤村不管碰到什么事情都会坚持自己的做法，而对于其他人提出的反对意见他决不会轻易就接受，甚至有人认为妥协这种事对他来说几乎不可能。在他小的时候他曾经到邻居家去玩耍，因为调皮挨了骂，打那以后他就再不理人家了，后来倒是对方沉不住气向他道了歉。另外，他还是一个早熟的男孩，8岁的时候就对邻居大胁家的小女孩产生了淡淡的恋情，并在后来《初恋》一诗中对于这段感情进行了缅怀，这也从一个侧面反映了他从小就有着丰富而又敏感的内心世界。他从10岁左右起就离开家乡，孤身来到东京开始了长达十年的寄居生活，这段经历对他今后的人生和文学创作也产生了很大影响。在规矩繁多而又十分讲究长幼尊卑的传统日本人家里，他实际上过的就是寄人篱下的生活，使得他很容易产生某种弃儿意识，并形成了他对周围的环境顾忌太多和忍辱负重的性格。从他后来形成的不直接表述的文体的特点也可以看出他容易受到外界牵制或者说对外界顾忌太多的一面。另外，他在56岁决定与加藤静子女士再婚的时候，也是在举办婚礼数日前才迫不得已写信告诉自己的长子，这与《破戒》中被逼得没有退路之后才下决心告白的丑松的患得患失、优柔寡断的性格颇为相像。

　　藤村还是那种必须把艺术与生活都与他的个性和爱好统一起来的人。《嫩叶集》既表现出了他作为一个诗人所具有的激情澎湃而又不循规蹈距的性格，也表明了他是一个具有很强的自我控制力的人。无论是作为作家还是作为生活中的一员，他都具有既深思熟虑又小心谨慎的谋划能力，以及整合秩序的组织能力。他既有着强韧的观察能力和生活能力，又十分在乎别人对自己的看法。这种保守的性格和表现也暴露了他内心深处所具有的矛盾的一面。藤村自己在庆祝《黎明前》出版的庆功宴会上说："我这个人往往给人以局促不安感，或是难以接近之感，因而也就没人走近我说一些事情的真相。……实际上我并不是这样一个人，我很愿意跟人打交道。"（《藤村笔记》）他的内心深处渴望着与人亲密交往，但又无法把自己内心的真实想法表现出来,意识与行动之间存在的鸿沟也令他自己苦恼不已。在他自己看来,二儿子的内向和三儿子的外向分别代表了他性格上的两个方面。从他身上我们还能看到其他矛盾特征,如:迟钝(反应迟钝)与机敏(过于敏感),既冷静又热情等。藤村的行动和文学上的表现不管从哪个角度来看都显得有些迟钝,但他又是一个能够敏锐地觉察到时代的变革期的文学家,他在文学上接连不断地取得具有先驱意义的成就足以说明这一点。表面上的迟钝与内心的敏锐简直就像布满水晶之弦,于是,"藤村感觉之敏锐,神经之纤细,虽然不太不露出来,但是跟他接触时间越长,就越能感觉到这一点"(田中宇一郎《回忆岛崎藤村》)。平林泰子认为藤村身上有着信州人缺乏激情的典型特征,还有人指出藤村对所有的事情都很淡定,是一个不爱动的人。但吉江乔松有着不同的意见,在他看来,"岛崎藤村这个人作为明治以来的文学家,其特点就是最富有丰富的热情的人"(《岛崎藤村的印象》)。北村透谷的妻子也说:"那个时候大家都有很狂热的一面,其中又以藤村为最。"在藤村的性格中,有着相互否定的矛盾的二重性。关于自己的矛盾结合体的性格特点,他在《春》中也作了描述:他把自己的"可怜的性格"归纳为"傲岸而柔弱,过激而胆小,善感而又踌躇"。[1] 他的不擅言谈和优柔寡断的性格还可从《春》的一些细节的描写中得到印证:

> 岸本做梦都没有想到,还会有这样的机会给胜子写信。他的迂曲的性格,使得他对任何事情都不能说出内心的真实想法。他时而放浪,时而恸哭,想忘掉胸中的痛苦。[2]

> 胜子现在坐到了岸本的面前了。他早已想定,一旦胜子来,他要告诉她许多事情。他有多少话要对他说啊!然而一见面,说出话来又很不合自己的心意。……短暂的师生关系妨碍他们自由地交谈。在这个仓促的约会时间里,他俩总不能有失礼仪。平时,岸本

---

[1] 参见《春》中文译本,陈德文译,福建人民出版社,1983年,第5页。以下引用均来自该版本。
[2] 《春》第29页。

听到有些教师堕落的故事，就常常皱起眉头。在胜子面前，他变得更加谨严了。首先，他们的师生关系是造成岸本巨大痛苦的根源。[1]

从中不难看出他的瞻前顾后、不善言辞给他的青春所带来的烦恼之深。剑持武彦也认为藤村是一个不爱说话的人，"不管是座谈会还是演讲都不大擅长与人交谈"[2]。即便是对于初恋中自己钟情的女友佐藤辅子，他也很少表露恋情，更不用说在恋爱方面大胆付诸行动了。据《春》所记载，岸本和胜子的关系始于岸本对胜子的单相思，岸本因为顾忌到师生关系而未曾表白就只身踏上了关西之旅，最后还是在旅途中由他朋友冈见叫自己的妹妹凉子转达岸本的心思的。这种不爱表达还与东方人的含蓄和内敛有关。正如藤村在《复杂和单纯》中所写的那样："我们拐弯抹角地表达对父母、兄弟、妻子、朋友的爱，但我们面对他们时，却一个爱字也没有。"伊东一夫在总结上述研究的基础上进行了进一步的分析。在"表现的特色"上，藤村作品中的表现形态可分为初期、中期和末期，其中最能表现藤村性格的是在中期。中期的表现以含蓄、充满转弯抹角的阴影为特色，并有着"表述出来的困难"。不管是衣食住行方面还是其他任何事情，他都是那么小心慎重，决不会草率行事。这种态度有时会在异常情况下导致举棋不定、优柔寡断的行为出现。类似的生活表现在他夫人静子女士的回忆录中也有写到，在他的一些作品中也有过明确的描述，如《破戒》的丑松在下定决心向莲太郎说出自己的出身秘密的时候，反而变得无法表述自己了；他曾经专程前往神津家借钱，但是到了之后却又羞于说出口，最后无功而返；"新生"事件中他一直都在为无法向兄嫂讲明事情真相而苦恼；在向后来的静子夫人求婚之前也一直处于内心纠结的状态。他的这些表现和特征都属于分裂气质所特有的表述障碍的性格现象。固执和执着、沉默寡言、想象力的贫困、喜欢自我凝视（S型性格的人性格内向，属于非妥协性，实行严厉的自我凝视和自我批判是其特征。而这种自

---

1 参见《春》中文译本，陈德文译，福建人民出版社，1983年，第35页
2 『藤村と西洋（西洋文学）』，收录在『島崎藤村－日本の近代文学』，有精堂，昭和五十八年1月，第144页。

我凝视、自我批判又会把自己带入孤独的境地）。以自我告白和自传式风格为主的藤村比其他作家更为深刻、也更为狭窄地挖掘出了自己以及与自己相关的家族成员在变革时期的艰难人生，从而发现自己人生中所具有的普遍现象，就是因为这样的凝视的深度成为了有力的根据。他与其他小说家所不同的一个特质也就在于此。

不仅如此，类似的矛盾对立现象在藤村文学中也同样存在。正宗白鸟曾经指出："我感觉到藤村的本领就在于他并非严格的写实主义者，而是浪漫主义的作家。"（《作家论》）无论是在他本人身上还是在作品中都有着青年性和老年性共存的现象。藤村内心所充满的不可思议的年轻活力，使得他的散文也会偶尔流露出《嫩叶集》时期的诗一般的抒情精神，而且，就像是为了制约这种抒情精神一般，简朴枯淡的老朽的叹息就像水墨画一般漂漾在他的作品中。这就是他的作品的特征。和辻哲郎博士尖锐地指出了藤村想要表现的一面和想要隐瞒的一面之间的矛盾性："藤村试图通过自己的强烈个性来开创自己独特的世界而进行的努力，以及他过于在意别人的毛病，在他身上不容分辩地结合在一起了。"（《被埋没的日本》）太田水穗在《成长记》一文中也评价藤村的作品风格具有两面性，他的诗歌给人"极其日本式和极其西洋风格"的印象。体现藤村身上所具有的矛盾性的极限的还有人道主义与利己主义的两个对立面。比如户川秋骨早就有过"岛崎君为他人会不惜劳苦"的评价（《近半个世纪的交往》），西丸四方教授在《岛崎藤村的秘密》中也提到，不断有年轻落魄的读书人到藤村的住处来，他们一定会得到藤村的同情，并从他那里得到书或金钱的馈赠。而更多关于藤村是个自私自利的人的评价主要来自《新生》的读后感。笹渊友一在《近代日本文学与基督教》一文中指出："藤村的文学总体给人以矛盾、混沌之感。这主要是来自他的文学与应该称之为他的人生的理想性与现实性的两个侧面的纠结。"接受基督教思想的洗礼使他自觉意识到自己人生的矛盾性——他所追求的人生的理想性，其实是与透谷的内部生命属于同一系列的基督教的人生观，而作为矛盾体出现的现实性则是人的自然属性，其根源在民族性和官能性（人生的本能）。

在他的《樱桃熟了的时候》一书中充满了为这种灵与肉的矛盾而苦恼的告白,这种二律背反成为贯穿藤村一生的根本的生命构造,也是藤村文学的本质所在。

  在明治学院求学的第三年,曾经深受政治感染而梦想成为政治家的岛崎春树发生了很大变化。与后来成为《文学界》同人的马场孤蝶、户川秋骨等相识之后,一个作风强硬的朋友小仓锐喜给他提出的忠告成为促使他进行自我反省的契机,原来因为爱多管闲事而获得了"打铁匠的扁担"的绰号的他一下子变成了"仙人"。一旦遇到点什么事情他就会十分自责,以致马场孤蝶告诫他"不能太另类"。在学院的基督教新教的氛围下,春树开始羡慕那些过着优雅的精神生活的人。他得知市面上在卖井原西鹤的《好色一代女》之后便赶紧上街买来看,但又因为书中有淫秽的描写而把书扯烂并扔掉,表现出了过度的洁癖。不过他也有另外一方面的表现,即他"可以从旧约全书中找出那些猥亵的部分反复阅读",同时又对自己的这种表现感到羞愧。[1]基督教的禁欲主义和青春期的躁动加速了他的精神与肉体之间的纠葛,从而加深了他的自责与反省。其中的矛盾性或许还来自那种异国情调的诱惑吧。村松梢风曾经在《近代作家传》中指出,藤村是一个极端矛盾的人,而且这种矛盾性已经成为了藤村这个人的一部分。

  藤村性格上还有忧郁的一面,并标榜自己是一个有着"父亲遗传的忧郁"的人。关于"父亲遗传的忧郁"这一点,藤村在自己的作品中有过不少交代,主要体现在以下事件:1. 父亲与大姐都是发狂而死;2. 他上面的哥哥友弥乃是母亲出轨之后生下的不幸之人;3. 在与自己的侄女岛崎驹子之间发生了乱伦事件之后,藤村才从大哥那里得知他们的父亲曾经与同父异母的妹妹同样发生过乱伦关系。藤村把上述现象归结为自己的"宿命",自己身体内部也因此有着遗传下来的"放荡的血"在流淌,他常常因此而倍感忧郁。《家》和《新生》对他的这种意识有很详细的描述。在其自传性作品《樱桃熟了的时候》和《春》之中,都流淌着忧愁的情绪,

---

1 参见川端俊英『岛崎藤村の人間観』,新日本出版社,2006年,第26页。

虽然描写的是他的青春时代，却给人以孤寂之感。在《新生》中他作了更为详细而直接的注解：整个半生都缠绕着他的忧郁——说的，做的，想的，都像是由此引起的似的，那个无名的、没有缘由的忧郁，早在青年时代刚开始的时候就已经突袭到自己身上来了。说这样的话，恐怕只有父亲能听懂。为什么呢？就像岸本烦闷着的半生一样，父亲也是度过了烦闷的一生的人。后来藤村又在《地中海之旅》中写道：“父亲大人，您的一生充满了烦恼。我这半生，也是如此。我的心情忧郁。我想自己拯救自己。”[1]在他看来，自己那种忍辱负重的性格也是岛崎家族的宿命所赐，也是从父亲那里遗传下来的忧郁的一种表现。

藤村的性格与贯穿藤村家一族的忧郁的遗传禀性有关。正树—圆子—藤村—驹子—鸡二（藤村长子）这个系列最能代表那样的特征。岛崎家有着近亲结婚的传统。藤村的母亲就是居住在离他的老家马笼不远的妻笼的岛崎家族的另一支的一员。藤村在作品中多次强调了遗传的因素，如"他年龄越大，就越发惊恐地感到自己的性格与父亲越来越像"、"他甚至在自己的体内发现了父亲的手"，在《家》中他还写到自己的姐姐颇有父亲的风貌。作为《新生》的女主角节子的原型岛崎驹子被认为简直就是藤村性格的最典型的代表。近亲结婚的结果是夭折者多，另一方面则是具有艺术家的气质。天才和疯子仅一步之隔，这句话在岛崎氏家族中也得到了印证。藤村最初违背父亲的期待去学了英语和英国文学，后来又违背他寄养的主家的意愿投身文学，从中不难看出他本人对于自己的天分的自信，并被认为有着无论如何都要发挥自己天分的利己主义者。强忍失去三个女儿之痛和妻子患上夜盲症的艰苦生活，他仍然坚持完成《破戒》并一举成名，同样说明他无论如何都要发挥自己的天分的利己主义思想。忧郁与藤村的文学成就之间有着千丝万缕的联系，尤其表现在他对自己身上的艺术气质和文学才能充满了自信这一点上。他走上自我告白的文学之路，也是他的这种天才艺术家的自信使然吧。

1　《千曲川速写》第323页。陈喜儒、梅瑞华译，河北教育出版社，2002年月6月出版。以下引用均来自该版本。

伊东一夫在谈到藤村的性格类型时，引用了德国研究体态、体质与人格特征的关系而闻名的精神病学家恩斯特·克雷奇默的理论，并介绍了以此理论为基础对藤村现象所进行的分析。精神病分为精神分裂症和狂躁症两大类。人的气质分为分裂气质、躁郁气质和粘着气质三种。躁郁症中又分为轻躁型、抑郁型和循环型（前两种交替出现）。而分裂症则是指内向、思虑过甚、喜好孤独的非社交型。在这两种类型的人与艺术的关系方面，分裂症是注重纯粹的样式的形式主义者、古典主义者，以及中世纪的浪漫主义者、感伤的牧歌诗人，也是悲剧的激情诗人，与极端的表现主义者和带有自然主义倾向的文学家相通。最后还以富于机智的讽刺家出现。而躁郁气质的艺术样式则显示出乐于描写的写实主义倾向，充满善良和真诚的幽默感。在对文学家进行精神分析学或精神病理学的分析和考察方面，日本曾经针对夏目漱石和芥川龙之介作过尝试。伊东一夫在《与藤村相关的精神病理学说》一节中指出，评论界曾经出现过藤村患有"分裂症"、"分裂病质"、"分裂气质"的诸种说法，但他特别强调容易把人格分裂视为精神病患者，而分裂气质绝对不是病人，而是有着正常人格的人所具有的一种特征。关于藤村患有分裂病质的各种说法中，以胜本清一郎和信州大学西丸四方教授的观点最有见地。

西丸四方在《藤村的精神分析》、《藤村的行为与真实》、《岛崎藤村》等一系列文章中指出，在岛崎家族中表现出一种精神分裂性气质，即便是性情豪爽的次兄广助也绝不是循环性的性格，多半是分裂性性格，而这一性格在父亲正树和大姐园子那里表现为偏执狂特征，且两人都是在过了五十之后发疯并患上迫害幻想症的。岛崎家也出现了几个患有精神分裂症的人，但并非多数，只是在他们家族中有着分裂气质的人偏多。已经可以肯定正树、园子、田鹤子和驹子等都患有精神分裂症的症状。再加上近亲结婚（如广助与ASA）使得夭折者多（高濑家断了香火就是一例），但也会有表现出具有艺术家气质的一面。藤村的父亲患有精神病，而与精神病密切相关的内向性格也遗传到了藤村身上。有分析指出，藤村的作品中常常能看到一边长时间端详着手，一边叹着气想从自己的手上读出自己的宿命来的描写,这正是内向型性格的人的反应。[1]内向性格的分裂性气质是藤村艺术家气质的核心。胜本清一郎在《藤村的人间像》中论及到"精神分裂症的精神型"时指出,透谷无疑是精神分裂病的病态心理的代表,但是藤村没有到精神分裂病的程度,不过也不是正常人的精神分裂气质的程度。他是介于两者之间的精神分裂病质。藤村继承了父亲正树的血统中的内向性的分裂性气质,这在《破戒》的丑松、《春》的舍吉这些作者的自画像中已经很明确。这种颓废"血统"[2]通过近亲结婚和乱伦之后变得更加严重,并以山区的封闭性生活为背景而得以成立。内向型的分裂性气质正是藤村所具有的艺术家气质的核心,也清楚地表明了艺术家那种激情的所在。作为父母的不义、乱伦所表现出的家族的秘密,是形成藤村意志(精神)生活的发条,同时也决定了他世俗生活的方式。藤村不只是有父母和兄弟的"欲望"——名誉欲、出人头地欲、金钱欲,还自觉到灰暗的本能的强烈欲求,并一直在告诫自己不能陷入其中,致力于道德上的自我完善。[3]这些因素无疑更加强化了他的内向性格的形成和表现。

三、告白意识的出现——"难以言说的真实的秘密"

一般把自我分裂和秘密的存在作为告白的两大前提。从为人处世的角度,最好是把秘密隐蔽起来;作为文学,却是要把它公开出来。藤村本人很早就拥有难以言说的秘密,他也曾经多次表明自己内心有着"难以言说的真实的秘密"。

告白这种表现形式最早出现在岛崎藤村的诗歌中,他最早尝试自我告白就是从韵文开始的。藤村讲述"心"的传统主要在韵文之中,如"我去东北孤独地旅行。到仙台后,我尝试写诗,觉得诗歌最能表达年轻的

---

1 濑沼茂树『島崎藤村-その生涯と作品』,日本図書センター,1987年10月,第29页。
2 关于藤村的评论以及藤村自己写的小说中都会常常出现"血"或"血统"之类的词,它既有血缘、血脉的意思,也指遗传方面的因素,包括先天注定的出身之类,甚至有时还含有性欲和本能冲动的意思。
3 濑沼茂树『評伝島崎藤村』,筑摩書房,昭和五十六年10月,第72—73页。

心"(《昨天，前天》)。毫无疑问，藤村的诗歌是自我告白的开拓者，因为"在我内心的深处，藏着难以言说的秘密"(《落梅集》)，而他给自己的诗歌下的定义就是："诗歌岂能是在幽静中产生的感动。实际上，我的诗歌是苦苦挣扎的自白。"藤村的诗剧《蓬莱曲》中就有着自我告白的原始风格。他在诗歌中运用告白这一形式比《破戒》早了五年。但是，诗歌中的告白毕竟还只能算是情绪的告白，与小说的告白即事实的告白、真实的告白还有一定的距离。他主张"想到了就说出来好了"，而真要彻底把内心所想毫无保留地说出来，则还需要他再经历一段时期的继续摸索。后来藤村把告白这一形式转移到了散文，就是因为彼时诗歌已经不能满足他告白的要求了。

尽管他主张"想到了就说出来好了"，但与此同时，他又不断发出无可奈何的叹息——他的内心有着"难以言说的真实的秘密"。也就是说，他一方面想要把它说出来，另一方面他又不能或无法说出来。这种矛盾的心情很大程度是因为那个"难以言说的真实的秘密"一直困扰着他，使他在不断保持沉默的同时，又体会到了一股反作用力，促使他不停地想要冲破这种无形的束缚，在两股力量的合力作用之下形成了一股告白的冲动。濑沼茂树在藤村晚期的诗歌中发现了这种告白的冲动。藤村最后一本诗集《落梅集》中收录了很多首恋爱诗，其中尤以《心灵深处》最具代表性。诗人在写这些恋爱诗的时候并未将自己化身为传说中的女性，而是直接倾诉自己隐秘的婚外恋情，促成这种告白冲动的正是他与音乐家橘丝重之间的地下恋情，这与《嫩叶集》的恋爱诗出自对佐藤辅子的悲恋之情如出一辙。[1]这两段恋情或因为对方有了婚约，或因为自己已婚，最终化成了"难以言说的真实的秘密"，余下的痛楚恐怕只有他自己去品味了。这种痛苦情绪的长期发酵，便酿成了他的某种自我告白情结。

三好行雄认为在藤村题为《假寐》的这篇小说中，"爱欲的肯定和否定同时存在于一部作品之中"，明显导致了构思的分裂以及主题的二

1　瀬沼茂樹『作家の素顔』，河出書房新社，1975年4月，第90页。

重性。对藤村来说，恋爱是"杀死恋情自己就会死去"的至上憧憬，同时"恋情这个字也是通往地狱的恐惧"的代名词。[1]而在他的《旧东家》中，叙述者已经存在明显的分裂意识。

那么，他的这种分裂意识又是从何而来、何时产生的呢？首先应该与前面所分析的他的性格特点有关。另外，长期困扰藤村的所谓"难以言说的真实的秘密"究竟指什么呢？这个秘密又是怎样影响到藤村文学的自我告白这一表现形式的呢？

除了我们上面提到的关于他的两段恋情的秘密之外，还有就是来自岛崎家族内部的秘密。很多分析认为，藤村所谓的"难以言说的真实的秘密"，实际上是指关于他母亲的秘密。在他父亲到京都去之后长期不在家期间，母亲缝子与马笼的邻居、稻叶屋的男人通奸并生下了不义之子，即他的三哥友弥。这个事实对于藤村来说过于残酷了，以至于他一生都把它深深地埋藏在自己的内心深处。相对于藤村作品中大量关于父亲的描写，对母亲的描写却少得可怜，这种刻意回避的做法更加说明这一秘密在他内心留下的阴影有多深。还有一个秘密，就是《新生》结尾部分写到的民助告诉岸本关于"至今对谁都没有说过的父亲一生所隐藏的秘密"——"那样强调道德的父亲也没有抵制住诱惑犯了道德上的错误"的秘密。那是藤村的父亲正树与同父异母的妹妹之间通奸所犯下的"道德上的过失"。这个秘密无疑藤村是早就知道的。[2]从他最早写的小说《假寐》（明治三十一年11月）被认为是以三哥友弥为原型这一点来看，就足以佐证这一点。在《新生》中父亲的这一秘密被他作为减轻自己乱伦罪过的开脱之词披露出来了。藤村一直认为被隐瞒起来的父母的秘密作为"血的秘密"、"血的恐惧"[3]遗传到自己身上了，这种感觉使他从青年时代起就一直对

1　三好行雄『島崎藤村論』，筑摩書房，1994年1月，第106页。
2　参见《臼井吉見評論戦後》第六卷《人と文学1》中的『モデル問題』，筑摩書房，昭和四十一年5月，第230页。
3　关于岛崎藤村的"血的颓废"，"血的恐怖"的"血"，在岛崎藤村的表述中，既包括了遗传方面的因素，也有先天注定的出身之类因素。以下所用到的包括"血统"等也基本上是这个意思。这里"血的颓废"指遗传的忧郁性格，"血的秘密"则是指引起母亲的乱伦和父亲的近亲相奸的不安分的本能。

此惶惶不安。

关于秘密的问题还存在另外的说法。有评论家指出,所谓的"难以言说的真实的秘密",还暗指他自己新组建的家庭的秘密,以及该秘密给他的身心带来的巨大痛苦。他的第一篇小说《假寐》发表之后受到了森鸥外的严厉批评,让他深深体会到了出师不利的挫折感,但他仍然没有放弃小说创作,后来收录在《绿叶集》的那些小说基本上都与他的新婚家庭所拥有的秘密以及由此产生的苦恼有关。所谓的秘密,其实就是他发现自己的妻子秦冬子与婚前的恋人藕断丝连并一直保持着通信这一秘密。这个一直到《家》才把事情的原委告白出来的"通信事件"对藤村的打击是莫大的,以至于在《新生》中他还旧事重提,强调妻子把造成丈夫强烈嫉妒心的"不小心"也陪嫁了过来。妻子的这一秘密无疑给他们的夫妻关系带来很大伤害,夫妻之间缺少了精神上的交流,只有靠肉体上的关系来维系,沉湎于肉体上的满足又被藤村视为导致后来的"新生"事件的罪魁祸首。不仅如此,更令藤村内心纠结的是,就像《家》所描写的那样,在小诸的新婚时代,不只是妻子秦冬子有瞒着丈夫的男人,他自己也有一个叫橘丝重(《家》中曾根的原型)的秘密情人。这个秘密所带来的愧疚感与妻子的秘密所引发的嫉妒心理交织在一起,对他精神上的折磨就可想而知了。

他早期的小说《旧东家》(明治三十五年11月)描写了乡村牙医与年轻妻子通奸的故事。这部小说发表之后,被认为其取材侵犯了藤村所在小诸义塾的校长牧村熊二(也是藤村的良师益友)的前妻的隐私而导致"原型事件"的出现。实际上,后来经过评论家们的多方分析和考证,该小说其实是作者以《包法利夫人》为范本,摹写的却是自己家庭的秘密。同样引起原型问题的还有《水彩画家》(明治三十七年),该作品其实也是作者假托朋友丸山晚霞来写他本人夫妇之间的秘密的。而且,即便是在《破戒》之中,藤村也是把隐藏在"我内心深处的""秘密"以《罪与罚》为范本来加以摹写的,其情形与《旧东家》如出一辙。也就是说,藤村在《落梅集》中所歌咏的、《旧东家》中所描写的、《草鞋》和《水彩画家》等作品中屡屡尝试的内容,在创作《破戒》的时候作者的构思风格突然发生了改变。乍一看,以为是把它放在了社会的结构之中来描写的,但就其实质而言,《破戒》并不是从所谓的部落解放这种社会性的关心和抗议来写的作品,归根结底它还是由作者的个人秘密所构成的作品。与《旧东家》和《水彩画家》不同的是,到了创作《破戒》的时候,藤村夫妇的秘密与父母的秘密重合在了一起,共同演变成了通过"性"唤醒"血"的恐惧这样一个亚主题。藤村所拥有的系列秘密构成了作者潜在的告白动机。

双亲私通、乱伦等丑闻所构成的家族秘密使得藤村产生了对母亲不信任、对妻子嫉妒的心理,并在潜意识中形成了对一般女性的复仇和怨恨的心态。造成这种心态的原因,一方面是对自己的阴暗的本能所产生的恐惧心理,另一方面则可以认为是武士家族制度所惯用的嫁祸于女方的做法在作祟。藤村本身的性格特点和家族的秘密所产生的影响是广泛的,藤村文学所具有的晦涩性、暧昧性、含蓄性,以及在把母亲、异父同母的哥哥友弥、以及亲戚朋友都塑造到自己的作品世界的时候藤村内心所产生的厌恶和恐惧感,或是这些情绪的变形——有意识的顾忌和无意识的回避相重叠等现象,都无不与之有关系。这些错综复杂的因素对于藤村的告白意识的形成无疑产生了很大影响。

总之,藤村这种"难以言说的真实的秘密",与他的内向性格相互作用,也影响到了他早期的文学创作。这固然与他的近代自我觉醒之后的个人主义观念以及前近代自我所具有的封建残留意识有着千丝万缕的联系。伊藤氏贵把叙述者的分裂意识视为告白的重要前提条件,可以说岛崎藤村在作为浪漫主义诗人时期就已经具备了"告白的内面",接下来就是对于告白制度的学习了。

第三节 藤村告白意识形成的外在因素

柄谷行人指出,不是有了应隐蔽的事情而告白,而是告白之义务造出了应隐蔽的事物或"内面"。[1]那么，把告白作为一种义务这一观念的形成过程就值得我们去思考。对于藤村来说，即使他已经具备了前面所提到的各种告白的前提，也有了告白的内面，但是，如果没有告白这一制度的存在，或者说他没有接触并学习到告白的方法的话，也难以形成他文学上真正的告白特征。"告白制度是先于告白行为而存在的。"[2]那么，告白制度是如何影响岛崎藤村，并在藤村文学中开花、结果的呢？这正是我们接下来要考察的内容。

首先要考察岛崎藤村告白意识的形成。影响藤村告白意识形成的因素繁多复杂，笔者将对其中一些最主要的因素加以考察。概括地说，藤村告白意识的形成，可以说是受到了一个宗教（基督教）、两种思潮（浪漫主义和自然主义）两个人（卢梭和北村透谷）、两本书（《忏悔录》和《罪与罚》）的影响。关于《罪与罚》的影响笔者将在第二章加以详述。

藤村的告白意识是在日本近代文学的形成过程中出现的，因此，影响日本近代文学的诸因素也势必影响到他的告白意识的形成。说到日本近代文学的源泉，马上可以举出基督教和欧洲文学来。剑持武彦提出了作为日本传统文学所不具备的要素——日本近代文学的三大源泉之说，那就是：一、从但丁的《新生》一直到《神曲》的女性形象贝阿特丽切、基督教信仰世界中的灵爱思想；二、莎士比亚在《哈姆雷特》里面所塑造的怀疑精神；三、卢梭的《新埃洛伊斯》和《忏悔录》所展示的内在自我的自然人性的发现。这三大源泉虽然各自有着时代和性格上的差异，但都扎根于基督教精神。而卢梭则很明显属于新教徒的时代之子，在上帝面前不得隐瞒自我的忏悔精神催生了划时代的《忏悔录》。基督教的新教徒式的解释形成了"良心就是上帝"这一思想，成为了迈向自由与平等的第一步。[3]藤村文学自然不用说，藤村的告白意识的形成也从这三大源泉中吸

1　柄谷行人『日本近代文学の起源』，講談社，1992年5月，第88页。
2　同上书，第89页。
3　参考剑持武彦『藤村文学序说』第三章第二节『近代文学の三つの源泉』，樱枫社，昭和五十九年9月，第50—52页。

收了足够的养分。

一、基督教的影响

关于告白这一表现形式在文学上的运用，其实在明治四十年代花袋、藤村告白之前就已经存在了。它是作为一种告白的创作冲动而出现的，具体地说，就是基督教带来了知识分子的自我意识的萌芽，并形成了他们告白的内面即告白的内心世界。

"明治四十年代，当花袋和藤村开始告白之前，告白这一制度已经存在了，换言之，创造出'内面'的那种颠倒已经存在了。具体说来，那就是基督教。他们在一段时期里信奉过基督教这一事实很重要，即使对他们来说基督教仿佛天花一样的东西，但也正因为如此才显得重要。当这一事实被忘却了的时候，基督教式的颠倒却持续下来了。"[1]日本自明治维新进入近代社会以来，首先面临的是西方基督教的传入对日本传统意识的冲击。可以说，基督教文化对日本近代文学的形成产生了很大影响，已经有很多评论家论及到这一点，并称之为日本近代文学的源泉所在。柄谷行人《日本近代文学的起源》中指出："正宗白鸟的冷静回顾表明：即使这是暂时一时的现象，也无法否定在明治时代的文学家之起点上有基督教的冲击存在这一事实。"因此，"可以说基督教更直接地存在于'近代文学'的源头上。"[2]我国著名文学家周作人也曾经指出："现代文学上的人道主义思想，差不多也都是从基督教精神出来。"他所说的"现代文学"是指西方的现代文学，他所指出的人道主义则是列夫·托尔斯泰和陀思妥耶夫斯基所代表的宗教人道主义。[3]而在日本的明治维新时期，人们对于基督教所包含的人文主义精神的兴趣甚至超过了基督教本身。"伴随着基督教的传入，关于人的观念和艺术上的人道主义精神也带了进来。使

---

1 参见柄谷行人『日本近代文学の起源』，第93页。
2 柄谷行人《日本现代文学的起源》，赵京华译，生活读书新知三联书店出版，2003年，第75页。
3 参见王本朝《20世纪中国文学与基督教文化》，安徽教育出版社，2000年12月，第16页。

得日本固有的思想开始发生变化，从古代以来崇拜偶像转而崇拜神人，以相信人的力量代替相信神的力量，完成近代的自我觉醒，自觉认识人格的自由、平等和尊严，呼唤恢复尊重丧失的人性和尊重人权，张扬人爱和人性爱。"[1]它所包含的人道主义思想，对于当时的文学青年自我意识的觉醒、内在的精神世界的形成都起到了重要的启蒙作用。基督教的原罪意识及其禁欲主义的主张，与自我觉醒后对爱情的向往之间所产生的精神苦闷，导致了强烈的忏悔意识的出现，为日本近代文学的告白性特征的形成起到了至关重要的作用。最典型的例子便是北村透谷和岛崎藤村为代表的《文学界》的同人们（后来大都成为了自然主义的生力军）。他们在接受了基督教的洗礼后，又转向歌颂恋爱自由、追求"内部生命"的解放，接下来面临的在明治开化的大背景下出现的东西方文化的大碰撞，以及资本主义经济和封建主义制度之间的冲突造成的他们的理想的幻灭，使得他们在追求近代自我的道路上举步维艰，产生了思想的困惑和苦闷，变得无所适从，怀疑一切，进而形成了他们的"近代的悲哀和苦闷"。同时，在西欧风潮中的自责和反思，对个人主义的利弊的深刻思考，加深了日本近代作家的反省意识，促使他们为自我的丑陋行为悔恨并产生告白的冲动。所有这些，都为他们日后采用告白这一形式进行文学创作准备了必要的内在精神世界。

　　岛崎藤村是在16岁（明治二十一年6月）的时候在高轮台町教会接受了他的恩师牧村熊二给他的洗礼的。21岁那年（明治二十六年）在他失恋的时候脱离了教会。因为他并非是真正意义上的信徒那种入教，他的受洗并没有多少深刻的动机，而是憧憬那种异国情调的氛围使他介入其中的。[2]对此笹渊友一也持类似观点，认为藤村是出于对教会学校和教会所具有的异国情调和纯洁的向往，同时也向往男女交往而走进教会的。[3]当时《文学界》同人的情形与他大致相同，他们都受过基督教的洗礼，后来

1　叶渭渠、唐月梅著《日本文学史近代卷》，经济日报出版社，2000年1月，第79页。
2　参见剑持武彦『藤村文学序説』，樱枫社，昭和五十九年9月，第85页。
3　笹渊友一『小說家島崎藤村』，明治書院，平成二年1月，第33页。

也都脱离了基督教。也就是说,对于他们这些明治知识青年来说,基督教虽然是以宗教的形式出现,但是,真正吸引他们的是新教中所包含的那种自由主义精神和带社交色彩的文明开化的启蒙工作,单凭这几点就足以唤起当时的青年男女们想要获得解放的愿望。藤村积极地感受到了其中文化味道很浓,而且是健康的社交氛围的魅力,把它作为自己人生成长的一大支柱,这并不是没有道理。

但是,当时的高轮台和明治学院一样,都是属于信奉正统的卡尔文主义的一致派(长老派),继承了严格的清教徒的精神传统。以藤村为代表的早期浪漫主义的青年们逐步从《女学杂志》转到了《文学界》以文艺为主的活动,这样一来,他们逐渐在禁欲式的新教信仰和唯美的人道主义向往之间感觉到了障碍的存在。藤村在自由民权运动已经偃旗息鼓之后,曾经憧憬成为一名政治家。在从政治少年转向文学青年的过程中,他加入了基督教。于是,曾经和国木田独步一样都是政治少年的岛崎藤村就以这种不彻底的基督教的体验为契机,使自己的内心深处迅速从政治转向了文学(西洋文学),对于信仰的热情这时也就消失殆尽。他的朋友后来是这样回忆他成为基督徒之后的表现的:"对什么都谨慎起来,也不愿与朋友交往。对学习也懈怠起来了。一开始,沉醉于新颖的西欧风格的学风之中,饱尝了享受性的社交生活,突然间,内心的某个角落产生了反省的念头,不知何时变成了后悔。"[1]一方面,通过基督教的媒介使得年轻的藤村的近代自我觉醒了,焕发了他的青春的生命的活力(他后来在自传性小说《樱桃熟了的时候》中曾对当时意气风发的自己的情形有过描写)。但是,在第三学年快结束的时候,他的内心深处刮起了变革的风暴,把过去的光荣给击溃了。"装饰有十字架的说教台,和摆在上面的镶着金边的大部头《圣经》一样,在他眼里都已无二致。曾经以为能使他的精神得到升华并活跃起来的那一切都像梦幻一般消失了。"(《樱桃熟了的时候》)特别是在那之后他与自己的学生佐藤辅子的相识,可以说对他的青春具有

---

[1] 馬場弧蝶『明治学院及び〈文学界〉時代』,收录在『島崎藤村』第198页,小学館,1992年2月。

决定性的影响，是他成为文学家的出发点。基督教中的灵与肉的冲突（禁欲主义）使得他体验到了爱情所带来的痛苦，由此形成了他的告白的"内面"。濑沼茂树把造成藤村从曾经在教会的氛围中充满了青春活力陡然变得自我厌恶的原因，解释为"新教主义的清教徒式的清规戒律，不是从宗教的形而上学的角度，而是由于个人的资质使得他必须面对自己内在的孤独特性"。[1] 关于他个人的资质方面的内容笔者在前面已经有过介绍。总而言之，以此为开端，藤村在告白上并未重复托尔斯泰那种把所有的性爱都归结为罪恶、并因此提倡把禁欲作为其人道主义实践的第一步的老路，而是把它作为近代自我主张的一个标志，通过男女之间的激烈的情爱的燃烧来使自己的主张正当化的一种手段（比如《新生》），因而他的告白被认为与卢梭的告白更为接近。

基督教对藤村有着十分重要的意义。就像柄谷行人所指出的，西洋的"文学"作为一个整体乃是通过告白这一制度而形成发展起来的，应当说不管是否受到其感染，西洋文学都是形成于这个告白制度之中的。当然，它完全没有必要一定是"基督教的文学"。[2] 同样，以藤村为代表的一批作家，"正因为他们都受过宗教的洗礼，故对人生的意义和文艺的价值都有深刻的见解，还专门吸取了西欧文艺的营养。由于信仰宗教，他们对中世纪的事物抱有浓厚的兴趣和同感，他们认为与其去表现细节，还不如抓住文学运动以前的问题即自己最感痛切的问题，以尽可能诚实的态度把它们表现出来"[3]。这种诚实的态度正是后来他所形成的告白意识的基础。信仰基督教的经历，毫无疑问使他得以接触到了基督教的告解制度带来的忏悔意识和"忏悔"这一形式，并直接面对自己内心的诚实问题。可以说，基督教成为了让他开始注视自己的内心世界（内面）的媒介。同时，藤村在《破戒》和《新生》中直接表现出的试图通过告白来寻求自我拯救的思想，也是扎根于基督教的告解制度转化而来。就像伊东一夫等指

1　濑沼茂树『評伝島崎藤村』，筑摩書房，昭和五十六年10月，第81页。
2　柄谷行人著『日本近代文学の起源』，講談社，1992年5月，第94页。
3　吉田精一《现代日本文学史》，齐干等译，上海人民出版社，1976年，第30页。

出的，对于发现了走文学道路的藤村来说，和其他文学家一样，基督教都是他所面临的一个大课题，成为他一生中必须认真对待和解决的人生与艺术相结合的根本问题。在某种意义上藤村的一生可谓对它进行了最为深刻的证明。[1]另外，明治二十年代到三十年代初具有基督教背景的人们纷纷转向自然主义，是因为他们所发现的肉体或欲望，乃是存在于"肉体的压抑"之下的。[2]而这种"肉体"的压抑，正是在基督教所具有的禁欲主义的束缚之下形成的，并成为他们日后在文学上喷发的源动力。

另一方面，19世纪，在西方近代文明的冲击下，西方文化的提倡个性解放（文艺复兴以来的传统）和对人性的深刻的怀疑（表现为西方文化的现代意识）同时涌进俄罗斯，它们与基督教的原罪意识揉合在一起，形成了19世纪俄罗斯文学中所特有的忏悔意识。人性的忏悔及其拯救便成了俄罗斯文学家们关注的焦点。果戈里想通过忏悔来完善个人道德，托尔斯泰一生都在关注生命的意义、人的生与死的问题；陀思妥耶夫斯基则把"罪与罚"构成了他作品的一个基本主题，让世上的有罪的芸芸众生通过道德的忏悔获得精神上的复活，获得新生。他们这种出于对人性的深刻怀疑的忏悔作为一种"人"的忏悔，构成了既有现代意义又与基督教古老的原罪意识相沟通的现代忏悔意识。[3]俄罗斯文学中的这种忏悔意识，也是对岛崎藤村的告白意识的形成产生影响的一个因素。

"所谓告白并非只是告白什么罪过，这是一种制度。在一经确立起来的告白制度中，开始产生隐蔽之事，而且，人们不再意识到这乃是一种制度。"[4]这正是基督教影响包括藤村文学在内的日本近代文学并形成了藤村们的告白意识之后，又逐渐摆脱宗教色彩而迈向纯粹文学的道路的原因所在吧。

1　垣田時也等著『島崎藤村—彷徨の青春』，国会刊行会，昭和五十二年2月，第209页。
2　参见柄谷行人《日本现代文学的起源》，赵京华译，生活读书新知三联书店出版，2003年，第83页。
3　参见何云波著《陀思妥耶夫斯基与俄罗斯文化精神》，湖南教育出版社，1997年2月，第249—256页。
4　柄谷行人『日本近代文学の起源』，講談社，1992年5月，第88页。

二、浪漫主义思潮的影响

基督教对于岛崎藤村的影响,还包括他在明治学院时期通过基督教接触到了西欧文学,并醉心于莎士比亚、但丁、歌德、拜伦、华尔华兹等伟大诗人的作品,受到了西欧浪漫主义的熏陶,促成了他的个性意识的觉醒,即自我发现。

在西方浪漫主义影响下兴起的日本浪漫主义思潮,也被视为文学上的自由主义。其基本特征是,追求自我的完全解放,追求个性和个人情绪的完全解放。近代社会与封建社会本质的不同,就在于确立人的主体性,将人置于文化的中心地位,作为近代思想的日本浪漫主义思潮,首先是以人的尊严为基础,主张彻底尊重人性和个人的感情,以发挥任何人的力量取代借助神和神的力量,来寻求自身的创造力;同时通过扩充自我来争取思想感情上的自由。浪漫主义在树立人这个新权威时,必然向旧权威挑战并与之斗争,而推进斗争的主体就是人的个性和自我,就是全面肯定现代人的存在的最基本的东西——自我的主体。藤村等浪漫主义作家对于当时的时代和文学上的窒息现状深感不满,有要求反省时代和反省自我的愿望,认为暴露社会的同时,应该暴露自我,以发现"时代的真实"和"自我的真实"。也就是说,他们一方面有自我觉醒并要求确立自我的愿望,另一方面又对现实生活感到迷惘,对理想感到幻灭,他们开始把对于外界的热情和关注逐步转移并集中到自我的内心世界。所以它非常重视自我主体的真实,重视内部自我的觉醒。日本浪漫主义的文学理念就是将自我的真实、自我的内部生命作为绝对的真实,而所谓真实的基础是人在本质上的自我满足,是爱欲。所以,日本浪漫主义的特点之一就是脱离外部生活、超越物质、现实和理性的境界,依靠内部生命及精神来理解人的本质,这奠定了日本浪漫主义的自我主体形成的基础。日本浪漫主义的这种特征,正是藤村告白意识形成的重要原因,并影响到了后来他所告白的内容。

川副国基认为,相对于西欧的浪漫主义完成了自我的解放,日本的浪漫主义只是停留在恋爱本能的解放这点上,可以说藤村的《嫩菜集》、"明星"派的诗歌就象征了这点。[1]当以北村透谷为代表的浪漫主义精神强调将恋爱作为人生第一要义的时候,无疑是肯定人性,是对自我感情的开放,给藤村的青春带来了热情和奔放,但同时也给他带来了更深的苦恼。他对于自己的学生佐藤辅子所产生的恋情,使他陷入了自己的本能与基督教的戒律之间的矛盾之中。他在苦闷之余逐步走向了肯定自己的本能和爱欲之路。在中村光夫看来,个人情感的解放,相对于社会外部的规范更强调人的内面的尊严等,这些西欧的浪漫派文学所确立的价值观,在浪漫派运动微弱的日本,是作为"自然"(人的自然属性)渗透到作家的意识里的。藤村的自我主张的倾向也是在当时的"封闭的时代的现状"之下形成的。如果说对"事实"的尊重与浪漫主义的"自然"的概念相结合之后,使得"告白"(因为浪漫派文学上不发达的原因)作为一个新的文学道路给作家们带来了启发的话,那么,把作家本人看作一种"自然",把他的生活的事实原原本本地告白出来,则是满足时代要求的最为简便合适的方法。[2]这种方法起到了让普通人觉醒的作用,也使藤村逐步走向了追求自我真实的道路。

"作为浪漫主义者的他们应该说是理性的,而这似乎也是事实,但他们还是不能撇开自己做到客观。(中略)所谓浪漫主义或浪漫主义者,还做不到那种自我客观,所以即使被逼得走投无路,即使战败了,也决不肯放弃自我肯定的想法。而且正因为它是近代初期的思想上的发现,这种无批判无分析的、被肯定的综合的整体自我,容易表现出难以摆脱残存的中世情结和秉性。(中略)当时的藤村的思想,(中略)自己并未意识到思想的混乱,正是因为有了一味地自我肯定和由此带来的前进性,从而得以担当冲破时代的

---

1 参见川副国基的『藤村と自然主義』,三好行雄編《岛崎藤村必携》,学燈社,昭和四十年4月,第59頁。
2 中村光夫『日本の近代小説』,岩波書店,2003年4月,第123頁。

阻塞、确立浪漫主义这一光辉的任务。"[1]

而这种"一味地自我肯定和由此带来的前进性",则是浪漫主义的两个代表人物卢梭和北村透谷教给他的。告白意识作为自然主义作家的浪漫主义的自我解放欲求,是日本近代知识分子思想自由化的一种体现。

日本近代文学史有着在狭小的同人圈子里被接受的痼疾。告白意识的发动,使得作家一方面可以与同时代的世界"思潮"保持步调一致,但与此同时,却结成了所谓文坛的特殊社会,这样也给了那个时代的作家们表现自我的最大自由。

(一)卢梭及其《忏悔录》的影响

"我要把一个人的真实面目赤裸裸地揭露在世人面前。这个人就是我。"[2]这是卢梭在《忏悔录》第一段就开宗明义地宣布的内容。在这部不朽的著作中,他以真诚坦率的态度讲述了他自己全部生活和思想感情、性格人品的各个方面,"既没有隐瞒丝毫坏事,也没有增添任何好事……当时我是卑鄙龌龊的,就写我的卑鄙龌龊;当时我是善良忠厚、道德高尚的,就写我的善良忠厚和道德高尚。"他大胆地把自己不能见人的隐私公之于众,其坦率和真诚达到了令人难以想象的程度。

说到卢梭,很容易让人想到他著名的《社会契约论》一书。可以说卢梭是给了明治十年代的自由民权运动以决定性影响的人物。但卢梭本身是一个充满矛盾的、具有多重意义的存在:"既有写了《忏悔录》的卢梭,也有作为政治思想家的卢梭。"[3]在日本近代知识分子中,分为喜欢卢梭和讨厌卢梭两派,社会主义倾向的人一般都喜欢卢梭。再比如,有学者指出,生活在纤细的神经和感觉和书籍之中的城市人芥川龙之介,与并不把卢梭当作英雄而是作为普通人来理解的乡下人藤村,有着天生的区别。明治时期著名的思想家中江兆民更是把卢梭的《社会契约论》视为金科玉条。但是,在当时的作家们眼里,比起广泛的社会问题来,他们反而

---

1 片冈良一『自然主義研究』,筑摩書房,昭和五十四年11月,第175页。
2 卢梭《忏悔录》中译本,黎星、范希衡译,人民文学出版社,2003年1月,第3页。
3 参见『日本近代文学の起源』,柄谷行人著,講談社,1992年5月,第76页。

认为自己身边的问题更为重大，因而自然而然就纳入自己的写作题材了。"藤村并非社会主义者。他喜欢的只是限于《忏悔录》的卢梭。……藤村并非对社会思想不关心，他的自由主义、个人主义以及和平主义的思想基础就是由卢梭的思想培养起来的。"[1]但自从藤村在文坛的地位得到巩固以后，相对于卢梭的《人类不平等起源论》和《社会契约论》等著作，卢梭的《忏悔录》反而更容易引起为岛崎旧家和自己的新家所困扰的藤村的关注。当然，也有评论指出，《破戒》的大主题与卢梭的《人类不平等起源论》如出一辙。

在明治学院求学时期，岛崎藤村通过基督教和英语，接触到了莎士比亚、拜伦等的文学世界，从而使得他在信仰问题上生出了矛盾和苦闷。这种苦闷虽然还比较微弱，但是通过他的自我意识的觉醒，使得他很容易就接受到了欧洲近代文学的三大源泉的影响。对于藤村来说，基督教是他开始审视自己内面的媒介。在从基督教走向文学的过程中，藤村读到了卢梭的《忏悔录》，这对他来说具有十分重要的意义。有评论指出，他从《忏悔录》所得到的是写实主义的精神——作为站在了浪漫主义思想最前列的思想家，卢梭针对强调理性主义的古典主义，比起理性来更尊重感情的自然流露，主张把自己的内面一丝不苟地暴露出来——在缺乏与之对抗的古典主义的明治时期的日本，像藤村这种情况就是把卢梭的《忏悔录》作为彻底的写实主义来读的。

藤村是在23岁那年，即透谷刚刚死去不久的那个夏天，从石川角次郎（后来成为了学习院教授）手里把他刚从美国带回来的英译版《CONFESSIONS》借过来之后读到的。当时正是歌德、海涅这样的诗人大受欢迎的时候，他反而被卢梭所吸引住，在读了福楼拜、莫泊桑、屠格涅夫、托尔斯泰等名家的作品之后，再回过头来读卢梭。藤村一生都酷爱卢梭。作为近代思想之父的卢梭在"18世纪的君主王朝统治下所尝试的'忏悔'的努力，使人们通过想象力所获得的自由空间一下子扩大

---

1 参见『藤村文学序説』，剑持武彦著，樱枫社，昭和五十九年9月，第55页。

了"[1]。岛村抱月在《文艺上的自然主义》一文中,就把"法国的卢梭"视为了自然主义的先驱者。藤村在年轻的时候读到了卢梭的英译本《忏悔录》,体会到了近代写实主义的精神,这在他的《在卢梭的〈忏悔录〉中发现自己》的回忆中写得很清楚。剑持武彦也认为藤村是把《忏悔录》的勇气视为真正的近代写实主义的起点来理解的,并在《破戒》中对此加以确认了。[2]

　　藤村之酷爱卢梭,与他的青少年成长经历和卢梭有着很大相似性有关。1712年卢梭出生在日内瓦的一个钟表匠家里。10岁的时候他被舅父领走,15岁开始当学徒,因不堪忍受粗暴的待遇,很快就外出流浪。后改信天主教,为德·瓦朗夫人收留。曾几次出走,到过巴黎,因不愿当奴仆,又返回德·瓦朗夫人处。1732年以后,他过了一段相当平静的生活,有机会弥补学业上的缺陷,系统地学习了历史、地理、天文、物理、化学、音乐和拉丁文,并接受了伏尔泰哲学思想的影响。28岁的时候卢梭离开瓦朗夫人到里昂做了家庭教师。从此他闯荡巴黎,出入各种沙龙以期得到社交界的认可。但是,他敏感、内向而又腼腆的性格与沙龙的气氛不大协调。主要靠自学掌握知识的卢梭与社交界的人们的观点总是不一样。他试图顺应社会来发展自己的愿望落空了。于是,卢梭反过来批判社会,挑起了近似于改革之争的自我革命的时代的到来。从藤村早期的经历来看,他也是10岁前后就离开家乡投奔东京的亲友过起了缺乏家庭温暖的寄居生活的,小小年纪的他在吉村家过的是压抑自我的每一天。16岁的时候他进入明治学院过起了自由的学生生活,但后来因为喜欢上了比自己年长的女性而变得自寻烦恼起来。这一情感体验虽然只是在藤村的内心世界自生自灭而已,但是这一情窦初开的体验无疑对藤村的青春岁月的情感世界产生过深远影响,在他读到《忏悔录》中关于卢梭遇见瓦朗夫人的地方的时候内心一定久久不能平静。透谷的死,佐藤辅子的结婚,大哥秀雄的入狱,辅子

1　村冈正明『ルソー告白:異邦人の〈異邦人願望〉』,收录在『欧米文学を読む』一书中,花林書房,1986年7月,第148页。
2　参见剑持武彦著『藤村文学序説』,桜楓社,昭和五十九年9月,第57页。

的死,这一系列事件的发生让藤村陷入了绝望的深渊。这种坎坷人生的经历无疑又使得藤村从《忏悔录》中获得了更多的认同感。鉴于此,小池健男在《岛崎藤村与卢梭》一书中指出,虽然藤村本人从未谈到自己对于《忏悔录》的哪个部分最感兴趣,但从《忏悔录》前半部分是描写出生在日内瓦的流浪少年成长为青年的成长记录,后半部分则是卢梭因患上臆想症而老是产生周围的朋友们会迫害自己的幻觉的内容来看,藤村无疑是最喜欢前半部分,因为其充满青春气息的生活记录与自己的青春时代正好吻合。[1]但是,从岛崎藤村后来关于卢梭的回忆文字来看,卢梭对于他其实有着更为深刻的意义。

> 我最初接触卢梭的书,是23岁那年夏天。……我那时遇到种种困难,心情黯淡。偶然得到卢梭的书,就专心地读起来。在读的过程中,我觉得发现了一个至今不曾认识的自己。在此以前,我因为喜欢外国文学,涉猎很多,但使我醒悟的书籍,并不是平素爱读的戏剧、小说、诗歌,而是卢梭的《忏悔录》。那时候我还年轻,性情浮躁,不能说完全读懂了《忏悔录》,但在朦胧中,通过这本书,我似乎明白了近代人的思考方法,学会了直接观察自然,对自己的道路多少有了一些理解。从此,卢梭在我的头脑里扎了根,当我遇到种种烦恼困难的时候,总是给我力量。(……)他真正地摆脱束缚,观察"生命"的顽强精神,以及他一生都坚持这种精神,已经深深铭刻在我的心里。(……)卢梭是"自由思想者"之父,近代人的胚胎在此发育成形。[2]

以上是藤村《寄自新片町》的节选,该文讲述了他是如何接受卢梭的思想的影响的,在结尾部分他还写道:

> 读卢梭的《忏悔录》,与读所谓的英雄豪杰的传记不同。他的《忏悔录》,与我们一样是失望、落魄的软弱者的人生纪录。在众多杰出人物之中,他就像我们身边的叔叔。他的一生,没有什么无

---
1 小池健男『藤村とルソー』,双文社,2006年,第31页。
2 岛崎藤村《千曲川速写》,陈喜儒等译,河北教育出版社,2002年6月,第237页。

法企及的修养。我们打开他的《忏悔录》，随处可发现自己。[1]

也就是说，藤村在23岁读到卢梭的《忏悔录》之后，从中体会到了近代自我的觉醒。也就是说，通过接触到忏悔的卢梭的真实，他肯定了原本弱小的自己的人生，从封建道德的禁欲束缚之中解放出来，并发现了应该生活在精神的自由之中的自己。[2]藤村明白了自己所应该走的路。换言之，在接触到《忏悔录》后，藤村学到了像卢梭那样通过告白（忏悔）来把自己的真实表达出来的方法和理念，尽管这种理念和方法还需要一个自我消化的过程才能开花结果。"想到了就说出来吧！毫不迟疑地说出来吧！"吉田精一把藤村的这种感动看作是从卢梭那里学来的。[3]"他接触到卢梭，在告白出他本人的灵魂这一点上，可以说决定了他自己作为诗人的立场，那就是藤村身上这种自觉意识。这正是与他诗歌中洋溢着打动人心弦的因素相通的地方吧。看一看与他同时代的诗人的作品，就会发现通过自己艰苦的告白来捕捉诗情的人格外地少。"[4]在他从基督教迈向文学的过程中，卢梭的《忏悔录》对他是至关重要的，也使得他作为诗人脱颖而出。伊藤氏贵指出，读了卢梭的《忏悔录》而深受感动的藤村，也通过卢梭的告白第一次同时学到了告白的制度和所告白的内容。应该被告白的自我，并不是从一开始就存在于自己身上的。[5]卢梭教给了藤村做一个尊重自己、忠实于自己的生活的近代人的理念。尊重自己，也意味着充分凝视自己，通过认真地审视并反省迄今为止的自己，从而追求明天取得更大进步的自己。

藤村从卢梭的《忏悔录》里所得到的最大启示，就是追求自我内心的真实，即使这种真实是丑恶的。文学作品作为介于作家与一般大众之间的第三者，对于真实已经无需寻求读者的许可；作家通过作品来展示自

---

1 岛崎藤村《千曲川速写》，陈喜儒等译，河北教育出版社，2002年6月，第238—239页。
2 川端俊英『島崎藤村の人間像』，新日本出版社，2006年3月，第47页。
3 吉田精一『島崎藤村』，桜楓社，昭和五十六年7月，第18页。
4 『日本近代文学の軌跡 伊藤泰正著作集』別巻，翰林書房，2002年10月出版，第172页。
5 伊藤氏貴『告白の文学』，鳥影社，2002年8月，第285页。

我，展示个人体验的真实，反而能获得认同。这是卢梭所发现的问题，由此真正形成了近代文学所应有的新态度——"诚实"。泷藤满义认为，当时，藤村从卢梭那里所获得的还不是告白（忏悔）这样一种形式的可能性，而应该是诚实这么一种理念。也就是把自己的弱点毫不掩饰地作为人的自然属性来加以肯定的诚实。这点与北村透谷所倡导的诚实十分相似，却包含了透谷所缺乏的乐观主义在其中。[1]当然，诚实和告白（忏悔）之间又是密不可分的，诚实应该是忏悔的前提和基础，只是要掌握告白这种形式并运用到文学创作之中，并不是那么容易。

泷藤满义在《岛崎藤村——小说的方法》中谈到了"诚实"与岛崎藤村的小说的关系问题，有以下观点值得关注：

1. 不管是东方还是西方，在刚刚迈入近代之际对于诚实都有着强烈的关心，这早就为人所共知。在欧洲，强调直接面对上帝的新教主义总是不断出现热衷于表明自己的诚实的自我，并因此促成了自传文学的出现。即使在日本，最早成为诚实的信徒的也是那些多少与新教主义有关系，或是对新教主义十分感兴趣的文学家，如田山花袋、岛崎藤村和国木田独步等。

2. 岛崎藤村最早追求的是芭蕉那种"风雅之诚"，追求风流的境界，但是并未能因此解决他现实中的苦恼。藤村很快在诚实问题上获得了转机。风雅之诚迫使他必须具有更高的境界去领悟自己的人生，而年轻人蠢蠢欲动的肉体又不断背叛了这种领悟。就在此时透谷自杀了。这位令他尊敬的前辈面对自己所无法理解的现实仍然毫不退缩地盯住不放的诚实品质，在他死后更加让藤村陷入了深思。在藤村与卢梭的《忏悔录》邂逅之际，他从卢梭那里所获得的，一开始仍然是诚实的问题，对于告白这样一种形式的可能性他还没能充分地意识到。但是，卢梭的诚实，并非之前他在风雅之诚里所见到的通过不断克服自己的弱点来抵达领悟的境界的那种，而是毫不羞愧地把自己的弱点作为人的自然属性加以肯定的诚实。这

---

[1] 滝藤満義『島崎藤村-小説の方法』，明治書院，平成三年10月，第11页。

一点与透谷的诚实有相似之处,但又具有透谷所缺乏的乐观主义因素。

3. 以与卢梭的邂逅为契机,藤村分别在《今年秋天》(《文学界》明27·10)中就人的"贪恋"(欲望)、在《村居漫笔》(《文学界》明28·3)对"心猿"(人的本能冲动)进行了肯定性的论述。这是所谓"肯定之苦"之旅的起步。于是,在他的这种自我肯定的延长线上既有《嫩菜集》的成功,也有他后来一系列创作活动的开展。当然,必须说这种自我肯定也伴随着危险的陷阱。第一是《破戒》完成之后的虚脱感和中年的颓废感,加上妻子长期不在家的时候与侄女之间发生的感情纠葛。第二自然是妻子去世以后所发生的"新生"事件。第一个事件后来在《家》的下卷有相关叙述,而直接导致《家》的相关内容出现的其实是第一部自传小说《春》。与之相关联的是诚实的问题的再次出现。[1]

在创作《春》的前后藤村对芭蕉的兴趣再次变得强烈起来,而他为了逃避"新生"事件远赴法国之旅携带上了芭蕉全集,说明藤村是从风雅之诚转换为卢梭式的诚实之后推进文学活动的。但是,面对卢梭式的诚实所引起的人生的危机感,使他再度从风雅之诚中去寻找出口。青春时期所遭遇的两种诚实在这里交汇。诚实本来是一个难以与文学方法相调和的理念。但是,风雅之诚的艺术与现实生活成为一体的艺术形式与卢梭式的诚实所引发的"自然"主义的写实主义的对接现象,至少在《春》以后的作品中轻而易举就能找出来。藤村一直以来都是以这两个诚实为中心来面对自己的,但到了《新生》的时候他开始转而摸索面向他者的诚实。这种摸索虽然不一定与文学方法有着直接的关系,却是让藤村付诸行动、并促成他完成对《黎明前》的构思的重要原因。

在欧洲,因对诚实的关心的高涨而发现的自我,伴随着市民社会的成熟变得更加社会化,告白性、自传性作为近代小说的宿命所在,按照伊藤整的说法都是在带着假面具的情形下进行的。这就是近代小说的虚构的制度。但在日本,由于近代化过程过于急速,更多的是不能容忍近代个

---

1 滝藤満義『島崎藤村—小説の方法』,明治書院,平成三年10月,第6—15頁。

人存在的日本社会所特有的"家""村"制度对于"我"(个人)的社会化的多重阻碍。在这一过程中拥有内面这种麻烦之物的个体,自我主张的欲求尚在襁褓之中就屡屡被遏制,被催熟。如此一来,他们与作为西洋近代小说制度的写实主义,以及作为其极端的偏重事实与真实的自然主义的邂逅,其结果不言自明。事实必须是限定在自己及自己周边的事实,真实必须是限定在自己内面的真实,这是理所当然的,也是物理的必然。[1]泷藤满义很好地分析了两种诚实尤其是卢梭的诚实对于日本近代文学的形成和发展所产生的影响。虽然泷藤满义没有把对接两种诚实的关键装置——"告白"一词直接言明,但字里行间对于其作用和影响力的肯定实际上已经使之不言自明了。藤村初期的作品都是在卢梭《忏悔录》的影响之下创作的,不仅吸收了《包法利夫人》、《玩偶之家》和《罪与罚》等名著中的情节等,还在"也借助其他真实的人物写生"的同时进行着一种异样的自我告白。他在《千曲川速写》中写道:

> 当时很多青年爱读海涅,但对我来说,是卢梭的教导,使我明白古典派艺术和近代文学的不同。换言之,是卢梭教给我如何了解海涅的文学。这虽然是很久以前的事了。但后来我不再读海涅,而去读法国的福楼拜,莫泊桑,俄国的屠格涅夫,托尔斯泰,是由于烦闷的结果。我离开了艺术之国,回归卢梭,并且由此出发。《包法利夫人》受了不少卢梭的影响。福楼拜和莫泊桑虽然不如左拉解剖的那样深,但在继承卢梭苦闷方面是很有趣的。[2]

由此可以看到藤村本人的苦恼的内心世界,也可以看到他对卢梭的苦闷的内心世界的关注。他觉得"卢梭有趣的地方,是他从不以文学家、哲学家或教育家而自居,只是以人为出发点。他一生没有摆脱烦闷"。但是,"他真正地挣脱束缚,观察'生命'的顽强精神,以及他一生都坚持这种精神,已经深深铭刻在我的心里"。后来藤村坚持凝视自我内心世界

---

1 参见滝藤満義『島崎藤村―小説の方法』,明治書院,平成三年10月,第15页。
2 《千曲川速写》,陈喜儒、梅瑞华译,河北教育出版社出版,2002年6月,第238页。

的态度，应该说与卢梭有很大关系。藤村致力于把自己的内心世界告白出来，追求内心世界的自由的理念，正是得到了卢梭的思想的启发。他把卢梭视为"自由思想者"之父，他希望日本有更多的青年能够"自由思考，自由写作，自由行动"，"那该有多么美好"！

藤村在作品中有好几处都谈到自己对于卢梭的好感，在《致幼儿》（大正六年）一文中，甚至用很亲切的口吻把卢梭称作"法国的叔叔，是父亲喜欢的卢梭"。卢梭所带给藤村的影响，在本质上与《破戒》中猪子莲太郎所带给濑川丑松的影响是一样的。"丑松读了部落民出身的思想家猪子莲太郎写的书，认识到同样是人，就没有只是自己这些人要受到别人的歧视和蔑视的道理。"[1]对自我内心世界的诚实，并在此基础上尝试着进行自我肯定，是藤村从卢梭的《忏悔录》中所获得的最大收获。

有读者甚至评论家虽然认可藤村作为诗人和小说家是成功的，但往往认为藤村是一个想象力十分缺乏的作家。其实，这一现象与他坚持不懈地认真观察自然和社会，认真凝视自己的内心世界，然后原原本本地描写出来的理念有关系。在着手创作《破戒》之前的数年间，当他在信州的小诸义塾工作期间，后来他把这期间对自然和人生的观察记录汇编为《千曲川素描》就是一个例子。作为从定型诗出发，自己称之为"苦苦挣扎的告白"的诗人，很快就从诗歌创作中感觉到了局限性而转向小说，而且并不一定就是因为缺乏想象力的缘故的这样一个作家，在另一方面则是毫不厌倦地进行扎扎实实的观察的勤奋人士，在读了卢梭的自传性文学、告白文学之后深受感动的作家所追求的方向也就确定了下来。[2]在藤村读到卢梭的《忏悔录》的那一年，他还从朋友马场孤蝶那里借到了陀思妥耶夫斯基的《罪与罚》一书来看。在他的摸索时期，《忏悔录》与《罪与罚》的对接无疑加强了他成为一个文学家的决心，也为他摸索出自我告白的表现方法提供了启发和契机。《罪与罚》带给他的直接影响体现在《破戒》的构思和结构等方面的创作之中。关于这点在下一章加以论述。

---

1 野间宏『破戒について』，收录在《破戒》岩波文库版，2002年1月，第424页。
2 参见小池健男『藤村とルソー』，双文社，2006年10月，第111—112页。

(二) 北村透谷的影响

对藤村的告白意识的形成产生重大影响的另一位文学家就是北村透谷。日本近代的自由民权思想包含了自由和平等两个概念，在如何深化"自由"的问题上，作为文学家的北村透谷是这方面具有代表性的思想家。献身于自由民权运动之中并遭受挫折的他经过自己的切肤之痛之后，把"想世界"（理想世界）从"实世界"（现实世界）中独立出来，由此"精神"获得了作为主体的地位。这样一来，人们产生了被精神所束缚的意识，反过来"精神"一旦得到了解放，就会追求"精神的自由"的绝对化了。同时，北村透谷从基督教已经引入了爱，特别是拯救的爱的概念。日本的早期浪漫主义就是在自由民权思想的影响下憧憬政治自由和海外文明，以精神解放作为其文学的目标来确立以基督教为媒介的个性和自我为起点的。北村透谷与二叶亭四迷、山路爱山、正冈子规、德富芦花等一样，都是通过自由民权运动首先在政治上觉醒、并从政治脱身之后投入到文学之中的。在自由民权运动受到镇压和挫折之后，透谷希望通过文学来追求真理，以此来救国救民。只不过对透谷来说，"真理"与代表基督教的上帝是密不可分的。自由民权运动使得"个人的精神"的发现在当时的日本迅速蔓延，透谷主张个人必须摆脱政治上的束缚、必须追求精神上的自由的观点正好顺应了这一潮流。因为"精神"或"内在的生命"是独立于偶然的物质条件而独立存在的。这一"内在的生命"与"他界的精神"相对应，也与被称作神（上帝）的"宇宙的精神"相对应。柄谷行人认为因政治的挫折而逃回到"内面＝文学"这一行动模式成型于明治二十年代，并在后来亦被不断地反复着。[1]透谷把精神的自由、精神的独立从政治的领域剥离出来了，基督教作为兼顾个人和国家两个方面的自由和独立这一启蒙思想的自由政治主义理念，与西方浪漫主义有着千丝万缕的联系。在以《文学界》为代表的前期浪漫主义文学运动中，北村透谷的《何谓干预人生》、《内部生命论》等，强调尊重人、尊重人的内部生命，并

1　参见柄谷行人《日本现代文学的起源》，赵京华译，生活·读书·新知三联书店出版，2003年，第34页。

以探索"内部生命"作为对自由的追求，是明治时代生命主义思想的代表人物。在他看来，文学存在的根本目的也就在于表现人的"内在生命"，衡量文学的艺术价值乃是个人主观的追求人生与理想的一种热情。他是主张以"内部生命"作为近代思想核心的第一人，也因此站在了后来被伊藤整视为私小说的核心部分——作家自己"内在的心声"的表白（《小说的方法》）——的源头。按照柄谷行人的解释，内面作为内面而存在即是倾听自己的声音这一可视性的确立[1]，透谷的"内部生命"观虽然遭受到了挫折，但是，文学的本质就在于通过语言来把握和体现自我的生命意识，实现人的内在生命与外在生命的调和的观念，还是逐渐在藤村的《春》等作品中得以继承下来了。

　　藤村与北村透谷都给当时的《女学杂志》（号称日本最早的专门女性杂志）投过稿，并在主编岩本的牵线搭桥之下两人得以在明治二十五年的三四月份第一次见面认识。五月下旬藤村拜访了搬到芝区东禅寺境内的透谷，两人交谈甚欢，有相见恨晚之憾。实际上，两个人同是位于银座的泰明小学校的校友，且都是明治二十四年转学进去的。虽然因为年纪不同而没能直接相识，但透谷的弟弟垣穗跟藤村是同一个年级。两人虽然在出身上有城下町与中仙道驿站之差别，但都亲身体验了在幕府体制瓦解之后出走"故乡"，置身于文明开化的前沿的经历。在那之后透谷还投身到了自由民权运动并遭受挫折，再经过恋爱和基督教获得新生，使他全力以赴地把自己的精神阅历通过文学表现出来。比透谷小四岁的藤村虽然没有过可以引以为傲的政治经历，但也有着与透谷一样亲近基督教和外国文学等方面的共同基础。藤村能够坦然面对恋爱，也是在与透谷成为密友之后。

　　明治二十五年春天与北村透谷的相识，究竟给藤村带来了多大的影响，从藤村有关透谷的回忆中就一目了然。"本来我和北村君的相识并不长。我们的交往也只不过是在他晚年的三年间。但是，当时我与北村君短暂的相识对我来说却是终身难忘。即使在他去世后，我也会经常找机会

1　参见《日本现代文学的起源》，第62页。

读读他所写的日记等各种作品,这成了我长期以来向北村君学习的一种方式。"(《北村君短暂的一生》)"长谷川二叶亭引导我了解了他所开辟的新的散文世界,北村透谷使我了解到新的诗的世界。"他们的邂逅也被认为是因为文人之交而改变了日本近代文学史的一个典型例子。[1]

北村透谷死后,岛崎藤村怀着孤寂的心情、悲壮的决心,于1896年离开东京到仙台,一边教书,一边写诗,为的是"使诗歌这种写作和自己这些人的心灵更接近起来"。(《饭仓通讯》中的《昨天·前天》)藤村在早期文学活动中所受到的北村透谷的影响,在日本近代文学史上已经算是一个常识了。不仅如此,藤村对于透谷的关心并不只限于他的浪漫主义诗人时期,即使在他作为自然主义作家的地位得到稳固以后,他仍是一如既往地享受着透谷带给他的精神感召——"我还常常想起北村透谷君写的东西。每有忘记就再拿出来重读。二十五年来我不断探索这位热情的诗人的心情,乐此不疲。我永远不忘透谷君,在漫长的岁月里一直把他当作知心的朋友。"(《给有志于文学的青年》)因为在藤村看来,"他与我们同处一个时代,却是站得最高、看得最远的一个。我感觉到他很早以前就为我们预备好了很多东西。""他所走过的道路对于思考近代生活来说给出了很多暗示。他有着天才般的诚实。这种诚实带领他度过了短暂而又伤痕累累的一生,但是,也让他度过了意义深刻的一生。"(《北村透谷第二十一个忌日》)。当藤村说到透谷以"天才的诚实"来开拓"近代的生活"的时候,这种诚实可以理解为对自己的诚实。夏目漱石也认为"自然主义的道德"就是把对自己的诚实作为其根本信条的。也就是说,对后来成为自然主义中坚力量的《文学界》的同人们来说,告白自己的内面是与对自己的诚实,也是与追求近代生活的自由的努力这一想法相一致的。于是,在透谷思想的影响下,在藤村自己的思想发展上,"一般容易看作相互对立的思想——浪漫主义与自然主义,到了藤村那里,反而成了被同

---

[1] 参见川副国基『透谷から藤村へ』,『国文学特集透谷と藤村』六月号,学燈社,1964年6月,第31页。

一种精神所贯穿的思想发展的必然结果。"[1]北村透谷对于岛崎藤村的意义,就在于他把藤村引向了追求内部生命的自由这条路,进而把藤村文学的世界引向了重点关注内部生命的真实这一点上。北村透谷强调尊重内部生命和追求内部生命自由的理念,对于藤村的近代自我的形成产生了深远的影响,本书在第七章将会进一步论述到;对于藤村告白意识的形成所产生的影响,则是坚定了他把自己的"内面"真实地告白出来的信念。

藤村是从抒情的浪漫主义出发的,自我的全面解放的要求,在他那里首先是作为歌咏年轻的热情的诗或散文诗出现的。但是诗或诗一般的散文逐渐不能充分表达出他的内心世界了。从空想到事实,把他从诗歌转移到散文作家的则是日本的自然主义运动。

三、自然主义文学思潮的影响

岛崎藤村们能够真正把告白这一形式运用到文学创作之中,是与西欧自然主义思潮的强力引导分不开的。具体地说,日本近代文学所具有的这种告白性特征的形成,还得益于以左拉为代表的法国自然主义文学思潮在日本的影响和变异。法国自然主义与日本自然主义的告白性的相通之处,就在于都十分强调文学作品中的"真实",但前者更注重"客体的真实",主张排斥创作技巧,纯客观地、原封不动地描写现实生活。法国自然主义的最大特征是站在科学的立场,从"遗传"和"环境"的角度去把握和解释人及其行动。日本的自然主义虽然是在深受外来文学的影响之下形成的,但它并没有继承左拉的科学主义,而是更为注重自己周围的生活事实,重视人的"自然"属性,试图从人的肉体的、生理的侧面来把握"人生的真实"。它强调的是"主体的真实",从而形成了属于日本近代文学自己的表现形式和表达内容。对法国自然主义所主张的客观写实的"误读"和发展,促成了他们在文学创作中倾向于通过告白自己的精神和肉体上的苦闷和压抑来趋近这种真实,其文学倾向明显含有促进以往被压

---

1 吉村善夫『藤村の精神』,筑摩書房,1979年9月,第201页。

抑的"性欲的解放"、通过活生生的现实生活唤起人们对真实的兴趣以及体会真实的兴奋。他们通过凝视自己周边的现实，排除虚构，真挚而诚实地告白。

明治时期，以左拉为中心的法国自然主义文学运动通过田山花袋等人传入日本的时候，实际上已经发生了某些变异，如只重视对于日常的身边琐事的所谓"露骨的描写"，而无视左拉以劳动问题为主题的小说的重要性。我们知道，由于日本的浪漫主义过于软弱而没能完成所面临的自我的解放这一课题，自然主义文学运动正是以继承其作用、完成其所未完成的使命的形式出现的。相对于西欧的自然主义是在已经解体、崩溃的自我之上进行的，日本的自然主义则必然要以自我的解放和确立为目标。于是，日本的自然主义与西欧的自然主义不同，与其说它是作为浪漫主义的反动出现的，不如把它看成是作为浪漫主义的延伸更好理解。也就是说，自然主义反而成为了浪漫主义的一个方面，主张尊重人的自然要求和真实，尊重自我，忠实于自我，并把重点放在人的自我上面。这些主张无疑是近代人的观念，也是藤村在20岁左右的时候开始，尤其是在与北村透谷密切交往的过程中所学到的。可以说，透谷作为近代人的人生观强烈震撼了藤村的内心世界，成为藤村生命的原动力。但是，尽管藤村从透谷那里学到了所谓的近代人生观，与透谷那种靠自我的主观臆想来与现实作斗争的情况相比较，他更愿意接近现实。藤村追求的是比透谷更加现实主义的人生观，从而走上了自然主义之路。

中村光夫对于日本的自然主义文学的特点进行了总结，其中有三点值得注意——

1) 一方面在本质上它是对于此前就已经出现的浪漫派运动的完成，或者说是一种特殊的定型化；在根本上它带有通过作家的自我解放来争取大众解放的理想主义色彩。

2) 它有着在科学思想的影响下对"权威""幻象"等充满强烈的否定和反抗的精神，这一点与法国自然主义有着相同之处。在日本其"破坏"运动甚至波及到了小说这一形式，事实和真实的混同就是以极端的形式来展开的。

3) 这两个理由使得私小说一方面成为了作家的自我最直接的表现,另一方面又是与"事实"最为接近的小说最主要的文学形式。[1]

岛崎藤村从与近代科学精神相结合的自然主义那里接受了这样一种认识,即尊重真实和事实,并把自己的内面的真实作为事实写入文学之中。这种尊重真实和事实的观念还包括了他从莫泊桑那里学到的对于日常生活的尊重,这为他在日后的创作中逐步偏离重大题材、转向个人私生活奠定了基础。

当然,告白与真实的关系能够得到广泛的认同,告白这一表现形式能够堂而皇之地受到以岛崎藤村为代表的自然主义作家们的青睐,还与日本自然主义理论家们的推波助澜密不可分。可以说,自然主义相关的理论从以下三个方面突出了告白这一形式对于其文学创作的必要性。

1) 日本自然主义强调"无理想、无解决"的"平面描写"论,认为文艺要排除一切目的和理想,如实地表现自我的感觉就够了(即"破理显实"的口号)。它强调的是自我感觉的真实,主张要如实地凝视现实。藤村自己也提出:"想到了就说出来吧!"

2) 日本自然主义者们特别强调"迫近自然",追求一个"真"字。田山花袋于明治三十七年发表了著名的《露骨的描写》一文,提出"一切必须露骨,一切必须真实,一切必须自然"的露骨描写论,强烈主张大胆如实地描写自然的事实,对现实采取完全客观的态度以再现现实生活的现象,强调重视事实的态度和无技巧的表现方法,由此开启了自然主义文学运动的先河。他们为了"原原本本"地"迫近自然"而求其"真",强调忠实于自己,以及"内面的写实","以其大主观创造出第二个自然,才能描写出自然的真"。长谷川天溪曾指出,"作家在发现了毫无虚假的现实之后就描写它,其背景则是深刻悲哀的苦海",而"这种有增无减的背景的悲哀,才是真正现代文艺的生命所在"。他们的结论是:文艺不要停

---

1 参见中村光夫『近代の小説』,岩波书店,2003年4月,第107—108页。

留在只如实地描写人生，还应描写看不见听不见的内心的极端痛苦，在这里显示人的生活内在的自然。片上天弦也认为，自然主义文学就是要正直而大胆的表现未能解决的人生事象（事实与现象），进一步说，就是要表现人生根本的真相，表白其悲哀、痛苦、丑恶乃至疑惑，这些人生根本，似乎不可能解决，实际上是不可能得到任何彻底解决。由此产生的悲哀精神，不久就成为哀怜精神。自然主义文学就是要把这样的要求，乃至这样的悲哀当作生命的基础。[1]藤村在写《家》的时候曾经抛出"屋内理论"以表明自己追求"真实"的态度。有关该理论的具体内容本书在后面会有详细介绍。

3）日本自然主义理论强调人的本性的"自然性"，把人的"本能冲动"看成是对人们生活起着决定性作用的因素。人的本能冲动正是自然主义所追求的真实所要着重表现的内容。长谷川天溪对此是这样解释的：自然主义并非乘兴描写丑陋、猥亵、非理想、非艺术、反道德、肉感、性欲的东西，而是因为只有在这里才能发现毫无虚假的真实，所以才去描写它。自然主义作家们根据这些理论，主张通过肉欲的描写，直接暴露自己的丑恶，然后大胆地"自我告白"，"自我忏悔"，只有这样才能发现真实的自我。在他们看来，在自然科学飞跃发展面前，一切现有的人生观都失去了其信仰的价值，没有必要去观察它、描写它，因而只有凝视自己、真实地坦白自己。岛村抱月说："眼下我无法树立起一定的人生观，毋宁说当前更适宜对这种疑惑不定的情况进行忏悔。迄今是真实，今后再向前迈进一步，恐怕就难免是虚假了。"要"摒弃一切虚假，忘却一切矫饰，痛切地凝视自己的现状，而后真实地把它告白出来。当今再没有比这更为适当的题材了。从这个意义上说，现在是忏悔的时代。也许人们永远不能超越忏悔的时代"。岛村抱月在《文艺上的自然主义》再次强调，自然主义则是独自摹写"真"的。所谓"真"这个词，是自然主义的生命，是座

---

1 参见叶渭渠《日本自然主义文学思潮述评》一文，收录在《自然主义》一书中，第278—279页。

右铭。[1]"真实"本身是在告白这一形式中变成可视的。告白就是为了追求真实（即叙述真理、获得内村鉴三所说的"精神上的自由"，是与肉体的压抑相对应的）。支持告白这一制度（形式）的，正是这种权力意志，它体现在了作家们追求近代自我的过程之中。把告白、真理、性这三者结合起来加以表现，正是田山花袋的《棉被》产生了比采取西欧小说形式的《破戒》更深远影响的原因。[2]藤村对自己身上的动物本能的关注是超出一般作家的，他多次强调在自己身上流淌着"放荡的血液"，在他的代表作《家》和《新生》等作品中都曾直接写到。

　　濑沼茂树在《作家的真实面貌》中谈到《千曲川素描》时指出，其中出自自然观察的素描，是在没有任何先入为主的观念的前提下从根本上进行的实地"观察物质的练习"。它不仅把实证和理论都发挥到了极致，还拓展到了钻研自然与人生之间的关联性。也就是说，藤村通过"写生"明确了自然的营生附加到人生之中的作用，同时也再次确认了人生中的自然的力量。[3]换言之，藤村潜入到浪漫的激情深处去接触西欧的自然主义思潮，然后把它作为自己的发明进行了新鲜的试验。小说家藤村也就由此诞生了。日本的自然主义是由于有了《破戒》和《棉被》才得以确立的。所谓自然主义，在藤村看来，就是"按照人生本来的样子——生存、爱恋、死去的人生来原原本本地观察人生"。

　　岛崎藤村虽然从来不把自己标榜为自然主义，但是，他在文学创作中的实践与自然主义的主张是一脉相承的，他本人也当之无愧地成为了日本自然主义文学的中流砥柱。藤村在《论小说的实际派》一文中谈到法国的自然主义文学，自己从对左拉、莫泊桑抱有偏见，到自己修正偏见（《女学杂志》明治二十五，第308号），以至于大正二年（1912）他因"新生"事件前往海外时，对于他为何选择法国，有分析认为除了巴黎是艺术之都外，还因为他是一个十分喜爱卢梭、左拉、福楼拜和莫泊桑的作

1　柳鸣九主编《自然主义》，中国社会科学出版社，1988年8月，第539页。
2　参见柄谷行人『日本近代文学の起源』，講談社，1992年5月，第92页。
3　参见瀬沼茂樹『作家の素顔』，河出書房新社，1975年，第91页。

品的作家。藤村很早就开始关注左拉、福楼拜等法国自然主义作家的理论和作品，并不断将一些自然主义要素实践于自己的创作之中，《千曲川速写》正是最早表明他向西欧自然主义方法学习的成果；他的《破戒》和《家》等实际上就是对上述自然主义理论的最好的诠释、应用和发展。总之，上面所列举的自然主义理论，尤其是强调客观写实以追求真实效果的理念，对于形成岛崎藤村的告白理念产生了很大影响。尤其是日本自然主义思想主要是在基督教的内心主义的启发下诞生的，因而所关注的更多的是个人的内面问题。[1]从基督教要求诚实地面对上帝，到卢梭把包括自己的弱点在内的真实赤裸裸地表现出来，再到北村透谷所代表的浪漫主义强调精神自由、以及追求内面的真实作为追求精神自由的一种手段，等等，这些理念汇总到自然主义的客观写实（对于客观世界包括自然界的自然的写实）的理念之中，于是内面的真实（包括代表自然属性的"自然"）演变成了可以作为与自然界等同视之的事实来描写，告白内面的真实也就逐步演变成了自然主义的客观写实的一个方面。透谷所主张的追求自己的内面诚实（内心世界、内在精神的自由）的浪漫主义精神，与后来标榜纯客观描写的自然主义精神相结合，也就意味着把自己内面的真实原原本本地描写出来，与把客观世界原原本本地描写出来被等同视之，于是，出现了真实＝事实这么一个结果。真实＝事实这一公式因此得以成立，并成为岛崎藤村等自然主义作家贯彻在文学创作中的一个重要理念。

特伦斯·霍克斯在其著作《结构主义和符号学》中谈到维柯《新科学》中关于形式的观点时指出，这种形式是从人的心灵本身产生的，它成了人类心灵视之为"自然的""既定的"或"真实的"那个世界的形式。这就确立了真实—事实（verum factum）原则：人认识到是真实的（verum）与人为地造成的（factum）东西是同一回事。当人感知世界时，他并不知道他感知的是强加给世界的他自己的思想形式，存在之所以有意义（或"真实的"）只是因为它在那种形式中找到了自己的位置。因

---

[1] 此观点可参见片冈良一『自然主義研究』，筑摩書房，昭和五十四年11月，第66—67页。

此，"……如果我们对此深思熟虑的话，那么，诗的真实就是形而上的真实，与它不相符合的物理的真实就应视作谬误"[1]。这从另一个角度阐释了真实＝事实的关系。对于日本自然主义的真实＝事实这一公式的转换，片上天弦有一段话可以作为它的注释："自然主义文学的特色本领，总而言之就在于针对物质上的人生观的压迫的主观上的反抗这点上。这种主观上的反抗也就是希望获得精神上的自由，或者不如把它看作想要更充分地去发现被同一化的整个人格生活的兴趣的一种努力。把这一点说成是浪漫主义精神在起作用也可以。也可以把它说成是对于最重要的生活的一种希望。"[2]也就是说，当时包括藤村在内的一批浪漫主义作家对于所生活的时代及其文学的窒息现状深感不满，产生了反省时代和反省自我的愿望，在追求内面的真实和自由的理念的引导下，认为在暴露社会的同时，还应该暴露自我，这样才能发现"时代的真实"和"自我的真实"。他们所主张的要忠实于自己，如实地表现自我的感觉，其实就是岛村抱月所说的"内面的写实"，即通过文学创作来挖掘内心真实的痛苦和悲哀。如此一来，在日本近代文学的发展过程中，社会问题就让位于作家的自我感受了，中村光夫为代表的评论家批评这一现象为日本近代文学发展史上的重大挫折。也有评论家为藤村这样的始作俑者进行辩护，认为藤村一生中经历了不少让自己难以抽身的各种麻烦的困扰，也就无暇去广泛关注社会问题了——远嫁他乡的姐姐的丈夫的放荡和家运的没落，长兄在事业上的屡次失败以及由此带来了牢狱之灾，藤村也因此不得不接二连三地面对长兄那边索要金钱的困扰；二哥同样因为公共问题而四处奔走，对家庭的生计问题却很少问津；三哥因为自己的不检点而顽疾染身并最终穷困而死，等等。总之，上述种种使得藤村在创作中只能专注于自我的世界这一点也就在情理之中了。

吉田精一指出，作为自然主义的方法，与原有的写实主义相区别的

1　特伦斯・霍克斯《结构主义和符号学》，上海译文出版社，1987年，第3—4页。
2　片上天弦『自然主義の主観要素』，转引自『近代文学評論大系』第3卷，角川書店，第162页。

地方就在于更多采用"告白"这一形式。告白这一形式很自然地就成为了个人的内心世界（内在生活）的直接表现。告白原本是主我的浪漫主义产物，是对自然主义的否定，像注重对日常生活加以长篇累牍的描写的龚古尔的小说也并非告白小说。但是，在日本，正是由于始终尊重自我的真实，并与真情实感密切相关，才会形成《棉被》以后的告白性文学。[1]总之，以岛崎藤村为代表的作家们在文明开化的过程中接受了西方思潮的全面影响，尤其是他们接触到了基督教、西方的民主意识和价值观、欧洲自然主义文学思潮，又接受了卢梭及其《忏悔录》的思想和俄罗斯的批判现实主义文学的影响等，从而为他们所要进行的告白从形式和内容上做了充分的准备，逐步形成了他们的告白冲动——为追求自我的真实而进行忏悔和自我暴露。

四、日本传统文学观念的影响

日本自然主义所强调的真实观，及其所表现出的告白性特征等，与日本传统文学所具有的追求真实的审美意识和自我反省精神是相通的。因此，可以说日本的文学传统为日本近代文学告白意识的形成提供了很好的土壤。传统文学对于近代告白意识的形成，可以从两个方面来看。其一是真实观。日本古代文学在萌芽期（上代文学）就产生了"真实的文学"[2]，以神话、传说为中心的民族叙事文学与歌谣、短歌为中心的抒情文学中都表现出了真实的文学意识。这种注重"真实"——具有伦理倾向的"真"、"实"、"诚"的文学意识，可以认为是在其本土的固有信仰原始神道精神培育出来的"明净直"为核心的"真实"之中，加入了佛教的净土思想、儒教的仁智思想等混合而成。作为抒情文学的《万叶集》沿袭了此前的"真实"文学意识，以真实的感动为根本。正如久松潜一所

1　吉田精一『自然主義の研究』下卷，東京堂，昭和三十三年1月，第68页。
2　即"まことの文学"，此说法可见于守随宪治、真下三郎编《新编日本文学史》第11页。作为萌芽的文学意识"真实"在日语里称作"まこと"，是真情、真实、真率的表现。相关解释亦可参见叶渭渠《日本文学思潮史》第49—50页。

言:万叶歌的感动"是真实的感动。但所谓真实的感动,可以说就是以'真实'为根底的'哀',也可以说《万叶集》的精神是'真实'的感动"。"以'真实'作为根底的'哀'形成《万叶集》的美。这样'哀'作为以'真实'为根底的文学精神就产生了。"[1]《万叶集》的文学意识完成的过程,也是个人的自觉与"真实"文学意识分化的过程,"哀"的文学意识形成的过程。《万叶集》所展现的"真实"文学意识,是属于个人的精神,完全拥有个人的感情,以个人现实生活中的哀感作为主情,始终贯彻着真实性和感伤性,从而展现人性真实的一面。可以说,《万叶集》的抒情歌的成立,正是以歌人个人的感动所表现出来的真实性作为基础的。《古今和歌集》和日记文学等也是以强调真实的感动作为其美学特征。《源氏物语》通过物语这一虚构的世界来描写贵族社会的爱恋与烦恼、理想与现实,试图以此来追求人间真实。[2]虽说是以"物哀"这一重要美学特征为中心,以接触人生所感的"哀"为主调,但它没有离开人生,没有离开现实的世界。也就是说,"物哀"并非与写实的"真实"文学精神全然无关,相反,它是以"真实"为根基的。紫式部是在"真实"的基础上,以追求主体更为深刻复杂的感动为目的,将"哀"发展成为"物哀"的。[3]古代的日记、随笔与和歌的创作动因不同,和歌以感情高潮为动因,反映素朴的感情世界。日记、和歌以反省自己为动因,表现自然的内观世界。尽管如此,和歌与日记随笔在写实的"真实"这点上却是相类似的。[4]日本古代的"真实"文学思潮,除了表现"事"、"言"的真实之外,还表现心的真实,即真心、真情的一面。在《万叶集》中,"真实"实际上是"真情",是以个人感情为主的"真实"精神,表现了人在爱情生活上的悲喜哀乐的自然感情。从日本文学传统来看,正是基于

---

1 此处均引自叶渭渠《日本文学思潮史》,经济日报出版社,1997年3月,第77页。
2 参见守随宪治、真下三郎编《新编日本文学史》,第一学习社,昭和五十九年2月,第33页、44页。
3 参见守随宪治、真下三郎编《新编日本文学史》第45页,叶渭渠《日本文学思潮史》第129页。
4 这一段参照了叶渭渠著《日本文学思潮史》第57页、111页、116页的相关内容。

心（真心、真情）的真实原则（如《万叶集》的真率性），才使得文学作品有告白的冲动。追求真实是日本古代文学的一个十分重要的特征和审美意识。[1]

其二是传统文学的自我反省精神。古代前中期的"真实"文学观，主张追求自然真实感动的直接表现，反应感动对象的客体的情绪性的真实。也就是说，追求心的真实，这是具有普遍性的。于是，写自己，写自己内省（自我观照）的内心世界，便成为日记文学和随笔的一大特色。女流日记中的自我省察是很突出的。自我观照的精神，经过《土佐日记》而贯穿到了《蜻蛉日记》。《土佐日记》是用和文记载的最早的自传文学；而《蜻蛉日记》则充满了迫切的告白心情。《蜻蛉日记》在体验的事实的基础上，有着力求构筑真实的自我的意图，在内容上，以真事、真言和真情为中心，在表现上，侧重于写实，既写了外面的真实，也写了内面反省的真实。道纲母把身为兼家之妻的充满苦恼的个人体验形象化的同时，还满怀激情地再现了生活在现实矛盾之中的自己的真实形象。她通过凝视自我的人生，把与丈夫藤原兼家之间所经历的婚姻生活的悲剧，以浓厚的笔调很详细地以告白的方式给描写出来了。这不管是从方法的角度还是从文章的角度来说，都有很大意义。[2]《蜻蛉日记》不只是一部平白率直地写下了作者所体验到的事实的作品，而且还在事实中把作者本人想要追求真实精神的形象给刻画出来了。[3]另一种形式是通过散文来记录个人生活的随笔，像平安时期的清少纳言在《枕草子》中显示出了很强的自我表现欲，毫不逊色于现代日本的女流作家。紫式部在《源氏物语》中所表现的艺术技巧之一，就是继承了日记文学所表现出的凝视现实的精神，从内面剖析了源氏及其他有关人物的心理和性格。她采用一种以写实为基础的观照态度，对文学进行反省，极力揭示人心的真实（"自身之真"）。《方

---

1 参见叶渭渠《日本文学思潮史》，第57页。
2 参见『日本文学の古典』第二版，西乡信纲等著，岩波書店，1996年2月，第52、53页。
3 参见木村正中的『蜻蛉日記の形成』一文，收录在『国文学 特集日記文学の系譜』十二月号，学燈社，昭和四十年8月，第62页。

丈记》作为中世随笔的杰作,鸭长明就像现代的私小说作家们写自己的居所及其周围伴随四季变迁而发生的变化一样,强调自己心境的平静和生活的单纯,试图发现他的真实人生的意义。伊藤整在《小说的方法》中谈到私小说作家时指出,他们的前辈一开始是在十八九世纪欧洲人的小说方法的基础上,采取通过虚构的形式戴上假面具来进行没有自我剖析的告白方法。对他们来说,作为内在心声的表现方法,《方丈记》《徒然草》之类隐居避世的随笔体比日本的物语的传统更管用。要拯救他们的自我,除了从日本社会道德的现实中逃走别无路径。[1]总之,由此可以看出,无论是后来的私小说还是明治时期所产生的告白意识,都与日本古典文学有着千丝万缕的联系。而日本传统文学所具有的自我反省精神与藤村本身所具有的反省意识有机地结合在了一起,从而形成了他文学中具有强烈的自我反省和自我告白意识的风格。

　　从文学创作来看,日本古代的物语、和歌、日记、随笔等文学模式,或以个人感情为动因,或以反省自己为动因,无论是反映朴素的感情世界,还是表现自然的内省世界,都是与"真实"的文学意识相通的。就以日记文学为例,大多以自己的生活体验为主,在内容上以真事、真言和真情为中心。在表现上则重写实,既写外面的真实,也写内面反省的真实。而有着超过1300年历史的日本的短歌,也被有的日本文学研究者称为"第一人称的告白文学",被看作是歌咏欢乐、痛苦、感叹、恋情的优秀的个人情感记录。日本自然主义者普遍如实地记录自己的生活特别是感情生活的体验,无保留地暴露自己的阴暗面并进行内省,这并非全然与古代上述文学模式所表现出的自然真实无缘。而且可以肯定地说,日本自然主义文学最忠实地继承了古代日记文学的表现人生"真相"的传统。[2]当然,日本古代文学所表现的告白意识与出现在日本近代文学中的告白意识,以及由此延伸出来的告白形式和告白文学是有区别的,其最大区别就在于创作主体意识发生了根本的变化。在日本古代文学中,所涉及的只是

---

[1] 伊藤整『小説の方法』,筑摩書房,第54页。
[2] 参见叶渭渠《日本文学史近代卷》,经济日报出版社,第249页。

日常的普通情感,而日本近代文学所表达的,则是作家们的近代自我意识觉醒之后的痛苦和烦恼,此苦恼或痛苦与彼苦恼或痛苦不可同日而语。但是,这种文学传统很容易就与近代社会的欧化风潮结合到了一起,在拓展西方意义上的忏悔的内容上发挥了作用,从而很轻松地就完成了从基督教的"忏悔"到自然主义文学的"告白"的过渡,并产生了实质性的影响,形成了崭新的告白文学特征。

藤村历来对日本的古典文学尤其是日记文学和传记等特别有兴趣,就像他在《千曲川速写·后记》中所写的:"不可思议的是,当我对这些外国近代文学产生浓厚兴趣时,反而促使我重读我国的古典文学作品。正是那时候,我发现动人心弦的《枕草子》有许多值得学习的东西。"在明治学院求学期间,他不只是阅读井原西鹤的作品,还通过刚刚出版的《日本文学全书》等,并对日本的古典尤其是西行、芭蕉、近松等十分感兴趣,为他后来的文学创作奠定了坚实的基础。他曾经署名无名氏写了《源氏明石中的一节》发表在《女学杂志》上。同期还刊登了他翻译的《红楼梦之一节——风月宝鉴之辞》。当时正是《源氏物语》大受追捧之时,《红楼梦》作为可与《源氏物语》匹敌的中国文学而受到藤村的青睐。明治三十二年,他作为英语老师和国语老师前往小诸义塾任教,教授古文《土佐日记》、《徒然草》、《枕草子》等古代名篇。在小诸的时候藤村开始超越《源氏物语》意识,从普遍认为比《源氏物语》大为逊色的《枕草子》中发现了新的价值——不同于物语表现的散文诗的表现意识,从而促成了他从诗歌向散文创作的转变。日本学者田所周在论及私小说与传统文学的关系时指出,日本的近代文学是在与过去的传统密切相关这一意识下形成的。[1]

早期的藤村对于英年早逝的樋口一叶作为一个小说家的卓越才能十分敬佩,曾尝试着用口语文体写出超越一叶的作品来,但他尝试着用言文一致体写的《假寐》却是失败之作。尽管如此,藤村仍然没有放弃自己

---

1 见『私小説と伝統文学との関係-日記随筆について-』、收录在『国文学特集私小説の運命』昭和四十一年3月号,学燈社,第74页。

的努力,他从日本文学的丰富的传统中汲取养分,同时吸收西方文学的精华,开拓出了具有藤村特色的文学之路。他同时对传统和西方进行不懈追求的精神,使他成为与夏目漱石比肩的日本近代文学的代表作家。关于岛崎藤村与传统文学的关系的研究文章相对来说还不太多,但这并不意味着藤村文学与传统文学的关系不密切。实际上,岛崎藤村的文学创作是深受日本古典文学的影响的,他在古典文学方面的素养也是相当高的。甚至有说法认为芭蕉是对藤村一生影响最大的一个文学家。藤村自己也说他从少年时代起就喜欢芭蕉,尤其是芭蕉的漂泊精神对他的生活影响很大。[1] 对于藤村受到的芭蕉和西行这两个文学家的影响(藤村一直对他们有着与对西方文人同样强烈的关心),有好几篇论文专门进行过论述。藤村自己在《给有志于文学的青年们》一文中也谈到:"我喜欢芭蕉的作品,即使旅居国外,我也总是在包里放着芭蕉的书,在外地的旅馆时常拿出来阅读。这不仅是因为芭蕉的作品意蕴深沉,叫人百读不厌;更主要的原因是我从青年时代起就爱读芭蕉,深受着那种心境柔细、多情善感的时代的影响,一直持续地保留下来了。"由此不难看出他对以芭蕉为代表的日本古典文学的喜爱了。

关于藤村与日本古典文学的关系,叶渭渠在《日本文学史近代卷》中的论述还是比较中肯的,也是对日本学界的观点的一个总结,在此不妨引以为证。如"《嫩菜集》之所以成功,正是他在传统学问的基础上,接受西方的新文学思想,在传统的表现与西方的诗情两者的契合上而产生的"[2]。他的诗歌的韵文,就深受古今和歌的影响。"藤村爱好和模仿西方诗尤其是英国浪漫诗的同时,也继承古典的传统,比如传承《古今和歌集》的流丽歌风、上方歌和筝曲组歌的典雅歌调,比如对日本中世文学抱有浓厚的兴趣,时常使用中世文学、美学的'风流'、'幽玄'等用词,

---

[1] 参见藤一也『藤村と芭蕉』一文,收录在《岛崎藤村研究》第20号,第61页。1992年9月20日出版。
[2] 参见叶渭渠、唐月梅著《日本文学史近代卷》,经济日报出版社,2000年1月,第337页。

连笔名也用了诸如古藤庵无声、枇杷坊、草斋等中世修道式的名字。他认为人生风流多，恋爱亦风流，西行、芭蕉所感受的幽玄境界与莎士比亚所感受是不同的，对人生态度也是不同的（《怀念人生的风流》）。"[1]伊狩弘在谈到藤村的文章的特点的时候，对藤村文学与古典的关系进行了以下论述。从审美意识来看，藤村虽处近代，与其说是显示出西欧的客观分析的审美特征，不如说是树立了典型的东洋特色的象征体验的美学特征。也就是说，俳谐式的情绪象征表现，新古今式的余情式的象征表现，是藤村的特色。他从枕草子和俳文中学到了简洁而富有节奏的表现和新体诗那种咏叹调。他的《家》和《千曲川速写》有《万叶集》那种简洁的写实性，《黎明前》具有芭蕉的俳谐式的象征性，而处在中间的《新生》加进了新古今集的幽玄妖艳式的象征手法。从《新生》到《黎明前》藤村的手法中，仍然有着与日本的古典文学的历史相一贯的历史性的展现。再有，要问藤村文学的本质是什么的话，那就是在坚持不懈地描写现实的同时慢慢跻身于社会和人类的真实之中。因此藤村学会了观察事物。而导致他这样做的，正是清少纳言、芭蕉等的古典，是欧洲文学，还有拉斯丁的《近代画家论》等画论。[2]

根据《岛崎藤村事典》的记载，岛崎藤村作为国语教师，在小诸的学习舍讲授过《土佐日记》《徒然草》等。[3]他在《清少纳言的〈枕草子〉》一文中，很早就对清少纳言出色的感觉进行了高度的评价，并与《源氏物语》进行比较，认为清少纳言"作为个人的色彩更浓，看事物的方法更直接"，"可以看得出寂寞的清少纳言"。[4]藤村在明治三十八年

---

1 参见叶渭渠叶渭渠、唐月梅著《日本文学史近代卷》，经济日报出版社，2000年1月，经济日报出版社，第338页。
2 参见伊狩弘『島崎藤村の研究』，载于『日本文学ノート』第三十六号，第112—114页，这里转引自引自『国文学年次別論文集 近代1』1998年，第500、501页。学术文献刊行会，朋文出版社。
3 见《岛崎藤村事典》"学习舍"词条，第78页，《岛崎藤村事典》，伊东一大编，明治书院，昭和四十七年10月出版。
4 参见《岛崎藤村全集》第十四卷第144页，新潮社昭和二十四年12月。另外可见《岛崎藤村事典》第409页"枕草子"条目。

给神津猛的信中，写到了关于放在神津书斋中的藤村的旧书桌的回忆，提到就是在那个书桌上他研究了《枕草子》和《源氏物语》。[1]他在《黎明前》也多处谈到"物哀"这一理念。藤村在明治二十六年的关西漂泊之旅中，就带上了吉田兼好法师的著作，并在给星野天知的书信中说到"虽然厌世，却还不忘生存下去"的话等。[2]另外，在岛崎藤村的马笼故居所展示的藤村藏书之中就有不少日本古典文学方面的藏书，其中包括日记随笔集，所以当我们肯定日本的私小说受到日记随笔文学的影响的时候，自然也难以否定作为走在私小说这一形式之前面的藤村文学也多少受到了日记随笔文学的影响。

藤村在中国汉学方面的修养也是不容忽视的。藤村的父亲从小就教他诵读《千字文》、《劝学篇》、《孝经》、《诗经》和《论语》等中国古籍，在1892年的时候他甚至还翻译了《红楼梦》的第12回，署名"无名氏"发表于《女学杂志》第321号上。有日本学者认为藤村的人格的形成还深受儒教的影响，因而在他成长过程中形成了"欺骗自己"是违反"义"这一自我矛盾的思想。这一思想与"暴露现实"的自然主义思潮合而为一，在另一方面也限定了藤村的做人原则。[3]中村光夫曾经指出，明治文学家中再没有像藤村那样置身于"新文学"的同时，对日本传统文学也谦虚好学的作家了。再没有像他那样面对欧洲文学浩浩荡荡涌入的潮流，亲自肩负起日本文学传统的重担来谋求两者之间的和谐的作家了。[4]确实，藤村是当时把西洋文学和古典文学协调得最好的一个。藤村很好地把追求"真实"的文学传统和现代精神紧密结合在一起，并通过不断摸索贯彻到自己的文学创作实践之中。藤村的告白意识正是在这样一种文学传统的土壤中形成的。

---

1 参见《岛崎藤村事典》第129页"源氏物语"条目。
2 参见《岛崎藤村事典》第470页"吉田兼好"条目。
3 参见《新生的另一个发表动机》，稻垣安伸著，《岛崎藤村研究》第23号。
4 参见《中村光夫全集》第三卷『藤村の文学』一文，第391页，筑摩書房，昭和四十七年7月出版。

总之，岛崎藤村在文明开化和基督教的影响下开始形成了他的近代自我的意识，并在灵与肉的冲突中形成了烦闷的内心世界。浪漫主义思潮教给了他自我肯定的精神，肯定的基础就是追求自我的真实。这种真实观又与后来自然主义的客观写实精神和日本文学传统的真实精神相融合，并在卢梭和北村透谷两位先驱者的影响下，形成了通过文学来告白自我真实的观念。岛崎藤村这种告白意识的形成，正是他后来得以迈向自我告白的重要原因。

　　对于岛崎藤村来说，他与自然主义大多数作家的告白意识不大一样的地方，就在于他所形成的真实理念更注重通过告白真实来实现近代自我的真实、进而达到自我肯定这一点上。相对于他们毁灭型的告白，藤村则属于肯定型的，是肯定生命、肯定自我的告白。藤村的这种自我肯定意识，是他所形成的告白意识的核心所在，也是影响他的近代自我追求的重要因素。[1]

　　有学者指出，藤村一开始便以揭发资本主义社会的欺瞒性，并痛感变革的必要性的左拉、莫泊桑所代表的法国自然主义文学家的风格为范本，并广泛阅读。《破戒》可以说是自然主义风格的习作。他的这一态度并不只是局限于法国文学的领域，也延伸到了俄罗斯文学的世界。他还喜爱以描写革命前夜的知识分子的苦恼的屠格涅夫、陀思妥耶夫斯基的作品，并在创作和演讲中都会谈到这些俄罗斯的作家们。藤村对于难以纳入自然主义作家范畴的作家同样抱有浓厚兴趣。罗曼·罗兰、查尔斯·莫拉斯、都德、瓦莱、贝玑都是他关心和喜爱的作家。[2]确实如此，影响藤村告白意识形成的因素应该还有许多。即使是在西方因素的影响方面，还可以再列举出托尔斯泰和拉斯丁的画论的影响等，但这些因素基本上都可纳入基督教、卢梭或者自然主义（实证主义）的影响的范畴，这里就不一一论述。

1　关于真实与藤村的近代自我的关系方面的内容，将在第七章展开论述。
2　梅本浩志『島崎藤村とパリ·コミューン』，社会評論社，2004年8月，第283页。

第二章

"破戒"的告白——《破戒》

我的《破戒》之中有两副面孔。一种人太患得患失刻意隐瞒过去，一种人则认为暴露过去才是与过去诀别之道。游离于这两者之间又是人世间的普遍现象。（再版《破戒》序）

第一节 《破戒》的告白性之争

《破戒》发表于1906年（明治三十九）3月，由作者自费出版。出版的时间也尽可能与藤村的生日接近，不难看出作者希望以此一锤定音的强烈愿望。这部作品一经问世，便产生了很大的社会影响——"这部凝聚了作者心血的力作，受到当时文学界的关注，产生了空前绝后的反响。"[1] 不只是自然主义文学家们，就连夏目漱石这样的读者也深受感动，他在给森田草平的明信片中对《破戒》大加赞赏："读完了《破戒》。作为明治的小说当可流传后世。像《金色夜叉》过个二三十年就可能被遗忘了。《破戒》则不然。我所读小说不多。但是，如果说在明治时期出现了像样的小说的话，则非《破戒》莫属。"应该说，《破戒》是真正让藤村成为小说家的成名之作，也是宣告日本近代文学得以确立的重要作品。

《破戒》既是以作者内在的自我所隐藏的苦恼的告白为中心的小说，也是把部落民问题作为近代社会问题中最不合理的一个社会问题从正面加以捕捉的社会小说。究竟注重这两个方面的哪一面，会导致评论界分化为两派——"社会小说"派和"私小说"派。前者以藏原惟人和野间宏等为代表，后者则以佐藤春夫和吉田精一等为代表。从后者的立场出发很好地进行了阐述的有佐藤春夫的收录在《近代日本文学的展望》中的《破戒》论，接下来是和田谨吾《〈破戒〉的历史地位》（昭和二十六年5月《国语国文研究》）、野村乔和越智治雄等文坛新进作家的评论。而与此相对应，一直以来的各种评论，如平野谦的《破戒论》（收录在其著作《岛崎藤村》一书中）、濑沼茂树的《岛崎藤村》、片冈良一的《自然主义研究》、中村光夫《风俗小说论》等，包括无产阶级文学的论客们，都重视其社会小说的性格。对于《破戒》究竟是以自我意识上的矛盾为重点

---

1 参见平野谦『島崎藤村』，岩波書店，2001年11月，第25页。

的告白小说，还是更侧重于对社会偏见的抗议的社会小说的问题，评论界一直争论不休，而且基本上是呈现两极分化的态势，形成了日本评论界自近代以来最显著的胶着状态。总之，在论及《破戒》与告白文学的关系或是《破戒》的告白性问题的时候，就等于闯入到了日本研究界一场旷日持久的文学争论之中，而且时至今日仍然难以盖棺论定。相对于《破戒》这部作品本身，有关它的评论似乎产生了更为持久和广泛的影响力。下面就日本研究界关于《破戒》的争论做一个鸟瞰式回顾，并由此涉入藤村文学的告白性问题。

一、社会小说之说

《破戒》出版之后不久，评论界便从思想的层面和社会批判的意义的角度进行评议，社会小说的观点在当时似乎成为了一个基本常识，大塚楠绪子、柳田国男、近松秋江、武田樱桃等都发表过相关评论。主张《破戒》是社会小说的以野间宏为代表，他在岩波文库版《破戒》的解说中明确指出："《破戒》是以在封建制度下，同样是人却受到别人的歧视这一封建制度的不合理现象作为素材的。藤村在达尔文的《进化论》等引导下，完全接受了把人等同于自然界的观点。人是从自然界的进化中产生的生物。人无上下尊卑之分。推翻封建制度建立起来的近代社会，是建立在人人平等的基础上的。但是，如果说在日本还存在着那种对人的歧视的话，那究竟是什么原因造成的呢？藤村把即使到了明治社会还受到歧视的丑松作为主人公，通过对他内心的悲哀的描写，把矛头尖锐地指向了日本的军国主义和天皇制度。"[1]对此他作了进一步的分析："明治社会是在牺牲多数人民的生活并残留了农村的封建性的基础上建立起来的文明社会，处在社会最底层的部落民就只能一直处在这种封建的社会之中遭受苦难。通过这些部落民的眼睛来看的时候，明治社会的不合理性就更加一目了然。丑松受到新思想的感召，理所当然就想从明治社会的不合理中跳出

1　引自『「破戒」について』岩波文库版『破戒』解说部分，2002年10月，第424页。

来。"[1]野间宏的论述成为了在二战以后日本研究界的主要论点,并在当时呈现出一边倒的趋势。他的观点也代表了作品发表之初很多学者的一般认识。基于这种社会批判小说的立场,更有观点批评《破戒》主人公斗争的不彻底性。来自部落解放运动的批评,主要针对藤村本身的偏见和错误的部落认识,以及主人公丑松的卑屈的告白以及逃避式的利己解决方式等。首先是丑松向学生坦白自己真实出身的场面,被批评为"可憎的奴隶般的举动";其次是小说的结尾作者安排主人公远走美国的得克萨斯,逃避日本现实的结局,对小说的批判力度不够表示不满,等等。岛崎藤村在大正十二年在读卖新闻记者的劝说下写的《觉醒者的悲哀》一文的开头,回想起17年前出版《破戒》时候的情形,做了如下陈述:"《破戒》也是我尝试的第一部长篇作品。那时还很少有描写那一类地方特色的作品,所以刚出版的时候受到了很多指责。(中略)主要的指责是把某一个地方发生的事情夸大地写成了普遍存在的社会现象。在我的好朋友中,也有人就这一点直接提醒过我。也有人认为信州一带也许还多少存在这种歧视现象,但即使是发生在穷乡僻壤那也是很稀奇的,也已经是过去的事了,并没有写我们的现实社会。"[2]概括地说,当时对于《破戒》的评价,认为《破戒》中的部落歧视问题只是某一地方的现象,缺乏普遍性,而且是把已经淡忘了的过去的事情加以夸大,缺乏现实性之类,因而对《破戒》提出种种批评和不满。

像柳田国男等一批学者甚至从考证的角度对此提出了自己的看法。当时担任日本全国农事会干事、到过各地演讲和考察的柳田国男也认为,就他考察过的地方来说,并不存在这种不人道的斗争现象。《破戒》里的"斗争过于戏剧化"。夏目漱石在给森田草平的信中提到《破戒》"我觉得小说的主题还稍嫌薄弱",中岛孤岛对《破戒》感到遗憾的是"它的苦闷太狭小,只是局部的、地方的"。柳田国男还针对《破戒》开头写到

---

1 引自『「破戒」について』岩波文库版『破戒』解说部分,第426页。
2 转引自川端俊英『破戒とその周辺—部落問題小説研究』,文理阁,1984年1月,第82—183页。

的大日向地主被赶出旅馆事件,指出"实际上那种事情是不大可能的"。后来藤村自己站出来澄清,说明那并不是他凭空想象出来的,而是根据自己在小诸义塾教书的七年之中听到一个部落民出身的教育工作者的真实故事写成的,他甚至还亲自深入到部落里了解情况。于是有研究者考证出了丑松的原型叫大江磯吉。《破戒》所反映的部族歧视问题后来也被日本的人权组织所重视和利用,甚至还出现了围绕《破戒》专门研究部落歧视问题和人权问题的专著。更有甚者,因为在《破戒》中基于根深蒂固的歧视观念和错误的部落认识的用语比比皆是,在人权组织水平社成立后全国各地纷纷发生斗争纠纷的情况下,《破戒》遭受了被停印的命运。十年之后的1939年,经过修订后(如原来的"秽多"一词改成了"部落民")才获准重新出版。1953年再版时才恢复初版的原貌。[1]这一事件,既说明《破戒》被当作社会批判小说时所具有的影响力,另一方面也说明它在社会批判方面存在的先天不足。这种社会批判的不彻底性,反映出《破戒》的作者并没有刻意创作社会批判小说的强烈意愿。

有关《破戒》的社会小说评论方面的差异性,很大程度是由于对于部落歧视问题的现实性问题的认识和理解之不同引起的。从这些差异中可以看出其中有一点是共通的,那就是都习惯于从部落民歧视问题的角度来把握《破戒》。这种评价的盛行与当时日本文坛左翼势力的影响也有一定关系。

二、告白小说之说

与社会小说观点相对应的是把《破戒》视为告白小说的观点。告白小说的观点认为,在《破戒》的主人公濑川丑松的特殊设定中,寄托了藤村所谓的"难以言说的"的自我告白。把歌咏着"有着难以言说的秘密"的藤村"内心深处"的自我告白,通过寄托在丑松身上而达到客观化。[2]

---

1 参见川端俊英『破戒とその周辺—部落問題小説研究』,文理閣,1984年1月,第23页。
2 参见平野谦『芸術と実生活』,岩波書店,2001年6月,第121页。

这一派以佐藤春夫为代表，与野间宏所代表的社会小说观点形成了自小说发表后直到今天仍在对峙的两大阵营。

佐藤春夫在《关于藤村的〈破戒〉》一文中指出，藤村想方设法巧妙地装扮成了丑松。但是，在小说化以前他的主题——诗人反抗习俗、决心歌颂真实的时候的作者本人的心情的历史，试图通过丑松来表达的作者的创作意图（最原本的主题），随处可见。这是毋庸置疑的。……作者藤村创作《破戒》的意图，我觉得，并非是丑松的出身，而是把有关自己在感情解放问题上的挣扎历程，向我们娓娓道来。……藤村并不是要以《破戒》来马上直接处理社会问题，说是写了大量该称作心境小说或是身边小说的东西，实际上是他自己的告白。[1]应该说这种观点在后来逐步成为主流，赞成这种观点的评论家也越来越多。即便是野间宏也不得不承认丑松"不过是藤村为了寄托自己的内面而创造出来的人物"[2]，这样一来就与佐藤春夫的观点靠近了。和田谨吾针对社会小说观点所强调的部落民问题，认为《破戒》是以"告白"为重点，"部落民"是作为加重其分量的方法来使用的。吉田精一无疑也是告白小说阵营中的中坚力量。"向来对《破戒》的评论提出一个重要的问题，即是将《破戒》的本质看作是以社会问题为中心的社会小说呢，还是看作以告白自我的隐秘的苦恼为中心的作品。当然，《破戒》虽然具有这两方面的性质，但由于对重点的把握不同，对于《破戒》的解释就分为两个系统，从前者来看，它成为日本自然主义的异质的作品。从后者来看，它与藤村的《春》以后诸作或田山花袋的《棉被》等都未必是异质的东西。如果先作出结论的话，笔者以为后者是对的。为此它成为了自然主义文学史的重要出发点。"[3]他还进一步表述道："这部作品体现了严重的社会问题，其中包含着出于藤村自己的性格而隐藏在心底的痛苦的自白，以及企图通过把这种难言之隐自白出来而

---

1 收录在『近代日本文学の展望』，这里转引自三好行雄『島崎藤村論』中的『「破戒」試論』一节。筑摩書房，1994年1月，第112页。
2 野间宏『破戒について』，收录在『破戒』岩波文庫版，2002年1月，第432页。
3 吉田精一『島崎藤村』，桜楓社，昭和五十六年7月，第49页。

求得出路的心情。换句话说,这里表现了这样一种倾向:为了要把自己的内心世界小说化,也就把个人的问题社会化了。"[1]这里所说的"自白"一词,与本书一贯使用的告白一词应该视作同一意思。

三、两者结合之说

平野谦曾经试图将对社会的偏见的抗议与自我意识上的矛盾统一起来,他针对当时国木田独步、正宗白鸟和岛村抱月所主张的自我意识上的斗争的观点,而刻意强调了其中一直被忽视的"针对社会的抗议"的力度,指出:"究竟是把《破戒》作为对社会的抗议来读正统呢,还是把它作为自我意识上的苦闷来读正统,这一问题的设定本身就很好笑。把它作为自我意识上的苦闷来读的观点,和假托丑松的作者本人的自我告白来读的观点之间的差异,可以说就那么一步之遥。"因而"只是强调一个方面或者不分重点把两者用连接符连接起来,在《破戒》中是行不通的。"[2]他在高度评价《破戒》所包含的"社会的抗议"的力量的同时,并不否认《破戒》存在另一方面的特点,而战后日本评论界往往都只强调一个方面。

平冈敏夫针对长期以来对于《破戒》批判性不足的指责进行了反驳:让丑松埋在尘土之中的,把他的头按到地板上叩头的究竟是什么?那无疑就是"部落民"这一社会偏见。这种压迫越重,告白也就越困难,也越迫切。相反,丑松把头昂得越高的话,告白也就会越轻松。这也就表明,偏见的压迫也变得很轻了。[3]他把来自偏见的压迫与告白的迫切性这两个问题结合起来看问题。基于此,"对社会的抗议和自我意识上的矛盾"正是通过"自我意识上的矛盾"以及作为其结果的告白——跪地谢罪才得以形成"对社会的抗议",通过这种方式给统一起来了。也就是说,因为当时的社会偏见太过严重,自我意识上的矛盾也就变得更加深刻。平冈

---

1 吉田精一『现代日本文学史』,上海人民出版社,1976年1月,第58、59页。
2 平野谦『芸術と実生活』,岩波書店,2001年11月,第124页。
3 平冈敏夫「『破戒』私論」(大東文化大学《東洋研究》第23号,昭和四十五年,第六期。

敏夫试图通过这种解释方式把两种评价统一起来。以这种逻辑来解释告白场面,其目的是想把两种评价基调加以统一,但从实际效果来看这种解释反而更加强化了"对社会的抗议"的效果。

　　三好行雄对于针对同一部作品出现两种对立的评价的状况也表示了不满,并且也曾试图将两种评价统一起来。在他看来,关于《破戒》的评价所存在的分歧如果说是由于对主题的不同理解而造成的,那确实有些不自然。无论哪一个作家都不可能把主题分裂的小说写下去。何况藤村在写《破戒》的时候,几乎把整个人生都豁出去了,他所看到的主题无疑只有一个,也只有一个中心。而且,那应该是同时包含了社会小说所关注的对于部落民的虚构,以及寄托作者内心苦恼的作家的影子这两种形式的东西。[1] "当然,对于我们来说,没必要简单地从这个或那个之中二选一。是社会小说还是自我告白小说这一问题的设定本身就没有意义,真正必要的是,要发现已经写好的《破戒》作为一个整体来评价的新的基点。也就是说,有必要把以部落民作为必需条件的濑川丑松的意义,根据小说的内在结构尝试着从整体上重新加以捕捉。"[2] 话虽如此,就一直以来围绕《破戒》是社会小说还是自我告白小说的争论,三好行雄还是更倾向于后者。他认为,作为小说的轴心贯穿于《破戒》的,是社会的迫害和对宿命的恐惧这些把部落民丑松压迫得喘不过气来的因素,也就是说,小说在描写外和内两种危机的时候,把焦点集中到了作为拯救苦恼的心理的告白上。[3] 正是由于部落民这一特定的身份,丑松才得以分担藤村的青春中所内含的二重性,并成为藤村纪念或者认识青春的开始;这时能够支撑小说的均衡的正是作家自己的青春记忆。因此,岛崎藤村是把告白作为主人公自我内心世界的回归和心理上的拯救来处理的,在评论家那里引起社会小说与自我告白之争的《破戒》,在作者的内心却是十分一致的。

　　针对对于《破戒》所产生的迥然相异的立场或看法的现象,佐藤三

1　三好行雄『島崎藤村論』,筑摩書房,1994年1月,第115頁。
2　同上書,第115頁。
3　同上書,第142頁。

武朗给出了另外一种解释：日本的现代文学史家之所以在关于《破戒》的解释上至今还出现对立的意见，其中一个原因就是这部作品本身就令人费解。[1]吉田精一则认为对《破戒》的评论出现分歧的关键还是由于评论者各自对重点的把握不同造成的。前面介绍的有关《破戒》的评论虽然构成了两种对立的观点，但是其重点其实都放在了"部落民"这一附加在丑松身上的外部条件上面，因而可以认为，问题的关键仍然在对"部落民"的认识和把握上，不同的认识和把握使得围绕该作品的评价出现两极分化的局面。其实，这就好比硬币的两面，这些观点都只是出自问题的一个方面，而在问题的另一面，正如上述观点都无法回避"部落民"这个表层的条件一样，小说中所充满的告白因素这一作品的内在特征同样也是无法回避的。《破戒》所饱含的告白因素，使得评论家们不能简单地根据小说所设定的部落民身份和情节来简单断定其为社会小说，并最终导致两种说法相持不下的局面的出现。其实，在《破戒》之前，也有德田秋声的《籔柑子》、小栗风叶的《寝白粉》、鹭白庵的《新平民》等小说涉及到部落民、新平民的问题[2]，因此，如果只是因为《破戒》是以被歧视的部落民问题为主题，那就不值得大书特书；如果不是《破戒》抓住人生问题这一主题并大肆渲染，它也不可能引起日本文坛如此大的反响。《破戒》的成功必然有着上述作品所不具有的特质。

　　通过上述考察和分析，不难看出，在这场争论中的核心问题，也是深层次的问题，同样可以认为是告白的问题。正是由于告白这一表现形式在《破戒》中的大量运用，使得人们对这部小说的性质的认识发生了分歧，从而对原本以部落民为素材的小说的评价变得复杂起来。在这部小说中，藤村从一开始就对日本社会的身份歧视问题进行广泛的概括和高度的集中，把问题的焦点放在了守戒隐瞒身份与破戒公开身份的矛盾冲突上，以此来铺陈故事情节，展现丑松这个人物复杂的内心世界。任何一方都无

1　佐藤三武朗『島崎藤村〈破戒〉に学ぶ―いかに生きる』，双文社，2003年7月，第15页。
2　相关内容可参见吉田精一『島崎藤村』，講談社，1981年7月，第46—49页。

法回避、而且必须正视主人公烦闷悲哀的内心世界。而这些烦闷悲哀又是通过告白这一形式表现出来的。正是作者在《破戒》中大量采用了让主人公不断告白内心的烦闷和苦恼这样的表现形式，才使得这部小说的社会批判因素被弱化。笔者无须在此就《破戒》的争论作一个了断，而是希望通过对相关评论的回顾，找出问题的症结点，即告白的问题。《破戒》堪称由于小说的表现形式而影响到对作品的主题和内容进行判断的小说的典型。

第二节　告白与《破戒》的近代意义

作为奠定岛崎藤村在日本近代文坛地位的小说，《破戒》一直享有很高的声誉。《破戒》一经发表，夏目漱石就给予了很高的评价，认为"如果说明治时代出了一本像样的小说的话，那就是《破戒》吧"[1]。普遍认为，《破戒》是日本近代文学中第一部成功运用西方小说概念的小说，也是使得真正的自然主义在日本得以确立的作品。

那么，日本学界所一致高度评价的《破戒》的近代意义具体表现在什么地方呢？

从题材上看，之前介绍的社会小说派所重视的部落民题材，其实在《破戒》之前的明治时期就已经出现了，除了前面提及的作品之外，还有《移民学园》《何之罪》《想夫怜》等小说也是以描写部落民受到歧视为题材的文艺作品。而且，这些小说也有在结构上与《破戒》有着相似的地方，即同样表现为"秘密•察觉•告白•拯救"的模式。包括《破戒》在内的这些小说在作品结构的模式上都有一个特点，那就是都包含有——隐瞒出身（包括远离出生地）→即使如此，仍然是出身的秘密被暴露、发觉→因而从遭歧视的现实中逃避•出走——这么一个三段式的过程。应该说这种模式下的故事情节大同小异，那为什么只有《破戒》能引起如此大

1　引自正宗白鸟《自然主义文学盛衰史》，講談社文芸文庫，2002年11月，第29页。

的反响并大获成功,给当时的文坛带来巨大冲击力呢?显然,《破戒》的成功主要不在题材,而在于别的方面,如内容和表现形式。在关于《破戒》的评价中有一个大家都认可的一个事实,即通过作者对主人公丑松的内心世界的深刻而细致的描写而引起了当时很多读者的共鸣,从而暴露了这种身份歧视现象的不合理性,并对该现象进行了一定程度的批判。也就是说,作者通过刻画主人公的内心世界所形成的内容,正是其他部落民小说所不具备的。《破戒》之所以在文学性上表现得比其他部落民小说要高超,就在于它充分深入到了主人公的心理层面最深处的内心世界,集中表现在纠葛与告白两点上。在吉田精一看来,"把与社会上的封建观念之间的冲突,移植到了与丑松内心深处的封建性因素之间的斗争","也就是强调内心的苦恼这一点,表现出了这部小说的现代性",因而"这部作品具有划时代的意义"。[1]

  藤村正是通过自我告白这一表现形式来实现这一内容的。和田谨吾指出,正因为《破戒》这部作品有着崭新的魅力,才会一版再版。它开创了迄今为止未曾有过的一种新的体裁。藤村的新东西,就是他的"自我意识"和"自己的告白"的苦闷。[2]也就是说,正是《破戒》中的自我告白体现了藤村的"新东西"。这种"新",至少是在它之前的同时代作品中所没有的,更不用说藤村的前期作品了。这种"新",也应该是当时同样描写部落民题材的其他作品所不具备的东西。吉田精一对《破戒》的一些特点进行了总结后认为,作为描绘一个部落民出身的教育者跟周围的愚昧以及习惯势力进行斗争的悲剧,第一是题材本身所表现的问题性;第二,在主人公内心的痛苦和不安中,灌注和渗透着作者自身的心情;第三,这是一部根据实地调查和记录调制成的艺术品;第四是作品的结构具有大陆的性格。[3]就像笔者前面所分析的,这四大特点中最能体现藤村的"新东

---

1 吉田精一『島崎藤村』,桜楓社,昭和五十六年7月,第59页。
2 和田謹吾『島崎藤村』,翰林書房,1993年10月,第118页,着重号为引者加。
3 参见吉田精一著《现代日本文学史》,齐干译,上海人民出版社出版,第58页。

西"的是第二点。中村光夫曾经指出,《破戒》不是单纯的社会小说或取材于社会问题的小说,藤村在小说中不只是让丑松拥有了部落民身份的小学老师这一客观性,还在精神层面创造了与作者活生生的血肉相连的人物。(中略)他不只是作为社会的(外面的)存在,还必须描写他的内心世界……而要真正描写作品中的人物的内心世界,作者的告白就不可或缺。[1]

《破戒》所表现出的强烈的自我告白特征,也是日本文学前所未有的,因此吉田精一把《破戒》视为最早非常明显地阐明了自然主义文学的色彩的作品。在《破戒》之前,小栗风叶、小杉天外等一些作家虽然受到了左拉的影响,也逐渐认识到所谓人类的本能以及天生的性格等,并认识到它们所具有的力量足以忽视那种道德或教化的力量,但这些人的共同缺点就是还只是停留在从事物外部来描写,不能深入到事物的内部去,不能把对象或题材作为自己的问题而使其主体化。只有在《破戒》发表之后,才提出了内面艺术的问题,即作者能够把自身的问题深入地体现在作品的主人公身上,使小说主人公讲出了作者自己的心情。[2]《破戒》与其他部落民小说的不同之处,就在于它采用了告白这一表现形式并因此成功地描写出了主人公的内心世界。在这部小说里,藤村从一开始就对日本社会的身份歧视问题进行了高度概括,把问题的焦点集中在守戒隐瞒身份与破戒公开身份的矛盾冲突上,以此来铺陈故事情节,展现丑松这个人物的复杂而又痛苦的内心世界。从隐瞒到暴露这个过程主人公丑松痛苦的矛盾心情成为了作品的主要部分,而与这种矛盾心情相关联的,正是作者本人的内心告白并形成了与作品主题相对应的分量。《破戒》以这种纠葛与告白为轴心,使原本不过是一部描写部落民问题的平淡无奇的文艺作品最终产生了难以比拟的痛切感,并带来了写实主义的成功。不仅如此,《破戒》通过自我告白这一表现形式还成功地实现了作者表达自己的内心世界的目

---

1 中村光夫『近代の小説』,岩波书店,2003年4月,第120页。着重号为引者所加。
2 参见吉田精一著《现代日本文学史》,齐干译,上海人民出版社,1976年1月,第57页。

的。"这部作品体现了严重的社会问题,其中包含着出于藤村自己的性格而隐藏在心底的痛苦的自白,以及企图通过把这种难言之隐自白出来而求得出路的心情。换句话说,这里表现了这样一种倾向:为了要把自己的内心世界小说化,也就把个人的问题社会化了。"[1]伊藤氏贵则在分析小说的人物关系的基础上更为明确地指出,丑松之所以仰慕莲太郎,既非他的思想,也不是他在社会上已经取得了一定的成功,而是因为最重要的一点:莲太郎通过告白获得了"精神的自由"。[2]因此,可以说,正是自我告白这一表现形式赋予了《破戒》这部小说同时代其他小说所没有的近代意义,《破戒》因此被看作是日本自然主义文学的新起点。在后来的日本评论界看来,《破戒》最突出的近代意义就在于自我告白这种新颖的表现形式,以及通过这一形式所表现出来的深刻内容。

第三节　部落民题材与告白性的关系

《破戒》是藤村从诗歌成功向小说转型的作品。如何从告白的角度来看待这一转型呢?中村光夫认为,比起小说来,诗歌可以说是更加直接了断的告白。那么,他们为什么转向了散文的创作呢?一是逐渐到了成家立业的年龄,需要钱来养家,而写小说算是一份可以挣到钱的工作吧。在藤村,对于人的不信任感随着年龄的增加而变得强烈起来,能否信任人这一点成为了他文学创作的主题,因而也就从诗歌创作转向了散文。这一变化背后有着上述苦涩的经历。[3]这一解释无疑很有见地。除了体裁与告白的关系之外,题材与告白之间的关系在《破戒》中表现得尤为突出。那么,在《破戒》的这种告白形式之中,主人公的部落民身份以及由此构成

1　吉田精一著『現代日本文学史』,齐干译,上海人民出版社,1976年1月,第58—59页。

2　伊藤氏贵『告白の文学』,鸟影社,2002年8月,第91页。

3　参见中村光夫『近代の文学と文学者』,朝日新聞社,1978年1月,第240页。

的小说题材起到了怎样的作用呢？《破戒》的成功，或者说藤村能够通过《破戒》的创作在告白形式上取得重大突破，可以说与部落民受歧视这一题材的特殊性有着很大关系。

一、藤村早期小说的方法

《破戒》在小说结构上受到了《罪与罚》的影响，而且这种影响在他的早期作品中就已经出现，笔者在前面一章已经有提到过。在《破戒》以前的藤村早期小说中，作者曾经在告白的表现形式上作出过许多努力和尝试。"秘密·发觉·告白"这一模式在他的《绿叶集》中就已经大量出现，而这种模式和结构基本上可以看作是模仿《罪与罚》而来的。但在那个时候还只是停留在形式上的模仿阶段，还没有达到像《破戒》这样不仅形似还能神似的境界。这一方面说明作者一直在摸索《罪与罚》的那种告白方法，另一方面说明《破戒》也是他对前期创作的一大突破。

贯穿在早期的五篇习作的主题，是人内在的自然之力——盲目的性本能的狂乱与激情，以及这种原始的冲动的奔放的溢出。说到自然与人生相联系的核心，首当其冲的就是他的小说中所追求的"女性的堕落"的各种原因。构成其创作动机的，是在《水彩画家》中假托水彩画家、在后来的第三部长篇《家》中又以自己的分身小泉三吉出现而表现出的对于妻子的不信任和嫉妒心理，由此可见作者精神上是何等孤独。以《水彩画家》为契机，藤村走出自然与人的关系，开始考虑个人与社会的关系。社会问题被当作"生活问题"和"人生问题"来对待（在家族制度的社会个体与全体的关系表现为全体主义的特征）。

高阪薰在《从〈绿叶集〉到〈破戒〉》一文中围绕作品结构的关联性，做了如下总结——

1.《旧东家》是围绕女东家偷情的秘密来展开故事情节的。

（女东家）偷情的 秘密 —害怕被发现—向丈夫诬告→（女佣阿定）愤怒·复仇—向男东家告密→（男东家）秘密 察觉 愤怒加忌妒→（结局）暴露· 破灭

2.《草鞋》是以被强奸的女人阿隅的秘密为中心来展开故事情节的。

（阿隅）被强奸的 秘密 →（丈夫源吉）赛马赌输拿她出气•殴打致重伤—到酒馆喝闷酒 • 听到闲话（传言）→ 察觉 到了老婆被强奸的秘密→愤怒加忌妒—向老婆发难→暴露• 破灭

3.《父亲》是围绕女人的情欲的秘密——曾经与性开放的阿岛发生过关系的五个男人，并就谁是阿岛所生孩子操的父亲来展开的，里面包含了几个男人的告白和忏悔的因素："我是那个男孩的父亲"。通过叔父的忏悔引发四个男人的告白而使得问题暴露，但最后也没有谁去帮助阿岛。

（阿岛）情欲的 秘密 —谁是操的父亲→（临死的叔父）遗言中的忏悔• 察觉 →（其他四个男人）暴露• 察觉 →（阿岛） 破灭

4.《水彩画家》以一对夫妇各自感情上的秘密（爱欲的秘密）为中心来思考男女、夫妇之间的爱与人生的问题，并开始摸索现实的解决方式来寻求解脱。小说中还写到了阿初对于恋情的忏悔。

（阿初）交往很深的笔友的 秘密 →（传吉）看到信 察觉 —忌妒—想要 离婚 —担心无脸回娘家的阿初可能寻死→三个人的新的交往—自我牺牲— 拯救 →（直卫•阿初•传吉）和好如初→（阿初）反省

5.《破戒》的告白结构的模式特点

必须隐瞒的出身的 秘密 （来自父亲的戒律）

↗A察觉的 恐惧 ——强迫性牺牲↘苦恼的心理的动摇…传言…父亲的死
↘B想要告白的冲动—自我牺牲↗　　　　　　莲太郎的死→ 告白 …
自我牺牲… 拯救 →前往得克萨斯，同时获得志保姑娘的爱情

这种秘密-发觉-告白-拯救的模式，正是藤村早期小说所采用的方法。单从这种秘密•察觉•告白•拯救这种结构模式来看，藤村的早期小说就已经开始具备这种告白结构的特点了。但是，由于没有深入到主人公的内心世界，或者说还没有真正掌握告白的方法并采用告白这一表现形式，因而还不具有近代性，不过我们可以把这种告白结构看作藤村一直在寻找告白形式的努力。作者在《绿叶集》的小说创作中采用了告白的结构，也具备了一定的告白意识，但是，要把这种告白意识转化为自我告白

的表现形式,还是要等到《破戒》才算有了实质性的突破。因此,《破戒》也是藤村小说创作中一次重大的自我突破,是他文学创作中取得的具有里程碑意义的一大成就。

从这几部小说来看,这种设置秘密的结构特点,以及紧随其后的围绕秘密来做文章的方法,说明在藤村的内心深处确实隐藏着某种秘密(内心的"难以言说的真实的秘密"),并一直在寻找表达这种秘密、表达内心真实的途径。

在这几个故事结构的模式中,可以看出从秘密-察觉-破灭到秘密-察觉-拯救方向发展的趋势。这种结构上的变化趋势,正是作者从内心所具有的告白意识逐步走向告白这一表现形式的过程。在这个过程中,可以发现作者在①作品的主题②如何与自己的内心情感结合(如对忌妒心理的表现)③寻求解决问题的方式(拯救)这几个方面所做出的尝试,这几个方面也是从《绿叶集》到《破戒》在作品结构、主题等方面相关联的重要特征。可以说,"秘密"的"告白",以及由此产生的"新生"的动机,是从藤村的早期诗歌开始一直贯穿在他整个创作生涯的核心内容。《破戒》是对这种"秘密—告白"模式的继承,在作品结构上属于告白小说,在内容上也是如此,其告白过程中的社会性也理所当然地成为了重要的潜在主题。龟井胜一郎指出,《绿叶集》和《破戒》虽然在时间上保持了连续性,但藤村在《破戒》中所表现出来的心态却是不一样的。相对于《绿叶集》中的饶舌风格,《破戒》则给人以有意识地以沉重的沉默来对抗的感觉。作为作家,藤村此时正处在十字路口上。在《绿叶集》中所表现出的新的可能性(如饶舌和颓废放荡等),是继续发扬光大还是浅尝辄止呢?那是与藤村内心的动摇相关的问题。就像后来的《家》所描写的结婚、生活的危机,分裂的内心如何恢复正常等,作为一个正常人他必须做出抉择。同时,作为一个散文家,他是选择尾崎红叶的方向,还是选择二叶亭四迷的方向,这类问题也是《绿叶集》的作者所必须考虑的。当然他在不久之后创作的《破戒》中作出了回答。[1]

二、"部落民"——藤村走向告白的契机

为什么藤村的早期小说已经有了告白的结构并具备了一定的告白意识，却没能形成为告白小说呢？答案就在于前面所论述的《破戒》所具备的告白性上。正是由于作者找到了部落民的题材作为突破口，找到了告白自我的方式和方法，从而打开了他的自我告白的阀门，让内心积蓄已久的情绪汩汩地涌入小说之中，《破戒》的告白性也因此一气呵成了。

忌妒和情欲曾经是《绿叶集》中各个短篇的重要主题。在小诸当教员的那几年，藤村对于人的自然属性，尤其是人的爱欲和性欲的本能也进行过细致的观察。但是，藤村早期作品的题材或是秘密的设定都还没能形成促使他内心情感得以井喷的机制，说明这些题材虽然一直困扰作者并成为了使其内心充满苦恼的因素，但在他内心构成的紧张和激烈程度还不足以激活藤村内心那种水到渠成的告白能量，同样还只是处于诗歌时期的内心"难以言说的秘密"的阶段。《绿叶集》时期藤村依然处在告白尝试的阶段，还只是处在满怀告白意识和告白冲动的阶段，还没有找到真正的突破口。因此，只有借助"部落民"这个来自外界的题材，借助外界的力量，藤村才得以把内心难以言说的秘密与之相结合，并真正把内心的苦闷倾吐出来。《破戒》正是部落民这一外界的题材（也是催生剂）与《罪与罚》这一来自外界的方法论方面的力量相结合之后的产物。

（一）关乎生死的秘密

《破戒》所涉及到的关乎生死的秘密，其实就是主人公濑川丑松的部落民出身这一秘密。"被差别部落问题"即受歧视的部落问题在日本迄今还存在，属于日本的人权问题，其历史可以追溯到江户时代以前的封建制度对于"士农工商"的身份等级的划分。当时把生活在最底层的农民下面还有所谓的更下等之人称之为"秽多"和"非人"。明治四年在表面上

---

[1] 参见龟井胜一郎『島崎藤村論·作家論』，野间省一，昭和四十九年9月，第58—59页。

已经通过制订新的制度取消了等级歧视，但是在现实生活中这种歧视现象一时还难以根除，尤其是在岛崎藤村创作《破戒》的明治三十八年，歧视部落民的现象还十分严重。他选取歧视部落民这一题材来进行自我告白可谓用心良苦。正如吉田精一所指出的，《破戒》从一开始就是通过丑松的"关乎生死的真实的秘密"会被谁给看穿了而引发的猜疑和不安来构成故事的主轴（主线）的。它通过不断强调"实际上那是生死攸关的问题"的表现方法，使得丑松无法信任别人而痛苦不堪。他的痛苦转化为"唉、真想一直这样活下去"的心愿，如此一来除了告白就别无他路了。[1]

根据岛崎藤村的《寄自新片町》[2]，藤村听到受歧视部落出身的一个教育家大江矶吉[3]的悲惨的一生的传闻后深受感动，很快就此展开了实地考察，还深入到当地部落去了解情况。这也正是他创作《破戒》的契机。藤村很好地利用并挖掘了这一题材本身所具有的问题性，并由此实现了他在自我告白上的突破。"部落民"这一关乎生死的真实的秘密，从一开始就作为严重的社会问题引起了主人公内心世界的剧烈动荡。如果说告白需要以"苦闷的内面"[4]作为前提，那么部落民这一题材无疑是有别于《绿叶集》、也最能引起告白内面的形成的重大素材。在藤村本人的文学创作生涯中，只有后来的"新生"事件这一真实题材能与之相提并论。

《破戒》通过对生活在鸟帽子山麓的牧场的父亲的回忆，讲述出了丑松出身的秘密。这一秘密所折射出的藤村的潜意识，则是他对于流淌在自己身上的血液的不安和恐惧。这正是部落民这一素材能够激发藤村告白意识的根本原因所在。因此，对于作者来说，只要是身陷这种秘密的不

1　参见吉田精一『島崎藤村』，桜楓社，昭和五十六年7月，第48—49页。
2　《寄自新片町》是岛崎藤村的纪实性随笔，具有很强的史料价值，经常被研究者引以为据。
3　大江矶吉1868年生于下殿冈村一个受歧视阶层的家庭，曾经就读于长野县师范学校和高等师范学校。毕业后他在长野、大阪和鸟取等地的师范学校任职。他虽然因为自己的出身而受到歧视和迫害，但是他仍然投身于自己喜爱的教育事业，并致力于普及自由平等的思想。据考证，《破戒》中的主人公濑川丑松所敬仰的前辈猪子莲太郎就是以他为原型。
4　"苦闷的内面"的"内面"，指人内在的精神世界，"苦闷的内面"是在主体随着近代自我的觉醒、在苦闷和矛盾之中产生了自我分裂之后形成的。

安和恐惧之中的人就可以,并不是非得让丑松具有部落民出身不可,藤村也不过是把丑松作为与自己拥有共同的秘密来设定其部落民出身的条件而已。在这里,秽多只是一个符号而已——一个与他的青春体验和内心难以言说的秘密相通的符号;一个使他得以破解通往告白之门的简易通行证。

  部落民也好,或者后来考证出来的原型也好,实际上都不重要,因为它们都只不过是某种符号的象征而已。就像藤村在《绿叶集》等创作中把自己的故事写在虚构的人物身上一样,《破戒》也不过是在虚构的人物身上写出了自己的内心世界来而已。臼井吉见认为丑松不过是藤村创造出来的虚构人物而已,换言之,并不是非得要有一个丑松的原型不可,因为就结论而言,濑川丑松正是作者藤村本人。[1]臼井还强调了藤村创作《破戒》的初衷其实就是要刻画出作者本人的精神层面的自画像。那是贯穿在整个岛崎一族的情欲所包含的放荡血统的秘密带给藤村的不安和恐惧,尤其是一想到被隐瞒起来的母亲的出轨以及妻子的秘密、藤村自己的秘密的时候,藤村就会不由自主地感觉到源自自己宿命的那些秘密所隐藏的不安和恐惧。而且,"像自己这样的人也要想方设法活下去"的烦恼——这正是藤村想要借助丑松加以表现出来的重点所在。这样一来,就不难理解以下几处描写的奇妙之处了——最早在《草鞋》中已经有过这样的叙述了,即源在看到有着秘密的过去的妻子处于狂奔的马背上生命危在旦夕的时候,他内心那些"可怜、恐惧、思绪万千"的情感像是闪电般划过;到了《水彩画家》,又不断重复与之完全相同的叙述:"传吉带着不幸的妻子走出了屋外。可怜恐惧,万千思绪强烈地涌上了心头……";在《破戒》开头的地方,在描写到丑松看到同是部落民出身的地主大日向被赶出旅馆的情景的时候也重复了三遍:"哀怜、恐惧、万千思绪猛烈地在丑松心中起伏……"。《破戒》通篇都在反复使用"不安、恐惧""猜疑、恐惧""绝望、恐惧""耻辱、害怕""愤怒、害怕"等词语。[2]小说中大

---

[1] 参见『臼井吉見評論集戦後』第六卷『モデル問題』一文,筑摩書房,1966年5月,第59页。
[2] 同上书,第60页。

量出现的类似描写其实就是要突出作者本人生存中所产生的烦恼，而"部落民"这一出身的秘密正好能够置换并凸显作者本人所具有的近乎"绝望、恐惧"的烦恼。

（二）《罪与罚》的影响

但是，仅仅有了"部落民"这样一个关乎生死的秘密还远远不够，如何塑造和刻画出这种秘密所带来的内心的困扰并把它告白出来才是关键，它需要一定的方法和技巧。《罪与罚》正好提供了可以借鉴的方法和技巧。《破戒》正是在部落民的素材与《罪与罚》的方法相结合的基础上才得以成功的。

《破戒》被认为是在卢梭的《忏悔录》和陀思妥耶夫斯基的《罪与罚》的影响下创作而成的。就在藤村读到卢梭的《忏悔录》的同一年，即明治二十七年，他又在朋友马场孤蝶那里读到了陀思妥耶夫斯基的《罪与罚》。对于当时正处于创作上的摸索时期的藤村来说，接触到这两本书之后无疑更加坚定了他有朝一日要成为作家的志向，并对他后来的创作产生了深远的影响。《破戒》中的告白意识的涌现与受到卢梭《忏悔录》的启发有很大关系。而《罪与罚》中关于拉斯尼科夫斯基的两个自我的大量描写，无疑会让藤村联想到卢梭式的自我分裂症。渡边广士通过以"自己"这一符号为中心，将处于能动/被动关系的相关项图示化如下：

1. 隐瞒真相的自己/被隐瞒的自己→欺骗他人的自己/受到欺骗的自己
2. 责备他人的自己/受到责备的自己→鼓励自己与受到鼓励的自己
3. 怜悯自己与被怜悯的自己→告白的自己与被告白的自己

不妨逐一地分析一下上述三组相关或相对立的组合。第一组被动项"被隐瞒的自己"也被称作"自然的属性"或"出身"，但这两个单词并非同一回事。正如小说中主人公意识到"自然的属性"之中有着"一直想要隐瞒，结果却消磨了天生的自然属性"，这其中包含了作者所塑造的理想化自我的因素。但是，"出身"原本是没有理想化的意思和内容的，而作为丑松"出身"的"秽多"这一称呼，当它被自然化、被命运化的时候便愈加偏离作者所赋予的理想。重要的是，"被隐瞒的自己"一词有着上述两种自然——天生就是秽多的自己以及赤裸裸的真实的自己。因此，"1"项的对立来源于"内部的生命"的深层矛盾，与"能否否定歧视人的天性的符号"相关联。"自己欺骗了自己"实际上表明了对于那种理想的自然属性的认识。

相对于此，"2"的关系是"1"的相反面。其能动项"责备他人的自己"及其对应项"鼓励自己"原本就具有伦理性和理想色彩。因此，这种能动—被动的对立只不过是表面上的对立而已，出现"责备他人的自己"和"受到责备的自己"这两个"自己"，本身就意味着承认"告白吧！"的呼声。

"3"则意味着真正的告白就是即将迈出在公众面前告白自我的步伐的自己。与"1"的对立相比，它是对于对立本身的超越。对此，只要想一想自己为何要自相怜悯这个问题就会明白过来。小说中写到隐瞒了自己的自然属性的丑松"因此没有一刻能忘记自己"，而这里的"自己"其实是追求"功名"的"自己"，因此也就无法接受自己是秽多这一事实。但是，到最后下定决心的时候，"迄今为止的自己死了"，也就是说，"被怜悯的自己"正是已经死去的自己。"自相怜悯的心情"，意味着"隐瞒的自己与被隐瞒的自己"之间的分裂只有通过告白的决心才能重新统一起来。告白作为《破戒》的最终结局至此得以顺利实现。[1]

因此，可以认为《破戒》正是藤村在欧洲文学中所发现的"忏悔=告白"这一符号与日本社会内在的"秽多"（部落民）这一符号邂逅之后找到的突破方式，他也因此发现了写出"新小说"的理由和方法。这种稍纵即逝的灵感所表现出来的正是藤村内心深处一直反复出现的"说出来吧"的声音，以及发自"近代的悲哀和烦闷"的声音。前面提到的两个符号的邂逅，换言之正是内在的要求（烦闷）与外在的要求（歧视问题）的邂逅。[2] "近代的悲哀和烦闷"，用藤村自己的话来表示就是"觉醒者的悲哀"，也就是在急剧的欧化风潮中明治社会所暴露出来的各种偏见和弊端

---

1 参见渡辺広士『島崎藤村を読み直す』，創樹社出版，1994年6月，第51—53页。
2 同上书，第51页。

所造成的已经觉醒了的自我内心的矛盾和苦闷。

《破戒》刚发表不久，评论家长谷川天溪就指出《破戒》是模仿《罪与罚》而写的作品。森田草坪甚至还将《破戒》中的人物与《罪与罚》进行了一一对照，以说明《破戒》与《罪与罚》之间的关系。中村光夫也指出，《破戒》几乎原封不动地采纳了《罪与罚》的人物配置，通过作者孤独的目光来盯着主人公的孤独，成功地使得相互之间的血脉相通，从而迈出了重要的一步。[1]《破戒》中告白形式的出现，正是得益于《破戒》对《罪与罚》的告白形式的继承。也就是说，正是岛崎藤村把丑松的苦恼烦闷矛盾的心情，像陀思妥夫斯基写拉斯科利尼科夫那样很细致地描写了出来，才使得《破戒》具有了评论家们一致称道的近代性特征，藤村也因此掌握了告白这一表现形式。在这一过程中，从题材的特殊性到小说的告白性结构和告白性特点，《破戒》都被认为是深受陀思妥耶夫斯基的《罪与罚》的影响而成立的。"（众所周知）《破戒》是在陀思妥耶夫斯基的《罪与罚》的刺激下创作的作品。挑战社会的不平等的拉斯科利尼科夫的行为和由此伴随而来的孤立感的苦恼，让透谷感动，也让作为文艺上的晚辈的藤村认为《罪与罚》才是构成近代小说的核心的杰作，才是值得为日本近代小说的确立而去模仿的作品。"[2]

一般来说，《罪与罚》被认为既紧紧抓住了当时俄罗斯的社会问题，又尖锐地指出了所存在的精神问题。所谓的精神问题，在陀思妥耶夫斯基看来就是要"复苏"俄罗斯正面临危机的近代精神这一重大问题。《罪与罚》是"有着秘密之谜的文学作品"，这部不朽之作的成功就在于作者从一开始就给主人公制造了一个重大秘密，让他杀死了放高利贷的老太婆，并让他从此陷入了内心恐惧和自我矛盾之中，进而导致他长期处于自我分裂的心理状态。《罪与罚》这种关乎生死的秘密必然导致自我分裂，而自我分裂正是酝酿自我告白的必要前提。题材所具有的问题性，有利于更好地展开主人公内心的矛盾和自我意识上的斗争。《破戒》对此进

1　中村光夫『風俗小說論』，河出書房，昭和二十五年10月，第60页。
2　社本武『孤独の構造：日本近代小說論集』，樱枫社，1984年10月，第218页。

行了很好的模仿,从一开始作者就透过血统的秘密和恐惧让丑松整天陷入惶惶不安之中,其中的契机就是"部落民"这一题材。将故事情节的发展锁定在这种关乎生死的秘密的背景之下,《破戒》也就必然朝着《罪与罚》的结构发展下去,而《罪与罚》的故事结构又具有明显的告白式结构的特点。

但是,《破戒》决不是对于《罪与罚》的简单的模仿或投机取巧式的借鉴。在《破戒》中,丑松其实就是藤村自己。作者为了让小说中的主人公丑松成为和自己一样拥有秘密的人,于是在他身上设定了部落民出身的条件。"如此一来,藤村从《嫩菜集》到《落梅集》的诗人藤村,经过《旧东家》《草鞋》《水彩画家》之后,与《破戒》的小说家藤村相连贯了,不同阶段的藤村在本质上走的是同一条路。"[1]可以说,正是由于丑松拥有了出身于秽多之类的秘密,才使得故事的情节会朝着类似《罪与罚》的告白方向发展。作者把主人公置于守戒与破戒的内心矛盾之中来加以塑造,表现了一个知识分子思想性格上的两重性——他一方面执著地追求进步与正义,另一方面又存在着软弱与动摇。作者正是采取自我告白的形式来把主人公塑造为一个悲哀的觉醒者的形象,所表现的也是觉醒者的悲哀这一主题。

在龟井胜一郎看来,部落民这一特殊身份本身并不成为问题,其意义在于借助特殊的形象塑造了藤村固有的性格。部落民这一特殊身份说明题材越是特殊,其说服力也就越强烈。藤村的苦心也在于此。"为了把题材变成必然,他把一个出身部落民的青年设定为他特有的自我形成力量的实验对象。他想要通过第二个'自我'即分身这一虚构来解决自己的课题。"[2]龟井胜一郎对此展开了进一步的分析——

> 此时奠定其基调的,正是前面所提到的他的诗歌。他为了保持激情而选择了独特的沉默方式。"在我内心深处有着难以言说的秘密"——这正是《破戒》的主题歌。同时,回顾一下长篇叙事诗

---

1 『臼井吉見評論戦後』第六卷,筑摩書房,昭和四十一年5月,第61页。
2 龟井胜一郎『島崎藤村論・作家論』,野间省一,昭和四十九年9月,第60页。

《农夫》的构思和诗意，还有《藤村诗集》的序言，当时作者想要塑造丑松的性格的心情就比较清楚了。在散文方面最早塑造出独特的"沉默"性格的是《破戒》。"沉默"的深度与"告白"的冲动之间的长期矛盾构成了《破戒》的内在冲突。于是，部落民所具有的特殊性使之成为了最好的表现对象。部落民的出身其实与丑松并不相干，因为一生下来他就注定要被放到绝对的制约之中。这种制约正是他的"沉默"所需要的原因，它是命运悲剧，也可以看成一种极限状态。在青年时代的自我形成过程中，人们很容易把自己、或者任意的对象和问题之类置于极其异常的环境之中，也就是极限状态下来考虑。假设某种"绝对"的存在，并在其中寻求生与死的证明的做法，本身就是青春的证明。同时在创作上它也成为虚构性的母胎。如果说在创作《破戒》的时候藤村模仿了陀思妥耶夫斯基的《罪与罚》的话，那么，比起人物场面的配置来，更吸引藤村的应该是拉斯科利尼科夫身上所表现出的极限状态吧。

再没有比在极限状态下研究人更为有趣的了。乱世之所以有趣也在于此。为了捕捉这样的外在条件，自然必须设定精神的极限状态。于是，在部落民这一绝对性制约的基础上，或者说因为这个缘故，还必须把沉默的极限作为性格赋予给丑松。这样才能在打破这一极限的"告白"之中营造某种戏剧性效果。[1]

正是由于有了"部落民"这个受到周围排斥的身份而使其陷入极限状态，主人公丑松也就有了与拥有杀人秘密的拉斯科利尼科夫对等的"被流放，还是去死"的恐惧感，他的猜疑、忧郁、恐惧、不安、倦怠等都是源自因这个秘密而起，并形成了他不得不告白的必然性与他不能告白的宿命之间的冲突。《破戒》中有着大量与拉斯科利尼科夫在告白之前的心理经历十分相似的内容的描写，它以《罪与罚》为样板，在刻画丑松的内心世界这一点上作者可谓下足了功夫。《破戒》不厌其繁地围绕丑松在告白问题上犹豫不决的心理活动的描写，可以认为是从《罪与罚》专注于对

1　参见龟井胜一郎『島崎藤村論·作家論』，第60—61页。

拉斯科利尼科夫的内心世界的细致描写方法中学到的。《破戒》与《罪与罚》在人物、角色上有着十分相似的地方，但两部作品的主人公又属于不同的类型，这一点在《破戒》发表之初就有人指出来了。相对于《罪与罚》的主人公是一个从自己杀了人这一犯罪行为中产生了孤独感并倍感痛苦的人物，《破戒》的主人公则不存在道德上的任何缺失，而只是因为自身的出身而不得不饱受煎熬的这么一个人。丑松虽然已经具有"人是生而平等的"这样的信念，却又不能堂堂正正地公开自己的出身，他在内心深处对于自己的卑屈产生了自我厌恶的情绪。但是，不能公开的理由并不完全是因为人是生而平等的这一人道主义观念没有得到充分贯彻和普及，而是由于他留恋于"爱情"、"名誉"和"现世的欢乐"之中。和虚无主义者拉斯科利尼科夫因为"想着要拯救人类的贫困而主动行动并受伤的苦恼"相比较，丑松的苦恼虽然也很深刻，但因为自己、因为被动而弱化了，层次也就低了。他不像猪子莲太郎那样会为了同胞们的解放运动挺身而出，也不像致力于人类解放的拉斯科利尼科夫之辈干起有违道德的策划。丑松这种现实的世俗性和市民式的善良性，在《破戒》中其实是尊重事实的藤村的自我投影式的表现，反过来在感动的深度上比起《罪与罚》来又显得肤浅了许多。但是，从另一个角度来看，则又显得更加真实，更加贴近普通人的心理构造。这正是《破戒》得以大获成功的关键所在。

第四节　《破戒》中的两个告白

一、《罪与罚》中的三个告白

在《罪与罚》中，陀思妥耶夫斯基为了能让主人公拉斯科利尼科夫走向告白，先后准备了马尔梅多夫的告白和斯维德里盖洛夫的告白，让他在痛恨他人的卑鄙的同时逐渐意识到自己内心深处潜藏的阴暗面，从而促使他最终走向了告白,并在告白之后获得了身心的拯救。

陀思妥耶夫斯基曾经希望以彻底告白的形式贯穿《罪与罚》全篇和其中的主要人物,他的这一设想虽然没能完全实现,但是他在表现马尔梅多夫、斯维德里盖洛夫、拉斯科利尼科夫三个人的告白方面还是很成功的。试图依靠自己的力量改变不合理的社会的拉斯科利尼科夫,一直挣扎于是否坦白杀死老太婆的真相的矛盾和痛苦之中,并因此造成了自己人格上的严重分裂。他一方面想坦白真相以减轻自己良心上的折磨,另一方面又受到内心高尚的信念的支持,使得自己很难下定决心实施告白。直到马尔梅拉多夫和斯维德里盖洛夫这两个人的告白的出现,像两面镜子一样让他看到了人的卑鄙之处,尽管此前他一直认为放高利贷的老太婆与有害的虱子无异,而自己则属于高尚的人。他终于明白其实自己与马尔梅拉多夫没什么区别,只不过是猪猡,是畜牲,是苍蝇,是带有兽相的人("因为我不过是个虱子,和所有其余的人一样。")——而这正是拉斯科利尼科夫所不愿看到的自己的"真面目"。如果从一开始他就能从马尔梅拉多夫的眼睛里看到自己也不过是一头猪猡的话,他也许就会改变自己的"力量",跪倒在恕罪的上帝面前了。但是,正如我们所读到的,拉斯科利尼科夫并未能正确认识自己的存在,依然决心凭借天才和超人理论的力量来采取行动,包括他把自己仅有的钱都给了被撞死的马尔梅拉多夫的家属。但是,陀思妥耶夫斯基让他走向告白之路的决心丝毫未改,于是他又给拉斯科利尼科夫安排了斯维德里盖洛夫的告白。就像斯维德里盖洛夫一见面就强调两人之间有相似之处一样,他是作为处在拉斯科利尼科夫的深层意识与表层意识的缝隙之间的人物出现,从而照亮了拉斯科利尼科夫的阴暗的一面,让拉斯科利尼科夫看到了自己和他没有二样,都是恶棍,都有虚伪和说谎的一面,就像他自己说的:"不知为什么,我很怕这家伙。"最后作者还让斯维德里盖洛夫替代拉斯科利尼科夫死去。当拉斯科利尼科夫冷静地洞察到自己内心的真实的时候,也就宣告了这种洞察本身的失败;因为一旦明确了这一点,拉斯科利尼科夫也就失去了在现实生活中继续活下去的场所。正因为他清楚这一点,所以他比任何人都更需要索妮娅，并最终把索妮娅视作上帝的化身，向她坦白了自己杀人的真相。但是，就像向上帝忏悔不会带来现实的威胁一样，如果不是因为他的坦白被斯维德里盖洛夫偷听到了的话，他向索尼娅的告白是不会给他带来任何实质性的伤害的。正是斯维德利盖夫对拉斯科利尼科夫说了那番近似威胁性的话之后，才使得拉斯科利尼科夫从精神到肉体所受到的"罪"的折磨变本加厉，最终摆在他面前的只有两条路——要么证明杀人是一种对抗不公平社会的合理行动，要么承认罪恶，接受惩罚。后来他在索妮娅的要求和鼓励下，向大地忏悔，到警察局自首，他的告白才算真正画上句号。他也接受了属于他的"惩罚"。

二、《破戒》的两个告白

岛崎藤村在《破戒》中也设计了两个告白。作者通过第一个告白，即猪子莲太郎的《忏悔录》，揭示了丑松所必须努力达到的目标——告白。在莲太郎的告白的影响下，主人公丑松在经历了内心的矛盾和斗争、以及外部环境的变化之后，终于一步一步地走向了告白之路。在《破戒》中，可以说是一个告白诱发了另一个告白，其中的关联性与《罪与罚》颇为相似。

在《破戒》中，猪子莲太郎的《忏悔录》开头第一句话就是："我是一个秽多！"它开宗明义地表明了秽多（也称部落民）这一身份带给觉醒者一代的困扰，也显示了猪子莲太郎与社会偏见斗争的决心。《破戒》既生动地描绘了社会上歧视秽多一族的愚昧以及由此带给他们的落魄（如许多正直的男女因其秽多出身而被社会抛弃掉的情形），也写出了作者内心的烦闷的历史——从追求精神的自由而不可得，在不和谐的社会里一直苦恼怀疑的过去的回忆，到期待蓝天般的新的生涯的到来的历史。"然而现在丑松的心胸里面，过去的记忆又复活了。在丑松七八岁以前，别的孩子经常戏弄他，用石块抛他。那种恐惧的情绪现在又被唤起来了。朦胧地回想起住在那个小诸地方的彼街上的事情来。回想起在迁居以前死去的母亲。'我是一个秽多'，——啊，这一句话是怎样搅乱了丑松的年

轻的心呀！丑松读了忏悔录以后，反而感到无限抑压的苦痛了。"（《破戒》第一章第四节）

莲太郎因为秽多的出身也曾一度陷入绝境，但他不屈不挠的斗争反而为自己开辟了新的生涯，这对丑松来说无疑具有强烈的震撼力。尤其是莲太郎在《忏悔录》中大义凛然地宣布："我不以秽多为耻！"这一句掷地有声的豪言壮语，更是搅动了丑松年轻而又痛苦的心灵，使他在产生了强烈的告白的冲动的同时，又不得不想起父亲的告诫："不管在什么样的遭遇下，不管遇到了什么人，万万不可以告白出来！要知道一旦因为愤怒、悲哀而忘记了这个戒语，那时候就立刻要被社会抛弃了！"在丑松的父辈们看来，生为秽多的丑松们的立身处世的所谓一生的秘诀——唯一的希望、唯一的方法，就是"隐瞒出身"！此外再没有第二条路。这种近似戒律般的告诫无疑束缚了丑松的自由成长，使得他在追求近代自我的道路上逡巡不已。

正反两股力量最终还是促成了丑松的告白。一个是榜样的作用，并从作者的自我意识、自我反省的角度体现出来。另一股力量则是表现为压迫、诽谤甚至迫害，表现为害怕被发觉的恐惧感；同时，来自父亲的戒律、志保的爱情和眼前的安逸等，则是阻止他进行告白的力量。于是，丑松的告白首先指向了莲太郎，就像拉斯科利尼科夫把告白的对象指向索妮娅一样。因为拉斯科利尼科夫认为索妮娅和自己都是被社会所抛弃的人，也都有着不愿让人知道的秘密（索妮娅因为妓女的身份自然不愿被公开，但当时的制度要求必须公开）；而丑松，对于和自己同样出身而且已经主动公开自己秽多身份的莲太郎有着深刻的认同感，在某种意义上莲太郎扮演了丑松的精神之父的角色，因此，把自己的告白对象锁定在了莲太郎身上也就是顺理成章的事情。尽管如此，在生死攸关的秘密面前丑松仍然无法摆脱优柔寡断的性格，他对于自己是否要向莲太郎告白产生了深刻的动摇和苦恼。小说中对于丑松下定决心去找莲太郎坦白真相，最后又无功而返的情形有过很好的交代。

其实，丑松对莲太郎的告白充其量也就相当于拉斯科利尼科夫对索妮娅的告白,也就是不会给自己带来实质性伤害的告白,或者说可以预见后果的告白。但是后者实现了,而前者最终未能实现。未能实现的原因既有丑松主观上的犹豫不决的因素,也有作者刻意破坏这种可能性的意图,因为在丑松差不多下定决心向莲太郎去告白的时候,莲太郎却被歹徒杀害了。作者把丑松逼向了"终极告白"的境地——面对学生、面向社会的告白,对于丑松来说才是真正的告白。在《罪与罚》中拉斯科利尼科夫是到警察局去自首的,所以就告白的意义而言丑松要强于拉斯科利尼科夫,尽管有很多评论家对丑松的告白方式提出了批评。不管怎么说,《破戒》很好地模仿了《罪与罚》,在对待两个自我的问题上,《破戒》结尾部分那种面向大众的告白很好地解决了卢梭式的自我分裂的问题。丑松充满自我否定内容的告白尽管招致一些评论家的非议,但在笔者看来,这其实是主人公(也是作者)置之死地而后生的自我肯定意志的具体体现,他也因此获得了自我拯救,获得了新生。

　　告白成了丑松的自我意识的表现媒介。但是《破戒》的告白也有其不够完善的地方,就像《罪与罚》的主人公拉斯科利尼科夫的告白存在某些缺憾一样。虽然拉斯尼科夫和濑川丑松都成功地走向了告白,也都通过告白获得了自我拯救,但是,这丝毫不能掩饰藤村和陀思妥耶夫斯基在告白意识上的差异性。在《罪与罚》中,斯科利尼科夫的想法是不能等同于陀思妥耶夫斯基的想法的,但对于《破戒》来说,小说的主人公丑松的见解其实就是作者岛崎藤村的见解。一直想摆脱遭受他人歧视的环境,却丝毫没有意识到自己其实也是带了偏见或歧视意识的人。《破戒》中主人公最后的告白,说明主人公对于日本突出的社会歧视问题,或者说对于被歧视的根本性问题并不了解,在根本上是作者没有意识到。相对而言,拉斯科利尼科夫一直生活在宗教的氛围之中,进行的却是非基督教的忏悔;一直在与上帝对抗,而他自己却意识不到一样。但是相对于岛崎藤村的无意识,《罪与罚》的作者从一开始就很清楚这一点,一步一步地把他领到上帝那里,并在最后让他获得了拯救。拉斯科利尼科夫一直在寻找上帝的存在,而岛崎藤村实际上也是一直因为觉醒不彻底的原因而一直在寻找某种拯救，于是他在接下来的作品中也一直坚持自我告白，并通过告白自我来寻求获得拯救。有些评论家因此指出藤村并没有很好地把握《罪与罚》的思想深度。值得一提的是，其实这也是大多数日本近代作家的一个通病，说明他们（尤其是自然主义作家）对于社会的态度或者认识上存在着一定的局限性。但不管怎样，藤村在遭遇到"部落民"这一题材后，很好地模仿了《罪与罚》，进而在自我告白上取得了重大突破，并大获成功。

　　《破戒》出版之后，一些评论家指出了它的社会批判性不彻底的问题。这里面既有作者认识上的局限性的问题，也有作者主观上根本就不想成为一个与社会对抗的人有关。对此，我们把它理解为作者从一开始就没有刻意去营造社会批判小说的意愿，或者说在社会批判这个问题上连作者自己都还没有充分准备好也许更符合实际情况。比如在写所谓的社会批判小说的时候，他对于自己意识中的歧视观念却浑然不知，于是当评论家们从社会小说的角度来审视的话，就会得出《破戒》的社会批判性不彻底的结论。这也许就是野间宏所认为的岛崎藤村较为肤浅的地方吧。就像《破戒》前赴后继地、不遗余力地把主人公丑松引领到了最后的告白场面一样，藤村所关注的实际上还是如何在自己的创作中实现自我告白的方法，从而把自己对卢梭和《罪与罚》的欣赏进行成果化的转换。再者，尽管《破戒》的社会性题材客观上已经赋予了它很强的社会批判性特质，但是完全把它当作社会小说来读又会发现其中的诸多不足；反之，一旦把它作为告白小说来读，诸多不足很容易就被掩盖起来了，很多看似矛盾的地方也显得具有合理性。因此，这也反证了作者所关注的中心问题其实就在告白这一点上。

　　笹渊友一指出，丑松通过告白自己的出身，在精神上重新获得了从猜疑和恐惧中彻底解放出来的自由。因此，《破戒》的主体主要还是在以社会性为媒介的丑松个人心理的故事上。但是，这并不意味着这个故事没有给周围带来什么影响就在他的内部结束了。毋庸置疑，告白不是独白，而是对他者的告白。这里的他者不是上帝而是社会。丑松的告白是对学生、对同事、对恋人志保所采取的一种社会行为。因此，他的行为给他所交往的圈子带来了冲击，从而不只是在心理层面上实现了他的新生，也成为了给他的命运带来转机的导火线。这是连丑松自己都没有预料到的结果，是他在决一死战的觉悟下所产生的"内部生命"的活动所导致的结果。因此，丑松的告白与藤村通过《〈藤村诗集〉序》的艺术活动进行自我拯救的举动在本质上是一致的。只不过丑松的社会性行为所涉及的范围受到了限制，原本嫉妒丑松在学生中的威望的校长把他的告白当成了将他赶出校门的绝好时机来加以利用，镇议员的社会偏见也并没有因此得到改变。他的告白不过是在一个狭小范围内投下的一块小石头而已，因此，"直到这个临出发的一刹那，仇恨的火焰还扑烧到丑松的身上来"。但是，丑松本人已经不像以前那样孤独了，也不再因为猜疑和恐惧而颤抖。因此可以说丑松通过告白确实获得了新生。[1]通过告白获得新生——也许这才是作者最想要表达的，也是他一直想要追求的。这也是判断《破戒》是社会小说还是告白小说的一个重要的依据。当然也有人对于这样的"新生"持怀疑态度，尤其是作者安排主人公最后出走美国德克萨斯这样的结局，这种"新生"被批评为有逃避日本社会的现实之嫌。但作者的构思无疑是以这种可能性作为前提的。为了更深入地把藤村有关告白的理念搞清楚，我们除了对《破戒》与《绿叶集》之间的关连性进行考察之外，还有必要通过《破戒》与《春》之间的关系，以及它们在告白方面所表现出的异同有一个了解，这样才能更深入地理解《破戒》所表现出的告白性特点。

　　《破戒》作为明治文学史上划时代的作品，相对于《浮云》让人会逐渐昏昏欲睡、失去自我意识的过程，《破戒》则是采用了与众不同的全新方法。当然，《破戒》的告白还存在一些不足之处。首先，关于藤村，从其文体的演变来看，在他作为作家出发的明治三十九年，与其他更为奔放的作家相比较，他还保持着形式上的古板，但他尽可能准确地传达率直的情感。不过自《破戒》以后，随着他在文坛地位的提高，并成为一种人

---

[1] 笹渊友一『小説家島崎藤村』，明治書院，平成二年1月，第194页。

格的存在的时候，他的文体回到了礼仪性、不明瞭、而且带有强迫性的有力量的新形式的文体。其次，就如正宗白鸟所指出的，藤村对于抵达告白之前的丑松的踌躇烦闷进行了各种各样的臆测，但既没有对人的心理的观察的深度，也缺乏洞察人生真相的深度。多年以后他根据自己的经历创作的作品《新生》，才表现出了忏悔告白的真情实感。他的告白行为还不够清晰，而是通过作者投影之下的岸本，既没能成为陀思妥耶夫斯基作品中的人物，也没能成为托尔斯泰作品中的人物，但作品确实刻画出了人的真实的一面。[1]

总之，如果说《破戒》可以理解为藤村文学在告白形式上的"破戒"的话，那么，《春》才是藤村在自我告白的内容（告白自我、告白自己的私生活）上的真正"破戒"。

---

[1] 正宗白鸟『自然主义文学盛衰史』，講談社文芸文庫，2002年11月，第32页。

第三章

自我告白的突破——自传体小说《春》的出现

"**现**在看来,《春》以前的作品对我来说,是创作的尝试阶段;从《春》开始,才总算形成了称得上属于自己的文体。"这是岛崎藤村关于《写三个长篇时候的事》的回忆,由此可见,他是把《春》视为确立了自己的文学风格的作品。

明治四十一年(1908)四月,《春》开始在《朝日新闻》上连载。《春》称得上真正奠定藤村文学的告白性特征的作品——《春》的意义就在于从正面确认了藤村文学的自我告白性,并形成了藤村文学的自传性特征。正宗白鸟把《春》视为藤村作为新时代的文学家的事业的起点,他认为从《破戒》到《春》,作者在技巧、手法、素材、结构方面都发生了很大的变化或变迁。如果重点从《春》的主人公就是藤村自己这种自我解剖式的、暴露现实式的私小说倾向来看的话,佐藤三武朗认为白鸟的观点还是可以接受的。[1]与正宗白鸟持同样观点的还有片冈良一,他认为《春》把藤村在《破戒》中所表现出的内省主义心境和态度进行了更为

---

1 参见佐藤三武朗『島崎藤村〈破戒〉に学ぶーいかに生きる』,双文社,2003年7月,第10页。

深刻的表现。因此,在日本特色的自然主义思潮确立之后的评论界,常常有人会说藤村真正的新起点不是《破戒》,而是《春》。这个评价在某种意义上无疑是可以认可的。[1]紧接着他对上述观点进行了详细的解释:藤村的表现手法"在这篇《春》中差不多就已经确立了。在一直谋求主客观融合境界的藤村的笔触中可得出他从龚古尔那里所获得的有关影响,从而形成了他那独特的印象主义风格。《春》是促成藤村文学得以修成正果的作品。因此,《春》对其创作手法以及藤村世界的确立影响甚大。有一点再清楚不过,那就是《春》在内容上与《棉被》属同一类型,当时的藤村确实从花袋那里受到过很大启发。以这部作品为分界线,他们之间的关系又反过来了。不仅如此,藤村这种内省主义式的自然主义和印象描写式的笔触,成为不只是一个花袋,还包括广大文坛后来者所模仿的对象。在此意义上,纵观自然主义文学时也许可以说,《春》有着比《破戒》和《棉被》更值得注意的地方。"而这种"值得注意的地方",就在于藤村从客观世界向主观的自我内心世界的过渡;在于自我告白方法在小说中的定型,也就是中村光夫所说的从《破戒》的严肃方向转向了私小说方向,这一变化影响到了藤村接下来的创作风格,也影响到了日本自然主义文学的发展方向;在于作者在近代自我的成长道路上的变化——从对外部的批判转向对家的内部的批判和反思。[2]

可以说,《春》确立了作者的写作手法和藤村文学的世界。片冈良一所言"内省式的自然主义和印象描写式的笔触",其实就是自我告白的表现形式。和《破戒》相比,《春》在自我告白的表现形式上发生了显著的变化,而且这一变化一直延续到了藤村以后的文学创作之中。《春》的问世,表明藤村在自我告白的运用上已经走向成熟。

首先,《春》有着鲜明的自传性特点。在《破戒》中,作者虚构了濑川丑松这样一个出身于部落民的主人公,整个故事也都是围绕其部落

---

1 片冈良一『自然主義研究』,筑摩书房,昭和五十四年11月,第109页。着重号为引者所加。
2 同上书,第110页。

民的虚构身份来展开的。但是，创作《春》的时候，作者放弃了《破戒》中的虚构手法，直接把自己写进了小说，也就是说，主人公岸本舍吉实际上就是岛崎藤村本人。不仅如此，小说中所记载的事件（甚至包括时间、地点）也基本上可以在他的现实生活中找到出处，小说中的其他人物也都可以找到真实的原型，如：青木骏一——北村透谷；市川仙太——平田秃木；菅时三郎——户川秋骨；足立——马场孤蝶；冈见——哥哥、星野天知；冈见——弟弟、星野夕影；福富——上田敏。[1]其强烈的自传性不言自明。

其次，《春》在题材方面所具有的特点，也是他转向自传性创作的一个必然结果。《春》放弃了《破戒》那种描写重大社会生活、反映社会矛盾的大题材，转向采用自己身边的素材，写个人的私生活和内心的秘密。无论是在《春》一开始写以青木为首的《文学界》同人们的部分，还是在后来逐步转向写作者本人的部分，小说的题材和视野都与《破戒》不可同日而语——《破戒》中翻滚的稻浪变幻成了《春》中汹涌的海浪，前者是劳动人民勤劳收割的场面，后者则是主人公踌躇于海边自杀的场景。而且，《春》已经不再具有《破戒》所充满的那种批判性了。

渡边广士认为，《春》与《破戒》有着很大不同的地方就是标注了历史的日期。小说一开头就写明了这是"明治二十六年七月二十二日"发生的事。《破戒》里面只有季节的指定，《春》里面却有历史。也就是说，作者通过这部在明治四十四年报纸上连载的小说，想把自己和朋友们所共同经历过的历史原原本本地展现在读者面前。在某种意义上这就是告白。相对于在《破戒》中告白是摆在终点的话题，在《春》中告白变成了作为出发点的理念，因此说它是私小说也没什么不对。渡边还进一步分析了《春》与自传体小说的不同。即西洋的自传在古代是忏悔式的，到了近代则是以自我认识为主流，但不管哪一种，叙述自我就意味着自我的他者化，因此必须对作者、叙述者、被叙述者这三者加以区分。考虑到这三者

---

[1] 参见中村新太郎《日本近代文学史话》，卞立强、俊子译，北京大学出版社，1986年，第99页。

的区别，写自己和写他人是有着决定性的差异的。换言之，在"私小说"中，并不会一味地将关于"我"的事实原封不动地写出来，自传中也会夹杂着虚构。以告白为动力的小说《春》之中也有着虚构，写作本身仅仅是离开"事实"而已。[1]这一解释既很好地区分了自传体小说与私小说的区别，也强调了《春》不可能简单地等同于自传体小说的原因。三好行雄也指出：《春》既不是完全聚焦在岸本身上的自传文学，也非单纯的告白文学。作者的视野更加开阔，放眼到了活跃在明治的黎明期的文学界全体人员的整体青春图上面。[2]

《春》这种自传体式的自我告白方式被许多评论家赞誉为藤村文学的新起点。无论是对于岛崎藤村本人的文学创作，还是对于日本近代文学的发展，《春》都产生了很大的影响，也因此受到了日本文坛的高度评价。

1 　参见渡辺広士『島崎藤村を読み直す』，創樹社，第67页。
2 　三好行雄『島崎藤村論』，第178页。

第一节 《破戒》与《春》之间的断层问题

"一直以来关于《破戒》的评论都提出了一个重要的问题，那就是《破戒》在本质上是以社会问题为中心的社会小说呢，还是以告白自我的隐秘苦恼为中心的作品的问题。当然，虽然这两方面的性质《破戒》都兼而有之，但是由于把握的重点不同而使得关于《破戒》的评价分化为两大派系。在前者看来，它是一部与日本的自然主义不同性质的作品，而在后者看来，它与藤村《春》以后的各大作品或田山花袋的《棉被》等都属同一性质。"[1]吉田精一指出了对于《破戒》的评价分为社会小说派和告白小说派两大阵营的现象，而这一评价体系（两大阵营）同样影响到了《春》，并对应形成了关于《春》的评价的两大立场。也就是说，对于《破戒》是社会小说还是告白小说的判断，直接影响到了对于《春》究竟是《破戒》的继承发展，还是《破戒》与《春》之间存在断层这一问题的判断。吉田精一旗帜鲜明地表明了自己的观点："如果先给出结论的话，我以为后者是对的。它也因此成为了自然主义文学史的重要出发点。"[2]他不仅强调了《破戒》与《春》和《棉被》一样都属于告白小说这一性质的自然主义作品，还充分肯定了《破戒》在日本自然主义文学的形成过程中所起到的重要作用。

姑且退一步来看，即便认可《破戒》的社会批判性因素，对于《春》的评价仍然存在两种可能。一种可能是继续用社会批判小说的标准来衡量《春》。从强调小说的社会意义和文明批评的角度来看，这种意见很容易就会把对《春》的考察重点放在小说的社会性上。例如野村乔通过把《春》的主人公的原型青木追溯至北村透谷，从而强调时代批判性比自

---

1 吉田精一『島崎藤村』，桜楓社，昭和五十六年7月，第49页。
2 同上书，第49页。

我告白性更加明显。另一种可能是在把《春》作为社会小说来解读之后，会同样面临这部小说作为社会小说所体现的诸多不足之处。野间宏曾经指出，藤村在小说中有关透谷所进行的反抗方面写得不够，说明藤村没能在青木身上捕捉到真正的透谷，究其原因，与其说是他在方法上的欠缺，不如说是因为藤村根本就没有看到反映在透谷眼中的反抗对象的相貌。服部嘉香也认为《春》的缺点就在于没有把那些青年必须面对的反抗对象清晰地描写出来。他们为什么、又面向什么反抗，因为什么烦恼，从《春》里面还不能深刻体会出来。[1]诸如此类的观点还有不少，主要还是指摘《春》以写身边发生的事情为主，从而失去了《破戒》的广阔的社会视野和社会批判性。概括地说，站在社会批判小说的观点来看，《春》主要存在几个方面的不足，或者说，和《破戒》相比出现了倒退，从而走向了曲折，即：1) 社会批判性明显不如《破戒》；2) 《春》缺乏《破戒》那种大社会的题材；把视野局限在《文学界》同人圈子里，题材明显显得狭小；3) 放弃了《破戒》中的虚构的表现手法，转向自叙传的写作方法。也就是说，这些不足说明，当把《春》看成社会小说的时候，就会不可避免地再次出现与《破戒》类似的不足，即相对于《破戒》，《春》所表现出的社会批判性更加不够。

同时，在另一方面，人们普遍对于《春》所表现出来的告白性特点又基本上持认可的观点。生田长江在《岛崎藤村论》一文中更是把《春》视为自然主义文学的一大代表作，指出其意义就在于小说中赤裸裸的自我告白。在《春》中，不只是把自己去了妓院的事实告白出来，还提到在组长选举的时候写了自己的名字，偷了草双纸，利用自己英俊的长相给年长自己的女性写信去要钱，等等。上述内容在藤村的其他手记中都无从找到，我们通过《春》的这些自传性因素可以从中了解到他人生成长的经历。正是由于《春》在告白性上的突出表现，使得更多的评论都把注意力集中到了《春》的自我告白问题上。于是，把《春》看成非社会批判小说

---

1 参见拇濑良平《〈春〉形成考》，收录在剑持武彦编『島崎藤村』，朝日出版社，昭和五十三年11月，第180页。

的一类即具有私小说倾向的告白小说这一类成为了更为主流的看法。即便出现了前面所提到的关于《春》的社会性特征的看法，最终两种意见所得出的结论其实是一致的，那就是都肯定了《春》的告白性特点。有些评论家正是从《破戒》的社会性和《春》的告白性的反差中，导出了从《破戒》到《春》的过程中存在断层的结论。而更多的评论家则是将目光锁定在《春》的自我告白性（私小说性）及其对于藤村文学乃至日本近代文学的意义上。一般认为，《春》在文学上的成就不如《破戒》和《家》等，但是，《春》对于藤村文学本身乃至日本近代文学的发展所产生的影响力却是不容忽视的，并因此引起了许多评论家的高度关注。

  在诸多评论中，尤以中村光夫的观点最具代表性。与社会小说的评价体系不同，他把重点放在了《春》作为"本格小说"[1]的可能性这一点上，并作为自然主义发展史的一个命题来加以阐述。按照《破戒》是"本格小说"、《春》是自传小说这样的理解来看的话，这两部作品之间就存在着很大的文学上的断层，其中的缘由就在于《棉被》的大胆告白使得藤村放弃了客观的写作手法。中村光夫对于这种变化可谓痛心疾首，称之为"曲折"，把《棉被》和《春》视作了日本近代文学发展史上的一个转折点，不仅如此，这种断层的负面影响延续到了现当代日本文学之中。他指出，《春》从《破戒》的严肃方向转向了私小说方向，同时，藤村把《破戒》所具有的虚构的可能性给扔掉了。在这个意义上，这部小说是象征日本自然主义文学走向曲折的分水岭。正是《棉被》和《春》所开创的告白小说方式，使得日本自然主义走上了私小说的道路。[2]西乡信纲等也指出，岛崎藤村就这样由《春》而《家》，继之以《新生》、《暴风雨》，一路踏上自传体、自我坦白的道路……原来在《破戒》里表现的广泛的社会性，到此就丧失了。[3]这类评论过于强调了《破戒》的社会性的一面，

---

1 本格就是正统、纯正的意思。1924年《新潮》杂志总编辑中村武罗夫定义本格小说是一种纯文学，用以区别私小说。
2 参见中村光夫『風俗小説論』第54页、『日本の近代小説』第123—125页。
3 西乡信纲等著《日本文学史》，人民文学出版社，1978年，第285页。

所以在对比了《春》所表现出的自传式的自我告白特点之后,自然会得出《破戒》与《春》之间存在断层的结论。

第二节　从《破戒》到《春》
——自我告白的必然性

一、《棉被》影响论

很多评论家认为《破戒》与《春》之间出现的"断层"是受了田山花袋《棉被》的影响所致。田山花袋作为日本自然主义文学的代表作家,在1904年发表了《露骨的描写》一文,提出了描写要"露骨更露骨"、"大胆更大胆"的宣言,成为日本自然主义理论的第一声。《棉被》则是他的自然主义文学主张的大胆实践,男主人公大胆地告白和忏悔了自己对女弟子的难以抑制的情欲,这种毫不掩饰地暴露自己的内心世界的做法,在当时可谓惊世骇俗,震惊了文坛,也赢得了人们的赞辞。小说刚一问世,评论家岛村抱月便著文大加吹捧:"这是一篇一个有血有肉的人、一个赤裸裸的人的忏悔录。在理性与野性的参杂中,作者将一种充满自我意识的现代性格展示给公众,赤裸裸得令人不堪正视。而这正是这部作品的生命和价值。"[1]《棉被》的一大特点便是将小说所描写的主题由社会收缩到了个人和家庭,并将自己的私生活(主要是个人的丑陋的性欲)进行了如实的"告白"。《棉被》被认为是日本自然主义文学发展史上的一大转折点,对日本自然主义文学的发展方向产生了决定性的影响。同时,《棉被》也是日本近代文学史上第一次将告白这一形式发扬光大的作品,它所开创的"自叙传"式的告白小说形式,对于自然主义文学在日本所出

---

1 『現代文学論大系』第2卷《自然主義和反自然主義》,中村光夫、吉田精一编,河出書房,1953年11月,第322—323页。

现的异化以及对私小说的形成都起到了至关重要的作用,并为以后的日本自然主义文学的发展奠定了基础。因此,有评论指出,在直接受到《棉被》影响的文学作品之中,最重要的一部当属岛崎藤村的《春》。《春》在小说的结构上确实可以看出与屠格涅夫的小说存在相似性,但花袋的影响更加明显。从自传性的主体设定、私小说般的描写方法等就不难理解这一点。藤村利用上述方法把体现他本人的人物岸本放在了小说的中心位置。小田切秀雄在谈到《破戒》的时候曾经指出:经验和体验直接流入了作品之中,结果让人觉得作家的自我并没有被充分"客观化"。这无疑是给藤村文学的私小说特点进行了严密的定义。但是,在《破戒》中,虚构的情节还是作品最根本的结构要素,到了《春》,情况则发生了逆转,变成没有情节的写法了。有些评论家对此表示不满。笹渊友一就曾经指出,《春》并不在《破戒》的延长线上,那是因为处在在它们中间的《棉被》把两者之间的关联性给截断了。中村光夫则说得更为直接了断:在这中间发生了《破戒》与《棉被》的格斗,这种格斗至少在对同时代的文学的影响方面是以《棉被》取得了完全的胜利而告终的。在中村看来,《春》就是确认这一胜利的作品,是"藤村对于花袋的投降书"。虽然这种说法有些过分,但就其核心部分而言中村的批评又是恰当的。本来这种文学内在的"纠葛"要通过个人之间的"纠葛"的层面来理解,自然容易形成误解。也有评论家指出,《春》的构思在《棉被》之前就有了,藤村一直想要把它与别的印象结合到一起。比如《春》这个标题,让人联想到理想实现的春天,以及在这部作品中所描绘的自己在《文学界》这一群体中所度过的岁月、艺术与人生的春天,等等。但是,在同时代人的眼里,或是回顾过去的文学研究者的眼里,与使得《棉被》名噪一时的原因相同,单凭藤村通过这部作品在基调与语态等方面都已经十分接近告白文学这一点,就足以作为无可辩驳的事实而扬名了。[1]

  除此之外,影响作者小说观念发生变化并导致其创作手法上的分裂

---

[1] 参见Irmela·日比谷著『私小说:自己暴露の儀式』,平凡社,1992年4月,第117—118页。

的因素，还包括当时一直困扰作者的原型问题。1907年藤村发表的短篇小说《街树》，描写了与马场孤蝶（小说中的"相川"）、户川秋骨（小说中的"原"）之间的交往，结果招致他们强烈的反击。孤蝶在《趣味》杂志上发表了《岛崎氏的〈街树〉》、秋骨在《中央公论》上发表小说《金鱼》，对藤村进行了猛烈抨击。尤其是孤蝶的文章更是极尽辛辣刻薄之能事，在指出多处与事实不符的地方之后，还攻击了作者把自己的性格和事件假借朋友来表现的韬晦。《街树》可以看作是《春》的主题的变奏，因此朋友们的批评对藤村来说无疑是沉重的打击。鉴于此，三好行雄指出，如果承认《春》在表现世界（对象）上有断层，并且可以把这种断层集中在将表现世界（对象）集中到自我即暴露自我这个焦点上的话，那就不难理解"想把笔折断退出文坛"的原型事件对他的创作造成的影响之大了。这一事件教会了藤村写别人事情的棘手，即使面临眼前要把《春》写下去的现实问题，顾虑重重的他也不得不告诫自己要慎之又慎。[1]可以想象得到，原型事件对于正在创作的《春》也会产生微妙的影响，不只是影响到作品中的人物，而且还会束缚作者的构思。这件事情还没有料理停当，新的原型问题又接踵而来了。被认为是《水彩画家》的原型的丸山晚霞大概是受到了《街树》问题的刺激，也在《中央公论》上发表了《关于〈水彩画家〉的主人公》一文，再度对藤村把发生在自己身上的事情假借他人来表现的做法进行了抨击。《水彩画家》是以刚回国不久的画家为主人公、描写他们夫妇之间的感情危机的短篇小说。该内容后来在藤村的《家》上卷第五章作为小泉三吉的新家庭中的冲突得以再现，现在已经认定那是发生在藤村自己身上的事情。也许藤村并非刻意地虚构在晚霞身上，但在尚未具备自我告白勇气的作者的韬晦之下，《水彩画家》的主人公与作者之间存在一定距离却是事实。晚霞对这种距离十分不满，甚至直言真正的小说家就要"把自己作为主人公，要以我、我妻子之类的称谓来写"。孤蝶和晚霞等的批评都把藤村推到了要直接表现自我，也就是要进行自我暴露

---

1 参见三好行雄『島崎藤村論』，筑摩書房，1994年1月，第164—165页。

的地步。这种情形颇似隐瞒出身秘密、却又遭受外面传言逼迫的丑松的窘境。田山花袋的《棉被》的发表无疑为藤村摆脱这一窘境，大胆走向自我告白之路提供了契机。

《棉被》发表于1907年，这部小说所涉及到的仅仅是作者个人的直接经验，而不含任何社会内容。作者在小说中所进行的大胆的赤裸裸的自我告白，对此后的自然主义的创作手法以及发展方向都产生了重要的影响，给当时的文坛带来了很大的冲击，并被后来认为"是改变日本文坛的大事件"。对于藤村来说，既必须立足于日常生活的意识进行写实创作，又在经受了原型事件的打击之后深刻体会到写他人所面临的极大制约，《棉被》的成功无疑给他传递了这样一个重要信息：那就是可以写自己！而且，写自己照样也可以获得成功！藤村在《棉被》发表前一个月，曾经引用某医学博士的话，指出近代的文艺必须具有"广大的同情"。所谓"广大的同情"，就是医生为了给患者治疗而必须无视"局部的痛苦"和亲人的烦恼，就像"该放弃的时候就要放弃"、"该切除的地方就要切除掉"一样，在文学上也不要过于看重"局部的同情"，而必须从根本上来把握事物，揭露"人生的结局和命运"。对照原型事件来看，藤村无疑是把孤蝶、秋骨的反驳当成了"患者"的"局部的痛苦"的声音，而作为"医生"的自己通过"广大的同情"在作品中描写了"人生的结局"。十川信介认为，藤村在遭受原型事件的困扰之后，立志要把自己当作"患者"来进行手术，他忍受着"局部的痛苦"而要把"把该切除的地方一鼓作气切除掉"，他的这种勇气不可否认地促成他选择了与《棉被》相同的倾向。《春》就是以此为出发点，试图发掘自己身边的"事实"的作品。所以，即使不承认其中有着《棉被》的直接影响，但《棉被》的出现，对正在创作《春》却又受到原型事件的干扰的藤村还是给予了"非常的刺激和勇气"让他选择了写自己。[1]

在《棉被》的影响论问题上三好行雄也持类似的观点。他认为从时

---

[1] 十川信介『島崎藤村』，筑摩書房，昭和五十五年11月，第98页。

间上来看已经证明原有构思的形成不可能受到《棉被》的影响,但从明治四十年(1907)九月的修改稿的时间点来看,藤村对花袋的新作也不可能无动于衷。惹出了原型事件之后,藤村是不会对花袋的新作不闻不问的。他对于《棉被》所开创的崭新的创作方法也不可能无动于衷。如果说在《棉被》中有着通过写作来获得自由的主题的话,那么,尽管在艺术与现实生活紧密相连这一点上花袋与藤村是一致的,但在方法上花袋远远超越了他。克服了《水彩画家》的原型事件困扰之后,发现了《棉被》的藤村无疑进行了深刻的反思。他在继续创作《春》的时候,对《棉被》也会形成上述认识,我们很容易就能想象到《棉被》的方法映射到藤村的意识之中,并逐渐产生作用的情形。[1]

中村光夫认为,《棉被》中的主人公和作者自身是划了等号的,作品是作者丑陋的"自我"的内面告白。就是说,田山花袋在《棉被》中大书特书的性欲的确被当作一种"内在的自然",在作品中给予了正面的关注与描述。而这种写作态度与岛崎藤村的《破戒》其实是相通的。[2]我们知道,藤村是一个拥有丰富的内心世界的作家,但是,由于性格和环境等方面的原因,使他很难做到无所顾忌地直抒胸臆,也苦于无法表达内心深处的苦闷和忧郁。伊藤整在分析藤村文学的本质、文体的特色的时候指出,藤村传统诗歌的"七五调、五七调为主的韵文体"的构思方法,所强调的是在一定限定的格律下反映自身的生命意识,这一构思与日本人谨守自身内在的传统约束,由此来构筑自身生活意识的思维方式密切相关。[3]伊藤整一针见血地道出了折中于传统与自我之间的藤村的精神处境。在《破戒》中藤村曾经借道外部的社会问题,并虚构丑松这样一个人物来表达自己内心的苦闷情绪的做法,仍然是这种折中的构思方法的延续。因此,对于内心深处更大的悲哀和苦闷,藤村仍然一直抑郁于胸,如何做到他所渴望的"想到了就说出来",还需要他获得更大的勇气,并继续探索

---

1 三好行雄『島崎藤村論』,筑摩書房,1994年1月,第166页。
2 参见魏大海《当代日本文学考察》,青岛出版社,2006年6月,第29页。
3 伊藤整『文学入門』,講談社文芸文庫,2004年12月,第119页。

更直接也更适合自己的表达方式。《棉被》的出现,无疑给他提供了一个能够直接表达自己、告白自我内心世界的契机。尤其是当他还处在游离于《破戒》的虚构式写法和《春》的自传式写法的时候,《棉被》的赤裸裸的大胆自我告白无疑给了他莫大的鼓舞和勇气。当他开始进行内心的自我告白的时候,《春》的主人公自然也就由原先的多个青春形象集中到岸本一个人身上了。对于《春》的主人公的聚焦式变化,三好行雄是这样分析的:《春》在根据最初的构思来执笔的同时,在要继续写下去的作家主体的内部又产生了不断朝自我集中、回归的想法。"有所想,就说出来吧"这一信条中的"说"的意思之中,自我告白的意识更加明确了。这样,《春》随着主题的展开也开始了朝向岸本的一元化进程,一旦下定了告白的决心,也就无法再塑造群体的青春了。前面提到的原构思的挫折与订正、手法的分裂、告白的要素的介入等也就是理所当然的了。[1]《春》与《棉被》之间的千丝万缕的联系,由于《春》所表现出的断层现象而变得扑朔迷离,见仁见智。

二、自我告白与藤村文学创作的连贯性

关于《棉被》对于《春》的影响问题,也有一些评论家提出了不同的看法。

首先,必须肯定《棉被》和《破戒》在告白性方面的一致性。吉田精一指出,"《棉被》和《破戒》,它们那种自我告白的内容和性质是共同的。但以《破戒》来说,他和作者本人的生活并无直接关系,写的是深刻的社会问题;而《棉被》则仅仅直接接触到作者自身的经验,显然它的面是非常狭窄的。"[2]

其次,从《破戒》到《春》,虽然不能排除受到《棉被》影响的可能性,但也必须考虑到藤村文学本身在自我告白上的内在发展规律,就像和田谨吾所指出的,《春》在小说后半部分加强了自我告白的要素,藤村

---

1 三好行雄『島崎藤村論』,筑摩書房,1994年1月,第167页。
2 吉田精一《现代日本文学史》,上海人民出版社,1976年,第60页。

对于在《破戒》中所掌握的自我告白的方法一度出现摇摆，但在《棉被》的影响下又以直接了断的形式插入到原型之中，并一直延续到了《家》，作为藤村的方法得以确立，因而《春》的结构呈现了从《破戒》到《家》在方法上的之字运动的特点。[1]濑沼茂树虽然认可《春》一开始并不是作为自传性作品来创作的说法，但他强调，在追求青春的意义这一点上，作者有意显示出在自我告白性上与《破戒》一致的客观特性。自我告白性结出了自传性的果实，这并不一定就是花袋的《棉被》所导致的，而是题材自身的要求，"春"还包含有向"家"趋近的因素，这也可以追溯到《春》的自传性文学这一点。[2]中村光夫在《风俗小说论》中分析日本近代小说纷纷转向自传体的现象的时候，把失去小说的形式的原因归结为作家不能把作为近代人的社会观在作品中充分表现出来，也就是批评的意志力过于薄弱而导致了小说形式的崩溃。藤村因此放弃了《破戒》之路而紧步花袋自传体作品之后尘，踏上了自传体小说之路。[3]藤村觉悟到自己如果继续以朋友为主人公来进行创作的话就有可能不断惹上原型事件这样的麻烦，于是他转向了写自己的自传性方向，或者说藤村在延续《破戒》中的自我告白风格的过程中转向自传性方向也就成为顺理成章、水到渠成之事了。

另外，作家在创作上都具有一定的规律性和连贯性，岛崎藤村本人也特别强调了自己在创作上的连贯性特征："据我创作上的经验，写一个长篇的时候好像又唤起了其他的长篇。我在写《破戒》的过程中，《春》已经开始在我的心里萌芽。接下来写《春》的时候，我已经开始在考虑写《家》了。"（《早稻田文学》昭二·6）根据藤村自己的表述，从其创作和构思的连贯性上来考虑的话，我们在肯定《春》的自我告白性特征的时候，还有必要再回过头来重新认识《破戒》的告白性特征。

（一）《破戒》前后藤村在创作上的连贯性

无论是《破戒》还是《春》的告白性特点的形成，都应该是藤村文

1　和田谨吾《自然主义文学》，文泉堂，昭和五十八年11月，第142页。
2　濑沼茂树『評伝島崎藤村』，筑摩書房，昭和五十六年10月，第189页。
3　参见伊藤整『近代日本人の発想の諸形式』，岩波書店，2003年，第9页。

学长期积累和摸索的结果，对此可以从以下几个方面加以说明——

1）早期诗歌创作中的告白意识。

2）《绿叶集》中对于虚构与写自己的真实的抉择。

3）从《破戒》的虚构到《春》的写自我——小说观念的革命。

关于作者在早期诗歌创作中表现出来的告白意识，我们可以从作者一直强调的难以言说的秘密的角度窥视端倪。笹渊友一主张要对《破戒》与之前创作的《绿叶集》和之后创作的《春》之间的关联性或性格上的差异方面多加关注。他对藤村在《破戒》再版序言中提到的《破戒》中的"两个面孔"进行了解读，认为所谓的《破戒》的社会性其实是表面上的面孔，隐藏在其背后的则是作家本人的隐私这张面孔。这一隐私成为了连接《绿叶集》的媒介。《破戒》的构思在创作《绿叶集》的过程中，大概是在其结尾部分就已经成型了。就像《绿叶集》通过主人公、其实是作者本人不断表白对妻子的恋情的嫉妒而最终使得家庭恢复了平静一样，丑松也是通过对其出身的告白从终日惶惶不安的猜疑和恐惧的痛苦中解放出来，在心理上获得新生——因为丑松的心理完全是作者个人的。我们不能把《绿叶集》与《破戒》的这种一致性视为偶然。从上述观点来看，《破戒》的社会性就是为了让其主题通过告白得以宣泄所必要的虚构或手段。再根据作者本人的说法，在写作《破戒》的过程中有关《春》的构思就已经形成了，毫无疑问《春》与《破戒》的社会性是不相干的。因此，即便在与《春》的关联性上，《破戒》的社会性的影子也必须淡化。出于这种观点再回到《藤村诗集》合订本序言所表现出的告白性也就并非没有意义了。[1]藤村多次强调自己的内心有着"难以言说的真实的秘密"，并在《藤村诗集》合订本序言中表明了藤村诗歌的告白意识："诗歌岂能是在幽静中产生的感动。实际上，我的诗歌是苦苦挣扎的告白。悲哀和烦恼都留在了我的诗歌中。想到了，就说出来吧。毫不犹豫地说出来吧。"从诗歌中对于"难以言说的秘密"的咏叹，到《旧东家》以第一人称的叙述方

1　笹渊友一著『小説家島崎藤村』，明治書院，平成二年1月，第194页。

式的虚构,再到《破戒》中的第三人称的虚构,最后在《春》这部小说中基本定型为以第三人称写自己,《春》的岸本舍吉和《家》的小泉三吉基本上都可以视为岛崎藤村本人。藤村的告白意识从一开始的诗歌创作到后来的小说创作都得到了延续,可谓一以贯之。

其次,从藤村的前期作品来看,《旧东家》的小说技巧被誉为有着"写实的倾向",属于"自然主义"的影响范畴。对于藤村来说,"看"与"写",并不是简单地把对象的外在部分所引起的视觉刺激忠实地接受、表现出来,而是读取对象的外表和潜藏在里面的"事物的精髓"之间的关系,用文字来使之生根发芽。《旧东家》在某种意义上可以看作是以告白为主要写作动机,并通过一对夫妇家里的女佣人的所见所闻来讲述的故事。值得注意的是,小说是以第一人称"我"(女佣人)来加以叙述的。而"我"的身份又明显分裂为几个方面——"我"并不满足于只是充当故事中的人物这一角色,还会扮演全知全能的叙述者的角色,也就是说"我"还扮演了作者的角色,从而使得小说可以对男主人公的忌妒心理等大书特书。这种忌妒意识其实就是作者本人的自我告白,也是多年以后创作的《家》的自我告白的一次预演。正是因为《旧东家》所表现出的叙述者的分裂意识,即"我"兼具小说中的人物与叙述者的双重身份,使小说中穿插了大量对于男主人公的忌妒心理的描写等,使得我们有理由认为告白这一表现形式在藤村的小说中的运用已经初见端倪。[1]更为重要的是,藤村在《旧东家》中已经开始了对于告白结构的小说模式的探索。小说从女主人与牙医的偷情写到女主人担心女佣告密而在自己的丈夫即老东家面前诬陷女佣,最后又写到女佣为了报复女主人而向老东家告发,女主人与牙医之间的情事因此彻底暴露,从而使小说具有了"秘密—发觉—告白—毁灭(或得救)"的告白模式,与一同收录在《绿叶集》中的其他几篇小说有着异曲同工之妙。

另一部《水彩画家》不愧为集藤村前期作品(尤其是前几部短篇

---

1 参见伊藤氏贵『告白の文学』,鸟影社,2002年8月,第117页。

之大成的小说，同时也是为他日后执笔《破戒》带来相当自信的先驱之作。此前三部作品的结构基本上都是"秘密·察觉·破灭"这一模式，只是简单按照事实来描写女人的情欲之类的问题，因而称之为忌妒文学似乎更合适一些。而描写夫妇之间的情爱秘密的《水彩画家》则显示了藤村寻求新的创作方法的努力，并形成了"秘密·察觉·牺牲·拯救·建设"这一新的模式。从诗人时代起就在藤村的内心世界蠢蠢欲动的激情秘史在这里演变成了试图隐瞒情欲的女人的话题，从男人的忌妒转向对女性的攻击，并演绎为鱼死网破的故事情节，然后再慢慢从中抽身，认真思考情爱以及女人的人生态度、男人的人生态度等，把激情秘史的苦恼作为人生的头等大事来对待，甚至想到一旦有需要甚至可以通过自我牺牲来成全它。[1]

按照丸山晚霞自己的说法，藤村炮制了让读者误以为《水彩画家》就是写晚霞的假象，而在内容上写的则是作者自己的生活和心理。《水彩画家》实际上是后来的《家》的一个预演。[2]在这些前期小说中，藤村实际上开始了从尝试写自己的内心、写自己的秘密到尝试写自己本人的努力，从而也表现出了与后来的创作相连贯的一面。如此一来，从《嫩菜集》到《落梅集》的诗人藤村，在经过了《旧东家》、《草鞋》和《水彩画家》的创作之后，与《破戒》的小说家藤村又连贯起来了。各个阶段的藤村在本质上走的都是同一条路。[3]

那么，具有虚构性的《破戒》是否与《春》和《家》系列的自传小说具有同样的连贯性呢？从作品的内在关联性来看，它们在自我告白这一点上走的都是同一条路。中村光夫等评论家认为近代日本文学如果没有出现从《破戒》往《春》和《家》的私小说方向的曲折，而是一直走向《破戒》本身的社会小说方向的话，日本的近代文学史就会和现在迥然不

---

1 参见『藤村の世界——愛と告白の奇跡』，和泉書院，昭和六十二年3月，第57—58页。
2 参见正宗白鸟著『自然主義文学盛衰史』，講談社，2002年11月，第87页。
3 『白井白見評論集战后』第六卷『モデル問題』，筑摩書房，昭和四十一年5月，第61页。

同。白井吉见则对这种假设完全嗤之以鼻，认为《破戒》本来就只能朝着《春》和《家》的方向发展。[1] 白井吉见无疑是从强调藤村文学在告白性上的一贯性的角度导出这一结论的。文学史的形成本身是不以假设为前提的，影响文学史形成的具体事件或发展阶段的重要因素就是作家，而影响作家创作的根本原因还在于作家的内在因素。

（二）作者小说观念的革命：虚构与真实的抉择

伊藤虎丸在《〈沉沦〉论》一文中谈到了日本然主义与西欧自然主义在文学观念上的区别：就西欧的自然主义（或广义的近代小说）而言，作品是为了验证作者的思想的正确性而写的，并且作者思想的普遍性成为其作品客观性的同义语。因此，作者的思想通常是要通过整个作品体现出来的，而作为作品中心的人物则不问其生活在作品中反映到何种程度，必须依照作者的思想，通过作者的批评、中心人物的直接批评或间接批评的形式表现出来。与此不同，日本写实主义作家则巧妙地回避了"自己内心的普遍化"、"思想的具体化的麻烦"。因此，在他们看来，表现某种思想，就不必通过整个作品的构思，也不必通过作品情节的圆满完成来确认其思想的普遍性，只要通过主人公的嘴巴表达作者的思想就行。[2] 不注重作品情节的圆满性，使得以藤村为首的自然主义作家走上了自我告白的自传性之路。藤村从抒情诗人出发，然后转向散文和小说，他的小说中有过多的自传性因素。但即便是自传性因素，也决不是自然主义的私小说的写法。

虽然《破戒》和《春》同属于告白文学，但是，纯粹从告白的角度来看，《春》所表现出的告白因素实际上已经与《破戒》有了不同，发生了很多变化。就像笔者前面所提及的，《春》已经放弃了《破戒》的虚构主人公的做法，而直接把作者自己作为了小说的主体。这种变化，意味着作者小说观念上发生了大的变化。

白井吉见在强调了藤村文学从《破戒》到《春》的一贯性、也就是

---

1 参见『白井吉見評論戦後』第六卷『人と文学1』中的『モデル問題』，第62页。
2 伊藤虎丸《鲁迅、创造社与日本文学》，北京大学出版社，2005年11月，第189页。

作者创作《春》的必然性的同时，也不得不认可从作者对于小说的概念的认识来看两者之间存在断层的事实。不管是《旧东家》还是《水彩画家》、《破戒》，归根结底都是虚构的，作者把隐藏在自己内心深处的秘密寄托在了虚构之中。在《春》、《家》和《新生》中，则是作者直接让自己作为小说的主人公出现。即便丑松就是藤村，他与岸本舍吉与小泉三吉之间的等同关系自然还是有区别的。为什么作者在《春》以后会选择完全把自己直接写进去的自传体小说呢？而在《春》之前，藤村为什么会不顾恩人和朋友的感受，竟然接二连三地引起了原型问题呢？为什么就没有将它们作为自己的告白来写呢？这一系列问题在白井吉见看来，与坪内逍遥的《小说神髓》有关。藤村和当时的所有作家一样，都受到《小说神髓》的"小说的主人公与实录之人相同，因此必须完全是作为作者构思的虚构人物"这一小说观念的强烈影响有关，还想不到可以通过把自己的体验倾吐出来写成小说的方法。小说应该把自己体验到的内心苦闷吐露出来，这是在他接触到俄罗斯文学、法国文学的英译本之后才充分理解到的，但主人公必须是"作为作者构思的虚构人物"的想法依旧很牢固。也确实如此，现在的私小说样本在当时是无论如何也找不出来的。作为超越坪内逍遥的"模写"来迫近对象的方法，藤村发现了"原型"和"素描"（写生），因此，他试图要塑造出二叶亭所说的"自己拥有的抽象观念"，为此他就只好把于自己有恩情的长辈和朋友当作原型。虽然这样的写法与私小说只有一层纸之隔，但是，正因为还抱有"作为作者构思的虚构人物"的小说观念，这层纸也就很难轻易被捅破。藤村在写《旧东家》的时候，也许也想到了样本《包法利夫人》，但他仍然以为自己的秘密除了通过客观的虚构这种小说之道之外别无他法了。所以在写《破戒》的时候，同样有《罪与罚》这一范本浮现在他的脑海之中，但他仍然只能通过虚构来与之相呼应。[1]

这一解释对于我们理解与藤村文学相关的原型问题与虚构问题无疑

1　参见『白井吉見評論戦後』第六卷『人と文学1』中的『モデル問題』，第63页。

有很大帮助。在日本近代小说形成以前,日本有着物语作品的长期传统。古代就已经有《竹取物语》、《源氏物语》、《今昔物语集》等,这些物语类故事都是虚构的。日本近代小说是在明治以后以欧洲的近代小说为蓝本发展起来的,当时小说就是虚构这一观念也是常识。有评论家指出,告白使得私小说解除了19世纪西方小说所具有的"结构化"。日本的私小说作家普遍认为,自己是在自然而然地描写"自我"。

问题是,在还没有出现私小说的范本的情况下,从《破戒》到《春》,藤村又是如何迈出如此具有实质性差异的一步的呢?白井吉见认为把这一变化归结为从花袋的《棉被》那里学到的这一通常说法其实是错误的,因为在《棉被》发表之前《春》的腹稿就已经形成了,这一点从藤村的书信之中已经得到证实,所以这个问题恐怕与花袋无缘。在《街树》中,藤村不仅以孤蝶、秋骨等友人为原型,同时也把自己作为高濑这一人物出现在了作品之中。对于朋友们带有讥讽意味的抗议,他始终保持沉默,但是,当他决心大张旗鼓地把《文学界》的同人们都作为小说的原型来写的时候,藤村自己也不得不成为了原型。他后来回忆道:"有了这个原型问题,使我更加认真地对待自己的旧友和已故的知己了。现在想想,不仅是那篇《街树》,每当其他作品也产生原型问题时,就会令我十分苦恼,从而也给了我颇多教益。这诸多的刺激,更加促使我去做我以前不敢做的事,甚至在长篇小说里也要尝试一下。"这种尝试无疑取得了意想不到的效果。"现在看来,《春》以前的作品对我来说是创作的实验时期,从《春》开始,才可以说产生了属于我自己的文体。我的《春》是一部伤痕累累的作品,今天重读这部作品,连我自己都几乎要流下眼泪。"(《我写三部长篇的时候》)在把自己内心的秘密填充进去变成种种虚构的过程中,从《街树》、《黄昏》到《春》的过程,正是藤村逐步把自己的体验和烦闷完全作为自己的东西原原本本地吐露出来、告白出来的过程。这个方法,到创作《家》的时候在更大范围和更深程度上得到了应用。不用说,把自己的事情假借朋友来写这样的做法对于藤村来说已经再也不可能了,从此以后藤村最大的原型就是他自己。[1]另据正宗白鸟的记载,藤村在写《春》的时候曾经到过住在代代木的花袋家拜访,当花袋说到写他人的诸多难处时,藤村说:"不,写自己的事情比写别人更难。"[2]这句话反映了藤村当时因为创作《春》而颇为苦恼,说明藤村从《破戒》到《春》的转变过程并不轻松。这也在一定程度上佐证了臼井吉见的观点,表明他的这一转变意义非同一般,有着文学观念上的变化。因为在写完尝试了自我告白方法的《破戒》之后,藤村还写了《街树》和《黄昏》等作品,依旧是以亲朋好友作为原型来创作的,并因此引发了著名的"原型事件"。

虽说《破戒》中的丑松是作者虚构的,但作者把自己的内心世界赋予了丑松,到了《春》,在以作者本人为主人公的岸本身上,两者才得以融为一体。对此十川信介认为,"就一直以来议论纷纷的《破戒》与《春》的关系而言,在自我告白的性质上藤村企图让丑松与岸本血脉相联"。而且,在他看来,《破戒》与《春》的上半部同样都用"客观小说的手法"来联通,"这里有着小说概念的鲜明的变革"。[3]平野谦也明确指出:"《破戒》和《春》之间有着小说概念的革命。即使说在《破戒》中已经看得见自我告白性的苗头,那也不过是通过假托他人才揭开表现的序幕而已。在《春》里面的自我告白性已经完全变成了无媒介的表现了,这一变化体现了自然主义文学向私小说转变这一日本近代文学史上的重大曲折。"[4]

从自我告白性的有媒介到无媒介,显示了藤村对于小说观念的重大变化。对于这种小说概念的变革,平野谦还针对一直以来认为岛崎藤村是受到了田山花袋的《棉被》的影响的说法提出了异议。他认为,这一曲折其实是由岛崎和花袋互相影响而出现的。笔者比较倾向于这种观点。从告白的角度来看,《春》中的自我告白正是《破戒》中的告白的延续。促成

---

1 『臼井吉見評論戦後』第六卷『人と文学1』中的『モデル問題』,第63—65页。
2 正宗白鸟『自然主義文学盛衰史』,講談社,2002年11月,第40页。
3 十川信介『島崎藤村』,筑摩書房,昭和五十五年11月,第90页。
4 『平野谦全集』第二卷,每日新聞社,1971—1972年,第36页。

这种"无媒介"的告白形成的原因自然是多方面的,但其中最为重要的一个原因,就是这种"无媒介"的告白是藤村在文学的表现形式上长期探索和尝试之后水到渠成的必然结果。

告白意识追求真实,反映到文学上,就是对虚构小说的一种根深蒂固的不信任甚至轻视,从而构成藤村倾向于描写自己的亲身经历、排斥虚构杜撰的心理基础。对于藤村放弃虚构、转向自传作家的变化,龟井胜一郎提出了作者"抛弃了小说家的意识"的观点——

从《绿叶集》、《破戒》向前推进,为什么会发生这样的转变呢?除了《破戒》的丑松与《春》的岸本舍吉之间的血缘关系,或者说《破戒》和《春》之间的问题,以及形式上的联系之外,再就是这中间有着很明显的小说概念的变革。即使丑松身上寄托了藤村的抒情,那也是在虚构的世界里。塑造与作者分割开来的独立性格这一近代小说的根本概念总体上还没有失去,即使是《春》以后的自传体作品,显然也不能说完全就是事实本身,而是有着"诗与真实"意义上的虚构性。不过,作品的人物与实际人物却是密切相关的,比如岸本舍吉就是作者本人,这一印象是很明确的。虚构性已经变得很稀薄,从而开创了走向后来的"私小说"的道路。产生了这种变化,不单纯是小说创作方法的问题,也不只是当时的文坛潮流的影响这一外在原因。还必须考虑到藤村自己对于人生的态度,甚至包含了必须深入到"小说家"这一自觉内容中来考虑的大问题。

从《绿叶集》到《破戒》,藤村走过弯路。《破戒》完成后,不管怎样他已经作为小说家崭露头角了,藤村无疑对于"小说家"是什么、"小说"又是什么有过各种思考。是应该通过在《绿叶集》和《破戒》所表现的虚构的世界来磨练技巧呢?还是必须写自传性作品,并把这一动机放在第一位来实施呢?在从《春》向《家》前进的过程中,不用说他在"小说家"这一自觉之中加入了对于小说概念的重大变革。他抛弃了小说家的意识。[1]

---

[1] 龟井胜一郎『島崎藤村論・作家論』,野间省一,昭和四十九年9月,第66页。

以虚构的形式来告白自我，是近代小说的本来面目，这其中并不存在自传性。藤村到了创作《春》的时候才开始直接追求自己的"青春时代的悲哀"，被视为小说观念倒退的近代化。在日本近代小说形成以前日本有着物语作品的长期传统。古代就已经有《竹取物语》、《源氏物语》、《今昔物语》等。这些物语类都是虚构的。日本近代小说也是在明治以后以欧洲的近代小说为蓝本发展起来的，当时小说就是虚构这一观念乃是常识。因此，现代小说丧失故事，被认为是个人自己与社会作用之间的关系暧昧化的结果。伊藤整则指出，明治末期的作家写的小说多是自传小说。那是因为他们成不了正当的职员、店员、经营者或教师，只好讲述他们作为家庭的一份子的坎坷人生的悲伤痛苦，和没有成为这种屈辱制度和传统的奴隶的极其贫穷的鸳文者的骄傲。他们描写的是不屈从甚至逃避社会和家庭的秩序的自己，以及没有卷入其中的自己决不同流合污的正义感之类的小说。[1]在龟井看来，从《春》开始，一直到晚年，藤村作为自传性作家都颇有建树。他一直执著地凝视着自己以及家庭、家族，他要彻底弄清楚自己存在的理由以及自己生命的源泉所在。他的作品称得上是"岛崎家"的一大体系，众所周知其数量相当庞大，藤村文学的根本性格也就由此决定了。[2]藤村在以后的文学创作中放弃了虚构的意识，把关注的重点纳入到了与自己的生命和生活都密不可分的岛崎大家族的范畴之中，以追求自我人生的真实，而这正是他在告白意识的引导下追求自我告白这一表现形式的具体体现。

需要强调的是，藤村的自传体小说与自传是有区别的。首先，在研究者和部分读者眼中，它与自传一样具有通过文本把文本世界和文本以外的世界有机地联系起来，使文本世界与文本外的历史真实互相涉、相互映照的特征，这也是它与一般意义上的小说有所区别的地方；从叙事学的角度来看，把个人的真实经历考虑在内正是自传叙事研究与小说叙事研究的不同所在。另外，相对于自传更关注读者，如有的自传会在表述中直接

---

[1] 伊藤整『近代日本人の発想の諸形式』，岩波书店，2003年，第32—33页。
[2] 龟井胜一郎『島崎藤村論・作家論』，野间省一，昭和四十九年9月，第66页。

出现"读者"的表述，自传体小说则不刻意强调作者的自传意识，而是把作者的经历作为素材来创作的小说。自传体小说作者虽然不像小说作者那样希望读者能够深刻地意识到文本的虚构性，但也不会像传记作者那样可能希望读者能够将其文本故事视为个人的真实经历。[1]藤村在创作《春》和后来的《家》、《新生》等自传体小说的时候，更多地还是出于自我告白的需要（冲动）。而且，相对于自传小说多用第一人称，藤村自始至终都采用第三人称写作。

　　《棉被》的成功，无疑使藤村对于如何在文学创作中运用自我告白的方法以及自我告白在文学创作中所发挥的作用都有了更为深刻的认识。正是基于这种局限于个人生活的自我告白形式的理解和响应，《春》在小说结构上发生了变化——也就是文学史家通常所说的断层，即小说的主人公由多个青春形象的群体表现逐渐集中到单一个体的内心世界。向自我告白方法的靠拢，使得《春》描写的重点自然而然就朝着以困扰岸本的"家"为主的方向发展了，小说的主题也因此发生了转换。关于这一点，胜本清一郎在做了许多考证和分析之后，发现在《春》第一百零四章至一百零五章之间省略了一年时间，准确地说是省略了明治二十七年十月到明治二十八年十一月之间的叙述。在第一百零五章开头引用了户川秋骨的《秋风萧条记》，然后以一句"菅写罢这段文字之后又过去一年了"来承上启下。而在这一年之中，母亲住院做手术、伯父上京及回乡、嫂子生产及婴儿之死、旧家的破产等一系列事情相继发生在岸本身上，岸本家的危机也变得十分深刻。以前的岸本虽然对于家里的不幸会感到害怕，但也不过是一个"除了看情况帮着做一些力所能及的事情之外，其余一概插不上手"的旁观者而已，而这一年之中所发生的事情使得家里的情况几乎糟糕到了将近破灭的边缘，使得他再也无法把家的问题置之身外了。从此之后除了唯一的例外（110—112章）之外，这部小说只能在家的主题下展开。[2]因此，对于究竟是因为主题的转换而导致自我告白的出现，还是因为自我

1　可参见许德金《自传叙事学》，载《外国文学》2004年第三期，第46页。
2　三好行雄『島崎藤村論』，筑摩書房，1994年1月，第153页。

告白的出现找到了家的主题的问题，我们完全可以忽略而无须再去讨论，因为它们之间很可能是互相影响、互为因果的关系。

再回到《破戒》的虚构性特点来看，应该说《破戒》的世界和《罪与罚》一样都是虚构的，小说中的人物和故事情节都是虚构的。但是，《破戒》所虚构的世界与《罪与罚》虚构的世界又大不相同：在《破戒》中，小说虚构的主人公身上带有作者自己的问题，作者本人的自我告白是通过小说的主人公丑松表现出来的，从而使得丑松与作者之间的距离变得暧昧起来。《破戒》与《罪与罚》的这种差异对藤村以后的创作产生了强烈的影响。陀思妥耶夫斯基把一切都归结为思想（苦闷之类），或与思想斗争，来塑造典型人物形象，以此作为其文学的根本。因此，他笔下所描写的人物都是有着广泛的社会背景的典型人物。《破戒》虽然同样也描写了广阔的社会，同样也有着文明批评的性格，但作者在《破戒》中所贯彻的自我凝视态度，使作家与小说人物之间的距离完全可以被忽视，作家超越自己的立场去批判主人公的自由也因此被剥夺了，最后不得不纠缠到主人公的内心世界去了。藤村以后的作品（《春》、《家》《新生》等）终于放弃了虚构的手段，转而强化了小说的自传性特征，《破戒》时代所具有的社会性和批评性也因此消失殆尽。

当然，告白与虚构的问题，还与是拥有还是放弃作为社会人的自我这一问题相关，与社会形势以及近代自我的确立密不可分。在欧洲社会，放弃现实来虚构自己的做法，对于已经是社会人的作家的权威而言是非同小可的。欧洲的作家隐身在虚构之中，并没有放弃自己作为社会人的一席之地。但是，由于以绅士自居的作家们还要受到伦理方面的约束，即便是在虚构之中他们仍然要表现出彬彬有礼的人道主义的风范来。因此，他们常常不知不觉地就陷入了迷失真实的危险之中，于是他们总是试图从中脱离出来，而不会像日本的私小说作家那样完全把自己与主人公等同起来。小林秀雄一针见血地指出，西洋的"我"是被充分社会化了的"我"，而在日本，作家们把个人的私生活毫无保留地暴露出来，是从完全放弃作为社会人的自我出发，他们的放弃意识的深度和真实程度反而成为影响作品价值的要素。放弃了社会地位的日本的文学家们放弃了西方小说的虚构方法，走上了直接把自己作为小说的主人公再进行自我告白的私小说之路。这种现象的出现，不只是因为日本国家的近代市民社会的狭隘，还因为吸收了过量的传统文学的养分。[1]关于日本传统文学的影响，笔者在前面已经有过论述，在此不再重复。在近代社会形成期率先觉醒的日本知识分子的人生目标，首先是要像西方知识分子一样作为自由的个人而生存下去，但是，日本并不具备西欧那种成熟的市民社会，因此也就难以形成让个人社会化的环境，他们对于自己作为社会人的地位就无须那么在乎。与藤村同时代的日本近代知识分子既遭遇过自由民权运动的挫折，又受到了天皇制度下的绝对主义和家族主义的双重束缚，因而很难获得西方意义上的自我（作为社会人的自我），自然也就无须通过虚构的方法来保全自己作为社会人的地位。与此同时，他们还必须坚持不懈地为近代自我的确立付出努力。作为当时社会形势下的艰难的解决之道，藤村尝试着把写实主义的形式与告白这一近代人的自我表白法相结合，通过创作自我告白小说的方式来试图解决近代自我的问题。对藤村来说，文学创作首先是确立自我的手段，同时也是为了获得在现实中得不到的自由的一种途径，因此他热衷于把作者直接作为主人公来告白自己内面的这种创作方式。像岛崎藤村这样的年轻作家，由于其近代自我还没有得到充分确立，也就得不到相应的社会地位，所以也就无所顾忌地在作品中让自己粉墨登场了。

三、从《破戒》到《春》无断层

一方面，日本评论界把《破戒》界定为可以与欧洲自然主义小说相提并论的里程碑式的作品；另一方面，《破戒》又具有双重性格，即社会批判的性格和告白文学的性格，从而使得日本的自然主义走到了一个十字路口，接下来往哪个方向发展下去，对日本文坛的影响都是至关重要的。事实上，在《破戒》发表一年半之后田山花袋所发表的《棉被》取得了巨

---

1 参见小林秀雄『Xへの手紙・私小説論』新潮文庫，平成十五年2月，第116页。

大的成功,从而轻而易举就把日本的自然主义引向了告白文学(私小说)的方向。稍稍晚于《棉被》发表的《春》,对这种转变起到了推波助澜的作用。《春》也被评论界认为是与《棉被》有着同样性质的作品——

《春》是与花袋的《棉被》具有同等性质的所谓的告白小说。在这部描写以北村透谷为中心的、原来《文学界》的同人们年轻时候的烦恼的作品中,藤村努力探索自身的真实状况。作者的笔触甚至尖锐地触及到自己曾经以色相为资本向年长的女人借钱的过去,以及做过小偷的历史。它与《棉被》将人的丑陋的一面无所顾忌地剖析出来的做法完全处在同一境界。只是相对于花袋执著于官能和情欲方面,《春》则更注重触及精神层面的问题。[1]

从形式上来看,《春》具有许多和《破戒》相反的特色。但是,《春》与《破戒》之间的这种差异,并不意味着它们之间存在某种断层关系。它们也许在社会性这一点上是无缘的,但在告白性上却又连贯一致。如果一味坚持从社会性的关联程度来评判《春》与《破戒》,那么可以认为两者之间确实存在一定程度的断层,正如笹渊友一所指出的:"不用说,《春》与《破戒》的社会性是无缘的。所以即便是与《春》的关联性上,《破戒》的社会性的影子也必须淡化。"针对前面提及的"断层论"和田谨吾认为即便从藤村的一系列作品来看,如果把《破戒》看成是描写田园风俗的作品,并把《破戒》以前的作品也纳入这一伏线的话,那么《破戒》与《春》之间就会产生难以衔接的断层。如果把它作为社会问题的作品来对待,硬把八部习作看成是描写社会问题的作品,也会出现同样的结果,即把这些习作当成田园文学(乡村文学)来考虑的话,习作——《破戒》——《春》这一条线就无法串起来,会变得游离起来。[2]

既然田园文学和社会问题小说都不能使习作——《破戒》——《春》之间连贯起来,那么,就必须像笹渊友一所指出的那样,必须淡化《破戒》的社会性因素。根据前面的分析,如果把他的习作看成表达内心真实的尝试

---

1 片冈良一『自然主義研究』,筑摩書房,昭和三十二年12月,第109页。
2 和田謹吾『島崎藤村』,翰林書房,1993年10月,第118页。

的话，结论就会大不一样，藤村文学从初创时期就孜孜以求的内核也就呼之欲出，大有柳暗花明又一村之感。吉田精一正是肯定了《破戒》所突出的告白性特征，从而得出了从《破戒》到《春》没有断层的结论。他指出，《破戒》这一部作品体现了严重的社会问题，其中包含着出于藤村自己的性格而隐藏在心底的痛苦的自白，以及企图通过把这种难言之隐自白出来以求得出路的心情。换言之，这里表现了这样一种倾向：把自己的内心世界小说化的同时，个人的问题也就随之社会化了。依这个方向发展下去，藤村接着又写了《春》、《家》和《新生》三个长篇，在这三个长篇之中他没有在自己之外设定一个主人公，而是完全以自己个人的经验为中心来谱写自己的人生记录。"从《破戒》到《春》的推移，没有'断层'而连续下来。"[1]也就是说，从藤村文学在早期诗歌中就已经表现出浓厚的告白性特征来看，《春》正是早期藤村文学尤其是《破戒》所具有的告白性特征的延续。《春》是对《破戒》所具有的告白性特征的继承和发展。

首先，从告白的角度来看，《春》无疑是作者试图延续《破戒》所表现的"觉醒者的悲哀"这一主题的努力，只是他把濑川丑松变成了岸本舍吉，把虚构的故事变成了自己的亲身经历。《春》可以看作是藤村在《破戒》的创作过程中尝试并掌握了在小说中进行自我告白的方法之后，继续谋求巩固和发展所取得的阶段性成果。《破戒》是以丑松从现实社会逃走作为结局的，评论家们认为这一结局与藤村的个人经历有一定程度的契合。从藤村自己的年谱来看，明治二十六年（1893）夏天，藤村为了从宗教、艺术和恋爱的烦恼之中逃离出来，远走关西开始他的漂泊之旅。回来之后，他在东海道吉原的一家旅馆与《文学界》杂志的同仁们一起聚会，旅途中所积蓄的各种忧愁因此得以消解。《春》正是从这个时间点开始写的。藤村为《春》设计的主题有三个，分别是"理想的春天"、"艺术的春天"和"人生的春天"。许多评论家因此认为《春》在主题的设置上本身就有败笔，因为在它所预设的三个"春天"中并没有写出"人生的

---

1 参见吉田精一《现代日本文学史》，齐干译，上海人民出版社，1976年1月，第58—59页。

春天"来。其实,这个看似败笔的地方正好体现了藤村在《春》中进行自我告白之后所必然形成的结果。《春》对于藤村来说,其意义就在于他在创作过程中获得了重要的自我发现。藤村从"觉醒者的悲哀"的立意中不断深入下去的时候,逐渐发现了困扰自己内心的"家"的问题。这正是自我告白这一形式带给他的意外却又是必然的收获。

其次,在人物关系的延续性上,《春》虽然描写了明治浪漫主义时期的青春群像,但小说的主体部分还是以青木和岸本的命运为中心来展开故事情节的。青木和岸本的关系,与《破戒》中莲太郎和丑松的关系十分相似,可以看作是对《破戒》的一种继承——不只是莲太郎与青木都作为黑暗时代的先驱者而英年早逝,而且,正如莲太郎是作者的分身丑松的偶像一样,青木也是作者的分身岸本的偶像。"莲太郎•青木"与"丑松•岸本"这两个组合之间既表现出了很多相似的特征,又作为了理想与现实相对立的象征,其中也蕴含了小说人物的必然结局。但是,在《破戒》中,莲太郎死后不久丑松的命运便急转直下,而在《春》中,岸本的命运并未因为青木的死而急转直下。其中的差异,就在于丑松未能继承莲太郎的使命,岸本则由于青木的死而必须在现实生活中继承青木的遗志,继续战斗下去,这是现实的必然,也是他的使命所在,他无法摆脱。"莲太郎•丑松"在性格上截然不同,而"青木•岸本"正如青木的妻子操所说"岸本真的与你很像呢"一样,被塑造成在性格上有着相似之处,他们之间的区别就如青木所说"他是不自觉地干,我是有意识地干",在于对内部生命的意识上的差异。[1]

《破戒》所获得的巨大成功给了藤村很大启发,但这种启发并非来自它所具有的社会批判性因素,而是坚定了藤村对于写自己人生真实这一文学理念的信心。《春》无疑是他将这一文学理念付诸实践的进一步努力。渡边广士认为岛崎藤村比坪内逍遥和二叶亭四迷具有更明确的理念性的思想。这里所说的理念必须是放进形式的容器之中的内容,并被称作

---

[1] 濑沼茂树『島崎藤村その生涯と作品』,日本図書センター,1987年10月,第204页。

"原原本本的自己"和"内在的生命",成为了藤村文学创作的原动力。由此产生的《破戒》,就是为了把已经阅读这一行为(指阅读西洋小说,引者注)转换成文学创作而让"告白"这一个符号=装置无所不在。藤村视之为从"西洋近代小说"中所学到的正道,而这条路在《破戒》中算是刚刚起步。因此,《春》并非《破戒》所开创的道路的倒退,而是作为爱的话语的实践对"爱"和"生命"进行探求的故事。在这部小说中,藤村对于被视为"近代"思想核心的"爱·内部·生命·自然·自己·新生"等理念进行了比《破戒》更为深入的思考。在这部小说中,年近四十的藤村把自己作为一个作家在成长过程中所遭遇到的无法回避的青春期问题写得淋漓尽致。[1]因此,《春》对于藤村本人及其文学都有着非同一般的意义。

第三节 《春》的告白性特点

一、印象主义的特征:在现象中把握过去的时间和事实

自然主义的理论家们曾经就自然主义的描写方法纷纷提出了各自的观点。长谷川天溪安于无理想,绝对排斥虚构和想象,要求像镜子映射事物一样如实再现自然,进行纯客观的"写实"。田山花袋虽然也主张尽可能排除想象力,但又并非绝对排除,他认为写小说保持一定的想象力是必要的。岛村抱月在《文艺上的自然主义》一文中,更是对自然主义的描写方法和态度进行了比较系统的阐述。他认为,如果从描写的方法态度来分解自然主义的话,可以划分为纯客观和掺入主观这两种情况。换言之,就是写实的和说明的,或者说是本来自然主义和印象派自然主义。就描写自然而言,要尽可能写得真、写得细,此时的描写方法,就必须做到宛如映射在明镜上的事物一

---

1 参见渡辺広士『島崎藤村を読み直す』,創樹社,1994年6月,第65—66页。

样。即一方面本来的自然主义要以纯客观性、纯写实性为主要特征,想来这是最一般性的解释。另一方面,印象派自然主义的主张,归根结底就是试图把曾经排斥的作家的主观又以某种形式再次植入其中。作家把感受到的自然的事象,与自己的印象交织在一起再完整地表现出来。相对于左拉的报告式的自然主义,印象派自然主义是把感觉界即对于外在事物的印象以及由此产生的情趣上的印象双管齐下,留声机式地再现出来。它是那种里里外外都必须做得彻底的自然主义。[1]岛村抱月还进一步强调了想象力对于文学的重要性,主张"内在的写实"。他的这种主张得到了田山花袋的呼应,他在《小说作法》中指出,"《春》从其内容来说,是情绪文艺。它写了沐浴在心灵感伤主义中的人们。然而不能不承认它是自然主义、印象主义的作品。(中略)作者虽然用观察现象时的心情来写,但其状况却清晰地印刻在读者诸君的头脑里。"[2]田山花袋所谓的印象主义的特点,应该是藤村为了避免自我告白特征表现得过于强烈的一种主观努力,正如在《破戒》的客观性中掺入了他的主观情绪一样,在纯粹的自我告白过程中他又试图在其中的主观性中掺入更多的客观性,以谋求某种平衡。伊藤整曾经指出藤村小说中的措辞往往带有下人的口吻,却又给人以意志坚定的力量感,这一特征其实与藤村追求自我告白时的主客观的平衡有着异曲同工之妙。藤村力求达到某种平衡感可能与他的个性有关,因为他是一个顾忌较多的人,也是一个妥协的人,缺乏北村透谷那种激越的战斗精神,所以他在自我告白的时候,往往会顾忌到诸多因素并尽可能避免与周围的冲突,或尽量不给自己带来麻烦。也就是说,《春》所表现出的印象主义成分完全可以看作他在自我告白过程中所进行的一种技术处理。

二、事实的再现——结构的断层——告白方法的变化

　　在从《破戒》向《春》转变的过程中,藤村完全放弃了建立在深思

1　参见岛村抱月《文艺上的自然主义》第九节,出处可见《早稻田文学》(明治四十一.1)。
2　转引自转引自叶渭渠著《日本文学史近代卷》,经济日报出版社,2000年1月,第346页。

熟虑基础上的虚构方法。藤村在完成《破戒》的过程中，或者说在引导主人公丑松走向"告白"之路的过程中，他掌握了把"告白"转化为小说创作方法的力矩。他曾经谈到的"'就像跟人聊天似的'很轻松的写法"，恐怕就是指告白自我的方法。很明显，当藤村再次执笔创作《春》的时候，其实就是他与《破戒》那种借助虚构人物来进行自我告白的方法作诀别，并尝试更为直接的告白自我的方法的开始。诚然，如前所述，即便是在《春》这部作品中，藤村也同样解剖了自己的青春体验，并试图对它们加以客观的组合。但从结果来看，他严格遵循了以自己记忆的真实性和时间性为中心来谋求对该体验进行再结构的原则，说明他更为看重作为事实的过去和作为时间的过去所具有的意义。也就是说，藤村不过是把自己的记忆还原为由事实和时间所构成的现象，再通过创作来对该现象加以确认而已，因此，他未能深入本质并发现其中的内在规律。但是，不管怎样，《春》无疑是藤村在小说中有效地运用了自我告白这一方法的第一部小说，正因为如此，他表现得有些拘谨，在方法上过分拘泥于过去的事实和时间。当然，对事实和时间的重视本身并无任何不妥，因为这是运用"告白"这一方法过程中所必然出现的情况。中村光夫在关于《春》的解说中将该方法界定为"废除了靠作者千方百计设计出来的'结构'，按照事实的本来面目进行叙述，并在事实中挖掘出诗来"，并指出这是"一种反小说的尝试"。值得一提的是，有一种说法认为日本读者不大喜欢芥川龙之介的原因就在于他的小说有着太好的结构和虚构，说明自我告白风格的自传体小说更容易博得日本广大读者的认同。这也在某种程度上解释了《棉被》和《春》所开创的自我告白风格以及随后形成的私小说是怎样改变日本读者的审美习惯的。

在采用告白这一表现形式的过程中，所要求的并非通过现象来把握过去的事实和时间，而是根据其内在规律来把握之，并使它们完全成为自己的一部分。《春》还未能掌握从内在规律的角度来把握过去的事实和时间的方法，于是这一方法的完成要等到藤村创作另一部大作《家》的时候了。和《破戒》所不同的是，《春》被认为是作者本人的纯粹的告白小说。《破戒》的叙述者采用了许多长吁短叹之类告白特征十分强烈的词句，以突出作者内心潜伏的告白意识；而在自传性的告白小说《春》之中，叙述者反而不再长吁短叹了。岸本和丑松都是十分容易伤感的人，但与丑松不同的是，岸本的烦恼是发自他本人内心深处的真情实感。正因为如此，叙述者在讲述岸本的同时还能够游刃有余地从岸本那里独立出来，也就无需通过感叹词之类的辅助来博取读者的同情了。这一变化可以看成是作者从外部到内部、从感性到理性来处理告白方式的一种努力和进步。

三、自传体告白与第三人称

明治四十年前后，也就是《春》问世的前后，自然主义作为当时的主流文艺逐渐占据了日本文坛，文本中的叙述者也已经完全具有了"第三人称客观描述"的能力。例如藤村的小说《破戒》中有这么一段：

> 丑松大步流星回到了旅馆。不知怎的，领了薪水以后，他感到浑身都是劲儿。昨天，他没有洗澡，也没有买香烟，只是想着早点搬到莲花寺去。<u>实际上，口袋里一文钱也没有，谁还能乐得起来呢？</u>可现在他已经算清了房钱，一切准备停当，只等车子一到就可以走了。他点着了一支香烟，心里感到说不出的畅快。

张小玲对划线部分做了如下分析：这里的叙述者已经完全深入到了主人公内心。有下划线的部分其实应是叙述者的话语，但是读来却完全像是丑松的表白，读者几乎无法辨认这是叙述者的声音还是主人公的声音。[1] 而取材于作者的真实生活这一点反映在叙述方式上，就出现了叙述者和人物不分的"叙述者中性化"的现象。[2] 这种被称作"中性化叙述者"的装置在藤村的小说中可谓比比皆是。当叙述者可以深入人物内心而实现"第三人称客观叙述"的时候，也就意味着实现了和作者的分离，作

---

[1] 张小玲：《夏目漱石与近代日本的文化身份建构》，北京大学出版社，2009年4月，第100页。
[2] 同上书，第121页。

者也因此获得了相对于文本世界的独立性，这样，用文本来表现作者的"自我"才会成为可能。在《春》中，作者等同于叙述者，叙述者又等同于作品中的主人公，这一现象使得《春》在第三人称的叙述上具有了一些新的特点。

评论家渡边广士认为，作者在创作《春》的时候，想讲述"我自己"的愿望与想讲述"我们自己"的愿望并存，从而导致了小说中的话语出现扭曲。[1]这种扭曲，说明藤村在迈入日本小说所未曾走过的道路的时候采用的是混合的方法，而且这种混合的方法具有积极的一面，因为它是作者学习的成果。藤村以西洋小说为范本学习到了近代。在该学习过程中的第二大阶段，他开始在西方的客观主义的写实主义方法中加进了告白的欲望。他在写完《春》不久曾经谈到："要是用第一人称写就好了，用第三人称写算是个失败，未能充分表达自己的想法。"但是，如果用第一人称写就变成对卢梭的非小说的模仿了，也就不会再有以后对"小说"的学习了。一直到《黎明前》藤村都在遵循用第三人称来写的方法，并由此把日本人的愿望给表达出来了。[2]

藤村在创作《春》的时候，按照十九世纪西方写实主义小说的符号把过去的自己写成了"他"，通过无人称的叙述者来讲述一切。把这个叙述者称之为"全知的叙述者"，从其"全知"的立场来围绕"他"进行叙述。他之所以采用这种虚构方式，其原因有二：一是为了始自《破戒》的作为"新的语言"的小说探求，二是出自要写出与"春"这个词的诸多含义（生命·爱·梦·烦闷）相关联的他们自己、也就是"我们自己"这一群体的历史的意图，因为藤村在这部作品中所写的不只是他个人的历史。出于上述原因，藤村在《春》中采用了客观小说那种以"他"或"他们"来进行叙述的形式，其文体存在明显的扭曲。也就是说，讲述"我自己"和"我们自己"的愿望同时并存，最终造成了《春》在前后结构上的断层。因此，三好行雄认为《春》既非聚焦于岸本的自传文学，也非单纯的

---

[1] 指写作者自己和写包括自己在内的《文学界》的同人们的愿望。
[2] 渡边广士『島崎藤村を読み直す』，創樹社，1994年6月，第72页。

告白文学。作者的视野还更开阔一些，他甚至关注到了培育出明治黎明期的《文学界》派的全体人员的青春群像。[1]

关于第三人称，申丹就20世纪初以来常见的第三人称小说中叙述声音与叙述眼光相分离的现象指出："在传统的第三人称小说中，（处于故事外的）叙述者通常用自己的眼光来叙述，但在20世纪初以来的第三人称小说中，叙述者常放弃自己的眼光而转用故事中主要人物的眼光来叙述。这样一来，叙述声音与叙述眼光就不再统一于叙述者，而是分别存在于故事外的叙述者与故事内的聚焦人物这两个不同实体之中。"[2]对于岛崎藤村来说，自我告白的方法所追求的仍然是叙述声音与叙述眼光都统一于叙述者的效果，因为叙述者处于故事内——讲述的是自己的故事。在表现方法上，假托于作为他者的"第三人称"的目光的"岸本"的主观，与作为作者分身的"岸本"的主观，都是"浪漫的自我"的自我表露。作者所希望的是，读者与"第三人称"一起只是注视岸本的"脸=心"。至少作者是希望读者这么来理解的。因此，山田有策认为，这里很重要的是，青木死后，岸本的独白迅速占据了小说的中心。《春》可以说是以事实性和时间性为轴来展开的，此前一直存在着青木与岸本等同时出现的视点。但是，青木的死，使得作为青木的视点几乎消失，小说只能把视点放在了岸本的内部，也就是说变成只剩下藤村自己的告白了。三好行雄也尖锐地指出，藤村正是在这一视点发现了自己命运的根源——"家"，因此才没能写出"人生的春天"来。写《家》的原因正好落在这一点上，换言之，藤村在《春》的后半部通过纯粹的"告白"这一方法获得了"家"的主题。以丑松的告白作为力矩，藤村把"告白"转化成了小说的方法，而在接着写《春》的过程中，可以说他最终把它作为固定的方法完全掌握了。《春》的结构的变化就很清楚地讲述了这一点。[3]

总体来看，《春》所表现出的告白性特点与《破戒》相比有了很多

1　三好行雄『島崎藤村論』，筑摩書房，1994年1月，第157页。
2　申丹《叙述学与小说文体学研究》（第三版），2004年5月，第202页。
3　山田有策《制度的近代—藤村·鸥外·漱石》，おうふう，2003年5月，第96、97页。

变化。《春》的出现使得藤村的告白性小说基本上形成了两种模式：

1) 像《破戒》这种拥有秘密，然后因为害怕被发现而苦恼、矛盾，最后不得不把秘密告白出来的模式。《新生》也属于这类模式。伊藤氏贵在《告白的文学》中所收录的夏目漱石的《心》也属于这一类。这自然是最典型、也最有戏剧效果的告白模式，有点像侦探小说那样带有一些悬念，因而容易引起人们的关注。《新生》在报刊上连载的时候就有很多读者每天都在等着看结果。这种告白模式也可以看作是《罪与罚》式的告白模式。

2) 另一种是卢梭式的告白模式。它不一定拥有一个关乎生死的秘密，却在平铺直叙中把自己内心的痛苦或者属于隐私的内心秘密娓娓道来。这种模式就像藤村所评价的《忏悔录》那样，把在别人看来也许是失望、落魄的软弱者的烦恼的人生告白了出来，告白者在告白过程中也得到了更深刻的自我认识。《春》和《家》就属于这类模式。被伊藤氏贵列为告白性文学之列的森鸥外的《舞女》也属于这一类。当然，藤村在作品中所表现出来的告白意识，比森鸥外的要更强烈、也更彻底，因为相对于森鸥外的带有自我辩护之嫌，藤村有着更明确的暴露自我的目标。从《破戒》到《春》的上述变化，说明藤村对于告白这一表现形式已经颇有心得，运用起来也更加得心应手，即使没有重大秘密和告白结构，他也能把自己的个人生活和内心情感娓娓道来。

围绕从《破戒》到《春》的过程中藤村在小说概念上所发生的变化，常常有人认为是田山花袋的《棉被》的媒介作用引起的，但在小林利裕看来，那是因为他们没有很好地读这些作品。他指出，藤村在朝着已经在《破戒》中萌芽的私小说的方向走下去的同时，却又决不会沉溺于私小说之中。藤村在后来回顾《春》的文体的文章中这样写道："现在看来，《春》以前的作品，对我来说，是创作的尝试的时代，从《春》的时候开始，我认为总算找到了称得上是属于自己的文体。我的《春》虽然是一篇充满瑕疵的作品，但是，即使现在拿出来重读，到处都充满了使自己感动得要流泪的心情。"（《写三个长篇时候的事》）。这句话也具有印证《春》所告白的都是青春的事实的一面。《春》以前的作品自然就是指

《破戒》。《破戒》不管怎么说都属于虚构性很强的文体，因而"属于自己的文体"的应该是指写实主义的文体。《破戒》中也想贯穿写实主义，但因为虚构性很强，把意识专注其中，就很容易忘记自己的事情。对《破戒》这一点进行了反省的藤村，从在《破戒》中追求理想和追求真实这两个方面，到《春》则是只继承了追求真实。[1] 小林利裕上述分析所强调的，就是不管藤村在创作《春》的过程中是否受到了《棉被》的影响，也不管这种影响有多大，不可否认的是，《春》得以发展成为自我告白性的小说，既是藤村在文学创作过程中的一种自觉，也是他长期以来所形成的告白意识以及在自我告白方面的尝试的一个必然结果。

《破戒》的主人公丑松通过告白获得了自我的主体性的回归，藤村则通过丑松的告白找到了确认自己的主体性的方法所在。岛崎藤村"和丑松一样，同样是在告白方面一直苦恼不堪的人，因为他无疑是在这方面的先驱者之一"[2]。藤村把出身于秽多的秘密安置在了丑松身上，从而一步一步地把他逼到了告白的境地。丑松走向告白的心理历程，其实也是作者本人逐渐获得告白自由的过程。因此，到了创作《春》的时候，藤村已经无需借助《绿叶集》和《破戒》中的那种告白结构的辅助，也能很从容地把自己内心的秘密表达出来；他也无需再借助丑松那样的虚构人物做中介，而是直接把自己作为小说中的主人公来进行告白。《破戒》中有关丑松内心世界的告白，其实就是藤村内心世界的告白；有了《破戒》中围绕告白的预演，藤村在以后的创作中再也不会产生不能告白或难以言说的心理障碍了。他接下来所面临的主要问题，就是如何更加深入地发现自我，并将真实的自我告白出来的问题。就藤村的文学创作而言，《破戒》这部作品等于是他对于告白这种表现形式的"破戒"，《春》和《家》则是他在告白内容上所进行的拓展，也是他在告白这一表现形式上不断进取所结出的硕果。

---

1 小林利裕『岛崎藤村』，三和书房，1991年11月，第49页。
2 伊藤氏贵『告白の文学』，鸟影社，2002年8月，第73页。

第四章

自我凝视下的告白——《家》

北村透谷在《内部生命论》中强调，作家要"主观地观察内部生命"，"主观地观察内部生命的百般现象"，表现人的"内部生命"是文学存在的根本目的。正如上一章所论及的，作为北村透谷的追随者，藤村通过《春》的创作成功地实现了从观察客观世界到凝视主观的自我内心世界的过渡。于是，如何尽可能客观地表现主观的内心世界就成了藤村所面临并一直寻求解决之道的课题。他在创作《春》的时候已经表现出了解剖自我和暴露现实的私小说倾向，也表现出了抛弃小说家的意识，即放弃虚构的方法，专心致力于自传体小说的创作来追求自我人生真实的倾向。在实现了从《破戒》到《春》的方法上的成功跨越之后，藤村切实感受到了像《棉被》一样如实描写自己体验的方法的新颖和便利，从而为他继续向《家》迈进奠定了坚实的基础。

《家》最早以明治四十三年一月至五月在《读卖新闻》上连载的内容为前篇，四十四年四月至七月汇总的内容为后篇，分为上下两册出版。那么，《家》是如何解决客观地表现主观（自我的内心世界）这一课题的呢？如何尽可能客观地描写主观，不只是藤村，也是当时自然主义作家们所共同面临的重大课题。

　　自然主义的鼻祖左拉一直致力于将人生客观化,并概括了自然主义的三大特点:第一是通过排除传奇式的内容,非个性地再现具有普遍性的客观现实。第二是科学的态度,以平凡而又普通的人物作为主人公。这点在日本自然主义作家那里贯彻得更为彻底。第三则是无感动性。左拉提出的来自超越道德进行冷静的科学家的非个性的方法的态度,正是后来成为日本自然主义的宗旨的"主观的客观化"主张。日本自然主义文学家们在经历了观察(自然)——观照(内心)——记录(=内面的写实)这样一个摸索和发展过程之后,认为要大胆而露骨地描写真实,在创作态度上就必须客观、冷静,所以要以客观化为创作原则,在暴露社会的同时,还应该暴露自我,以发现"时代的真实"和"自我的真实"。这类主张强调的是"主体的真实",即如实地表现自我的感觉,长谷川天溪进而提出了"破理显实"的纲领性口号——"文艺上的自然主义的立脚点,正是在于达到破除理想的境界,即'破理显实'"。田山花袋提出了"没理想、没技巧的平面描写"论——不论现实美丑,一味按照现实存在的本来面目去描写,"将从眼睛映入头脑里的活生生的情景,原原本本地再现在文学上"。长谷川天溪在《排除逻辑的游戏》也强调,"不要对任何理想下判断,不要作任何解决,如实地凝视现实就够了。这就是自然主义。"岛崎藤村则是通过《家》的创作,开创了其独到的表现方式,从而进一步确立了藤村文学在日本近代文学史上的地位,并成为了日本自然主义文学的巅峰之作。

第一节　从《春》的断层到"家"的出现

一、自我凝视的态度

关于《春》的断层问题，首先是指小说在主人公也就是小说的中心人物的设置上前后不一致——前半部分以写青木为中心的《文学界》的青年群体为主，但到后半部分却变成了以写作者的化身岸本为主。三好行雄视这种变化为作者在小说方法上的破绽，即"从描写集体的多元视点向以其中一个人物岸本、也就是藤村自己为视点的一元描写倾斜了"。其次是指在主题方面出现的变化，在小说的后半部作者的告白欲望明显变得强烈起来，原来奏响的"恋爱的负担"这一狂热的主旋律渐渐远去，取而代之的，是对肩负起母亲、残废的三哥、入狱的大哥一家等弱势群体的命运的岸本，以及为"生活的负担"而不停奔波的岸本的艰辛大书特书。这意味着作者开始关注自己的生存状况了，进而将注意力集中到自己家族的命运上。

此处所提到的《春》的前半部与后半部之间所发生的变化，是从个人恋爱到家庭生活的主题的转变，它是作者的自我凝视不断深入的结果。自平安时期的女作家藤原道纲之母在《蜻蛉日记》中开了日本古代文学凝视自我内心世界之先河之后，自我凝视就成为了日本作家进行自我观照、自我反省的重要手段，更是成为日本自然主义文学的一个重要特征。自我凝视也是藤村更加深入地发现自我的内在真实，从而更加深入地进行自我告白的必要前提。在《破戒》中藤村借丑松这一虚构人物对觉醒者的悲哀的内心感受进行了回顾和宣泄，而继《春》之后创作的《家》正是作者这种自我凝视精神的延续。"家"的问题的发现是藤村走上自我告白之路的一大收获，也是他一直坚持自我凝视的一个必然结果。

小林利欲认为，藤村从青春时代就一直探寻该如何度过自己的人生的答案，并在这一过程中遭遇到了浪漫主义和写实主义这两种在形式上迥然不同的断层。因此，当藤村将自己的文学生命都倾注在寻找《破戒》所确立的自己的人生道路这一主题的时候，他必须以写实主义的方式对浪漫主义进行"追体验"[1]，或者说对记忆进行重新构建。也正是这个原因使得他在描写理想、艺术和人生的春天遭遇挫折的时候，却对造成挫折的原因不闻不问。《春》的意义就在于把《破戒》所确立的作者与作品之间的距离引向了以自我客观化（放弃自我）的方式来"追体验"并发现青春的意义的方向。这种态度对于从青春时代起就一直执著于思考应该如何生存下去的人无疑是合适的，因为通过追忆过去来发掘人生的意义，一旦感觉到此路不通他又重新开始对过去的"追体验"。每次"追体验"作者的心态都会发生微妙的变化，因而对于人生的意义的感受也会发生微妙的变化。津田左右吉在《历史的无矛盾性》一文中曾有这样的表述："一个历史学家如果以活泼之心和敏锐的感受性面对过去的生活，那么他对现在的生活也必然采取同样的态度。因此，他试图让现在的生活实现某种转化，从而创造一个新世界的愿望也应该是十分强烈的。"[2]这段话用来解释创作《春》的时候的藤村的心情是再合适不过的。藤村具有不断深入自己内面世界的气质，这意味着他具有较强的自我观照和自我反省的精神，从而避免了北村透谷那种因为盲目向外扩张所遭受的挫折。为了成功不断通过"追体验"对自己的人生进行彻底思考，这就是他所采取的态度。因此，《破戒》那种作者与作品之间保持一定距离的模式给了藤村应该如何生存下去的目标。设置距离，实际上导致了作者对于自我进行彻底反省的结果，这一结果又使得藤村发现了浪漫主义（理想、爱情）与写实主义——现实主义（现实、社会）之间的完全对立。但是，根本没必要把这一对立

---

1 小林利裕『島崎藤村』第三章『青春の批判』，三和書房，1991年11月，第64页。"追体验"，即通过追忆过去来体验的意思。
2 津田左右吉『歴史の無矛盾性』，『津田左右吉全集』第20卷，岩波書店，1965年，第194页。

在《春》中终结掉。因为他很清楚，只要自己继续进行"追体验"就能使这一对立客观化，并且能够彻底克服它。这一平行线（浪漫主义与写实主义）的对立要通过《新生》才能加以解决。那是把自己私生活的秘密加以暴露和忏悔，也就是要进行更加深入的自我批判。要走到那一步还必须经历很多苦难和挫折。[1]因此，《家》可以看作是藤村深入到自我内心世界进行自我批判的一种准备，也是作为《新生》前奏曲的一次预演。

　　一般认为，在自我告白这一点上《春》实现了作者与自己笔下的主人公之间的零距离接触。小林利裕关于作者与作品之间保持一定距离的说法，是从时间概念上强调作者所写的是自己过去发生的事情。他所提到的通过"追体验"把自我客观化（放弃自我）的方法，其实就是指"执著于思考应该如何生存下去"这一问题的岛崎藤村对于过去的自己所采取的自我凝视的态度。藤村的这一态度也是和当时日本自然主义的主流精神相呼应的。岛村抱月曾大声疾呼："要摒弃一切虚假，忘却一切矫饰，痛切地凝视自己的现状，而后真实地把它告白出来。当今社会再没有比这更为适当的题材了。从这个意义上说，现在是忏悔的时代。"[2]只有凝视自己、真实地坦白自己，才能发现真实的自我。凝视自我，发现自我，再告白自我，正是藤村长期以来把人生和文学相结合之后所努力奋斗的目标。龟井胜一郎对于藤村的自我凝视精神有过十分形象而又精准的描述："对于藤村来说，他的内心有着承受这种危机（痛苦）的不可思议的力量。不是妥协，不是逃亡，也不是达观，而是置身于危机之中，在苦恼的深处汗流浃背地挣扎着的想要千方百计活下去的执著的生命力，它有如信仰一般强劲并贯穿了藤村一生。"[3]归根结底，自我凝视是藤村了解自我和对待人生真实的一种态度，也是藤村通过自我告白将人真实贯彻为文学真实的方法

1　参见小林利裕『島崎藤村』第三章『青春の批判』，三和書房，1991年11月，第66页。
2　岛村抱月《代序论人生观上的自然主义》，《近代文学评论大系》，第3卷，第257页。此处译文转引自叶渭渠《日本自然主义文学思潮述评》一文，收录在中国社会科学出版社《自然主义》第281页。
3　参见龟井胜一郎『島崎藤村：漂泊者の肖像』，日本図書センター，1993年1月，第77—78页。

和手段。

在《走向大海》（或译成《致海》）一文中有这么一句话："长期观察是我的武器。"藤村一直把观察视为自己与社会抗争的武器。他不仅把这种观察应用在对自然界万事万物的认识上，还把它贯彻到人间万象之中，尤其是对自己的认识上。藤村在《文学界》时代就已经接触到了西洋画的写生方法。当然，他的兴趣并不是在绘画上，而是把重点放在了对自然和人类生活的观察上，并通过文学创作把它们原原本本地表现出来。这段时期被日本文学史家视为藤村对于写实主义创作方法的"学习"阶段。作为一个乡村教师在小诸生活期间，藤村的观察不是单纯依靠自己的眼睛的作用来获得，他还通过自己的"尝试"，通过自己的实践来了解地方上的农民的生活状况。他所采取的客观的态度，其意义就在于通过这种试验（实践）深入到了事物的内部。观察和试验成为了他认识自然界和社会的根本之后，不久体验又成为了他认识生活的根本，成为了他贯彻在创作态度之中的方法。猪野谦二指出：从《千曲川速写》到《春》，构成藤村的创作方法的根本就是他所说的"研究"。那是只把自己所耳闻目见或所接触到的事物作为认识事物的唯一依据的一种实证主义态度。[1]《千曲川速写》正是他的这一创作态度和方法所结出的硕果。藤村从诗歌时期就表现出了对于现实生活的强烈关心，后来这种关心逐渐集中到对自己周边生活和内心世界的观察上了。这个时期相当于日本自然主义文学的萌芽时期，岛崎藤村在与田山花袋来往甚密的时候接触到了法国、德国和俄国的自然主义思潮，并接受了左拉、莫泊桑，特别是福楼拜的《包法利夫人》的影响，从而加强了他的自我意识和在文学上表现自己的内心世界的愿望。他采取了"写生"的文学态度，从而得以把浪漫的激情深深地埋藏于内心深处——

> 对人的一生来说，"生"原原本本地——生、爱、死的"生"原原本本地可以观察事物的时候，是不多的。正因为如此，这是宝

1　猪野謙二『島崎藤村』，要書房，昭和二十九年12月，第62页。

贵的时候。正因为如此，这是自然的时候。这种时候，在一生中尽管短暂，但应该说他送走了富有意义的岁月。就诸大家的一生来看，有人晚年被一种社会观所囚禁，有人成为道德性，有人成为病态性，有人这个时候还成为极端的宗教性。但是不能忘记，优秀的文学是在"生"原原本本地可以观察事物的时候产生的。[1]（《来自新片町序言》）

在这部文集里，他反复强调原原本本地观察社会与人生，真正摆脱束缚观察社会与人生的观点，体现了他对于现实的态度，由此规定了其文学创作要以"写生"的观察方法为基础。他按照这一理论框架构建其新的文学，于是便有了中篇小说《旧东家》（1902）的诞生，他也开始从浪漫主义诗人转变为自然主义和现实主义的作家。[2]实际上，藤村在前期的小说创作中真正的关心还是在对自我的描写上，比如之前分析过的《水彩画家》。藤村的一系列作品，都是他对于自己的生活和内心情感不断凝视、不断深入之后所结出的硕果。《破戒》中也出现了很多他在小诸时期所观察到的写生式的自然描写，显示了他在那段时期的"学习"成果。但是更主要的还是《破戒》中作者和主人公之间拉近距离的叙述态度，此举强化了作家和主人公的一体化，使得作者在《破戒》中成功地表达了自我内心世界——这也正是小田切秀雄所指出的"未能充分客观化的自我"的表现，表明藤村在深入到自我的内心世界并进行告白方面取得了重大突破。正如正宗白鸟所指出的，藤村在《破戒》中真正的关心还是在自我描写这点上，但当时他还不具备那种勇气，所以只能借助文学以外的现实来把自己隐藏在虚构之中。如果说《破戒》还是把虚构的故事情节作为作品最主要的构成要素的话，那么到了《春》，他所采取的是没有情节的写法。写完《破戒》之后，由于藤村在小说观念上已经发生了变化，他更是把观察对象的重点都集中到了自己身上，尤其是自己的内心世界，并表现出了一

1　这里的译文引自《日本文学史近代卷》，叶渭渠、唐月梅著，经济日报出版社，2000年1月，第344页。
2　同上书，第344页。

种深刻的自我凝视的精神。可以说，他在创作中的自我告白的深入与他的自我凝视精神是分不开的。《春》是他进行自我凝视的一大结晶，《家》则是这种自我凝视继续深化下去之后必然结出的硕果。

二、作为问题意识的"家"的出现

我们知道，《破戒》表现的是当时最为困扰藤村的"觉醒者的悲哀"这一主题。期待着在丑松身上通过告白获得新生的藤村，在尝试着"假托丑松来告白自己的青春的悲哀"（濑沼茂树语）的过程中，产生了重新认识自己的青春（小林利裕的"追体验"）的想法。他要对在时代的压抑和阻塞下的自己因为觉醒得太早而深感痛苦的这一形象有更清晰的认识。这是他写第二部长篇《春》的动机。[1]濑沼茂树进而指出："藤村说，写《春》并不只是为了化解自己的青春的哀愁，而是作为《破戒》的发展，为了更进一步把问题追究出来而写的。藤村的话意味着他是通过关注《破戒》的主人公在背叛父亲的戒律之后的必然结果来展开《春》的主题的——丑松无法继续呆在原来的环境之中，只好孤身前往美国德克萨斯州，这一解决形式也意味着他今后的人生方向乃是走到社会之外的社会去。在时间上紧随《破戒》之后的《春》，写的是在背叛父亲的戒言之后走到社会之外的社会的时期，与藤村辞去教职、舍弃叔父的家、脱离亲兄弟、冲破一切带封建色彩的现实束缚而继续漂泊的时期相呼应。《破戒》中以主人公出走美国这种小说式的解决方式，在《春》中则是以捨吉离家出走后四处漂泊的形式来继承，从而使它演变成了必须解决的现实课题。但《春》的课题并非《破戒》的课题的全面发展，只是让捨吉来继承丑松的内在矛盾这一方面的发展而已……"[2]也就是说，藤村在创作他的第一部自传小说《春》的时候，便产生了要把在《破戒》中虚构的青春进行再次确认的冲动。套用藤村自己的话，就是要写出"理想的春天"、"艺

---

1 吉田精一『島崎藤村』，桜楓社，昭和五十六年7月，第66页。
2 濑沼茂树『島崎藤村その生涯と作品』，日本図書センター，1987年10月，第202页。

术的春天"和"人生的春天"来。但是,"兄长的入狱"、"家族的破产"、"大姐的生病"和"母亲的死"等一系列意想不到的事情接二连三地发生在岸本身上,使他遭遇到了前所未有的危机感和青春的挫败感,他所希望的"人生的春天"最终没有能够实现。随着创作过程中越来越把焦点集中到自己身上,藤村也就不可避免地遭遇到了家的问题,并深刻地意识到家的问题对于自己迄今为止的人生是何等重要。他创作《家》的冲动也正是在这样一个过程中形成的。

在创作《春》的过程中作者逐渐意识到,给觉醒者制造痛苦的根源其实就是与统治阶级利益有着千丝万缕联系的家族制度。关于这一点,伊藤整有过比较深入的分析。日俄战争之后,影响日本近代作家文学创作的因素(也是后来自然主义得以兴起的原因),是年轻的文人们从砚友社的徒弟制度和旧式的报社内部的师弟制度获得了解放。无需再顾忌这些关系的在文坛崭露头角的新锐作家很快就陷入到了与家庭的持久战之中。他们再也不需要绝对服从自己的师傅,也无需抱着土地意识了。迅速发展起来的出版业给他们提供了更多择业的自由和发表见解的场所。但是,这时真正妨碍他们对自由生活的追求的,是父母的家庭、亲戚的关系和娶妻之后的自己的新家。[1]这一认识使得藤村对于家族问题的关注变得更加强烈,也更彻底。藤村对于家族问题的关注其实在《破戒》中就已经初露锋芒,并对"家"的问题进行了多方位的思考。很多日本评论家认为《破戒》还隐藏着一个重要的主题——父与子的问题。"灵魂深处的喘息一样的呼吸,一直流到儿子心胸里的父亲的血"[2]——《破戒》中这样的描述说明在藤村的内心深处已经有了打算更加深入地探讨血缘关系的想法了,只不过《破戒》是以父亲的告诫来体现家的存在和束缚,丑松守戒与破戒的痛苦其实就是来自家庭内部的痛苦。婶母从丑松的手看到了他父亲的影子,以及丑松在破戒之后对于叔父一家的命运仍然十分关心,这些关注家

---

1 参考伊藤整『近代日本人の発想の諸形式』,岩波書店,2003年,第97页。
2 《破戒》第七章,第90页。本书采用的译文均引自由其翻译、人民文学出版社1958年出版的中文译本,下同。

族命运和家族遗传的描写表明了在作者的潜意识里"家"所具有的分量，或者说"家"一直都是他进行自我凝视的主要内容，也是一个必然结果，只不过在《破戒》中作者尚未形成《春》后半部分以及后来《家》全篇所具有的那种明确而又强烈的意识而已。到了创作《春》的时候，对藤村来说，真正必须写的，是要抛弃的事物而非人生的春天，是在家的桎梏下忍辱负重地生活着的人的记录，是严重妨碍他的自由的家的真实情况。不去描写危机的根源的话，藤村恐怕就无法实现通过写作获得自由的愿望。这就是关于人生的春天的构思被舍弃，藤村的主题朝第三个长篇展开的原因。"我生命的曙光就要来了！"——《春》最后一章所记录下来的岸本的觉悟与发现了《家》的主题的藤村的决心十分吻合。岸本动身前往仙台去的旅行，实际上是描写它的作者本人的旅行的结束，也意味着既是他为了发现命运的根源的旅行的结束，同时也是他追溯命运的根源的旅行的开始。藤村通过对青春的最后体验发现了存在于他内心的"家"的意义。对藤村来说，"家"的发现正是他面对命运的根源的开始。他相信，通过写作《家》能够结束寻找逼得自己走投无路的危机根源的这段漫长经历。

《家》刻画了作者被束缚在家的内部的人生。凝视自己的内心世界，解决自己精神上更深层的问题，这是藤村从《春》到《家》的写作过程中所面临的问题，也是他走上自我告白这条路的必然结果。他接下来所要告白的，正是这种一直沉重地压在个人生活上面的家族制度和家长制所带来的痛苦和烦恼，以及由此产生的疑问。

关于《家》所反映的"家"与藤村的自我的问题，龟井胜一郎认为"家"在某个方面可以说是面临失败的危机与自我解放的意志之间斗争的场所，而且一切精神的形成，都是形成伊始就感觉到了家的桎梏的束缚，并产生要赶紧逃离家庭的反抗意识。他进而指出，出家遁世是日本中世时期的处理方式（如《徒然草》的兼好法师）。但是，对于精神来说，家本来就是悲剧性的存在。它是孕育危机的结合体。大概不管在哪个时代精神都会面临冲破家庭束缚的问题吧。而把这一点言传身教给藤村的，正是北村透谷。藤村在《春》这部作品中已经冷静地描写了透谷的家庭生活。接下来该轮到他自己了，那就是《家》。[1]实际上，在家的问题上并不只是藤村一个人感到困惑。伊藤整指出，真正妨碍明治时期知识分子的真正自由的生活的，是父母的家庭、亲戚关系和已有妻室的自己的家庭。在与家庭的斗争这一点上，田山花袋和岩野泡鸣等作为已婚者，为来自自己所组建的家庭的束缚而烦恼，而白桦派的志贺直哉、里见弴，因为更为年轻，则是为如何从父母所主导的家庭获得更多自由而苦恼。对于岛崎藤村来说，则是两者兼而有之。已婚的作家们把自己与家庭斗争的体验写下来，并把它作为小说来卖，他们因此感到获得了某种自由，但与此同时也导致了家庭的崩溃。家庭解体，或即便不解体，也公然破坏原有的家庭秩序，他们或自由恋爱，或放荡形骸，把自己即便一贫如洗仍然追求自由和真实的那种近似修道者的那份感动写出来，成为以后的日本小说一贯的主题，并影响至今。田山花袋、岩野泡鸣、德田秋声、葛西善藏、嘉村礒多、宫本百合子、太宰治等多数作家的作品都属于这一类。与之相反的作家则是抵抗着太多的不安的冲动，努力维持家庭的秩序，通过非同寻常的努力来使自己追求真实与正义之心与日本古老的家族制度相协调起来。在该系列中，有岛崎藤村、森鸥外、志贺直哉、武者小路实笃、夏目漱石，后期的宫本百合子、尾崎一雄、上林晓等。在这些作家中，前一阵营的大部分作家的作品与自传无异，后一阵营的作家中，有一半作家的作品相当于自传。

　　需要指出的是，作为自传来写，作品中的善恶的判断和曝光的描写，就不得不涉及到自己和妻子、子女、亲戚等。如果人们都有着自己的人格和不容侵犯的社会地位的话，这种与事实的报告无异的小说所描写的个人生活就是人格侵害。作家把自己的性欲或恋爱这种隐私都作为事实写出来，等于是在表明自己作为社会人的人格尚不成立。也就是说，以自传小说公然面世的这类作品还描写了其他人，这就意味着作家及其周围的人物并没有作为具有人格的社会人生存。由此可以证明，从明治末期到大

1　参见亀井勝一郎『島崎藤村論・作家論』，野间省一，昭和四十九年9月，第79页。

正、昭和前半期，作家及其家庭是未作为社会人生存的特殊地带的人。家庭成员们成了一心追求真实、正义和美的那个作家的陪葬品。他们的爱，他们的性，他们的喜怒哀乐，都如同出洋相一般被作为事实原封不动地暴露在社会上，他们的作品也因此更加受到读者的追捧。凡是这一倾向的文学作品都统称为私小说。就这一点而言，文人都属于遁世者之流这一日本的陈旧传统依然存在，那是在明治中期记者们、无赖汉或游手好闲之流所表现出来的现象，从明治末年到大正时期，其放荡生活的形式再度以追求真善美这一新的名目复活了。[1]

总之，无论是藤村还是其他明治作家，家对于追求自我确立的近代个人来说无疑是一大桎梏。长期的家族制度之下所培养出来的生活情感实际上又作为一种意识对近代个人生活起到了破坏作用。正如龟井胜一郎所指出的，随着旧家在经济上越来越依赖三吉，一直对封建家庭有所反抗的三吉（藤村）实际上成了这个大家庭中真正的家长。伴随着《春》的主人公对青春时期的"觉醒者的悲哀"这一问题的思考，藤村也逐渐意识到，作为日本近代社会之中封建色彩最为浓厚的家族问题，乃是当时普遍存在的一种社会现象，也是造成"觉醒者的悲哀"的重要原因。当他有了这样的认识和觉悟的时候，他的自我凝视也表现得更为深入，家的问题也就自然而然地出现在了藤村的创作意识之中。作为一个文学家，藤村觉醒的内容具体是什么呢？关于卢梭的《忏悔录》的感想和《来自新片町》的《序言》里早已经有所表现了，在《家》中，他应该是一直都在悄悄地思考自己作为文学家所拥有的命运。相对于在家庭崩溃之际就英年早逝的透谷，描写了湮没在家庭之中苦恼不已，却还念念不忘"长寿"的藤村所背负的命运又是什么呢？值得注意的是，《家》通过主人公小泉三吉这一形象，把眼看就要熄灭却又燃起熊熊烈火的顽强生命如实地描写出来了。[2]

---

1 参考伊藤整『日本近代人発想の諸形式』，岩波书店，2003年4月，第98—99页。
2 参见龟井胜一郎『島崎藤村論·作家論』，野间省一，昭和四十九年9月，第79页。

第二节 自我凝视下的"家"

　　毫无疑问，《家》是《春》的下半部的延伸线，也是作者藤村作为自传性作家所一贯坚持的自我凝视精神的结晶。只不过在从《春》到《家》的过渡过程中，藤村为这种自我凝视设置了一个环境，那就是他所赖以生存的"家"的环境。龟井胜一郎指出，就作品的关联性而言，《家》是从《春》结束的地方开始的。《家》的主要人物小泉三吉表现出了比岸本舍吉更为成熟的一面。在《春》的结尾部分的独白"啊，像我这样的人，也想设法活下去呀"，在《家》中则是以更加沉着的姿态在昏暗的环境下发挥着作用。当那个怀着青春的激情、自由奔放地成长起来的捨吉变成三吉的时候，他已经是一家之主、结婚并搭建好自己的新家的人了。但是，在家庭建设上，"他又不得不面对迄今为止所陌生的新的痛苦——由《春》的爱情的痛苦转化成了家庭的烦恼"[1]。

　　那么，在这种一直持续下来的自我凝视之后，藤村所看到的"家"又是什么呢？或者说他在《家》这部作品中最想要描写的究竟是什么呢？田中富次郎把藤村所看到的"家"的问题进行了概括——"进入明治维新后半期之后，迎来了资本主义社会的上升时期，旧的家族的没落和新的家庭的建设，各自都与家族主义的问题、个人主义的问题，或者血统的问题以及恋爱的问题相关联，表现出愈演愈烈的趋势。把这些情况描写出来，正是藤村的目的所在。"[2] 吉田精一认为《家》写了四个主题，第一是写两大封建名门相继衰微、没落的过程。第二是写旧家的大家庭那种旧式家族制度与试图组建新"家"的小泉三吉一家、桥本正太一家的对比。第三

1　参见龟井胜一郎『島崎藤村：漂泊者の肖像』，日本図書センター，1993年1月，第77—78页。
2　田中富次郎『島崎藤村Ⅲ作品の二重構造』，桜楓社，1978年1月，第58页。

是写解剖沉重压制个人生活的旧的家族制度和家长制。第四则是写形成"家"的血统。[1]

《家》真的只是反映两个家族衰败史的小说吗？如何理解藤村写两个旧家，尤其是桥本家的真实意图呢？笔者以为，藤村创作的《家》有大家都能看到都能接受的表象，也有大家稍不留神就会被疏忽、而作者本人却十分在意和用心的"暗流"。《家》对于桥本和小泉两大家族的衰落过程的描写只是一种表现手段，而不是表现的重点和目的。写小泉家，无疑是要突出旧家给主人公三吉带来的经济上和精神上的困扰，旧家的衰败过程或原因则并非小说所要表现的重点。藤村对于支撑其旧家的经济生活的职业之类很少写到，有关大哥实从事过的制冰事业、自来水管的贩卖和人力车的经营，以及二哥森彦所投身的山林事件等在小说中都只是一笔带过，根本看不出作者要详细交代的意图，而这些事件恰恰是导致小泉家经济崩溃的直接原因。但是，藤村并未深入上述事件及其背景，而是强调了生活在旧家阴影下的兄弟们疲于奔命的生活状况。由此不难看出，作者尽管描写了上述现象，但他的创作重点是放在了对自己的精神生活的告白上，在追究造成自己痛苦的根源上。比如《家》在写到桥本家族的时候，在一般人看来桥本家族的家业似乎与"家"的书名更为吻合，但是相关内容同样写得比较简单，对于桥本父子的放荡生活则是大书特书。对藤村来说，桥本家族虽然没有直接给三吉带来经济上的负担，却宛如一面镜子映照出了小泉家所面临的同样衰败的命运，从而在一定意义上揭示了三吉所面临的来自旧家的困扰的不可避免性。对于桥本父子的放荡作风的不吝笔墨，事实上也是为了反衬潜藏在三吉身上的"放荡的血液"——不安分的本能所作的铺垫，同时也暗示了这种作为旧家衰败过程中所伴随的颓废现象的不可避免性。无论从主人公对于正太的放荡行为的宽容甚至辩解、协助的做法，还是他对自己的侄女产生情不自禁的非分之想，再到他与妻子阿雪之间缺乏精神上的沟通、完全靠肉体关系来维系的夫妻关系，都可以

---

[1] 参见吉田精一『島崎藤村』，桜楓社，昭和五十六年7月，第89—90页。

看出作者对于自己身上存在的爱欲问题的严重关切和深刻追究的意图,而这正是贯穿在《家》之中的"暗流"所在。

对旧家的深刻反思和自我凝视,必然促成作者接下来对自己的新家的进一步关注和反思,于是夫妻关系中的不信任问题也就浮出水面了。小说中已经结婚多年并生下多个儿女的妻子阿雪多次对三吉说:"他爹,请相信我吧!"这一句让读者也不禁为之动容的话语之中包含了阿雪多少辛酸和无奈,恐怕只有三吉本人最清楚。这句话也十分明显地反映了藤村本人的苦恼,并给读者带来强烈的感受。尽管同一素材在《水彩画家》中也有描写,但"当时是采取虚构的形式,感情移入不强烈,也就没有形成他所期待的效果。但是,在《家》中,虽然是从平面描写的抑制出发很有节制地来加以处理的,但在这部作品中还是给人留下了深刻的印象"。[1]不管是写旧家的没落过程还是写新家给他带来的困惑,作者所要揭示的,是从《破戒》开始他就在逐步正视、同时也在逐步告白的困扰他的精神的另一面——家的困扰。可以说,作者写旧家,就是要写出旧家的家族制度对于"新人"(三吉)和新家(三吉和阿雪的家)的影响,以及在追求新家的过程中所遭遇到的旧家的阴影所带来的压制。这正是作者进行自我告白的目的所在,也是《家》的一个主要内容。

但是,三吉的世界并不只限于前面所论述到的内容,三吉的外部和内部都有着各自的暗流。三吉的世界的外部,暗藏的是与经济问题相关联的一族的女人问题。三吉的世界的内部,隐藏的是冲动地浮现出来的"感情的血液"。藤村把三吉自己和正太父子所表现出的这种爱欲冲动视为遗传并为之苦恼。和正太父子所表现出的极为阳性的"爱欲的血液"相比,三吉所表现出的"感情的血液"(指性冲动。引者注)的蠢蠢欲动则是阴性的。三吉通过伦理道德的反省来对感情的蠢蠢欲动加以抑制。但是,越是进行抑制,他的冲动的"爱欲的血液"反而更加活跃。[2]作为身上也遗

---
1 渋川驍『島崎藤村〈家〉の評価』,《国文学》昭和四十年7月号,学燈社,第86—87页。
2 参见田中富次郎『島崎藤村——作品の二重構造』,桜楓社,昭和五十三年1月,第71页。

传了相同血统的人，三吉也逃不脱宿命的悲剧。在一个夜色朦胧的夜晚，当他带着侄女小俊来到自己喜爱的杂木林小路散步时，"突然，一股不可思议的力量，使他拉住了侄女的手。在这股力量面前，他控制不了自己。"[1]相原和邦对作者的这种告白方式进行了分析，认为这种写法很微妙：不是三吉主动拉她的手，让他这样做的是超出了三吉的一股不可思议的力量。"力量"来自于三吉之外的地方，三吉在这里是被动的行为者，受害者。那么，这股"不可思议的力量"的实质是什么呢？打破了叔侄之间的伦理和知识分子的自制力的躁动的这股力量，也许让人窥视到了令人恐惧的人类本身的深渊，但作者是从别的角度来定位的，那就是放荡的血液的遗传。[2]这里反映了作者对遗传和血统的关注，这种关注可能与外在的触发因素即左拉的自然主义理论的影响有关，但更多的还是来自于他对自己的深刻凝视之后对于自身宿命的感悟，来自于他精神上的、也是他的家族讳莫如深的秘密。藤村以此为契机，逐渐把这一切半遮半掩地告白了出来。但是，出现在《家》中的这一告白还只能算是一个起步，一次排练，真正的相关告白则要等到《新生》的执笔了。尽管如此，我们从中还是可以窥视到藤村文学所追求的自我告白和自我凝视精神的实质所在，也多少预示了影响他未来的命运的因素——宿命的出现。

和田谨吾曾指出，在吉田精一所概括的《家》的四大主题中，作为藤村文学与前后作品相关联的是第四点，"放纵的血统的遗传"。[3]在三好行雄所说的作为从外部制约人的机构的"家"和作为从内部让人毁灭的生理的"家"之中，无疑是后者更让藤村感到了自己内心"难以言说的秘密"所造成的恐慌和压迫，成为他不得不走向告白的内在压力。正是因为他意识到了近亲相奸的冲击以及由此产生的恐惧，或者说正是由于他在自己的内心发现了近亲相奸这种原始冲动的存在，于是他才要去写《家》，

1　《家》第194页。本书引用的内容均采用枕流译，江苏人民出版社1981年8月出版的中文译本。下同。

2　相原和邦『漱石文学：その表現と思想』，墙书房，1980年7月，第218页。

3　和田谨吾『岛崎藤村』，翰林书房，1993年10月，第77页。

这或许也是他不得不写《家》的直接的、强有力的动机吧。把《家》的外部的世界清除掉，剩下的就只是三吉内部所隐藏的感情的蠢蠢欲动了。若无其事地走过去的一对男女的身影在《家》中又不大引人注意地露了面，这对男女的身影就是三吉和小俊的身影。对于三吉握紧侄女小俊的手的这一场面应该予以重视，要把三吉冲动的血液的沸腾放到藤村的生活态度上来加以关注。因为这个场面等于是奏响了称之为《新生》的陷阱的将来的序曲。¹ 潜藏在藤村身上的这种感情（欲望），事实上，从《破戒》一直到《黎明前》，都一直流淌在藤村的作品中。藤村的这种感情（欲望），并不只是单纯作为产生于自然主义的思想方法的一种存在，而且还成为了自始自终都在支撑藤村文学的力量所在。凝视自我，剖析自我，探寻自己生命的根源问题，并把它告白出来，这就是从《破戒》到《黎明前》的藤村文学的主要脉络。

　　藤村的《〈成长记〉附记》可以说是对此作了最好的注释："我经常被说成是自传的作家，但并非纯粹为写自传而写的，而是本着追溯自己生命的根源的愿望来创作的。"也就是说，藤村之所以写自己，并不断让自己的思想和笔触一同深入到危机的漩涡之中，就是想要通过创作来探寻自己生命中一些根本性的东西，包括认为一直缠绕在自己身上的诸如宿命之类的痛苦根源。自我凝视和自我告白正是藤村贯彻在他的自传性作品尤其是《家》之中的鲜明态度。他继续了《春》后半部的自我凝视态度，从而在发现了"家"的问题的基础上，更深入地挖掘出了"新家"的问题、旧家所遗留下来的性颓废的问题等，并进一步对自我的一些东西有了新的认识。《家》无论写旧家还是新家，或者是性的困扰问题，其实都是围绕告白这些因素给他的精神所带来的困扰这个中心来进行的。田中富次郎从外部世界和内部世界两个层面对《家》进行了分析之后指出，袭击三吉世界的外部力量的是经济上的问题，袭击内部世界的，是恋爱问题。三吉对于这两方面的苦恼的态度，是静观和注视。毫无疑问，《家》写的是

1　参见田中富次郎『島崎藤村—作品の二重構造』，樱枫社，昭和五十三年1月，第71页。

家的问题，包括旧家带来的经济上的困扰、新家的夫妻关系的困扰等。整部《家》，就是"藤村的自我成长以及从家的自立到一族的灭亡的历史记录"。[1]

第三节 "屋内理论"与《家》的方法

相对于《破戒》和《春》受到过很多国外的大作家影响的说法，《家》则被评论家们认为完全是藤村自己风格的产物。

白井吉见曾经指出，藤村在创作《春》的过程中所形成的把自己的体验和自己的烦闷都作为自己的东西原原本本地告白出来的这个方法，在创作《家》的时候在更大范围和深度上得到了实现。[2]《家》被普遍认为是一篇忧郁的小说，吉田精一把这种忧郁的性格归结为来自于主人公的生活以及粘附在家所象征的日本家族制度和家长制之中的忧郁。从另一个角度来表述的话，赋予《家》这种忧郁性格的正是《家》的自我告白特征——作者的自我告白意识把"家"所隐含的忧郁贯彻到了文学作品的忧郁之中。《家》所要告白的内容正是与作者本人有着剪不断、理还乱的密切关系的"家"，而来自"家"的潜在的重压又多少制约了作者在创作时的表现自由，从而使得《家》的告白缺乏《破戒》那种流畅性，也未能像《春》那样单刀直入。但是，正如《破戒》和《春》所告白的是作者被社会和各种落后、保守的观念等外部因素所束缚的自我一样，《家》则是藤村试图深入到自己生存的内在环境——"家"的内部空间来探视被束缚的自我的告白。

评论界对于藤村的作品的评价多存在争议，但对于《家》的评价则是比较趋于一致的，普遍对它的表现力赞赏有加，评论的口径也相对比

1　川西正明『小説の終焉』，岩波新書，2004年，第17页。
2　『臼井吉見評論戰後』第六卷『人と文学1』，筑摩書房，昭和四十一年5月，第65页。

较稳定。岩野泡鸣称之为"明治以来的一部大作",正宗白鸟称之为"藤村的最大杰作",而且"不仅仅是藤村的杰作,也是日本自然主义时代的代表性作品"。在《家》的创作方法上,三好行雄视藤村为"完全不相信想象力的作家";相马庸郎也强调这是一篇"小说空间与实际人生毗连"的私小说,即必须参照作者本人的实际经历来解读的小说。也就是说,《家》所写的完全是作者现实生活中发生过的事情。这些评价无异于肯定了《家》的自我告白性特征。

关于《家》的创作方法,藤村自己后来进行了说明——

> 我写《家》的时候,是想借助盖房子的方法,用笔"建筑"起这部长篇小说来。对屋外发生的事情一概不写,一切都只限于屋内的光景。写了厨房,写了大门,写了庭院。只有到了能够听见流水响声的屋子里才写到河。……运用这种笔法要写好这个《家》的上下两卷,长达二十年的历史,是不容易的。[1]

这是有关藤村的写作理论中被引用得最多的一段(为了便于叙述,下面简称为"屋内理论")。我们既可以把它看作藤村对于《家》的创作方法的表述,也可以从中窥视到作者对于小说的主题和内容的定位。"只有到了能够听见流水响声的屋子里才写到河"这样的表述,更是把作者奉真实为最高原则的态度表现得一览无余。不管怎样,这段话表明了《家》的一些特点,从而有助于我们进一步了解这部作品在告白的表现形式上的特点。接下来就围绕藤村的"屋内理论"来对《家》的方法,或者说《家》的告白性做进一步的分析。

一、"家"的题材与藤村的独特视野和方法

"屋内理论"表明,《家》是藤村在一贯的自我凝视的基础上,把题材限定在"家"的内部创作而成的。岩野泡鸣认为"小说中的人物几乎都是木偶"(《作为小说家的藤村氏》,明治四十四年7月《早稻田

---

1 『〈家〉奥書』,译文参照中译本《家》序(陈德文)。

文学》），中村星湖指出在人物描写上，写得生动活泼的人物太少（明治四十五年3月《早稻田文学》）。伊藤信吉更是针对这种狭隘性，认为《家》弱化了欧洲文学所具有的社会性格和积极志向，因而是藤村文学中"跌到最低谷"的作品（《岛崎藤村》）。

但是，《家》所具有的问题意识一点也不比《破戒》逊色。片冈良一指出，在《破戒》中，丑松和猪子莲太郎同是秽多出身，即使如此，藤村也不会从阶级问题的角度去综合考虑两个人的命运；在《春》中，被逼得走投无路的年轻人不会去追问究竟是什么使他们走投无路，所以"要怎样活下去才好"就成不了问题，他们只能发出"像我这样的人也想方设法活下去"的叹息。但是，到了《家》的时候，他在自己身上找到了问题所在，那就是家的问题。[1]着手写《家》的明治四十三年，正是日俄战争之后，全国弥漫着新的精神的时候。在当时的焦躁不安的时代里，藤村极为沉静地凝视着自己的血统，在"青年及壮年"的批注中讲述了当时的精神状况。[2]

"屋内理论"所说的"家"，是指家族制度下的家，在小说中相当于小泉家和桥本家两大家族。《家》所描写的是在无可挽回的家族衰败的过程中，试图坚守家族的权威的腐朽的家族体制变成了阻碍年轻人发展的桎梏，三吉和正太这样的年轻人试图在"新家"中建立夫妻平等的新关系，最终也陷入了宿命般的窘境之中。其实，有关家方面的题材在藤村的早期作品中就已经屡屡出现过。《旧东家》是以妻子的不贞为题材的小说，全篇充满了对女人的不信任、以及对男人的忌妒心理的描写。今天再回过头来看，《旧东家》这部作品的背景与其说是木村熊二家所发生的事，不如说是在《水彩画家》和《家》上卷所描写的藤村在自己家里的经历和体验。这种对女性的不信任和男人的忌妒心理，在《绿叶集》所收录的每一部作品中都可以读出来，甚至还有"女人的悲剧"、"女人的悲哀"之类。藤村在《旧东家》中把他自己的忌妒加在了荒井身上，把妻子

---

[1] 片冈良一『自然主義研究』，筑摩書房，昭和三十二年12月，第179页。
[2] 龟井胜一郎『島崎藤村』，日本図書センター，1993年1月，第67页。

的失望和孤独、悲哀等加在了阿绫身上,并给予后者更多的同情,从而使得这一人物刻画得很丰满。借助妻子秦冬子和木村夫人的形象,把伴随着自己内心那种生命的本能冲动的骚动而发出的"叹息和烦恼"的回声给表现出来了。《家》无疑是集前期作品之大成的作品。三好行雄进而指出,正因为小说的叙述仅限于"屋内的光景",其中所描写的生命的轨迹也就成为了家的函数而存在着。河自始至终也只有从家里所看到的那条河。随着藤村看穿了自己的命运,他对于家以外的任何视角都一概拒绝了。把作家的坐标局限在家的内部的这一手法,就如同再现了家长制下的家族制度的压迫一样,给小说造成了拥挤而又令人窒息的紧张感,这是事实。在《家》中,藤村的青春遭遇到了从内部和外部压迫自我的双重危机。束缚自我的外部现实都集中体现在封建家庭的桎梏之中,而让他预感到足以毁灭自己生命的爱欲的威胁则收缩到了基于同一家庭的生理之中的内在宿命之中。青春的双重结构通过以家为基点的坐标而得以统一,完成了整体的构图。¹

对于把小说的题材完全限定在"屋内"的创作方法,评论界也是仁者见仁,智者见智。有批评指出《家》的题材比《春》更加狭小,仅仅局限在家的内部,对家以外的世界不闻不问,以致于完全丧失了社会性。"《春》和《家》这两部作品更多是如实细致地描写了人的内心的极端痛苦,过分渲染爱欲的冲突,流露了些许悲观、绝望和宿命的情绪,他们不仅没有达到《破戒》批判社会的力度,而且在某些方面发展了《破戒》存在的自然主义倾向的弱点。"²岩野泡鸣和中村星湖批评这部小说未能刻画出具有时代特征的人物形象来,把视点局限在"家"的内部反而失去了广阔的视野。的确如此,藤村写《家》的时候正赶上日本发生了日俄战争这样的重大历史事件,但是在《家》之中却丝毫感觉不到类似气氛。《家》"完全没有历史意识",而且"在这部作品中很多本来可以扩展的空间却遭到弃用的例子数不胜数"(本多秋五语)。即便如此,也有评论

1　参见三好行雄『島崎藤村論』,筑摩書房,1994年1月,183—184页。
2　叶渭渠著《日本文学思潮史》,经济日报出版社,1997年3月,第374页。

家如广津和郎认为，《家》尽管没有刻意去描写造成这个家族没落的社会背景，但在《家》中明治末期的社会变化还是得到了很好的表现。这称得上是通过自然主义方法所能描写的一个极限吧。[1] 同样对藤村创作《家》的方法赞赏有加的还有猪野谦二和龟井胜一郎。猪野谦二认为，始于《千曲川速写》并一直贯穿到《春》之中，能够发展成为藤村的创作方法的，是他自己所说的"研究"。那种完全把自己的所见所闻所感作为认知的唯一依据来捕捉现实的方法，其实是一种实证主义的态度。前面说的"只有到了能够听见流水响声的屋子里才写到河"，明确表明这部小说也是来自他所说的"研究"。不过，仅凭肉眼和耳朵所捕捉到的现实的范围本身显然只会局限于狭隘的身边事实，尤其是要用这一方法来捕捉"家"这么一个巨大而又复杂的历史的社会存在，很明显它不是充分有效的方法。在这个意义上，藤村面临这个大的题材，他断然把自己的视野限定在"屋内的光景"，无疑又是明智之举。[2] 龟井胜一郎则指出，《家》的题材和他的其他大多数作品一样并不广，所描写的对象也只是作者身边一族的变迁。但是，把这么一个狭小的家庭成员的命运刻画得如此深刻清晰，并不吝笔墨地大书特书，在这一点上它对于明治文学来说具有开创性的意义。[3]

上面列举的观点由于各自看问题的着眼点不一样，其结论自然也就各不相同，很难就谁是谁非下定论。笔者想要强调的是，如果把重点放在藤村文学的告白性的一致性和连贯性的角度来考虑的话，我们对于"屋内理论"的认识可能会更加清晰一些。就像平野谦一针见血地指出的，"作者的真实的意图就在于舍弃社会性视点这一点上"[4]，《家》这种只专注于屋内来描写家的局面的形成，其实正是作者要把自身存在的问题集中挖掘出来，把所能追究到的真实全面地告白出来的一种努力。作者的动机就在于要把所发现的自我真实以自我剖析式的方式暴露出来，因此他再次放

1　参见和田谨吾『島崎藤村』，翰林書房，1993年10月，第82页。
2　猪野謙二『島崎藤村』，要書房，昭和二十九年12月，第62页。
3　龟井胜一郎『島崎藤村』，日本図書センター，1993年1月，第66页。
4　平野謙『島崎藤村』，岩波書店，2001年11月，第60页。

弃了虚构的方法，并努力去追求真实的客观性。在写《家》的时候，藤村的文学观念已经不同于《破戒》时代，作为自己的自传性作品，他决不会插入一些逸闻趣事来迎合读者。因此，作者把目光更多地放在了家庭内部的生活纠葛和复杂的人际关系上。认为"《家》对于人内心的极端痛苦描写得过于真实细致，过分渲染爱欲的冲突，并流露出一些悲观、绝望和宿命的情绪"的观点，实际上恰恰反映了作者在《家》中所表现出的自我告白性特征。正如作者只写"屋内的光景"的表述一样，作者所要告白的重点，就在屋内，就在家的内部。因此，从效果来看，平野谦的观点也就容易接受了：当时日本的家族制度以家长绝对权威为中心，是作为与社会完全隔离开来的封闭的组织而确立起来的。没想到藤村所采取的这种偏执的态度，反而把日本的封建的"家"入木三分地刻画出来了。[1]

中村星湖认为《家》在人物描写上很少有描写得很丰满的人物形象（『早稲田文学』，明四十五.3）[2]，岩野泡鸣则批评"剧中人物几乎都是傀儡"（『小説家としての島崎氏』，『早稲田文学』，明四十四.7）[3]。这两种看法促使我们重新去思考这样一个问题，那就是作者为什么写，究竟要写什么，又写了些什么。结论就是，作者并不注重人物的刻画，他写《家》的目的就是希望通过自我告白这种表现形式或创作方法把自己内心的悲哀和苦闷给表现出来，通过告白和自省来寻求使自己的人生继续前行的动力。同样，正宗白鸟也指出了《家》在创作上的一个瑕疵或败笔的地方，即自从三吉的姐姐阿种出现在这个日常生活小说的舞台之后，局面陡然一变，出现了小说式的情景。阿种从即将启动的火车车窗里面看了一眼三吉一家之后，在丈夫的护送下从东京来到国府津，又从那里一个人坐汽船到了伊东。关于阿种离开三吉的家到伊东温泉旅馆疗养数月的那一段，藤村是离开三吉的视线来写的，因此这一段不是自然主义所特有的"私小

---

1 平野谦『島崎藤村』，第62页。
2 转引自吉田精一『島崎藤村』，第93页。
3 同上书，第93页。

说"，也违背了岩野泡鸣所倡导的一元描写主义主张[1]。藤村把从兄弟、亲戚以及阿种那里听到的材料通过自己的想象来加以编排，并由此刻画出了一幅人间景象，但这一段的叙述描写显得有些苦涩而又枯燥无味，没有三吉出现的地方那么生动。三吉一旦出现，三吉目光所能触及的地方，即使写的是琐碎平凡的日常生活，也有真实的光芒照射着。[2]正宗白鸟所指出的《家》的这一败笔，其实也从另一个角度印证了藤村已经形成了坚持写自己，且只能写自己的自我告白文风。正宗白鸟因此把岛崎藤村推崇为日本自然主义作家之第一人。

藤村自《春》开始抛弃了《破戒》的客观小说方向，采取了所谓的私小说方法，有批评指出正是这一做法导致了日本小说题材变得狭窄起来。但是，在山室静看来，这种主题的自我限定，与其说是作者不肯出力创作严肃小说，或是因为想象力不足而不得不从生活周边取材所致，倒不如把它理解为是因为作者试图更为细致、更为深刻地去描写人本身更合适。因此，选取了自己身边熟悉的题材，作为最接近自己的东西，最能深入到内部去观察的东西，也有他本人在其中。私小说的倾向就是由此产生的。这对于更为严正地、赤裸裸地审视人性来说，即便不是唯一的，也是一个必需的过程。导入很多社会性的材料，不仅使得作品太过庞大而难以归纳，恐怕还常常会淡化焦点，岔开问题。藤村在创作《家》的时候以活动范围很广的两大家族的人们为素材，并在描写他们的时候提前把视野限定在家庭内部所发生的事情和场景上了，他之所以对此情有独钟，可以说就是因为这个原因。[3]

普遍认为藤村的写实主义所具有的独特形式在《家》这部作品中才得以形成，其独特性才得以确立。[4]藤村对此也是完全有自信的。这种日

1　一元描写主义主张对于作品中所描写的一切事物都要通过作品中的一个人物的目光来描写。与平面描写的旁观态度以及把现象纯粹作为现象来描写的立场不同，一元描写更偏重于主观色彩。
2　参见正宗白鸟『自然主义盛衰史』，講談社，2002年11月，第89页。
3　参见『島崎藤村集』中山室静的解说《人と文学》，筑摩书房，第530页。
4　伊藤信吉『島崎藤村の文学』，日本図書センター，1987年10月，第221页。

本式的、纯粹藤村式的特点,是藤村在抛弃了欧洲文学所具有的社会性格和积极志向等因素的基础上才得以形成的。在《破戒》中这两种因素都很明显,在《春》里面的表现就不如《破戒》了,到了《家》则"达到了最底层"。对此,吉田精一认为,这一现象正是作者的内心世界还徘徊在问题重重的下降通道上的缘故。即使失去了社会性的扩张,至少从中产生了别的问题。透过对日本社会最根本的组织"家"的问题,比起《破戒》来,比起《春》来,我们可以从中捕捉到更加广泛、更加深刻的印象。对于小市民来说,那正是与他们生活最密切、也最迫切的问题。[1]

平野谦在《关于藤村的〈家〉》一文中,把《家》推崇为与长塚节的《土》、有岛武郎的《一个女人》比肩的作品,认为在"确立了刻画半封建的近代日本形象的批判现实主义"方面它们都是根本上一致的自然主义代表作。[2]其中,正是因为《家》坚持了"社会性视点的舍弃"这一"狭隘的方法",才使得这部作品获得了独特的视点——"主妇的视点"。不管怎样,藤村把作品中的事件仅仅限定在"屋内的光景"这一方法无疑是特殊的,对于描写处于与社会隔绝的封闭空间之中的日本封建家庭来说又是再合适不过的。《家》成功的秘诀、得以成为杰作的原因就在于此。

二、 真实原则下的写实主义方法

"屋内理论"表明了作者创作《家》的时候的写实主义态度。《家》被认为是藤村严格遵守写实主义创作方法的扛鼎之作,但仍然残留着藤村文学所特有的抒情性,说明藤村在内心深处还保留了诗人的气质。

《家》写的是从明治三十一年夏天藤村到大姐家里,一直写到明治四十三年外甥高濑亲夫去世为止的12年之间的作者的生涯。作为一部自传性很强的作品,作品中的主要人物在现实生活中都能——对应起来:主人公三吉被认为就是岛崎藤村,实是长兄秀雄,森彦是二兄广助,宗藏是

---

1 吉田精一『島崎藤村』,桜楓社,昭和五十六年7月,第95页。
2 参见平野谦『島崎藤村』,岩波書店,2001年11月,第55页。

三兄友弥,种是大姐园,雪是妻子冬子,桥本达雄是园的丈夫高濑薰,正太是园的长子慎夫,幸作是高濑家的养子文吉,名仓老人是冬子的父亲秦庆治。正因为如此,平野谦也就特别指出了《家》几乎没有写到三吉作为文学家的一面的怪现象。的确,小说中很少看到作为文学家的三吉的表现,这一现象被认为是由于作者的主要目的是要把自己作为旧家的一员来写所致。也就是说,作者采用生活在封建的大家族主义周围的人们的言行举止都受到限制这样一种独特的方法,从而尽可能不让三吉像文学家那样去处事。[1]其实,除此之外还有一个重要的因素,那就是藤村即使写的是"家",也是为了把自己的内心的真实、精神的真实告白出来,所以直接影响他的内心和精神的因素才是他首当其冲要表现的对象。

作者仅限于屋内、"只有到了能够听见流水响声的屋子里才写到河"的写作态度,无疑强调了一个真实原则。在平野谦看来,《家》是日本自然主义的代表作,也是坪内逍遥在《小说神髓》中首倡的写实主义文学论在日本结出的硕果。[2]在《家》中,作者秉承了《春》所形成的放弃虚构、专写自己身边事的方法。而且,他在《家》的创作中把这种方法贯彻得更为彻底。《家》的方法,就是远离虚构,把视野限定在屋内,把与家相关联的男女之间的玄妙关系写实地描写了出来。《家》因此被吉田精一称赞为藤村文学写实的顶峰,后来的长篇《新生》即使值得与其一争高下,但是其中不少的抒情意味和理想主义,有着不能被视为纯粹的自然主义风格的成分。[3]那么,该如何理解这种写实主义与自我告白的表现方法之间的关系呢?

《家》之所以得以完成,就在于前面提到的作者对于家的认识。如果把完成的《家》比作大树,前面提到的方法就是使之枝叶茂密的途径。作者关于《家》的写作方法的解释——"屋内理论",表明作者在写《家》的时候力求表述上的客观性,坚持贯彻真实原则。不过,我们也不

---

1 可参见平野谦『芸術と実生活』,岩波書店,2001年11月,第138页。
2 同上书,第55页。
3 吉田精一『島崎藤村』,桜楓社,昭和五十六年7月,第96页。

能因此简单理解为只是对外部的客观事物的描写,实际上,作者更多的笔墨仍然是通过告白的形式来表达自己的内心世界,并在这种告白性之中加注了更多的冷静和客观性。比如作者在《家》中所渲染的一大主题就是爱欲,但他并非单刀直入,而是为此作了很多铺垫。先是写到三吉偶然翻到了姐夫达雄年轻时放荡的日记,再通过正太的行为来表明放荡的血液的遗传性,再写到侄女和妻子给三吉带来的爱欲方面的困惑,给人感觉作者在尽最大努力追求准确、客观的效果。细细读来,《家》其实就是通过这种方式来记录下藤村(三吉)内心的成长史的。

正宗白鸟认为,作者在态度上与执笔写《破戒》的时候大不相同,在《家》中,小说的技巧一点也没有采用,而是采取如实披露自己的体验、却不考虑读者的想法的态度。因为故事情节是在普通人日常生活的基础之上来展开的,所以同样的场面便不断重复,不时采用琐碎的、既不有趣也不可笑的事件,以至让人觉得这些地方正是奉行"真实"主义的自然派小说的弊端所在。但是,没有虚构的人生描写,尽管不一定都是完全按照事实来叙述的,却依然吸引了读者的心。[1]正宗白鸟所指出的,与前面引用的藤村自己的表述应该说有相通之处。那么,作者这种忠实于自己的体验、追求日常生活的真实的创作态度,又是从何而来呢?这与他在创作《家》的时候所贯彻的自我凝视的精神有关。《春》是使得作者的小说观念发生变化的一部作品,包括他放弃虚构性而转向自传性,放弃小说家的意识而转向写自己的人生和内心的真实等。《家》正是对于《春》所开创的这种自我告白的方法的全面应用和深化。

在这种真实原则下,小说的人物基本上都是围绕三吉来展开的。作家与主人公之间几乎是零距离,但作者没有把自己作为作家(文学家)来表现。正因为是零距离,所以现实生活中的人的实际状况就会对作品中的人物产生影响。《家》在下卷的告白明显比上卷更有深度,原因就在于作者获得了深入告白的契机,也就是十川信介所指出的,作者在写作过程中

---

[1] 参见正宗白鸟《自然主义盛衰史》,講談社,2002年11月,第83页。

由于人物原型的死而改变了原来的构思。[1]在《家》的上卷,作者的情感是采取表现恋爱的秘密的形式,在下卷则是通过血液(内心的欲望)的蠢蠢欲动来表现得。尤其是藤村能够在下卷把自己的内心真实表白出来,是因为妻子的死这一事态导致的。[2]对此,相马庸郎认为在藤村的意识里,支配小说空间的秩序与支配实际人生的秩序并非互不相干,于是就有了三好行雄所说的"艺术与实际生活的可逆关系"。这种秩序姑且称为真实之真。对写《家》的藤村来说,小说空间与实际人生都是处在这个真的毗连关系上。[3]

写完上卷(明治四十三年5月)之后,作者经历了好友高濑慎夫的死(同年6月)和妻子的死(同年8月),因而在上卷发表半年之后(明治四十四年1月)再发表的下卷被改名为《牺牲》。在上卷和下卷之间发生了这么重大的事情,不只是对藤村的人生,对小说的构思无疑也会产生很大的影响。从已经写好的内容来分析,刚开始动笔的时候是不可能有关于慎夫的死的构思的,只是因为后来现实生活中偶然发生的事情反过来影响到了小说的结构。这种艺术与现实生活的可逆关系充分体现了《家》的特殊性。也就是说,《家》是作为对过去的回忆来动笔写的,也与写它的作者的私生活的记录接续起来了。这就是三好行雄所说的"艺术与实际生活的可逆关系"。于是,写上卷的作者成为了下卷写作的对象。描写明治二十九年夏天的藤村的《春》,可以说还是以回忆式的自传小说结束的,但藤村从明治三十一年夏天开始写的《家》,已经不再是回忆青春的小说了。青春的记忆和作者的现在相重叠,两个时间通过共同的主题得到了统一。藤村发现了把过去和现在同时囊括进来的坐标系。如此看来,《家》并非只是一部简单描写历史悠久的家族的没落史。藤村在反复摸索的过程中终于发现了《家》的主题,他以"家"所引起的人们失去自我的危机为媒介,从而完整地捕捉到了一直在艰难困苦之中拼命挣扎的自我形象。

---

1 参见十川信介『島崎藤村』,筑摩書房,昭和五十五年11月,第121页。
2 参见田中富次郎『島崎藤村——作品の二重構造』,桜楓社,昭和五十三年,第72页。
3 相馬庸郎「〈家〉をめぐって」,『国文学』昭和四十年4月号,第9页。

《家》也是宣告获得这一清晰明了的认识的纪念碑。[1]这也说明，在告白这一方法的运用上，《家》不再像《春》那样把过去的事实和时间置于现象之中，而是通过其内在规律来加以把握，藤村完全把它们作为了自己的一部分。

外甥的死，使得藤村在写旧家时只能以正太的死作为结束；妻子的死，又使得他在写新家方面获得了更大的拓展空间。明治三十九年6月，《破戒》出版后不久，藤村的妻子冬子在得知了远在北海道娘家的祖母病危的消息之后前往函馆探亲去了。这一情节来自于实际生活，《家》的下卷正是从主人公三吉的妻子回娘家探亲开始写的。接下来，《家》写到了阿雪不在家所发生的事。《家》的下卷也是在冬子去世之后写成的，因此藤村能够把阿雪不在家期间三吉和小俊之间所发生的故事毫无顾忌地写了出来。

在《家》中，尤其是在上半卷，三吉一直都很在乎世人（尤其是妻子）的目光，他的行为也因此受到一些限制或议论。这反映了藤村具有强烈的他者意识。写完上卷之后，妻子冬子的突然去世，加上在此之前桥本正太的原型高濑慎夫的病逝，这两个人的突然去世无疑给《家》的构思带来了很大的冲击。首先妻子冬子是作者藤村最为在意的读者了。"人心真是难懂。我们都想得太多。尤其是写小说的时候，一般的人在当时并没有那样想，却偏要把人家想成是和自己一样胡思乱想。"妻子曾经的怨言（来自木村庄太的证言）足以说明藤村在写《家》的上卷的初稿的时候曾经遭遇到了妻子很介意的目光。妻子冬子才是藤村最严厉的批评家。妻子的这种批评一旦明显化、激烈化，无疑会让藤村再次体验"原型问题"之痛。妻子冬子的死，首先是打碎了作者关于"新家"的构思，这点藤村自己也曾经提到过。《家》的上卷是妻子在世的时候创作的，是以三吉和阿雪所构成的"新家"的故事为中心来描写"封建的家和'新家'的关系"的。妻子的意外离世使得这一构思无法继续下去了，"新家"的故事不得

---

[1] 参见三好行雄『島崎藤村論』，筑摩書房，1994年1月，第174页。

不告一段落。另外一个人的死，即高濑慎夫的去世，也与下卷的创作关系密切，他的死作为桥本正太的死写进了小说之中。据说藤村在与他见完最后一面之后"对于接下来要写的小说十分兴奋"，而随着不久之后死讯的传来，藤村此前一直写不下去的情形也随即成为过去。他的"兴奋"也许会受到一般读者的指责，正如藤村在好友田山花袋临死之前还不忘问他死之前有何感觉一样。但是，这种"兴奋"恰恰体现了藤村作为一个纯粹的文学家所具有的本分。大概在"因为爱欲而衰弱不堪"、英年早逝的外甥的身上，藤村看到了同样因为爱欲而葬送自己、也败了家业的父亲的影子，从而得出了关于旧家的血统和宿命的看法。随着藤村对正太这一人物形象刻画的深入，他逐渐意识到自己身上其实也有着和慎夫相同性质的一些东西，也就是"只要是出生在旧家庭就少不了的颓废之气——两人对此都怀着惺惺相惜的心情"（《家》下卷第八章）。这种"颓废之气"得以从幕后带到前台来的契机，正是妻子冬子的死。关于这一点，藤村在明治四十四年第九期的《早稻田文学》发表的一篇文章中曾经证实过："最近虽然没有刻意去那么做，写来写去总带些色情的味道，连自己也感到吃惊。妻子在世的时候，对于写那种东西可是很反感的。"《家》在方法上是拒绝虚构的第三者的介入的，因此，夫妇之间的问题也只能在两人的关系之中由双方都带着批判的眼光给描写出来。一旦某一方的原型人物在现实生活中死了，就必须有另一方的原型人物来写双方的关系，这样就难免会带一些主观色彩。当然，《家》所描写的不只是三吉夫妇俩，藤村还必须顾及到其他人的批判的目光。

"小俊事件"正好发生在明治三十九年的夏天。此时正值藤村处在《破戒》完成后的虚脱感、三个女儿相继死去之后的空虚感一齐袭来的时期，再加上还有妻子长期不在家这一必要的前提。当然，藤村之所以能够在《家》中写到小俊事件也是因为妻子已经不在人世这一先决条件。妻子不在家的小俊事件和妻子不在世的"新生"事件有着十分相似的地方，从而使得藤村更加确信自己和外甥之间有着某种同一性质的东西，即都深陷旧家血统的颓废之中而不能自拔。这一认识在他内心被当作宿命观来印证了。藤村通过三吉所作的自我批判、自我揭发来突出小俊事件给他带来的强烈的宿命感，而妻子的死又促使他把发生在自己身上的很多事情都涂上了宿命色彩。他开始寻求宿命的根源，并结合自己的父亲和整个家族来解释宿命的问题。上卷所写的关于"封建的家"的印象，在下卷就变成了"作为血统的家"、作为宿命的家了。在他看来，血统的颓废也是自己的病，而且是旧家所共有的宿命，因此也就会有后来的"新生"事件的发生。[1]作者所奉行的真实原则下的写实主义，不仅原原本本地暴露了自己的私生活，也使得彻底的自我告白成为可能。通过这种彻底的自我告白，藤村也加深了自我认识，从而引发了对于个人宿命的更深刻的思考，并推动了写实主义方法的进一步贯彻。

三、 平面描写方法的实践

关于平面描写，是基于"无理想、无解决"的日本自然主义理论形成的，用田山花袋的话来概括，那就是"将从眼睛映入头脑里的活生生的情景，原原本本地再现在文学上"。即作家对人生要始终采取静观的态度，不要掺杂丝毫的主观，不要求解决任何人生问题，避免对人生问题提出批判或解释，仅仅将所见所闻的日常生活细节原原本本地记录下来就够了。[2]

涉川骁在《关于岛崎藤村〈家〉的评价》一文指出，藤村的自传性作品是从《春》开始的，但《春》在表现手法上出现了失误，尽管一开始采取的是平面描写，但是到了后半部分则逐渐偏向了一元描写，导致了手法上的混乱（这也就是通常所说《春》存在主题和结构的断层的现象，引者注）。但是，涉川骁认为藤村在《家》中吸取了《春》的教训，始终坚持平面描写的方法，其结果是作为主人公的三吉几乎在所有的场面都会出现。只有上卷第八章阿种去伊豆温泉旅馆疗养那一段，总算不见三吉踪影。尽管如此，整体上也没有给人造成一元描写的印象。作者努力按照对

---

1 参见滝藤满義『島崎藤村——小説の方法』，明治書院，第153—165页。
2 参见叶渭渠、唐月梅著《20世纪日本文学史》，青岛出版社，1998年12月，第56页。

待其他人的标准来对待她。如此一来,对于抑制三吉的主观作用在过于美化自己方面发挥了作用,因为在其他人看来,三吉并不是那种无所顾忌、我行我素的人。也就是说,每个人物都在互相牵制着,从而形成了防止主人公三吉的欲望过分膨胀的结果。因此,三吉的视点并没有被特别加以强调,也没有对他进行细致的心理描写,即便出现一些简单的描写,也仅仅是停留在让大家能够理解这个故事的进展所必需的程度。那些描写在观察上并不是特别突出,反而给人某些地方吞吞吐吐没有说到位的感觉。但是,一旦把它不断堆积起来,就像是用砖头砌起的房子一样,又会给人以和谐的美感。同时,那些砖头还让人有一种坚固的凝固体的感觉,因为其中包含有尽可能将人物客观化的意志。正因为像心理描写这类对人物进行说明的描写已经尽可能省略掉了,人物的关系因此一目了然,从而形成了人物的整体印象。[1]

  这种所谓的平面描写的方法被认为是受到了田山花袋的《生》的影响。比如,和田谨吾认为《家》不只是在素材方面,在描写方法上也受到了田山花袋的《生》的影响。田山花袋所强调的平面描写方法,决定了《生》之后的自然主义文学的描写方法。在自然主义时代如何客观描写是每一个作家都共同关心的问题。藤村自《水彩画家》和《街树》等作品导致了原型问题之后,他就一直致力于"即使只写一部分也尽可能不忘了整体,省去不必要的叙述"(《原型》)这种方式的描写方法。在《〈春〉写作中的谈话》一文中,谈及尝试着"想学习米勒那种创作方法",谋求"虽然全都了解,但只让精华部分啪嗒啪嗒流出来这样的写法"。所以他对于花袋针对自己的《春》创作出来的《生》就不可能无动于衷。正因为如此,在平面描写论鼓噪一时的时候几乎一直保持沉默的藤村,在接下来写的《家》中做了哪些尝试就格外引人关注。藤村后来对于《家》的描写方法概括为"屋内理论",其中的表述与平面描写法有所不同,从中可以清楚地看出藤村是用他自己的描写方法来创作《家》的。而他所采用的

---

1 渋川驍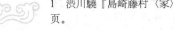,『国文学』昭和四十二年7月号,学燈社,第86页。

方法，实际上与花袋的《生》所采纳的方法大同小异。田山花袋在创作《生》的时候特别强调："即使是对客观的事像，也不介入其内部，同样也不介入人物的内部精神世界，只是把自己所里所见所闻的现实如实地描写出来。也就是说，平面的描写就是主眼。"这段话与岛崎藤村的"屋内理论"有异曲同工之妙。花袋在写《生》的时候尝试了平面描写的方法，藤村从其平面描写的客观描写法之中按照自己的方式接受它的影响，并将其转变成了自己的东西，也就是《家》所运用的方法。也就是说，藤村在写《家》的时候，显然是在用藤村所特有的描写方法来进行写作。其方法，实际上与花袋在写《生》的时候所采用的方法没有多大区别。……花袋也是在《生》的描写中专注于自己的"家"的内部。它和藤村在《家》里面所采用的方法非常类似。……所以，可以充分认为，不只是在素材方面，在所采用的方法方面《家》也是受到了《生》的影响的。而且，正因为花袋在他的《生》里面所尝试的是平面描写，藤村从他的平面描写的客观描写法中以藤村特有的方式接受了影响，又变成了藤村所特有的东西，那就是我们所看到的在《家》里所运用的方法。[1]

三好行雄认为藤村的"屋内理论"不仅仅是"方法"论，实际上也可以理解为关于全身心扑在"家"上面的藤村内心精神面貌的表白。

第四节 《家》的自我告白的客观性

藤村的确从《棉被》那里感受到了如实地把自己的体验描写出来的方法的新颖。《家》正是经过了从《破戒》到《春》的告白方法的转换之后写作而成的。

吉田精一指出，法国自然主义要求客观的、非个性的这种性格，在日本贯彻得并不彻底。从一开始它就是带主观性的，并且不断挖掘主观主义的、

---

[1] 和田謹吾『島崎藤村』，翰林書房，1993年10月，第80—81页。

个性的特点。藤村属于温情,花袋不时感叹,秋声则是感伤。[1]中泽临川在《家》的序文中把藤村比作屠格涅夫,他认为他们"从生活的状况到感情的流露都很像"——"即使从作品的风格来看,尽管两人都是写实主义者,但内心深处却是诗人。这种作品追求浅显的实际人生的描写,想让读者认同其中有九分相似,而剩下一分则由感情来补充。"[2]这种感情就是作者的自我告白的心情,中泽临川也指出它既是《家》的缺点,也是《家》的特点。完全从写实主义的角度来解读《家》的话,自然就会认为这种非写实主义的东西是作品的缺陷。但是,从藤村文学创作上的自我告白性的一贯性来理解的话,它反而凸现了《家》的自我告白性的写实主义特征。不过,这种写实主义特征用片冈良一所说的抒情的写实主义来形容更为合适:不是用舍弃自我这种冷静的科学眼光,而是用他本人想真实地生活下去的目光,来看对象,或对待看到的对象。这并不是科学的写实主义——纯粹的客观主义,而是抒情的写实主义的方法。藤村即使埋头于写实主义的练习,也算不上思想性很强的那一类,他只能从感伤的抒情的思维来创作《家》。[3]

《家》被认为是藤村贯彻了最严格的写实主义方法的厚重森严之作,并被普遍认为是日本写实主义文学的最高峰。但是,也有人认为它仍然残留着藤村文学所特有的抒情性而显得不够彻底。早在《家》被编入《绿荫丛书》的时候,中泽临川作的序中就指出了这一点:"两人(屠格涅夫和岛崎藤村)都是写实主义者,但在内心深处又都是诗人。这部作品力图以平实之笔来描写现实人生,以至有九分真实足以让读者首肯,剩下的一分则由感情去补足。这虽然是缺点却是它的特征。"[4]

一、独白式的告白

渡边广士指出,在《破戒》和《春》这两部作品中运用得较多的主

---

[1] 吉田精一『自然主義研究』,第62页。
[2] 转引自『文芸読本 島崎藤村』中正宗白鸟『文芸時評』一文。河出書房新社,昭和五十五年5月,第94页。
[3] 参见片冈良一『自然主義研究』,筑摩書房,昭和五十四年11月,第178页。
[4] 参见『島崎藤村集二』中山室静的解说『人与文学』,筑摩書房,第472—473页。

人公的抒情式独白,在这部小说中采取了排除的原则。瞄准具体的"家的内部"的照相机的镜头连续在阿种、阿仙、三吉、直树、正太、达雄之间移动就是这个原因。这部小说的主要的要素就是人物们的日常会话和行为,以及事物的记述,写法上十分简洁,视点则是通过人物的移动、相遇和会话,灵活地从一个人转移到另一个人。因此,家庭成员谁都是句子的主语,这恰恰符合写实主义的精髓。藤村在《春》里面获得了"隐藏在事物的深层的含义"这一理念,以及与这一理念相背离的"切勿过于深入事物的深层"这一自律,从这两个方面他找到了尽可能把作为"内部生命"的观念转变为具体现象的写法。人·事本身就暗示着隐藏了"深层的意义",其简练的语言所要表现的就在"家"的内部。"家"的含义群经过生活在"家"的现实之中的一个人到另一个人的传递,在这中间形成了扩散或收敛的运动。因此,其含义的标准是多层面的,但基本结构却是内外对立的。文本中出现的词"内"常常包含着作为典范的"外"。于是藤村从"家里边"开始写。单凭前面作者说的话就断言这部小说缺乏外部(社会)的批评是错误的。[1]

也就是说,作者从内部写家,这并不意味着《家》就摒弃了家的外部;同样,作者的写实主义笔触之下,并不意味着对作者本人情感流露的排斥。这正是《家》或者说藤村文学所具有的独特的表达机制。因此,即便是排除《破戒》和《家》中的抒情式独白,那也不是根除,其实,在表现藤村的内心世界,尤其是他的烦恼等方面,更多还是以三吉的独白方式来实现的。

《家》中有很多三吉(作者本人)的告白,如:

1)三吉的过去是很悲惨的,有好长时间连亲兄弟都不知道他是如何熬过来的。实的事业遭到挫折的时候,他曾经常年在家留守,从少壮时代起就经历过许多磨难。他有时觉得即使死了也不足以解除内心的痛苦。[2]

---

1 渡辺広士『島崎藤村を読み直す』,創樹社,1994年6月,第113页。
2 《家》第42页。

2）三吉在归途中回想起了初次认识曾根时的情景。……打那以后，三吉很快就跟她变得亲密起来了。而这种亲密不同于十年如一日的男朋友之间的交往，似乎有一种无形的力量在促进彼此间友谊的发展。1

3）他一方面要跟贫困作斗争，另一方面还要和恶劣的天气作斗争。在这样的环境中再听到老婆孩子的哭泣声，实在感到凄凉。2

对于三个孩子死后的三吉的内心的痛楚，小说也让他做了如下告白：

三吉已经不是有没有孩子都可以的人了，从他的眼睛里可以看出他的心思：尽管自己排除了许多困难，想尽力在人生的道路上向前迈进，可为什么还是落个如此悲惨的下场呢？3

试与《破戒》中的两段进行比较——

1）他越是深深思考，心情就越发黯然，要是被这个社会抛弃，那真是太残酷无情了！啊，放逐，这是一生的耻辱，果然如此，将来如何生存下去。吃什么？喝什么？自己还是青年，有希望，有理想，也有野心。啊，他不想被抛弃，不想遭到非人的待遇。他想永远和世上普通人一样地活着。

2）每到这个时候，他就感到后悔，自己为何要做学问？为何要有羡慕正义和自由的思想呢？如果不知道自己也和普通人一样，不就可以甘心情愿忍受世人的轻侮吗？自己为何托生为人，而活在这个世界上呢？要是作为奔突于山野的兽类的一员，不就能够毫无痛苦地度过此生吗？

不难看出，《家》的这种内心独白式的自我告白方法与《破戒》和《春》的方法如出一辙，只是《家》中的表述更加冷澈（有节制的描写）。《家》还写到，他们之间甚至为了一些鸡毛蒜皮的事情发生起争执来了。为了小保姆的事情，三吉爱责备自己的妻子，不管有没有道理，雪心里越发感到委屈。三吉说："真没想到养个孩子竟会这么费事，真想大

1　《家》，第73页。
2　同上书，第109页。
3　同上书，第175页。

哭它一场。"为此三吉内心经常感到空虚。他带着半自言自语的口气对正太说:"为什么家庭倒成了一个令人烦恼的地方呢?像我那个家日子应该过得好些嘛,可是……"[1]类似这种自我感叹的描写风格与《破戒》可谓一脉相承,而且比比皆是。"屋外仍是一片漆黑"这一结尾,甚至把《破戒》和《春》所蕴含的那种深深的忧愁给流露出来了。

二、冷静客观的告白态度

广津和郎对《家》的评价是相当高的,认为《家》不只是藤村本人的最大杰作,也无疑是日本自然主义时代的代表性作品。《家》把他的一个家族的历史——从封建性的所谓"旧家"中派生出来的几个家族走上没落的历史,那么冷静、生动而又写实地描写出来了,这种技巧值得尊敬。这部作品中的一些人物就像是在平时曾经见到过一样,都给我们留下很深的印象。[2]他进一步指出,与其说是描写过头,不如说是那种并不过分的描写和有节制的表现取得了更有效的成功。在每时每刻都毫不动摇的缜密的努力和忍耐的累积下形成的这种坚实的写实主义风格,给日本文学带来了罕见的分量感。[3]

人们普遍认为《家》是一篇忧郁的小说。这种忧郁来自作者对于内心烦恼和苦闷的告白。但是,《家》的告白不像《破戒》那样无论是人物还是自然界的山水之间都渲染出那种忧郁气氛,而是客观冷静的态度所衬托出的氛围,说明即使同样是告白,《家》的告白方式与《破戒》的表现方法已经有了不同。正宗白鸟对其告白的表现方法上的变化有过如下分析:"控制着笔不把话说尽,而在其深层潜藏着丰富的内容。"[4]这一变化的原因就在于"家"的重压制约了他倾诉自我的表现自由。因此主人公三吉常常陷入沉思,尽管露出一副若有所思的眼神,其主观内容则未必清楚。"这个狡猾的演员在该哭的场面让其他人哭着,自己则退到后面装糊

---

1 《家》第275页。
2 这里转引自平野谦『芸術と実生活』,岩波書店,2001年11月,第132页。
3 转引自平野谦『芸術と実生活』,岩波書店,2001年11月,第133页。
4 此处转引吉田精一『島崎藤村』,桜楓社,昭和五十六年7月,第93页。

涂。他的写法与此无异。"[1]岩野泡鸣对他这种故意逃脱的做法表示不满也不是没有道理。

对此，龟井胜一郎指出，有部分评论家认为这部作品否定了《破戒》和《春》等作品所具有的抒情性，也有的评论家认为与自然主义思潮的影响有关，其实根本就不是这么回事。如果以呼吸来做比喻的话，《家》就是把迄今为止强烈发出的气息深深地屏住，然后凝神定气地把一个家族的秘密给抖落出来了。《破戒》和《春》等所具有的强烈的抒情性，在作者的内心世界就被牢牢地抑制住了。[2]龟井胜一郎所表达的，实际上是指《家》所表现出的客观而冷静的自我告白风格。就像《家》中写到的情形——他几次不由自主地朝埋有三个孩子的小坟墓方向走去，却又不忍心去看那并排着的三座小坟墓，每次走到寺院前面就中途折回来了。以致雪认为三吉真薄情，连孩子的坟也不去上，而且他也不愿谈起孩子——《家》的告白就像三吉这种感情表达方式一样，已经多了些冷静和理性，而不是《破戒》中那种宣泄的方式了。

这种冷静的告白还体现为一种素描式的告白方式——从对自然的素描到对内心的素描。所有抽象的概念常常是就事论事来写，抽象的观念与具体的事实被随意混在一起。《家》还采取通过他人之口来达到全方位告白自我的形式。如：

"我完全看清了叔叔的阴暗面，我算是把三吉叔叔这个人看透了！"三吉永远忘不了侄女眼睛里流露出的这种像剜骨似的目光。每想到这里，他就不知不觉地要淌冷汗。他再也不能像以前那样无忧无虑地光顾想自己了，同时他也变得无法去考虑别人了。由于家庭生活而紧紧拴在一起的人们，那极为微妙、满是阴影、无法表达的深远渊源关系——叔侄之间、表姐和表弟、表哥和表妹之间。这一切都沉重地压迫着他的胸膛。[3]

侄女小俊对于三吉叔叔自相矛盾的行为一直感到费解。在她看来，

---

1 此处转引自吉田精一『島崎藤村』，第93页。
2 龟井胜一郎『島崎藤村』，日本図書センター，1993年1月，第66页。
3 《家》第206、207页。

演讲时还慷慨激昂地呼吁"女人也应该睁开眼睛来看男人"的叔父,回到家里却处处表现得不近人情,尽提些只顾自己方便的无理要求,而对于侄女们的眼睛睁不睁开他却表现得不大在乎。不仅如此,她还感觉到打那以后的叔父跟那个在郊外共同度过了一个愉快夏天的叔父简直判若两人。《家》中的上述描写暗示了小俊对于三吉叔叔的在意程度;作者不惜花如此篇幅来描写小俊的心理活动,而对另一个侄女小延涉及甚少,无疑也说明了作者对小俊的介意程度。作者因此让三吉不断深入到了小俊的内心世界进行解读。从下面这段叙述我们不难看出三吉回避小俊的真正原因:

  三吉自己也意识到了这一点,和小俊面对面一坐,总是不知不觉地就会拿出一副正人君子的腔调,对此他自己也感到羞愧。不知为什么,总觉得自己所说的话,就像是花言巧语似的在自己的耳朵里回响,这使他感到很痛苦。奇怪的是,他竟对此束手无策……(中略)唯有……他担心小俊对人说:"婶婶不在家的时候,叔叔捏我的手了。"想到这事,他一见小俊的面,就什么也说不出来了。[1]

  对于《家》的这种表达方式,三好行雄认为它与纯粹的私小说方法有所不同。三吉自己的内心世界是通过他者的所见所闻和所想来加以描写的,但不管通过谁的视角来写,这个他者都与作者保持着密切联系的关系。小说通过把这些他者的目光同时也是藤村的目光加以统一化、等质化,从而达到了以写实主义的手法来表白作者的内心世界的效果。渡边广士则认为,从中可以听出藤村的心声,即大概只有告白才能救出已经陷入了说与做相矛盾、性欲与金钱(指小俊结婚的时候把答应好的钱交给侄女)相结合这一怪圈的自己吧。藤村作为写"家"之人,只有通过把死转化为生、把他者的问题转化为自己的问题、又把"我"的问题转化为"非我"的"告白"的"不可思议的力量",才能给予《家》的故事一个结构。审视"性=爱=自然"这一来自海外的观念与近代思想之间所形成的矛盾,正是《家》的一个主题。[2]

---

1 《家》第245页。
2 参见渡边广士『島崎藤村を読み直す』,創樹社,1994年6月,第136页。

可以看出，正是因为作者的笔触逐步深入到了自己隐秘的内心情感世界和私生活之中，他的告白才会显得有所顾忌。但是，这种顾忌是在不违背真实原则下发挥作用的，因而《家》的叙述表面上给人一种冷峻和强调客观的印象。但是，作者在《家》中毕竟还是贯彻了自我告白的方法，从他所告白的内容去仔细分析，不难看出他并不平静的内心世界的矛盾和苦难。

濑沼茂树指出，《家》既不是单纯的私小说，也不是单纯的自传小说，而是被虚构的人生。因此，这部历经三个家庭和两代人的巨著并未局限在藤村的化身小泉三吉这一视点上，而是以多个视点来描写"家"与"个人"的冲突，从而呈现人生的真实情况，并成为了不朽之作。作者贯穿其中的精神，就是让生命的变化原原本本地跃动其中，并很好地把握了许多普通人"活着、相爱、死去"的生命内部的悲剧。正因为如此，《家》本来是非虚构的文学，却比《春》更具有虚构文学的性格。《春》和《家》都属于非虚构的文学，从作者把在实际生活中获得的体验安排成"事实"这一点来看，更是印证了这一点。但是，《春》和《家》都把事实变形了，抽象化了，作为超越事实的事实，或者把事实虚构化等，甚至没有进行详细论述，就因为那是事实。所以，《家》既写出了生活在明治三十年代这个虽然称得上处在近代化过程之中、却还有着封建黑暗面的日本社会三个家庭的人们的状况，也把日本人一般的生活状况典型化地描写出来了，从而成就了他作为一个举足轻重的作家的名声。藤村作为一个平凡人，确信自己所看到的是"人生"的本来面目，比起不彻底的"人生的意义"来，他更确信触及到了"人生的精髓"，《家》正是打上了作者这种个性烙印的礼物。[1]

写完《家》之后，藤村自己做了个回顾："我在写《破戒》的过程中，《春》已经开始在我的心里萌芽。接下来写《春》的时候我已经开始在考虑写《家》了。但是，即使到了写完《家》的时候，第四部长篇却一

---

[1] 参见濑沼茂树『仮構された人生』，『国文学』、昭和四十六年4月号，第63—64页。

点头绪都没有。那个时候我确实有落寞之感。"藤村这段话想要强调《破戒》《春》《家》这三部作品在创作上是连贯的，同时也表明了《新生》与这三部作品在构思的连贯性上存在着某种断裂。《破戒》《春》《家》这三部作品之间所具有的连续性也正是我们一直强调的作者一贯坚持的自我凝视态度所促成的。藤村通过《春》发现并确立了藤村文学的素材、主题和方法，《家》正是对于《春》的成功的发扬光大。三好行雄指出，藤村在《家》的创作中摆脱了欧洲文学的影响，确立了自己独特的风格。而且，从藤村在主题上合理地把握自己的命运（至少作者这样认为）这个意义上来看也是如此，也意味着他的学习时代的真正结束。藤村对于中泽临川在《家》的序文中把他与屠格涅夫和福楼拜相比表示了不满，因为他认为《家》并非其他任何人的风格，而只属于他自己。"在这部作品中岛崎氏的写实主义才有了独立的形式，并确立了其独特性。"[1]藤村无疑对此也是很有自信的，因而对于拿自己和西欧作家相比感到不满。也有评论家指出，这种日本式的，而且纯粹是藤村本人的特色，是在抛弃了流淌在欧洲文学中的社会性格和积极的志向之后才得以形成的。这一观点笔者在《岛崎藤村文学的轨迹》一文中已有分析，在此就不再展开了。

　　自然主义文学虽说以描写自我的生活为主，但是所注重的是个人生活的外在描写，较少探求人物的心灵世界及其具体展示。被称为自然主义文学的代表作的《家》，却让我们既看到了十分可观的个人生活的外在描写，更看到了主人公三吉，也就是作者藤村的痛苦烦恼的内心世界。《家》既是藤村的个人内心世界的多方位的昭示，也是他在自我告白上的多种方法的展示。正是有了《家》中对于告白方法的娴熟的把握，才会有《新生》这部标志着日本告白文学最高成就的作品的出现。

　　长篇小说《家》使得藤村的写实达到了一个顶峰。后来出版的《新生》即便在作品的价值上可以与《家》争锋，但流淌在作品中的大量的抒情味、理想主义等，使得它不能被称作纯自然主义风格的作品。而在写完

---

[1] 伊藤信吉『島崎藤村の文学』，第一書房，昭和十一年2月，第221—222页。

《家》之后一直到明治末期写的短篇小说,则缺乏长期以来那种正襟危坐凝视人生的态度,多少带些悠闲、消遣的苗头了。因而被有的评论家认为是作为自然主义者的藤村的蜕变。这种松懈也为他的"新生"事件埋下了伏笔。

第五章

形式与内容完美结合的告白——《新生》

如果说迄今为止藤村都是主动地一步一步走上自我告白之路的话,那么,1918年发表的《新生》的告白,从因果关系来看多少都带些被动和无奈的色彩,尽管最终他还是采取了主动的自我告白的方式。《新生》作为岛崎藤村的一大代表作,曾经给当时的日本文坛带来强烈的震撼。由徐祖正先生翻译的《新生》中译本于1927年在上海出版,也一度引起街头巷尾的热议。光阴冉冉,近一个世纪的岁月流逝使得《新生》所具有的轰动效应不复存在,我国学界对该作品也显得陌生,不过其惊世骇俗的内容和别具一格的告白方式至今仍为日本文学史家所津津乐道。这部被看作是藤村对自己进行"破戒"的作品曾经引发诸多议论,并成为了日本告白文学最具代表性的作品。

1937年《妇人公论》五、六月号刊载了岛崎驹子的手记《悲剧的自传——名作〈新生〉的女主人公的悲惨的半生》,其中这样写道:

吉江乔松先生在点评以我和叔叔为原型的小说《新生》的时候,称之为"直面激情的浪漫、神秘的写实主义作家岛崎所走过的一丝不苟的道路。就像站在瑞士的少女峰的人会深刻感受到理想与现实、理智与美的浑然天成一样,《新生》树立了热情与理智、艺术与现实牢固地融合为一点的权威。是写实主义的最高结晶。日本的现实自然主义文艺因了这部《新生》才得以点睛"。我对文学不懂。我只是觉得可悲的是,在艺术中实现了新生的现实,如果不是以叔父他本人的辩解和解释来结束的就好了……。这部作品也许是把我和叔父之间的交往原封不动地艺术化了的绝品。但是,它带给我的只有苦恼而已。对叔父来说《新生》成了他的一大代表作,他也因此名声大噪,原本是"人生中的失足"也摇身一变成为了叔父的人生经验中的一大收获。对于无论是作为哲学家还是艺术家的叔父来说,人生的一大过错可以变成一大收获来加以偿还。但是,对于我这样一个无才无德的平庸女子来说,就像是一张令人难以忍受的照片一样被强行拽到公众面前,等于是断绝了我作为一个平凡女子的人生之路。那部小说所记叙的几乎都是真实的事情,但是,对叔父不利的事情则尽可能地抹杀掉了。《新生》并不具有卢梭的自传那样的真实性。在我看来,那是一个男人——一个哲学的男人的辩解书,我不觉得它还是别的任何东西。不过,等我身体好了的时候,同时内心也恢复平静了之后,我再重新回到崭新的人生的日子里,我会再好好读一读,那时的感受一定和现在不一样……[1]

作为当事人之一的岛崎驹子的"悲剧的自传",无疑给《新生》的真实性和问题性做了最好的批注。《新生》可以说是藤村在经历了一场危险的恋爱之后所形成的"忏悔录"。而且,这部小说不仅与藤村的现实生活结合得最为紧密,也给藤村的现实生活带来了重大影响。如果说《家》是因为现实生活的改变而影响到了作品的告白程度的话,《新生》则称得上是文学上的告白直接给作者的现实生活带来了冲击和改变的作品。《新生》在报纸《朝日新闻》上连载不久,藤村的二哥广助就跟他绝交了;

---

[1] 青木正美『知られざる晩年の島崎藤村』,国书刊行会,1999年9月,第94—95页。

《新生》还没刊载完,女主角节子的原型岛崎驹子也被迫远走台湾躲避去了。《新生》发表多年之后的1937年3月6日,《东京日日新闻》刊登了《〈新生〉女主人公之落魄相》一文,3月7日又发表了当时颇受欢迎的女作家林芙美子在养育院看望了驹子之后写的《一个女人的新生——访岛崎藤村的侄女、踏上"荆棘之路"的驹子》一文,再次将"新生"事件的男女主人公推向舆论的漩涡之中。这部作品取材的真实性和题材的震撼性由此可窥一斑。也许正是由于这部小说与藤村的实际生活靠得太近,在创作中又受到来自实际生活的影响的缘故,围绕《新生》究竟是自传小说还是告白小说,以及《新生》的主题究竟是什么等,评论界一直有着不同的看法。

第一节 《新生》与前期作品的关联性

从《破戒》到《春》、再到《家》，藤村文学这种"一气呵成"的趋势靠什么来统领和贯穿呢？无疑是自我告白。在《春》中，相对于前半部分多个主人公平分秋色，后半部分则重点突出了作者本人的化身岸本舍吉，从而强化了自我告白的要素。也就是说，在第一百零五章，作者重新写回到了"家"，正如他自己所说："我在写《春》的过程中开始构思《家》了。"《春》的后半部分背离了作者创作《春》时所设定的主题，因此《春》的前半部才是作者最初的创作意图的体现。对此，和田谨吾认为，作者在《破戒》中掌握的自我告白的方法在《春》中一度被扭曲，受到《棉被》的影响才再度用更直接的形式插入到原型中，并作为一直到《家》的藤村的方法而得以确立，因而《春》的结构显示了从《破戒》到《家》的方法上的之字形运动。[1] 就像藤村自己所提及的，在写完《破戒》、《春》和《家》这三部长篇之后，第四部长篇的构思没能浮现出来，因而相对于《家》是作者长期进行自我凝视的必然结果，《新生》可以说完全是由于一次突发事件导致的意外收获。但这只是就作者创作上的连贯性（比如构思上）而言，从《新生》本身来看，它仍然矗立在《破戒》《春》《家》三部曲的延长线上。

从作者所采取的深刻的告白方式来看，《新生》正是藤村文学不断深入到作者的内心世界和私生活，进而挖掘出潜伏在作者身上的宿命的一个必然结果。从个人隐私的暴露，到发现家对于自己生命的意义，再进一步把目光锁定在家的内部，从而发现了潜伏在自己身上的宿命，这种内容上的循序渐进方式反映了作者在自我告白上不断深入的过程。藤村在《家》中不仅写了夫妻关系给他造成的精神上、尤其是性方面的困扰，还

1　和田謹吾『島崎藤村』，翰林書房，1993年10月，第140—142頁。

对自己身上的宿命色彩——遗传因素一直耿耿于怀。作者就是这样一步一步踏上《新生》的彻底告白之路的。《新生》正是藤村一直坚持凝视自己的内心世界,长期耽溺于个人生活的狭小空间所酿成的人生危机的产物。这种现实人生的困扰与宿命的遗传因素相结合,便构成了制造《新生》的母体——"新生"事件的原因。就《新生》所告白的内容而言,它讲述了藤村(岸本舍吉)为自己与侄女驹子(节子)之间的乱伦之恋(史称"新生"事件)所苦恼,并试图摆脱困境和净化灵魂来获得新生的心路历程。前期作品所涉及的相关内容在《新生》中都有体现;前期作品出现过的人物和事件在《新生》中也都有照应。同样,《新生》所告白的内容,也已经在《家》等前期作品中做过大量铺垫。因此,《新生》在内容上称得上是作者贯彻自我凝视的写实主义态度,并不断进行自我反思与人生总结的结晶,它是一部集藤村告白性文学之大成的作品。

我们在读《家》的时候,就多少看到了一些《新生》的影子,只不过在《家》里边只是作为一个片断出现而已。或者说,读者很容易把《新生》中的岸本和节子,与《家》中的三吉和小俊划等号。但是,事实并非如此。正如平野谦所指出的,"小泉三吉、岸本舍吉都只不过是作者在某个阶段的自画像。因此,在三吉的延长线上摆着舍吉。那里可以看到藤村自己的投影"[1],虽然三吉和岸本都是藤村本人的化身,但同是藤村侄女的节子和小俊却不是同一个人。之所以把新生事件说成是被"制造"出来的,是因为在《家》中已经有过"新生"事件的预演,作者藤村或《新生》的主人公岸本舍吉本本来可以预防该事件的发生的。下面的这段描述充分表明《新生》刻意保持了与《春》和《家》在时间和事件上的连贯性和一致性,对于藤村当时的处境也作了很好的交代。

下了山来到都市生活以后,已经过去七年了。在这期间,令人不解的是他的亲人们相继死去。他长女的死,次女的死,三女的死,妻子的死。接下来是他喜欢的外甥的死。他的灵魂一直处在飘摇不定之

---

1 平野謙『島崎藤村』,岩波書店,2001年11月,第72頁。

中。在很久以前,当他还很年轻,他的朋友们也还年轻的时候,他有一个叫青木的朋友。这个朋友还没有认识中野的朋友就早早死去了。从那位青木去世那年算起,岸本已经苟活了十七年。他身边的人也死得差不多了,剩下他孤零零一个人。(《新生》序2)

《春》所刻画的与主人公青春体验密切相关的两个关键性人物之中,除了上面提到的青木(北村透谷)之外,另一个就是作为藤村的初恋对象出现的胜子(佐藤辅子),她同样被作为烘托藤村青春时期的无奈和悲哀的人物出现在《新生》之中。

二十年前已经去世的故人,在他心里永远年轻。(中略)他看到的是从他手上挣开听从父命嫁给别人的胜子。简单地说,因为那时他穷。他忘不了那时得到很多暗示,即使同样年纪轻轻,如果是出生在稍微富裕一点的家庭的话,他就会去挽留住她。他能捧出来的只有一片真诚的心。"我爱你,我已经心如死灰。剩下的只有思念之心。"他这样说了,而她也被她父亲拉走了。(第一卷125章)

《新生》对于前期作品中曾经涉及到的话题,如与妻子之间的性的困扰问题和妻子带给他的精神上的困扰等问题都进行了直接了断的告白;同时,对于父亲带给他的宿命的困扰,包括遗传下来的忧郁和放荡的血统等方面也有直接的表述。相关内容笔者将在后面章节详细分析。另外,《新生》中的很多细节,甚至包括主人公的秉性和心情,都与《春》和《家》等自传性作品有着一脉相承的关系。《春》里面岸本剃成光头回家道歉的场面,在《新生》中变成岸本剃掉胡须从法国回来。尽管在事件发生的时间上有着青年期和壮年期的差异,但因为是同一个人的所作所为,这种相似之处也就在情理之中了。《新生》还继承了《家》的一些表述方式,如岸本和三吉一样,也是把自己比作修道院内的僧侣。总体来看,《新生》的苦恼虽然与节子关系最大,但在实际的陈述上差不多把藤村半生的痛苦都给抖落出来了,因而《新生》全篇充满了痛苦的呐喊。

再从"新生"事件来看。虽说《新生》是一个突发性事件的产物,但是,读过藤村的主要作品后,又会觉得这是藤村文学迟早都要到来的一个结果,或者说藤村作品的主人公,也就是藤村自己迟早都要面对的一个结局。因为新生事件对于藤村本人来说,其实并不突然,甚至有其必然性。《家》中关于三吉拉了小俊的手的告白,实际上就已经为多年以后创作的《新生》埋下了一条很粗的伏线。藤村"拉过一次长兄的女儿的手,不过数年又让二哥的女儿怀孕了"——平野谦的这句话尽管有些刻薄,反映的却是事实。藤村本人则是把它当作"宿命"——"不可思议"的力量来解读的,因而他也就无从逃避类似悲剧的重演了。

　　即使从《破戒》、《春》和《家》这三部作品的关联性来看,也能发现《新生》出现的必然性。《家》的主题是在写作《春》的过程中发现的,从而在发现从家的桎梏中解放出来这一课题的同时,也有了因为遗传和爱欲而导致的衰败。[1]这种遗传和爱欲导致的衰败,在《新生》中是作为一种精神上的颓废体现出来的。藤村在写完上述三个长篇之后,第四个长篇却怎么也写不出来。之所以写不出来,就是因为现实生活导致他精神上的颓废,而对作家来说,再没有比创作力枯竭更严重的事情了,于是在明治末到大正初期他陷入了更严重的颓废状态。他的这种颓废又与20世纪初期笼罩在整个日本明治文坛的颓废风潮相呼应。当然,造成藤村的颓废还有其他具体原因,如:身边的人一个接一个地死去,为了深入事物的本质而过于冷峻地沉浸在对对象的观察之中,或是他一直就有的"贯穿半生的不明原因的忧郁",等等。四十岁前后,是人生的分水岭,藤村此时陷入了抑郁的谷底。也许是过度的劳作,或是不明原因的忧郁纠缠的结果也未可知,加上三年多一直克服重重困难照顾着失去母亲的孩子们所带来的身心疲惫等,总之,他几乎失去了对生活的兴趣。"新生"事件也正是在这样一种情况下发生的。《新生》以《春》、《樱桃熟了的时候》的青年时代的回忆为主线,在着手处理藤村中年期的危机的同时,也为自己重新做人而对自己的人生来了一次大盘底,在这个意义上《新生》是藤村创作的第二部《破戒》。从对颓废的家族遗传问题的追究这点来看,《新生》

1　参见高阪薫『藤村の世界—愛と告白の奇跡』,和泉書院,昭和六十二年3月,第134页。

又可以看作是第二部《家》。[1]《新生》在藤村文学中的重要性不言而喻。

第二节 "惊世骇俗的秘密"笼罩下的自我告白

一、关于《新生》的主题

明治四十五年，主人公岸本舍吉与自己的侄女节子发生了肉体关系，不久得知她怀孕的消息，自此以后岸本陷入绝望的深渊，惶惶不可终日。他害怕自己的社会地位甚至生存会因此受到威胁。于是，为了从中脱身，岸本选择了到国外去避一避，并在临行前把自己的丑行告诉了节子的父亲，当时的他甚至下了不再活着回来的决心。欧洲之行既是他为了避免在国内暴露自己的丑行，也是他希望远离家乡来忘却和疏远节子。在没有目标的漂泊中，他艰难地过着孤独和自责的异国生活。在时间的治愈下他逐渐忘却了原来怀有的罪恶感，并开始从肉体之恋转向精神之恋来寻求安慰和解脱，寻求将自己的乱伦行为合理化。同时，他还不时地想到了生他的父亲，想到自己的孩子们，试图从维系血统的角度来肯定自己活着的意义。于是，近亲恋爱是否是绝对的罪恶这一问题在岸本那里就被有意地模糊化了。大正五年，主人公岸本结束了三年的漂泊回到了日本。没过多久，他与节子的关系又死灰复燃，他再次陷入到出国前的危机之中，并经常因此受到节子的父亲在经济上的敲诈。在再三犹豫并征得节子的同意之后，岸本决定把他们之间的故事写成小说发表出来。结果节子的父亲与他断了交，节子也被大哥带到台湾去了。

以上既是《新生》小说中的故事梗概，同时也是困扰藤村的"新

---

[1] 此说法参照濑沼茂树『島崎藤村その生涯と作品』第262頁，日本図書センター，1987年10月。

生"事件的大概情形。这是一部被看作藤村对自己进行"破戒"并因此引发诸多争议的作品。从藤村自身来讲，这部作品写的是从他虚岁41岁的大正元年到大正七年约七年间所发生的事。它是以告白藤村与二哥广助的二女儿驹子之间乱伦以及陷入怀孕、生子的秘密为基本线索来展开的作品。事情经过大致如下：1912年6月，藤村与驹子开始发生了关系。1913年正月，驹子告诉藤村怀孕的消息。3月25日出发去法国，4月13日，正式从神户出海。1918年4月5日，即驹子的母亲去世的同一天，藤村开始动笔写《新生》。

《新生》前篇写于大正七年五月到十月，后篇是在第二年四月到十月，分两次在《东京朝日新闻》上连载。许多学者指出，这部作品前篇（也称作第一卷）和后篇（也称作第二卷）的基调不一样，前篇里面没有爱的肯定，而是肉体的过错，或者说只是对于道德上的过失的痛苦的告白；不仅仅是丝毫没有表现出对于侄女的爱情来，在报纸上连载的时候还不时出现比如"没有爱却把她带到了一个她所陌生的世界去"之类的话（在后来的单行本中删去了），来反复强调他们的关系不存在积极的爱情因素。于是，出去旅行被说成是"想让自己受到鞭笞"，对于写着"苦难从一开始就如期而至，如果能用它来弥补的话那就想用它来弥补自己的罪过，这是出国的时候的愿望"的藤村来说，小说只不过表现出了对爱的憎恶的自虐而已。在漫无目的的漂泊之中，他开始对自己的苦恼和不幸进行反思，也对与节子的爱欲关系后悔不已。但是，正像时间是医治痛苦的最好的医生一样，他慢慢悟出了另外一种生活和思想，那就是试图用阿贝拉尔和埃洛伊斯[1]之间那种纯精神恋爱的方式来解释他与节子之间的乱伦关系。后篇也正是在这种精神恋爱的意义的鼓舞下，肯定基于本能的乱伦行

---

1 Abelard and Heloise，12世纪法国一个著名悲剧爱情故事的男女主角。这对尘世间的至爱，在西方堪与罗密欧和朱丽叶、但丁和贝稚特丽齐齐名。阿贝拉尔晚年受到宗教统治者的迫害，作为异端人士遭到流放。埃洛伊斯也成为了修道院长，但仍然鼓吹精神恋爱的权利，反对权威。梅本浩志在《岛崎藤村与巴黎公社》一书中指出，藤村对于将欧洲变革为先进国家的12世纪文艺复兴的知识分子的代表，特别是在追求精神之爱上为现代人所望尘莫及的阿贝拉尔和埃伊洛斯怀着无比崇敬和羡慕之情。

为，试图从中找出真爱的证明来，即寻求革新的逻辑。"我们想以罪过来洗刷罪过，以过错来洗刷过错。"主人公岸本在追求精神爱的错觉下与节子再次陷入了这个明知不可为的乱伦的深渊，《新生》最后以真诚的爱埋藏在岸本的内心深处作为结束。《新生》的主题和中心思想，也在男女主人公相互确认了这种至高无上的爱之后得到了升华。相对于前篇主要是针对基于中年男子的倦怠出现的本能的过错而一味强调道义上的自责的内容，《新生》被认为在第一卷和第二卷之间有着明显的主题上的分裂。

造成第一卷与第二卷主题不一致的原因，就在于第二卷是在写完第一卷之后过了半年动笔的。榎本隆司指出，《新生》第一卷的发表，简直就是孤注一掷地把自己作为作家的前途给押上了，但是从结果来看显然是有些杞人忧天了——社会上对他那爆炸性的告白内容感到十分惊诧的同时，反过来又赞许他那种作家的诚实和作品的写实。第二卷正是在第一卷（也是"新生"事件）已经为社会所接受的背景下创作的。因此，不容否定，至少写第一卷的时候的藤村和写第二卷的时候的藤村在创作态度上是有区别的。正如已经有人指出的，那种忏悔告白的程度发生了微妙的变化。[1]对此，濑沼茂树也作了进一步分析：第一卷是作者对周围的社会还有所顾忌的情况下，把"新生"事件作为基于中年单身男人的倦怠引发的过错，纯粹把它作为伦理上的苦闷的记录，即作为"忏悔之书"来写。第二卷则是在作者已经十分清楚第一部发表之后的反响的情形下写的，他也就无需对周围社会有所顾虑和回避了，于是态度一变，提高了隐藏在两个人的关系之中的精神方面的意义，即作为"福音之书"来合理化，从而使得《新生》没能在主题上与第一卷保持一贯。[2]综合各种评论来看，一般认为第一卷是"新生"事件的事实上的告白，因而第一卷被认为是从"恋爱的自由"、"金钱的自由"等"心理上的负担"的解放（笹渊友一），是谋求"作为生活者的自由以重新做人"（山田晃），它既是对"道德上

---

[1] 榎本隆司『新生―告白と救済』，『国文学』，昭和四十六年四月号，学燈社。
[2] 参见濑沼茂树『島崎藤村　その生涯と作品』，日本図書センター，1987年10月，第280页。

的过失的痛苦"（吉田精一）和"为宿命的罪孽所困扰的苦恼的情形"（实方清）的描写，也是"被拟定为赎罪的行为"（伊东一夫）；第二卷则是基于第一部发表之后的反响写的，与第一卷夹杂着对社会的恐惧相比，难免给人以态度突变的印象，它以"自我肯定"为基调对恋爱式的乱伦关系加以积极肯定，并试图通过自我告白这一艺术家的自我拯救行为把男女主人公从水深火热的现实矛盾之中拯救出来。

不管怎样，通过咀嚼那些苦恼和自责，《新生》所追求的是藤村以前的作品中几乎从未触及的自我意识的挣扎，并由此展示了一个崭新的世界出现的同时，作家的世界也得到了扩大和深化。一般来说向外部扩张的作家的精神会一而再再而三地把痛苦堆积在内心，这正是这部作品得到质的飞跃的地方……[1]因此，不管把《新生》归结为告白小说还是自传小说，作者所告白的内心真实都是实实在在的。也不管《新生》是忏悔之书还是福音之书，《新生》的的确确是描写出了作者痛苦的精神历程的人生记录。

二、惊世骇俗的秘密的出现

《新生》主要是围绕主人公"害怕秘密——回避秘密——面对秘密"这一发展变化过程所进行的详尽的自我告白。

首先是秘密的出现——

> 有一天黄昏，节子朝岸本身边走了过来。突然她忍不住似的说了出来："我的样子叔叔大概已经明白了吧。"……节子用极小的声音告诉岸本她已经做了母亲。
>
> 一直想尽力回避的那个瞬间到底还是来了。岸本听了不由得打了个冷颤。（第一卷13章）

在《新生》第一卷的第4章，作者就通过老妈子告诉节子河里漂着一具肚子里怀有孩子的死尸，来渲染《新生》的秘密也有着近乎死亡的恐

---

[1] 伊藤信吉『島崎藤村』，此处转引自吉田精一『島崎藤村』，第114页。

惧。我们可以把它看作是作者刻意埋下的伏线。不久，秘密真的破土而出了。节子向岸本宣告自己做了母亲，揭开了暴露的故事的第一幕。这一场面颇似丑松目睹大日向被驱逐出旅馆的这一幕。《破戒》中的丑松虽然知道自己的部落民身份，但一直是在自己心里采取淡化和回避的态度，直到看到同样是部落民出身的地主大日向在旅馆遭到驱逐之后他的部落民意识才被强烈地刺激了；岸本其实也很清楚节子所告诉他的事实，只不过他心里一直在努力回避之。有道是怕什么来什么，随着侄女的肚子一天比一天大起来，纸包不住火的那一天终将到来，他所面临的被唾弃和受谴责的危险也渐行渐近。《新生》的自我告白，不是像《破戒》的主人公那样告白的是虚构的内容，也不是像花袋《棉被》那种暧昧的内容。在内容上，摒弃了《破戒》中"部落民"这一受歧视的关乎生死的秘密的特殊身份，但是又保留了那种关乎生死的紧迫感，不同的是，这个秘密不是来自虚构，而是来自作者亲身生活的体验（正面临的人生最大的危机）。作者在小说中把它称作"Dead secret"。

"Dead secret"在英语里有两层意思。其一是"只要自己沉默"秘密就会消失。还有一个意思，自己"沉默"的结果会使得这个秘密成为导致死亡的秘密。这是因为沉默等于是要把秘密变成没有秘密，即打算抹煞秘密，它之所以会比真正杀人还厉害，就在于还有一个真实的自我会因此饱受折磨。而且dead还有"绝对的"的意思。如果它意味着绝对不能让别人知道的话，那就与《破戒》中父亲的戒语是一回事。总之这种进退两难的困境逼得岸本走投无路。在这个"绝对"之中，还有着藤村最终会冲破禁止告白的决心的表白，这与《破戒》也是一脉相承的。[1]对于岸本（藤村）身边的人来说，无疑是希望他能够保持沉默，让这个秘密永远消失。《新生》中写到岸本把忏悔的文字不断发表在报纸上之后，节子的姐姐辉子前来拜访叔叔岸本并对他说："真的从未想到会把那些事情写出来的——没有一个人不为叔叔惋惜的。"对于岸本（藤村）本人来说，则是

1　参见渡辺広士『島崎藤村を読み直す』，創樹社，1994年6月，第189頁。

自己如果沉默下去就会给自己带来毁灭,就像二哥义雄让节子的姐姐辉子带话给岸本所说的:"脸上一时变青一时变白,不把自己所做的事情写出来就活不下去了一般。"

《新生》作为作者痛苦人生的赤裸裸的告白,就是围绕这样一个惊世骇俗的秘密来实现的。正是因为有了这样一个秘密,才使得《新生》具备了像《破戒》和《罪与罚》那样的告白结构,即"秘密—发觉—告白—拯救"的模式。《新生》接下来的告白内容就是紧紧围绕这一秘密来展开的。《新生》通过"秘密的出现——秘密的恐惧和隐瞒的痛苦——逃离现实的努力——重新回到现实和秘密之中的不安——告白的决心和行动——拯救和新生的获得"这么一个过程来展开故事情节。在这一过程中,《新生》采取的是与《破戒》、《罪与罚》相类似的告白结构,在隐瞒与告白的矛盾中渲染主人公告白前的恐惧与内心的冲突。

藤村以"暴风雨终于来了"来形容这一事件的发生,不难看出他内心对于这个迟早都要到来的灾难的震撼而又无奈之情。田山花袋在读到报纸上连载的《新生》第十三章即节子宣告怀孕的内容的那一天,甚至担心藤村接下来可能会自杀。作者也描述了岸本当时的绝望心情。

　　二十年前,岸本曾经一度站在了国府津附近的海岸边。黑魆魆的相模滩的波涛朝他站着的地方扑了过来。当时他还很年轻。在难以停止的精神的动摇下持续了将近一年的流浪之后,他的旅程在那个波涛拍岸的海岸走到了尽头。当时他一天没吃没喝。也身无分文。(第一卷26章)

岸本的回忆正是《春》的主人公岸本所经历的,当时岸本因为失恋的痛苦和漂泊的茫然打算投海自尽。这段回忆无疑表明了《新生》的主人公在听到了这个同样关乎生死的秘密之后又一次处在了面临生死抉择的时刻。他想起了27岁就去世了的好友青木(北村透谷),此时似乎在嘲笑似的说他"早点死掉倒好了"。岸本对于这一秘密的后果简直不堪设想。他甚至想到了不如一死了之以谢罪,把后事托付给节子的双亲算了。但是,死亡对他来说也是很难的。"岸本曾经打算出国之后化作异乡的泥土,却又觉得行不通。在国内有无所依靠的孩子们。'没有一个不想活着的。'他这样对自己说。"对于秘密出现之后的岸本来说,他最在乎的首先是世人的目光,小说中对于主人公强烈的"他者意识"更是不吝笔墨。小说中写道:当看到在厨房里和老女佣一道干活的节子表现出来的神情没有任何异样的时候,岸本内心得到了暂时的安心。他和节子一样害怕老女佣会看出点什么来。而老女佣无心的话却让他如坐针毡:"邻居们都说,真不知道老爷一个人是怎么过的。他们都说我们老爷是个规矩人……"听了这话他只有暗自脸红了。朋友喝酒时开玩笑说的"我对于岸本君的单身生活还真不大敢相信呢",也让他感觉到了一种说不出的恐惧。当不明就里的大嫂说节子真有福气修到了这么一个好叔叔的时候,岸本更是几乎冒冷汗了。他不敢想象这件事如果再发展下去的后果将是怎样。但是他想象得到将会有石块向他扔过来。自己的行为虽然没有触犯法律,却是遭世人唾弃和舆论谴责的,他可以想象得到那种看不见的石块扔到自己身上的时候的那种痛楚,以及周围人的冷嘲热讽的悲哀场面。"白天和黑夜成了漫长的瞬间。岸本的神经贯注在让侄女背负自己也背负着的深深的痛苦之中了。"于是他发出了恐慌的呼声:"照这个趋势下去的话,自己究竟怎么办呢?"

和《破戒》中的丑松一样,岸本要抵达告白的终点,还有一段相当艰辛的路要走。他所拥有的关乎生死的秘密——难以言说的真实的秘密,就像秽多出身的秘密折磨丑松一样,在这里继续变本加厉地折磨着岸本。这个秘密一经出现之后,可以想象得到对已经功成名就的岸本的打击有多大。岸本很快陷入了痛苦、矛盾折磨的深渊。"不遵守社会的规范,不听从亲戚的劝告,即便逆势而为也要按自己的方式去做,向来一意孤行的岸本就这样掉进了这个陷阱之中。真想不到自己竟然会犯下这种罪过,这使得他没什么好辩解的。"(第一卷13章)于是,"不等别人来责备,他自己先想责备自己了;不等社会来埋葬,他自己先想埋葬自己"(第一卷27章)。他除了对自己的前途感到不安和恐惧之外,还有着对于另一个当事人的担心以及由此而来的自责心情。对于接下来该如何面对自己的侄女他感到痛苦和难堪。节子的沉默寡语就像是在鞭笞他的良心一样。他从节子脸上的表情仿佛读到了她的心声——"叔叔打算怎么处置我呀？"他感到自己和节子的前途终将毁于一旦。

在岸本看来，节子默不作声的心事重重的样子，是在用她的无言的恐惧和悲哀诉说她对叔叔的强烈的憎恶。他甚至从侄女的脸上的黑影中读出"叔叔打算怎么处置我"这种与鞭笞无异的话语。有七天多，岸本都是处在这种坐卧不安的焦躁之中。（第一卷21章）

这段似曾相识的文字，有如我们读到了《家》中另一个侄女小俊的心声。而《新生》中的节子，"就像是从沉重的石头底下稍稍冒出来的嫩草一般的姑娘，既没爱过人也没被人爱过。何况她并没有什么足以诱惑岸本的心的地方。她只是有那种信赖叔叔、依靠叔叔的那种女孩气"（第一卷20章）。看着节子脸上出现的黑影，岸本感到那个黑影比在心里听到大哥对他怒吼"你真不是个东西"还要更令他坐立不宁（第一卷21章）。——不言而喻，这里的大哥就像《破戒》中丑松的父亲一般，代表着一种家族的权威。他还想象到节子的父亲义雄一旦得知真相，肯定也会怒不可遏地斥责他"真不是个东西！"。当时，岸本体会到了对于即将毁灭的自己所产生的那种冷酷而凄惨的心情，但他似乎又有些无可奈何——

元园町坐在岸本跟前。但是，他并不知道岸本受了沉重打击，只顾喝他的酒。如果把一切都毫不隐瞒地跟他说了，跟他商量的话一定会有所帮助的，看着这个既富有主见，又满怀热情的朋友的脸，岸本对于发生在自己身上的事情没有透露半点风声。就连稍微透露一点他都感到羞耻。（第一卷18章）

一方面是自己所做的勾当见不得人，另一面则是"连那么热心地教给自己许多东西的朋友都必须隐瞒，他为有着阴暗面的自己感到了羞愧"，这使得他同样面临曾经折磨丑松的烦恼——虚伪与真实之间的两难抉择。捨吉害怕的是丑行暴露之后来自社会上的白眼，这和丑松害怕公开自己的秽多身份会受到社会的歧视在性质上是一回事。藤村本人的心情无疑是对于自己的近亲相奸的丑闻必然会饱受社会的责难这一点感到害怕。

当二哥义雄收到岸本从前往法国发给他的信了解到事情的真相之后，也是告诫他"赶紧把这件事情忘了吧"，而且强调："这是无论任何人都不能告诉的。所以即使对我的岳母我也不能说，就是在自己的妻子面前我也打定主意不会透露半个字。"同样，作为事件的受害方的节子对于叔叔岸本出去旅行的动机，连自己的母亲都隐瞒得严严实实的。

    色彩，乐曲，快乐的女人们的笑声，都足以使人享乐的那种气氛，岸本从这种气氛中离开的时候，心里更加沉郁了。（第一卷20章）

  而这又与他在《春》的结尾处发出的"即使像我这样的人也要想法活下去"的心声相一致。对尘世的留恋，强烈的生命欲望，与《破戒》丑松的表现是一致的，也是藤村一贯所具有的。于是，在无奈和绝望之中，他甚至希望这一切都不曾发生。于是，他从害怕"秘密"开始转向试图回避"秘密"了——他鼓动节子去找个医生诊断一下，尽管他自己也认为不大可能，但他还是心存侥幸，希望医生诊断出节子没有怀孕。（第一卷21章）——这种侥幸心理，说明一开始他对于这种乱伦关系并没有特别深刻的罪恶感。如果节子没有怀孕，捨吉也许只是把它当成自己一时的过错，就像处理《家》中的"小俊"事件一样。在他内心深处他也许希望借助岁月的力量来恢复正常的叔侄关系。这也是事后捨吉越发感到自己罪孽深重的一个原因。有分析指出，即使他和节子发生了关系，如果节子没怀孕的话，也不会有《新生》。因为正是节子的怀孕才使得他们的乱伦关系有可能为世人所知。《新生》中"近亲相奸"这一符号与《破戒》中"秽多"这一歧视符号有着同样的机制，那是"罪中之罪"，是"禽兽行为"。只不过藤村从一开始就拒绝了这一符号。至少他拒绝了把它作为"罪中之罪"、"禽兽行为"而必须隐瞒起来的旧道德。岸本被节子引导到了"打消不义的想法"这样一种境界。从法律上讲，禁止近亲结婚是制度上的禁止，不是课以惩罚的刑法。这正是藤村的自我正当化的依据所在。[1]他甚至还对此愤懑不已——原本视女人为累赘、以自己的鳏夫生活作为对异性的报复的他，却不得不为了一个小侄女的缘故一改初衷，甚至使自己落入

---

1 参见渡辺広士『島崎藤村を読み直す』，創樹社，1994年6月，第190—191页。

如此黑暗的命运之中。

尽管如此,岸本再怎么将自己的行为正当化,那也只是减轻自我内心压力的一种途径而已。在他紧绷的神经里面,节子怀孕的秘密给她自己带来的伤害也是他不得不顾及的。

> 夜晚,他在河边上走着,眼前浮现出年轻孕妇的浮尸,突然想到"节子是那种人,说不定会寻死呢",再没有比这种念头更让岸本的内心感到黯淡的了。(第一卷24章)

如果能够隐瞒"过失"的话就打算照常过下去的心情,与把一切都告白出来求得原谅的心情,这两种心情互不相让使他变得更加痛苦。这一段的描写,与《破戒》第二章丑松心理的描写相对应。"想起来,过去并不一定就会回来。我的《破戒》之中有两个形象。有的人太过担心自己的前途而想亲自掩盖过去,有的人则把显露它作为真正埋葬过去之路"。作者关于写《破戒》的这段话,又与《新生》情形相吻合。

> 他感到只有逃到海外去才能救自己了——
>
> 抛弃一切到海外去吧。到完全陌生的地方去,到完全陌生的世界,到完全陌生的人群中去。到那里把可耻的自己隐藏起来。这种想法,既可以使得自己主动忍受苦难,又可以借此拯救节子。(第一卷30章)

逃亡海外——《破戒》中丑松告白之后的结局在《新生》中变成了告白之前的选择。这种想隐瞒的心情在他逃避到国外去之后更是成了主旋律。比如他每次收到节子饱含深情的信函都会烧掉。他甚至觉得"只要不写及那件事,节子的信还真是不错"。但是,这又是他人生中跨不过去的一道坎。在巴黎郊外避难的时候他会想起"新生"事件——"他那样想:假如有人生的审判的话,自己也成了一个被告站在那里的时候,那么用什么借口来陈述清楚自己内心所发生的事情呢?什么都可牺牲掉也必须活下去,结果却遭遇了这种一生最严重的危机的人,怎么能说出明明白白、有条有理、合乎逻辑的道理来呢?"(第一卷98章)

但是,就像丑松对莲太郎的告白冲动最终止于心动一样,他的告白的冲动也难以成为行动,何况他所拥有的秘密还不是丑松与生俱来的出身的秘密,而更像《罪与罚》的拉斯尼科夫斯基的杀人的秘密,是自己给自己制造的秘密。因此,他对于把这样的秘密告知别人感到羞耻,对于自己的罪过被公开尤其感到害怕。他和丑松一样有着对社会的惩罚的恐惧,对尘世的留恋。如何摆脱这个关乎生死的秘密,就是岸本所面临的人生的重大课题。但是,没有勇气面对现实的他还是想到了逃避,并不时冒出"到陌生人的世界中去"这种悲哀的念头来。他将新生事件视为一生最大的失败。他想到一个陌生的国度去,舍弃一切到海外去,把可耻的自己埋没在陌生的人群中。这一可悲的外游的决心就是从这里产生的。于是,岸本舍吉把多年辛辛苦苦获得的一切权利都抛弃掉,把多年以来成为心灵食粮的许多藏书也卖掉了,"慨然进行着旅行的准备"。他终于逃避到遥远的法国去了。国外漂泊的生活使得他也有些举棋不定:"岸本曾打算出国之后化作异乡的泥土,却又觉得行不通。在国内有无所依靠的孩子们。""没有一个不想生存的。"他这样对自己说。但是,三年之后,他最终还是无奈地回到了这个秘密之中。他刚回国的时候怀有强烈的赎罪意识。当他从海外回到东京自己的家里的时候,临进门之前内心十分纠结:他很想见到二哥,很想见到二嫂,但是不忍心见到节子。为了自己的不道德,自己的罪过。不知道节子变成什么样子了,即便这样想一想他也觉得难受。接下来的每一天他都与侄女和二哥一家共同生活在一个屋檐下,面对侄女时候的不自然,与二哥义雄交谈时的如鲠在喉,面对毫不知情的二嫂时候的那份愧疚,使得岸本失去了正常人(家族成员之间)的那份自由。不久之后他与侄女重又恢复了那种乱伦关系而不能自拔,使得他们两人的人生之路都陷入了毁灭的深渊。对于他来说,根本的解决之道还是要面对秘密,跳出"家"的秩序,即割断作为家的道德的具体体现的罪过与金钱的因果关系,而最好的面对方式就只剩下告白了。

"把一切都在大家面前坦白吧。"岸本在自己的耳边听见了自己从未听到过的声音。如果把用谎言构成的自己的生活彻底颠覆,把处在黑暗之中的自己的痛苦的心情拿到阳光之下,不管是好是坏

把一切都在大庭广众之下坦白出来,就可以说,这就是自己,这就是捨吉吧。(第二卷92章)

这段话被认为与卢梭的《忏悔录》的开头的记述相对应。只是捨吉面对的不是上帝而是"人生的审判",是与《破戒》的丑松完全一样在公众面前坦白的局面。在这个异常的告白里面,不顾一切也要活下去这种对生命的迷恋,与深邃的自我爱在根本上起着作用。这也表明了他希望通过告白来寻求"人性的真实"并以此进行自我拯救的信念。这一信念并不是在《新生》之中才有的,而是作为贯穿了他整个艺术生涯。从《嫩菜集》开始就已经存在了,在《新生》中则是划上了一个圆满句号。猪野谦二指出,实际上,他所采取的通过自我告白来自我解放的方法,正是他曾经满怀激情写进《破戒》的丑松的告白之中,并想要在自己的现实生活中学习到的东西。在闷闷不乐之中意识到自虐般的罪孽,另一方面又担心事情暴露而引发社会在道德上、物质上的制裁而感到恐惧——处在这种内在的矛盾之中,加上对于生命的强烈的留恋使得他始终想着要在现实世界中生存下去,他所能做的,就只有把这个真实的人生现实原原本本地告白出来——即使再丑恶也要把它暴露出来,强行走上自我拯救的道路,并由此产生追求新的人生的可能性。藤村就这样从一般人都很清楚的乱伦事实之中,还要力求一个普遍的逻辑,而把他引向这一方向的,正是自花袋的《棉被》以来所形成的自然主义文学家的信念,即毫无畏惧地把自己的丑恶暴露出来,从而从社会上的一般道德之中获得自由,并籍此在艺术上净化自己。[1]惊世骇俗的秘密,最终演变成了一场具有轰动效应的告白运动,这正是《新生》带给读者的启示。

三、《新生》中的三个告白

(一)《新生》序章关于朋友的告白

自己的是死的沉默。在这死的沉默里,他在等候着就要朝自己

---

1 参见猪野謙二『島崎藤村』,要書房,昭和二十九年12月,第73—74页。

袭来的那个猛烈的暴风雨。(《新生》序章)

《新生》序章一开头，就引用了中野朋友的书信。其内容有两点特别值得关注。一是："我生活的琴弦上搁着倦怠和懒惰的灰色的手。（中略）我体内的本能的生命的冲动变得极其微弱。永远坠落进去的乃是无味的陷阱。"再就是："愈发觉得沉默为好"。他在这封信里所告白的内容引起了岸本内心强烈的共鸣，也成为许多评论家研究《新生》时议论的一个焦点。

朋友对藤村说的生活近况和那个告白，使他胸中产生了很大的感动，引起了他对自己身世的回忆（三个孩子和妻子的死）。渡边广士认为："朋友的信"是岸本自己的告白的一个口实。因为那封信本身就是一个"告白"。岸本从朋友的信中所发现的与自己有相似之处的动机是什么呢？那就是搬到"新家"之后的"懒惰"，这虽然是朋友的话，岸本却从中发现了重大的意义，并成了他给自己找到借口的开端。

有分析指出，"写"与"读"相关联，是《破戒》以来他的作品的重要要素。这在他所假托的"书信"中已经看出来了。书信不管在哪部作品里都是宣告叙述=写作行为中内在的听众=读者的意识的态度。[1]因此，《新生》的《序章》从引用收到的中野的友人（蒲原有明）的书信开始，以这一书信作为楔子（序曲），把对死与虚无主义的畏惧作为了主人公精神颓废的主音给描写出来了。当时对人生的无常感到畏惧的岸本舍吉其实也陷入了颓废之中，这一情形在与中野朋友的对照之中其实已经浮现出来了。不久，颓废就成为了贯穿《新生》全篇的主旋律。这一书信作为《新生》的楔子起到了重要的作用。籔祯子在《〈新生〉的基本结构》中也指出了这一点。不容忽视的是，《序章》所讲述的对死与虚无主义的畏惧，不止是岸本舍吉，中野的朋友也同样有。这一书信在反映了舍吉颓废内部的自然属性的同时，也鲜明地反映了中野的朋友也陷入了内部的颓废的情形。这一书信之中所叙述的，是令人恐惧的无聊的人生。这种情形，在从

1　渡辺広士『島崎藤村を読み直す』，創樹社，1994年6月，第156頁。

19世纪末期进入到20世纪时作为充满时代不安感的生命内部的迫切问题而被提取出来。关井光男对此还举了例子来说明。夏目漱石的《行人》中出现的二郎的哥哥一郎，就这样叙述了他内部的悲惨："不管是看书，还是思考问题，不管是吃饭还是散步，一天到晚不管做什么，都无法安于现状，不管做什么都会产生做不下去的心情。"藤村就《新生》所讲述的"挥镐朝着我们的时代的浓郁的颓废砸下去"，与这个一郎的"做不下去的心情"是相通的。当然，藤村这句话并不一定就能掩盖他自身存在的问题，但无疑却是以默许了20世纪初期的人生现实为前提的。就像相马庸郎在《〈新生〉试论》中所说的那样，即使岸本的颓废是自然主义作家所共有的心情这一点是事实，这种颓废的精神状况并不只是在自然主义作家之中才有。藤村之所以强调《新生》并不是那么注重告白或忏悔的小说，就是因为它还包含了这种时代特点吧。[1]

也有论者指出，作品讲出了岸本受困于"倦怠和疲劳"的状况这一点，其中恐怕还有作者借此来对新生事件的告白进行粉饰，或者把它作为新生事件的伏线而虚构进去之嫌。[2]笹渊友一对此也进行了分析，认为《新生》的序章有两个动机。第一，就是想给人造成这样的印象，即岸本和节子的叔侄之间的关系是扎根于时代的颓废之中。藤村所说的"挥镐朝着我们的时代的浓郁的颓废砸下去"就表明了这一点。序章一贯的"沉默"这一主题，也被看作是这一时代现象——颓废的表象而被设定。但是，这一重要视点并没完全支配整个序章。第二个动机则与象征岸本颓废的沉默相关联的暴风雨的特点有关，与岸本为了从生活的危机中解脱开来而期待暴风雨的来临相连接。但这个暴风雨的性格与第一卷所写的暴风雨是不同的。[3]第一卷所写的"暴风雨"就是节子怀孕的消息，它是一直陷入颓废状态的主人公期待生活中发生大的变故来使自己得到改变，而真正的暴风雨到来的时候，他又感到了震惊和恐惧，并导致了接下来的告白

1　参见关井光男『新生論』，『国文学 解釈と鑑賞』，平成二年4月号，第94—95页。
2　参见細川正義『〈新生〉の構造』，『島崎藤村研究』第12号，第23页。
3　参见笹渕友一『小説家島崎藤村』，明治書院，平成二年1月，第356页。

的发生。

（二）对二哥的告白

岸本对于自己的见不得人的勾当一直是持隐瞒的态度的。原因就在于害怕他者的白眼，尤其是兄长（自然也包括节子的父亲）的斥责。害怕自己的丑行曝光，他选择了逃到海外去避一避。但是，他再怎么想一走了之，有一个人也是他不得不面对的，那就是他的二哥、节子的父亲。岸本对二哥义雄的告白，也是再三犹豫之后做出的。最后在一心想隐瞒与节子的关系而逃往法国去的旅途中，他才鼓起勇气给兄长写信承认所发生的事情。

"听着性情刚烈的义雄说出这样的话来，作为弟弟的岸本到底没有机会说出节子的事情来。（中略）他想到不曾对阿嫂说声求得原谅的话，此刻也不能对兄长说句求得宽恕的话，他越发感到自己罪孽之深，叹了口气。"（第一卷46章）

"离开神户以前他无论如何想给名古屋的义雄兄写封信。（中略）但怎么也写不出来。他不知道该用什么话来表达自己的心情。"（第一卷49章）在上海没写成，一直在开往香港的航海中才动笔写。他还写到自己犯了对于亲戚、对于朋友，都不能商量的那种严重的罪，……自己想远去异国他乡，哭一下自己激变的命运。（第一卷51章）最关键的还是在信中他把处理节子的后事拜托给了二哥义雄。对此，伊藤信吉是这样分析的：事情刚发生的时候，他内心充满了生怕被人知道的恐惧。同时，这个告白是把他从失败的深渊拯救出来的痛苦的表现。更为痛苦的是，对于无论如何也必须忍受的绝望的恐惧心情，长期笼罩着他的一举一动。想要隐瞒事件的畏惧与自责的痛苦几乎是无意识地结合在了一起，从而更加把岸本的行为作为逃避的形象给表现出来了。[1]他在抵达香港之前没能给二哥写信说出事情真相的原因，就在于"偏偏又犯了"这种对宿命的罪孽的意识，与对于"社会的嘲笑之石"的"难以名状的恐惧"，这两个力矩作为一个

1　参见伊藤信吉『島崎藤村の文学』，日本図書センター，1987年10月，第245页。

整体自始至终百般折磨着捨吉。[1]

但是,对于向二哥义雄的告白,就犹如丑松之向莲太郎的告白一样,与向世人告白是完全不同的,是不会给岸本带来实际伤害(尤其是他所害怕的世人的目光),结果反而把它作为家族的秘密来加以维护。事实上,义雄知道事情的真相之后在愤懑之余还不得不严守这个家族的最高机密,甚至连对自己的妻子都没有透露半个字,尽管妻子为天天面对未婚先孕的女儿却不知所以然而有些愤愤不平。何况作者(主人公)的这种告白还有着其具体的现实目的,那就是把处理节子的后事(孕妇之身)同时托付给了二哥。《新生》在第五十四章写到岸本在巴黎的客舍接到了二哥的来信,其中有"我已经把已经发生的事情说成是一个叫吉田的人干的"、"已经发生的事情没有办法,你就忘了这事吧"之类的话语。于是,"从东京到神户,到上海,到香港,一直追随到了遥远的巴黎来的那种难以名状的恐怖到那个时候总算被驱走了不少"。这里既显现了二哥的家族主义处理方式,更凸现了岸本(藤村)的利己主义做法。他的逃离,本身就是利己主义的做法。就像作者后来透过岸本所说的真心话:"爱欲问题上……最终吃亏的还是男方。"岸本为了逃脱自己行为的责任,决定外游的那天晚上,对即将丢下不管的节子所说的"有好消息。明天说给你听吧",只能让读者哑然。这个场面,可以看作是藤村主动把自己的老奸巨猾和自私自利给表现出来了。既然是写在了作品中,也就表明作者对此无疑是加以肯定的,因而更加让人感到吃惊,也因此使得《新生》招来许多非议。

二哥尽可能隐瞒秘密的家族主义的处理方式,确实化解了岸本原有的在社会上身败名裂的担忧,但也加深岸本内心深处的罪恶感。而且,"越是想遮掩,那种罪恶感反而更加变本加厉地侵入他的内心深处"——使得原本是来自外部的恐惧逐渐向他的内心蔓延。就像遵从良心的判决一样,他必须像一个囚徒一样呆在法国。《新生》在后半部分把岸本和节子

---

[1] 参见平野谦『島崎藤村』,岩波書店,2001年11月,第79页。

的关系升华到了爱情的层面。但是,即便如此也不能让岸本彻底摆脱那种近亲相奸所带来的罪恶感。一直替他隐瞒的二哥的存在事实上等于是在不断提醒他这一点。"知道这是不能说的事情,哪怕是自己的妻子也绝不能透露只言半语。" 二哥有意无意说的这句话,无疑在暗示着岸本与节子之间的秘密实际上影响到了二哥二嫂的夫妻关系。二嫂有怨言的根源就在于觉得二哥对她隐瞒了什么,也就是这个只有兄弟之间才明白的深深的秘密。岸本自己也不是没有感觉,因为在家里二嫂曾经说过"义雄对我隐瞒了事情"的话。这也意味着岸本的告白如果只是停留在家族内部,或者说仍然坚持以旧的大家族的处理方式来对待,对于已经具有近代自我意识和新的价值观的岸本来说是无济于事的。

(三)面向社会的告白

岸本在征得节子的同意后,下定决心公开自己的秘密。对于把自己的秘密发表出来一事,他表示"但我也是有了相当的觉悟才这样做的。"(第二卷115章)节子的姐姐觉得这样一来节子太可怜了,用人家的话告诫岸本:就不能把它当作"是个梦"遮掩过去么?但是岸本仍然坚持发表,并表示"但是要问哪一个人最受累,最受累的不是我么?"他这次的告白,首先是对二哥"把一切都忘了吧"的告诫的"破戒",同时也是对他自己所拥有的人生的秘密的"破戒"。

他事后在写给义雄的信里对自己的告白行为作了解释。他写道,原来从国外回来就是想接受大哥和去世了的二嫂的责罚的,却安然无事地活到了今天。对于这种宽容大度自己反而觉得不安,因为甘愿为自己的过失接受处罚乃是自己的本愿,因此才下决心将自己的行为告白于大众之前。他也考虑过为了维护有着悠久历史的家族的声誉而想把自己的失败涂抹掉,但是长期承受的隐瞒之苦让他再也不能隐瞒下去了。对于有着美德传名的祖先来说,出了自己这样的人固然是给祖宗脸上抹黑,但把自己的过失公开出来以接受众人的责罚,反而又是对祖先的名声的维护。自己是抱了主动接受大哥的惩罚来写这封信的,自己公布的忏悔是出于自我鞭笞的考虑。而对于节子,他认为从修业的角度来看对节子也是有益的。他想一切都让节子自由来决定。因为他相信指引节子走到今天的生命,明天还会照样引导她。(第二卷116章)正因为主人公所进行的是面向社会的告白,所以和藤村以往的告白不同,在《新生》中岸本先征得了节子的同意。

应该说,这种面向社会的告白与自杀行为无异。青野季吉指出:"藤村下决心写《新生》的时候,就已经一度在精神上自杀了。当时的他想要靠自己的力量起死回生而不惜决一死战,这正是《新生》的灵魂所在,仅凭这一点就足以打动读者的心。"[1]但是,对藤村来说,告白反而是从根深蒂固的自恋情结出发的做法,自杀之类是根本就来不及想,"执着的生活态度"无疑使他根本就无须害怕会葬身于社会的恐惧之中。因为根据自然主义文学的理念,"暴露现实"就是不管怎么丑恶,也要都把它作为人性的真实来加以肯定,无论如何也要使自己活下去的做法。[2]泷藤满义也指出,对于舍弃了《破戒》的方法(虚构小说)的藤村来说,他与侄女的事件只能和《新生》一样变成告白小说。这是他的写实主义小说方法的宿命。同时,藤村所犯的罪孽是对于"社会"的罪,所以告白的对象不是像基督徒那样面对上帝,而是"世人",拯救也应该来自社会。但与濑川丑松不同的是,藤村是作家,告白的受众首先是读者,拯救自然也是来自他的读者,即那些认可作家的诚实告白、并能与之产生共鸣的人,也就是能诚恳地接受藤村所说的"觉醒者的悲哀"的痛苦的读者。[3]幸运的是,事实最终如他所愿。

小林利欲指出,自然主义所暴露的大致上是自己一人的性欲之类,仅仅限于自己的事情。想想田山花袋、岩野泡鸣马上就能理解了。同样,藤村在《破戒》《春》《家》《樱桃熟了的时候》的系列中,也是一直审视着自己被束缚在家里边的宿命,结果也都失败了。于是,暴露自己一

---

[1] 转引自吉田精一『島崎藤村』,桜楓社,昭和五十六年7月,第130页。
[2] 瀬沼茂樹『島崎藤村その生涯と作品』,日本図書センター,1987年10月,第104页。
[3] 参见滝藤満義『島崎藤村—小説の方法』,明治書院,平成三年10月,第213—215页。

人的内面性的自然主义手法就陷入了走投无路的窘境。如果藤村再继续局限于自己一人的、而且仅仅是情欲和爱情之类的话，那就和文坛的自然主义的结局一样。要想走出《家》，就必须不只是对文坛，而且要以更广阔的社会为对象来进行告白。由此可以推断他在《新生》中又有了社会的意识。[1]《新生》正是这么一部面向社会告白的小说。

但是，他的告白的实质又是什么呢？是否是罪的忏悔呢？不妨先看看岸本的一段告白。

一种意想不到的悲哀的想法，像划破黑暗的闪电一般在岸本的脑海里一闪而过。他想不如自我了断以谢罪，把后事托付给节子的父母算了。不只是法律禁止近亲不能结婚，如果自己的这种行为触犯了法律，他甚至愿意主动接受惩罚。为什么呢？因为他对于社会上多数罪犯与其受冷酷无情的社会的嘲笑的石块的打击，宁可心甘情愿接受冷酷而严肃的法律的鞭笞的凄惨心情深有同感。（第一卷27章）

正是这种对世人、对社会的嘲笑的极度恐惧，使得他想到要逃避，逃到陌生人中间去。他想起朋友建议他到法国旅行的话，他无法处置怀孕的侄女，就决定只有隐身于陌生人之中了，而对于节子一个人将会怎样饱尝痛苦这种关心或感慨，他却没有考虑。岸本心里想到的，就是向节子的父亲、二哥义雄道歉，并把后事托付给他，然后逃离"世人"的目光一个人到异国他乡去。节子怀孕的消息之所以让岸本不由得打了个冷战，是因为"看到忧伤的节子，听到事情变得无法挽回之后，为这才意识到羞耻的自己的劣根性感到羞愧"。重要的是，岸本是因为侄女怀孕而害怕近亲相奸的事实被"世人"知道了而感到恐惧，为自己的行为感到羞耻。这不是罪的意识。同时，这也暗示了如果不是遇到怀孕这一不可掩饰和回避的事件，岸本就还会继续那种没有爱的乱伦关系。对于节子的怀孕之身，他没有任何安慰的表示，也同样表明了这一点。小说还写到了他脑海里浮现出隅田川河里漂着怀孕的年轻女尸的时候所感觉

---

[1] 小林利裕『島崎藤村』，三和書房，1991年11月，第123—124页。

到的"难言的恐惧",这种恐惧的情感也不是来自于罪的意识,而是来自对于"世人"的恐惧。

就岛崎藤村的《新生》来说,它所谓的忏悔即使带有宗教情调,那也是基于对社会制裁的恐惧。对于没有宗教意义上的上帝的藤村来说,社会就是上帝。他的恐惧来自"像我这样的人也想设法活下去"的焦躁烦闷。这种恐惧焦躁烦闷作为现实中的人间痛苦打动了人们的心。《破戒》的丑松因为老是怀疑别人看穿自己出身的秘密而老是觉得这些人在用可怕的眼神盯着他的一举一动,他对此不堪忍受而主动告白出自己的出身的心情,与《新生》的岸本忏悔的动机之间是值得一比的。丑松本人并没有任何过错,只是因为社会风气不好而受到歧视;而岸本的罪孽感则是由于违背了人类社会现有的道德标准而形成的,所以他无论如何都会害怕社会的蔑视,害怕为人们所不齿,但这里没有歧视存在。就像丑松的父亲教给儿子"要隐瞒"出身一样,岸本的哥哥也是想通过"隐瞒"来过平静的日子。但是,不堪隐瞒之苦的岸本不顾一切忏悔了。[1] 在关井光男看来,《新生》所描写的是因为乱伦的罪过而懊悔不已的岸本舍吉的内心历程。它写的并不是因为犯了社会禁忌之罪而惶恐不安的忏悔或者告白。本来只要默不作声地搁置一边就不会为人所知的不光彩事件,结果却把它给告白出来了。从这点来看,《新生》是无可争议的告白文学。但是,《新生》所写的事情与主人公对于罪孽的忏悔或告白在本质上是无关的。岸本舍吉的忏悔,并不具有超出为面子烦恼的个人主义的意味。[2]

从上述分析来看,《新生》的告白并不是罪的忏悔,而只是主人公和作者的利己主义的表现而已。当然,要对《新生》的告白的性质有更深的理解,就要对作者的写作动机有更深刻的了解。

---

1 参见『文芸読本島崎藤村』中的正宗白鸟『文芸時評』一文,河出書房新社,1979年,第98页。
2 参见関井光男『〈新生〉論-自伝という告白の様式』,『国文学解釈と鑑賞』平成二年4月号,第93页。

第三节　从自我告白到自我拯救的蝉变

关于《新生》的自我告白性的争论，可谓仁者见仁，智者见智。平冈敏夫读完《新生》后不禁感慨道：《新生》确实是告白文学，对它的伪善性有各种各样的议论，这次再重读，我强烈感受到一直以来我们都过于从"合乎伦理"的角度来解读了，这部作品其实是一部罕见的、出类拔萃的恋爱小说。用《从此以后》的话说，可以认为是作为同时享受"爱的刑罚"和"爱的恩赐"的藤村的一大幸事来加以描写的。[1]《新生》中译本译者徐祖正指出，《新生》中的忏悔"不只是过去生活的暴露，同时是现在生活的肯定，亦是未来生活的欣求"。事实上，自《新生》发表之后，评论界一直对它褒贬不一。继平野谦围绕《新生》的"贬"之后，以正宗白鸟的《作家论》为代表，龟井胜一郎《岛崎藤村论》中表明的"褒"这两大评价体系。时至今日，围绕《新生》争议最多的仍然是其创作动机。

藤村自己在小说中对自己的创作动机也有多次表述，如——

> 回国对他来说意味着他得到了赦免。经过55天航海的颠簸之后，他踏上了魂牵梦绕的国土。当他回到自己的孩子们的身边的时候，却发现了自己依然身陷肉眼看不见的牢房之中。他也发现那个不幸的牺牲者和自己处在同一个牢房中间。……他的一言一行都被过去的行为所束缚了，到了最后还是要撞进那个阴暗的秘密之中。他即便为弥补过去的罪过而受了不少苦，但是在去除自己的虚伪方面至今没有做过任何努力。千方百计想要隐瞒阴暗的秘密，并不只是为了自己，其中也有为节子考虑的因素，但那是两人没有以心相许以前所能说的话，他觉得到了今天这个地步不再隐瞒反而为她好，能给她开辟真正的出路。（第二卷92章）

1　平冈敏夫『夜明け前へ』，『国文学解釈と鑑賞』昭和四十六年4月号，第18页。

"当着大家把一切都坦白了吧!"

岸本听到了发自自己内心深处的、至今闻所未闻的声音。如果把自己靠着谎言安稳下来的生活彻底颠覆了,把一直沉浸在阴暗之中的自己的苦闷的内心拿到光明的地方去,不管好事坏事把一切都坦白出来,并且能够说:这就是自己,是捨吉,该多好呀!(第二卷第92章)

与自我毁灭无异的忏悔——他虽然也想到忏悔一词的意思究竟是否符合这种情形——一想到那样一来将会对自己产生可怕的后果,他不能不一再踌躇。真的能够忏悔的时候,也是真正能够走出无形的牢房的时候吧。是在内心深处觉得看到了辽阔的蓝天的时候吧。是苦苦等待的黎明来临的时候吧。即便那样想,真的要鼓起那样做的精神和勇气绝非易事。(第二卷92章)

在另外的地方还写到了已经将《新生》稿子发表出来之后,他回答兄长的问题——

"究竟是为什么要把那样的事情发表出来呢?"民助说完,又压低了声音说道:"义雄的做法也有些过分了,我在台湾那边和秋子两人还谈起过呢。"

民助好像自己猜对了什么似的说道。听了这句话,岸本心里对于和节子两人一起度过的那些昏暗的时光更是浮想联翩。

"也有那方面的原因。"岸本答道。"但是,并不仅仅是因为这个原因就去爆料的。唉,也是内心的各种体验郁积起来之后就走到了那个地步。"(第二卷135章)

关于《新生》中把自己与侄女之间的事情公之于众的做法,藤村自己有过正面的回应:"再没有比把自己放在刀俎上(任人宰割)更加壮烈的了。"这句话被有的日本学者阐释为可以从中看出藤村在文学上的自负的意味,即他要通过《新生》的自我告白来一决自己文学人生的胜负。因此,这句话似乎把《新生》的一切都给包括进去了。其实,如果我们回过头来对照一下藤村在多年以前(1892年)化名"无名氏"在《女学杂志》上发表翻译文章"《红楼梦》之一节——风月宝鉴辞"时,在译文前所作的点评:"本节借为痴情而丧生之贾瑞着一人物,令人醒悟色即是空的禅机。贾瑞本是一纨绔子弟,被狡黠的女人凤姐所耍弄,他却不知自己被耍而为痴情丧命。所谓凤姐,即王熙凤,颇有刁险之才,自是知道贾瑞的色欲,却不正色晓之利害,而以邪言迷其心神,挑弄其情念,终于导致这风月宝鉴殒命丧生的一大段落。"[1]对于陷入"新生"事件的藤村本人又是具有何等的讽刺意味!他与侄女的不伦之恋,虽然侄女柔弱无比,但两人之间所犯的禁忌恰似王熙凤之恶毒,藤村本人没能坚守"色即是空"的诫语而犯了大忌,所面临的人生险境堪比贾瑞之被夺命!

从作品内部所获得的关于《新生》的写作动机有两点,一是通过"向社会上告白,来摆脱被囚之身,进入更广阔的自由世界",二是"想让孩子们知道,原来父亲是这么一个人"。关于驱使藤村创作《新生》的现实动机的分析,则首推平野谦的侦探般的分析和论证之后得出的著名结论,即获得"恋爱和金钱上的自由"。"藤村写《新生》的最大的动机,就是通过把与侄女之间的宿命关系公开化之后,将这段难以摆脱的关系做一个了断。他内心渴望自由,其实就是获得恋爱的自由。"在另一段,他写道:"第二就是获得经济上(金钱上)的自由……对捨吉来说,要说究竟哪一个成了他的负担的话,无疑后者的比重更大。……要想实现恋爱的自由和经济上的自由的唯一手段,那就是捨吉把自己的经历写成作品,他对此做了认真考虑。这里面几乎不存在目的和手段这样的缝隙。"[2]他指出,很容易推测到,藤村作为作家在动笔写《新生》的时候所表现出的勇气决不寻常。把"欺骗哥哥,欺骗嫂子,欺骗亲戚,欺骗朋友,欺骗社会,打着留洋的幌子背井离乡"的人生窘境,不管怎样用一个文学作品就加以解决了,这决不只是"让人觉得自己的精神是不是不正常"那么简单。藤村执笔的时候,对于"从各个方面涌向自己的社会的嘲笑"、"甚至被社会所埋葬","或是作为结果,他不得不从多年从事的学艺的世界

---

1 《岛崎藤村全集》第一卷,新潮社,1950年。译文参照马兴国《〈红楼梦〉在日本的流传及影响》(《日本研究》1989年第二期)一文。
2 平野谦『島崎藤村』,岩波書店,2001年11月,第163—165页。

退出来",都已经有了思想准备。如果能够接受这一点的话,那么,藤村就不是把所谓"自我的精神"那种简单的东西,而是把自己的前途赌在《新生》一篇里了。当登载到第十三章的时候,花袋担心藤村自杀不是没有道理。而且,在写《新生》的过程中"两人又重归于好",他不得不质问自己当初何苦逃到异国他乡去受这三年苦,事态因此陷入了更加混乱和让人困惑的最严重时期。多年以后藤村回忆起来还说"以难以预见全局的作品来作为人生纪录是不充分的",把这句话作为表明了当时作家所面临的微妙处境来理解是正确的。[1]作家如此的决心,如此的执笔条件,简直就是要把通过自我表白来获得自我拯救这样一个自《棉被》以来树立起来的私小说的文学精神给具体表现出来。《新生》称得上是一个典型。大多《新生》论也都是沿着这个脉络来展开的,也是《新生》得到称赞的原因。作为一个艺术品不管有着怎样的不完全和缺陷,作为一篇"人生记录"却充满了壮烈的决心和宝贵的教训,这些结论也是由此得来。[2]

但是,平野谦认为只用忏悔的希望或私小说的文学精神这类一般性语言来解释促使藤村痛下告白决心的原因是不够的。他想问的是:为什么藤村要把曾经那样苦心积虑想隐瞒的事件真相公开呢?对于这一设问藤村自己已经在《新生》中详细回答了。简单说就是对于"更加自由的世界"的翘望,那正是《新生》的现实的创作原因。而那个"自由的世界"究竟是什么?具体来说藤村对什么感到不自由,想从被囚禁的世界逃走的愿望有没有实现呢?[3]最后,他的结论是,藤村写《新生》的最大动机就是要通过把与侄女的宿命关系公开化,把斩不断的关系一举切断。再加上由于有把柄在二哥的手里,不时被二哥勒索钱财的他想要摆脱这种局面。因此,藤村所希望的自由就是:要从侄女驹子那里获得恋爱的自由,要从二哥广助那里获得经济(金钱)上的自由。[4]

不可否认,平野谦指出的这些现实目的最后基本上都实现了。藤村

---

[1] 平野謙『島崎藤村』,岩波书店,2001年11月,第93—94页。
[2] 同上书,第93页。
[3] 同上书,第94—95页。
[4] 同上书,第111—121页。

通过写告白反而获得了同情和尊敬,也得以从与驹子一家的复杂关系和烦恼中解脱出来。但是,驹子及其一家也因为他的缘故不得不背上了社会的包袱。驹子实际上也成了藤村告白的牺牲品,使她接下来不得不面对更加坎坷的人生。因此,平野谦的分析无疑很尖锐,也很有说服力。吉田精一也认为平野的批评狠尖锐,尤其是在对原稿和最早刊登的报纸都未做过调研的情形下,也还没有类似西丸四方近距离地从藤村亲戚的角度一针见血地指出诸多问题的《岛崎藤村———一个女人的故事》等相关背景资料发表的情况下,他就敢如此严厉地批评藤村的利己主义,确实很吸引眼球。藤村自己也承认"也有那方面的原因",表明他自己也认同平野谦的解释是其执笔写《新生》的一个原因吧。但是,关键是即便获得恋爱的解放和获得经济上的解放确实是其创作动机的一部分,那也不是全部。"新生"事件作为发生在栖居于文坛这一独立于社会之外的特殊社会的文人身上的事情,即便人们睁一只眼闭一只眼来看,藤村也不可能不受到直接或间接的指责。过了20年之后围绕节子的处境再次在报纸上大做文章的时候,他又受到了何等的谴责呢?谁敢说藤村在发表《新生》的时候对那样的谴责没有心理准备呢?他所冒的被谴责的危险决不是恋爱或金钱的自由之类可以取而代之的。若果真如此,那就还会有其他更加强烈的创作动机,简言之,那便是通过把自己的内心世界暴露出来以寻求净化的藤村的"报应"和"宿命"。

　　青野季吉在《藤村研究》四号上刊文指出:我对于敢于痛下决心把那种按一般常理来看明显属于道德败坏的行为用那种方式进行告白和忏悔的藤村表示敬佩。……因为我深深知道,对《新生》妄加评论的事谁都能做到,但在那种非同寻常的情况下,敢下如此大的决心的人真的是寥寥无几。……这与即便是与遗书无异的作品发表出来之后,也没有哪个朋友会对作家本人接下来可能的自杀而感到坐立不安的当今的文学家不同。……其实藤村下定决心写《新生》的时候,已经一度在精神上自杀了。那时的他为了能从死亡中复活过来,靠着自己的力量进行一番殊死搏斗之后,留下的遍体鳞伤正是《新生》的精髓,那也正是作为文学深深嵌入读者的内心深处的力量所在。青野季吉对于那些"对自己的肤浅和傲慢不加以反省的社会上的'新生论'"十分愤慨。他气愤的对象里确实有平野谦等，川端康成也针对平野谦的批评发出了感叹："如此看法真的让作家难以接受！"[1]籔祯子认为，作者如果只是为了得到恋爱与金钱方面的自由的话，那他只要发表《新生》第一部就已经足够了，这一看法也同样值得参考。第一部发表之后，与二哥广助也绝交了，不会再被二哥索要钱财了，驹子也被带到台湾去了，也不再来烦他了，他为什么还要写第二部呢？不用说，第二部就是为了第二部，为了完成《新生》的主题而有必要。也就是说，作者继续创作第二部，有着超越了从恋爱和金钱的困扰逃亡出来的现实因素，而是有着其艺术上的因素。对此，三好行雄进行了进一步的分析。那就是当岸本向二哥坦白出近亲相奸的事实以后，在维护"家"的名誉的逻辑下这一秘密被理所当然地掩盖得严严实实。只要它被义雄当作一个家族的秘密而遮掩起来，罪过的真相就无法追究了。罪就无法作为罪来谴责。相反，作为代价，义雄要求岸本给他提供经济上的援助。于是，罪过与金钱这个象征家族秩序的现象就出现在岸本的面前了，"这个世上的罪过"的真相一下子从罪过变成了谎言，其形象开始发生了变化。岸本与节子的爱情演变成了家族内部错综复杂的人际关系，《新生》令人生厌的根源也在这里。这对岸本来说又是个"看不见的牢狱"。对他来说必须冲破"家"的秩序走到外边去，也就是说，他除了拒绝掉具体体现出家族逻辑的罪过与金钱之间的因果关系之外已经别无选择。这才出现了他告白的动机。《新生》的告白，也是对于家族阴湿环境的认识和告发的一种形式。相对于第一部描写岸本的倦怠和无聊、或者罪的意识至少在时代的精神和人性的深处互相响应的写法，第二部则是全部聚焦到了作为岸本的生存环境的家族、以及生活在家族之中的人们的内部。这也许是一种赌博，但是，只要金钱是作为家族伦理的具体体现，那也就意味着暴露家族的秘密就能获得摆脱家族的自由。正如岸本把赌注押在了告白上一样，他也确

1　参见吉田精一『島崎藤村』，樱枫社，昭和五十六年7月，第130页。

实走出了看不见的牢狱。[1]也就是说,藤村写《新生》,还意味着他与旧家真正诀别这么一个动机,而且他也确实因此走出了长期以来的旧家的困扰。另外,藤村当年远走法国就是为了摆脱与侄女之间的乱伦关系,以及该关系一旦暴露所带来的对于自己名誉和地位的毁灭性打击;而当他结束三年的流亡生活再次回到东京、不久便与侄女鸳梦重温并再次陷入不能自拔的乱伦之中的时候,藤村内心的痛苦简直就像宙斯给普罗米修斯设计的酷刑——白天被秃鹰啄食掉的肝脏晚上又会重新长出来,秃鹰也会在白天再来撕掉他的肝脏——从而使得藤村如不幸的普罗米修斯一般永远处于痛苦的折磨中。他必须找到更加彻底而又坚决的自救方案。

针对平野谦著名的为了获得"恋爱和金钱的自由"这一创作动机的说法,涉川骁也表达了他的看法。藤村是为了摆脱"与被二哥作为奴隶锁起来无异"的处境、求得自由而写的《新生》。"为了打开这把锁,出卖作为人的自由,首当其冲的,就只有夺回作为作家的自由。这时,第一部长篇《破戒》的主题也就浮现出来了。《新生》是这一主题的重复。藤村下定的决心,最终获得了侄女的同意,从而坚定了将事件告白出来的想法。"[2]藤村在构思《新生》的时候肯定想起了《破戒》这部作品,正是《破戒》很好地把通过自我告白来进行自我拯救这一藤村多年来的主题给表现出来了。因此,滝藤满义认为在这个意义上涉川骁的说法也是站得住脚的。于是《新生》被说成是藤村自己的"破戒"。但是,两者作为小说来比较的话,却是很不相同的。濑川丑松与岸本舍吉的告白,在对社会的分量上是相抗衡的。但是,藤村当然不具有受歧视的部落民的身份。丑松的告白在现实生活中对谁也构不成直接伤害。而岸本的告白则正好相反。这就是在《新生》发表之初藤村要先征得侄女同意的原因。假如有人发生了与藤村同样的事件,很可能是作为与《破戒》一样的虚构小说来发表。但是,对于抛弃了《破戒》的方法的藤村来说,与侄女之间的事件只能是

---

1 参见三好行雄『島崎藤村論』,筑摩書房,昭和五十九年1月,第297—308页。
2 渋川驍『島崎藤村』,筑摩書房,昭和三十九年10月,第180页。

告白小说。这是他那种严肃的小说方法的宿命。[1]就藤村本人而言，有着自己必须创作第二卷的原因。第二卷正是讲述其为何不得不写《新生》这部告白小说的原因的作品。《新生》在正式出版的时候删去了初稿中这样一段：为什么他会想去那样做呢？他连面对节子都无法解释清楚。不只是无法对别人解释清楚，就连对自己都说不出来。如果从远旅归来之后不对节子产生爱恋之心，也许就不会走到现在这个地步了。（第二卷103章）被删掉的这一段十分重要。有关告白和发表的最根本的动机他是无法说明的，唯一能够说出来的，是他对节子的爱。因此，藤村在《新生》中所刻意追求的，应该还是小说标题所标明的"新生"。据西丸四方《藤村的秘密》所记载，驹子在大正八年夏天从台湾回到日本，试图逼迫藤村与她恢复关系。也就是说，藤村在执笔写《新生》第二部的过程中，驹子又出现过，但作品中对此只字未提。因为这不符合藤村所设定的"新生"的主题。

现实生活中，藤村在《新生》中所追求的"拯救"——"新生"的愿望如果能够实现的话，也许会变成他再也无须当作家这个结果吧。但那是不可能的。把自己的一切能写出来告白，这对他就已经是某种意义上的"拯救"了。从看不见的牢狱中逃离出来，在心里眺望蓝天的太阳，告白结束的时候，他就像感觉到心理的包袱卸下来了一样。但是，只要那种执著的凝视，那种眼神不消失，"拯救"就绝不会到来。这也是藤村还要继续追究自己与父亲的渊源而写《黎明前》的原因所在。

在《新生》的作者看来，对精神之爱的肯定，不只使岸本获得了拯救，甚至也能使女主人公得到拯救。"他不单是感到自己来到了海阔天空的自由世界里，想象着即使是节子也会有这个时候的到来。"（第二卷140章）但是，事实上藤村自己后来对于能否有新生也动摇了。他自己在《寄自新片町》之《新生》篇中写道：新生说起来容易。但是，谁能够轻易地说得到了"新生"呢？北村透谷君是主张"心机妙变"的人。而他

---

1 参见滝藤满義『島崎藤村—小説の方法』，明治書院，平成三年10月，第212—213页。

的结局也是悲惨的死。一味地把"新生"想得太过光明是错误的。看呀，大多数光景反而是在黑暗之中，而且是很惨淡的。（《虚伪的快感及其他》）[1]他后来也对此进行了反思："到今天再来看，发现写它的当时我太过于拘泥于新生一词。新生之所以成为新生，就在于它的不可能到达的地方。"[2]

正宗白鸟指出，在《新生》中，藤村不只是把现实中的一个女性作为了自己的牺牲，而且小说中的一个女性也是按照对自己有利的情形来处理的。他就是这样来写的。[3]《新生》被视为暗示了由爱带来神秘拯救的日本文学的珍品。最后的结局是节子去了台湾，男方的利己主义也没有背叛由爱带来拯救这一主旨。事实上，即使藤村自己真的获得了拯救，对于另一个当事人驹子来说，也并没有在现实生活中获得拯救，她因为《新生》的告白而由一个普通人变成了一个公众关注议论的人物，所度过的也是坎坷的一生。于是，便有了芥川龙之介的质疑："真的有新生吗？"并有很多人指责藤村的老奸巨猾和自私自利。

但是，并不能因此就否定藤村创作《新生》的动机或者《新生》所蕴含的深层意义。关井光男对《新生》内外的结局进行了分析之后认为，岸本舍吉通过精神的彷徨跳出了颓废的陷阱，抵达了精神的爱的境地。但节子的爱的道路却是荆棘丛生。这是《新生》里所没有叙述的。那是因为《新生》是以岸本颓废精神的彷徨和爱的转世的告白作为自传小说来叙述的。这里隐藏了藤村的自传小说所具有的价值的颠倒。藤村把懊恼的岸本的内心世界作为抵达爱的胜利的自传小说来描写，把乱伦的苦恼颠倒成崇高的爱，反而确立了犯了社会禁忌的岸本的主体性。因此，《新生》的结局无论如何也必须以确认崇高的爱来结束。《新生》不是悔过书，而是希望通过他者来对这个真实的自我加以肯定的自传小说，这点对藤村来说十

1　『島崎藤村全集』第14卷，第49页。
2　『〈清绝〉附记』，『島崎藤村全集』第7卷，第500页。
3　正宗白鸟『島崎藤村論』，『臨時増刊文芸 島崎藤村読本』昭和二十九年9月，第11卷，第12号，河出書房，第22页。

分重要。¹伊藤正泰也认为,《新生》第二卷基于第一卷发表后的反响,把宣扬真实的爱的重生的意图贯穿在了更加肯定的意识之中。贯穿在第二卷之中的,一是超越了源自肉体的痛苦,寻求精神的爱的领悟,一是与节子的父亲所代表的舆论压力和社会道德相抗争,最终通过描写自己的秘密显示出了以自我告白来自我拯救这个《破戒》以来(说更准确一点是《嫩菜集》以来)的根本性的主题。²因此,《新生》是转换点,也是新的前进道路的出发点。《新生》是为了开拓今后的前进道路的合情合理的产物。³岸本告诉节子自己打算离开日本去法国的时候所说的"有好消息,明天跟你说吧"这样的表述,在许多读者或评论家看来暴露了主人公极为自私利己的一面,其实作者藤村也很清楚这样的表述会招来非议,却执意这样写出来,既有作者要以对利己主义者的批判的眼光把自己犯下严重过错之后的悔恨心情加以描写的心情,也表明作者创作《新生》的动机的重点仍然在于告白自我内心真实。

但是,这部作品的问题是其主题,尤其是作者所强调的与"新生"相关的内容本身。在报纸上读到节子轻声告诉岸本自己怀孕了的场面,田山花袋显得十分兴奋和痛心:"岛崎也许会自杀。……也许很快就会有电报过来。"花袋在这部小说连载刚结束之际,就主人公和女主人公所达到的心境指出:"男主人公这一方可以接受,但女主人公的结局难以接受。那不成了纯粹的本能了吗?给人觉得完全是受到本能的摆布而落到这个地步的。……把本不该肯定的事情加以肯定之后抽身而去的做法让人难以接受,那是无论到哪里都挥之不去的。"(《文章世界》大正八.11)对节子的所谓宗教的救助提出了质疑。⁴持同样观点的还有广津和郎,他认为这部小说临近结尾的部分作者变得得意起来,大肆鼓吹生活的醇化、新生活的意义之类的高调究竟是何意思?……与节子的关系恢复之后,他通过

---

1 関井光男『〈新生〉論－自伝という告白の様式』,《国文学解釈と鑑賞》平成二年4月号,第99页。
2 『島崎藤村必携』,三好行雄編,学燈社,昭和四十四年4月,第144页。
3 参见小林利裕『島崎藤村』,三和書房,1991年11月出版,第125页。
4 参见吉田精一『島崎藤村』,桜楓社,昭和五十六年7月,第124页。

"提升两人的生活"、"拯救节子"、"两人一同走到了今天的地步"、"给朝着宗教方向走去的节子再推一把"等词句,表明自己面对那些原来不敢正视甚至让人战战兢兢感到恐惧的习俗、世俗的道德标准等态度突然一变,开始抗争起来了,那么让他自以为是的理想主义又是什么呢?——那不是少年时代所养成的基督教的理想主义的姑息精神,以及明知这是姑息,却视而不见,以一个40岁的自然主义写实主义家的身份厚颜无耻地戴在头上的装腔作势的虚伪吗?面对截然相反的两种评价,吉田精一认为,认为藤村的态度有"装腔作势的虚伪"的看法过于刻薄、苛刻,至少藤村风格的诚实还在其中。当然在其深处夹杂了有着"无论如何自己也要设法活下去"的利己主义的自我肯定的愿望。而那正是理想主义的姑息、浪漫主义的表现,也许会被经历过否定的颓废之后的人们所嗤之以鼻,但同时如果嘲笑它,首先必须嘲笑他允许自己回国的理由。藤村下决心回国的时候,也应该下了决心让她作为充满爱与智慧的结合体步入新生之路。如此一来,把他的过失视为掉进人生一大陷阱的广津还能指责他为救自己,并救身为女性的另一方所找到的赎罪方法和信念吗?或者对于归国之后不久两人关系的恢复,也会有像主人公的兄长所责备过的那样对此大加责备的人。但是,面对连本能都无法抗拒的人,并且是长期处于性饥渴状态的一对男女的结合,谁又能发难呢?而且他们的再次结合,从结果来说也是让她重新振作起来的一种手段。不相信"新生"的指责也不能说没有道理。事实上节子并未能得到拯救,或者说那种拯救不是长久的。他后来的经历说明,她成为了藤村的牺牲品而过着坎坷的生活。[1]

总之,藤村在写《新生》的时候,尽管会有一些更为现实的目的,但这些目的基本上也是从他一贯坚持的通过自我告白来获得自我拯救的核心观念中派生出来的。通过自我告白来进行自我拯救这一告白理念,在《新生》这部作品中可谓表现得淋漓尽致,也把藤村的告白文学推上了一个新的高度。

1　参见吉田精一『岛崎藤村』,樱枫社,昭和五十六年7月,第126页。

第四节 《新生》的告白特点

《新生》除了具有告白结构特点以及以自我告白来拯救自我这种典型的告白文学的特点外，还具有以下一些特点。

一、迫不及待的告白特点

生岛辽一指出，《新生》作为告白文学，一到告白的关键地方，就会表现出迟疑犹豫的迹象。从旧家那里遗传下来的那种阴郁的激情、偏执的激情老是阴魂不散地窜出来，让他感到某种不安。"你也像起父亲来了！"这句话在他的小说中冷不丁就会冒出来，但他又不会把那些秘密完全抖落出来。……尽管《新生》确实是告白文学，但还是有那种让人急不可待之感。即使把主人公那种沉迷在爱欲之中欲罢不能的苦闷表现出来了，但比起明明白白的内心剖析来，读者了解到主人公岸本处于水深火热的境地所产生的同情心似乎更为强烈。……如果能把主人公即将陷入身败名裂的困境时的混乱心理描写得更加深入一些就好了。[1]生岛辽一认为《新生》对男女主人公的真实的内心世界的剖析还做得不够，对此吉田精一也表示认同。吉田精一认为《新生》的这种写法确实有些令人不耐烦。《新生》中既包含了藤村特有的那种偏谨慎的描写、兜圈子的表现手法，除此之外，作为告白文学原本是以自己的赤裸裸的表白为目的的，《新生》却有着毫无必要地把本该暴露出来的自己的裸体或阴部遮遮掩掩的意味。为了让节子获得独立生活的信念而给出了通往宗教之路的指示；赠给节子念珠、等同于自己也受赠了念珠一样的行为；还有他的自我认识："当他把自己当成蓄发的僧侣来审视自己的时候，他心潮澎湃，他的所作

---

[1] 生岛辽一（『[家]と「露の後先」』）昭和二十一.10「新潮」。此处转引自吉田精一『島崎藤村』第123页。

所为实在是罪孽深重。"（第二卷89章）结果是只有自己还停留在原地回想着已经离去的节子的样子，沉浸在抒情的感伤之中。对于这样一个结局，就像被龟井胜一郎批评为"美丽的伪善"一样，其中体现了作家精神的不彻底性，也不排除这中间有着作者对自己姑息的成分。[1]

正宗白鸟也对藤村的文体进行了研究。他指出，作者在写《家》的时候是尽可能地保持客观的态度，尽管内心深处充满犹豫，但表面上还是假装冷静，并把建筑的理念融入到了小说的创作之中。但是，到了《新生》，再单凭客观的态度来处理就行不通了。虽然中间隔着《春》和《家》，但在《嫩菜集》和《夏草》等早期作品中经常出现的作者年轻时代的影子在《新生》中还是很好地表现出来了，尽管作者当时正在经受着人生的严峻考验。表面上那种所谓的自然主义的冷峻风格消失了，作者原本就具有的抒情式的咏叹风格则自由自在地表现出来了，并未受到《春》和《家》时代的压抑。《新生》上卷的前半部分，或者下卷的后半部分，是作者将这一本领发挥到极致之处。作者不是在描写，而是在讴歌，讴歌自己的苦恼。"《新生》并非冷静的人生鉴赏，而是主观的流露。经过苦恼磨炼的主观有如抵达令人心醉神迷的宗教境界一般，表现十分抢眼。就这一点来看明治以来的文学无出其右者。我以前只是一期不拉地读完了，这次再通读全书，除了深深地被打动了之外，还感觉到藤村并非一个严厉的现实主义作家，而是一个浪漫主义作家。即便和他的杰作《家》相比较，这部作品也会更加光彩夺目。[2]不只是正宗白鸟对于《新生》所表现出的抒情性特征给予了很高的评价，伊东一夫更是把《新生》断言为自认为是对文学的殉教者和苦修会道士的藤村处在生死攸关之时形成的第二部《嫩菜集》，是独创的散文诗。《新生》既不是自然主义的写实主义所催生的私小说，也不是忏悔告白的宗教文学，而是在象征的、唯美的浪漫主义基础上构建的优美的长篇叙事诗。吉江乔松称赞《新生》"树立了热情

---

[1] 吉田精一『島崎藤村』，樱枫社，昭和五十六年7月，第123页。
[2] 引自『文芸読本 島崎藤村』中的『文艺时评』，河出书房新社，1979年5月，第97页。

与理智、艺术与现实牢固地融合为一点的权威"，因此可以称得上是创造出了私小说的崭新的方法的具有划时代意义的作品。[1]

　　总体来看，《新生》在保持既有的冷峻客观的风格的同时，在主观感情的流露方面相对于前期作品表现得更为明显。有人批评《新生》中的告白显得有些迫不及待，没有了《家》中那种从容和客观的感觉。其实，那是因为在进行《家》的告白的时候，作者一方面要告白真实，另一方面又有所顾虑，从而形成了作者较为冷峻和理性的态度。从《家》下部的很多内容是在他妻子去世后才得以告白出来这点来看，也表明了《家》所追求的客观的告白风格是有着现实因素和合理成分在其中的。到了《新生》，作者反而没有了写《家》的时候的那些顾虑，他已经不是害怕别人知道，而是生怕别人不知道，作者所要做的，就是要通过向社会、向世人的告白来获得新生。《新生》中岸本走向告白的心情，与《破戒》中丑松走向告白的心情，有着相通之处。那就是丑松要突破的是"觉醒者的悲哀"的迷局，而岸本要突破的则是眼前乱伦关系的困扰，两人都是要谋求一种新生，都面临摆脱现实的困扰的紧迫性。虽然造成人生危机的原因各有不同，但所面临的都是亟待解决的人生问题，因而所带来的人生压力和内心感受是一样的。作者正是在这种心情背景下进行《破戒》和《新生》的告白的，新生的期待使得他们在情绪上都显得有些迫不及待。而《春》和《家》，可以视为作者更多的是在作品内部范围内的告白。在追求文学意义上的表达真实和内心真实的同时，力求客观描写的效果。这是告白表现形式上的不同之处吧。或者说，《春》中的岸本和《家》中的三吉，没有面临《破戒》的丑松和《新生》的岸本那样严峻的生存问题，因而告白方式上显得更从容一些，更内敛一些。作者创作《新生》的现实目的很明确，那就是通过自我告白这一表现形式，来获得拯救（拯救自己，拯救节子）。如果说《破戒》的丑松是为了追求人生的真实而告白，并意外地获得了拯救的话，那么，在《新生》中，作者则是为了还原真实而告白，主

---

[1] 伊東一夫『島崎藤村研究』，明治書院，昭和四十四年3月，第635页。

动谋求自己人生上的拯救。

另外，在叙述方面，有着从向故事世界内叙述（《破戒》）到向故事世界以外的读者直接倾诉（《新生》）的特点。在藤村的小说中，比如从《旧东家》开始，经过《破戒》再到《新生》，叙述者的位置逐渐在弱化。在进行自我告白的小说中，藤村多采用第三人称，通过纯洁的叙述者来完成小说中的告白形式，这种趋势一直延续到了他《黎明前》的创作。这也是藤村文学刻意与纯粹的自传文学保持一定距离的主观努力。到了《新生》，这部作品仍然是用第三人称来写，但是是通过第一人称的视角来写的，《新生》中的岸本与《家》中的三吉所不同的，是前者完全可以置换为"我"的"他"。从文本论的观点来看的话，这个"我"包含了作者、叙述者、与人物相区别的叙述者等，但在《新生》中实际上都统一成作者一人了，这也反映出《新生》中的告白的真实性和迫切性。

二、通过客观写实还原真实

正宗白鸟认为藤村的"艺术"是"旁观而来"的。他对藤村的"敬意"主要表现在藤村的"人生态度"上，并将其人生态度归纳为："正襟危坐以试图看清人生的真相这一态度在60年间都不曾放弃过。"（《岛崎藤村的文学》昭十八.9）和别的作家比较，且不管他的洞察有多深刻，但在笔者看来，他想要探究人生真相的志向比谁都更加执着。

在《新生》中，作者力求通过客观写实来还原真实，这也是藤村文学一贯追求的风格。"重读《新生》感受最强烈的就是，它确立了藤村氏作为艺术家的态度，而且这种态度是一贯的。" 秋田雨雀认为藤村这部著作通过写实主义的方法论把社会的、家庭的、个人所发生的事情都一心一意地描写了出来。他所说的写实主义的方法论，体现在藤村那里其实就是原原本本地进行自我告白的方法，这正是藤村的一贯态度，也是他从《破戒》以来一贯的方法。

对于《新生》，大多数评论把它看成是提升了藤村的真正价值的作品。暴露现实、追求人生真实这些自然主义的理念在这里得到了尊重。

作为带有"激情与理智，艺术与现实的毫不动摇的融合的权威"的作品，"日本的现实自然主义的文艺，在这部《新生》出现后才得以点睛"。

有观点认为，《新生》中，从追溯体验式的写实主义这点来说看不出有什么新的发展，只是将《家》所描写的旧家和放荡具体表现了出来而已。即使如此，告白这个自我客观化的非常手段，意味着对自己的审视的扩大，并从中产生出了新的内容。中村光夫也有类似的观点：把这个自我客观化的愿望，也贯穿在了岛崎氏的实际生活之中。"让生命顺其自然"，换言之，就是以被"客观化"的自我来对待自己和周围的生命，这是岛崎氏文学上的修养。反过来对岛崎氏来说，作为不容置疑的内容的自然和现实生活，又不断将这个应该"客观化"的自我的素材提供给了他，这就确定了岛崎氏作为自然主义文学家的态度。

也有对此提出质疑的观点：《新生》中，作家只是想说明自己所写的都是"我"的事实吗？对此，藤村自己有个辩白：人们生活的真实不是我们用语言就能表达清楚的，而没有写出来的东西就藏在心里了，如果还把我所写的内容视为谎言的话，那我就主动应对各种责难吧，本身我就没有功夫来伪装自己去写那部《新生》。（《关于芥川龙之介君》）不难想象藤村在回想起当时执笔的情形的时候，内心萦回着《新生》所包括的如金钱（经济）的问题、与侄女关系的清算、开拓艺术上的新局面等复杂情况。但从这段话来看，最重要的一点就是，正如《新生》的执笔是"没有功夫来伪装自己去写"的一样，对藤村来说这是一场为了追求"真实"而抛弃一切的战斗。再考虑到被逼得放弃《家》的方法也是由于无可奈何的内面问题，使得藤村对于被迫脱离对象的"真"产生了痛恨的想法的话，那么，《新生》一篇正是一场以对"真"的憧憬为基调来飞越艺术与现实生活的阴云的战斗。另外，《新生》即使有着小说的虚构性，但在许多评论家看来不足为怪。因为藤村并不是故意歪曲事实来描写的。事实的被选择作为散文的虚构与作品的主题是相联系的。自传小说所发问的是，"自己是怎样一个人"这一以自我认识为基础的内在感情。这种感情支配一切。《新生》也不例外。《新生》的作者采用自传体的告白样式，通过把自己的软弱和令人诅咒的宿命颠倒成一种权力而获得了小说中的写实（真实）。日本的近代小说创造出了通过这种价值的颠倒获得小说的写实的方法，并深深地刻印在了以后的文学的历史上。《新生》也因此被吉田精一视为有着可与写实主义的巅峰之作《家》争锋的价值。

尽管从小说的结构来看，对于法国生活的描写，作为起死回生这一主题法国虽是不可或缺的重要场所，但有观点认为其中的叙述过于冗长，抱怨会引起读者的厌倦。即便如此，作为整体上的重量感，以及主题的特异性，描写的迫真性，都使得这部作品成为了藤村的一部名作。吉江乔松更是把它视为具有"激情与理智、艺术与现实的完美结合的权威"之作而大加赞赏，认为"日本的现实自然主义的文艺，有了这部《新生》之后才得以画龙点睛"。

《新生》被一些评论家看作是一部通过亲人间的爱与憎的故事，来歌咏作为孤独的漂泊者的罪人的苦恼和哀怜、赎罪和新生的浪漫主义长篇叙事诗。[1]藤村正因为相信主人公与女主人公之间"人与人的真实变成了一切"这一事实，从而把告白这一手段用作了自我拯救和重新做人的方法，除此之外他再没有可以生活在他本人的真实之中的路可走了，这也是他作为作家的宿命。[2]笔者十分认同吉田精一所持的这一观点。《新生》所采用的告白方法，远远跨越了被视为日本自然主义私小说式的自传形式，开拓了告白式文学的新领域，成为大正时代的先驱性小说。

总之，《新生》是一部痛切的人生的纪录。《破戒》到结尾才出现的告白（忏悔），到了《新生》则是整篇都变成了告白（忏悔）。告白不只是对过去生活的暴露，同时也是对现在生活的肯定，对未来生活的期望。在内容上，《新生》是《春》和《家》等前期作品的发展；在形式上，它继承了《破戒》等的告白结构的特点，又与《春》和《家》的自传性风格一脉相承。因此，可以说《新生》是形式和内容完美结合的告白小说。

---

[1] 如伊东一夫，可参见他的著作『島崎藤村研究』，明治書院，昭和四十四年3月，第635页。

[2] 参见吉田精一『島崎藤村』，樱枫社，昭和五十六年7月，第131页。

第六章

告白与藤村文学的主题

第一节 藤村文学的三大主题

日本自明治维新进入近代社会以后,整个社会都处在一个大的历史变革阶段,如何捕捉这个时代对个体所产生的影响,或者说个体的体验如何折射出时代的影子来,对此每个作家都会有自己很个性的表现,同时也会表现出这个时代所赋予他们的一些共性的东西来。作为时代的先锋,日本明治时期的年轻的知识分子们所共同面临的问题,就是近代自我意识的形成以及如何确立近代自我的问题。这一问题成为了日本近代文学形成期的重大主题,它以反映当时年轻的文学家们在近代自我意识问题上的认识和确立近代自我过程中所遭遇的挫折、失败和痛苦为主(觉醒者的悲哀)。其中的代表性作品所塑造的最具代表性的人物,有二叶亭四迷的《浮云》(1887)中的内海文三和森鸥外的《舞女》(1890)中的太田丰太郎等。内海文三是官僚机构的一个小办事员，一方面在思想上倾向新时代，并形成了新的人生观，另一方面又与封建的家庭、思想有着千丝万缕的联系，《浮云》所表现的正是他这种双重性格在深层结构中的不安、动摇和痛苦。他因为洁身自好，不愿与世俗同流合污、充当附庸而丢掉了官职，他的女朋友阿势也嫁给了得势的小人本田升。他对现实怀疑和不满，但又无力解决，内心产生很大的矛盾，这种矛盾与他所无力反对的旧思想经常发生冲突，因而注定了他无论在爱情上还是事业上都不得不面临失败的命运。正如二叶亭四迷所说："旧思想的根源很深，因此新思想与旧思想不协调的时候，新思想往往就显得没有力量。"太田丰太郎则是奉官命留学德国的青年官吏。他拯救了一个贫困的德国舞女艾莉斯并与她相爱、同居。不久这件事被他在国内的上司知道了，准备免去他的官职。在大学好友相泽谦吉的忠告下，太田丰太郎为了保住官位，不得不离开已怀孕在身的恋人，在无限感伤中回国。他的恋人舞女艾莉斯受此打击而发疯。在日本近代文学作品中，森鸥外第一次以近代自我觉醒为主题，描写了主人公太田丰太郎从令人窒息的封建残余思想的社会来到充满近代文明和自由空气的德国之后，思想逐渐发生变化，形成了他的近代自我觉醒的过程。在《舞女》中，太田一方面接受了新思想的洗礼，积极追求个性的解放、恋爱的自由，在一定程度上表现出了他叛逆的一面；另一方面，他这种内在的叛逆性格又是不彻底的，在传统封建的孝道功名利禄面前他又退缩动摇妥协了。内海文三和太田丰太郎这两个人物，正好表现了日本近代社会从封建社会向资本主义社会转型时期，知识分子们在激烈动荡的社会变革和西方思潮冲击下的复杂心态和软弱性格，以及在旧的伦理道德的束缚下所表现出的妥协性和思想上的不成熟，或者说觉悟的不彻底性。[1]

《浮云》和《舞女》这两部作品及其刻画的两个人物形象应该说是有一定代表性的，反映了明治知识青年普遍的生存状况。由于日本近代化的不彻底性，或者说天皇制的集权统治，使得日本的近代化过程带有浓

---

1 参见叶渭渠、唐月梅著《日本文学史近代卷》，经济日报出版社，2000年1月，第72—74、104—107页。

厚的封建色彩，给当时的知识分子们（时代的先驱者们）的近代自我追求带来了沉重的障碍。他们在近代自我追求上不断遭遇挫折，这种挫折又与他们个人的觉醒和自由民权运动的失败、恋爱婚姻和家庭（尤其是封建的大家庭对他们的制约）等方面遭遇到的各种问题密切相关。于是，觉醒者的悲哀就成为了当时小说和诗歌的一个大主题。由于造成觉醒者的悲哀的原因可能更直接体现在家的问题上，从而使得很多日本近代作家，尤其是自然主义作家更深入、更集中到了家的问题上，从而派生出了家的主题。当时以家为题材的作品也确实不少，像田山花袋的《生》《妻》《缘》三部曲等。即使是夏目漱石，森欧外和芥川龙之介这些被视为与自然主义相距甚远的大家们，也同样对有关家的主题难以割舍。比如夏目漱石的《路边草》，芥川龙之介的《点鬼簿》等，都是以家为主题的小说。曾经盛极一时的自然主义文学运动主张大胆暴露人的自然本性，使得很多作品热衷于描写人的本能。对人的性欲方面的描写也是自然主义文学作品的一个主题。代表性的作品有田山花袋的《棉被》，德田秋声的《足迹》《糜烂》等。

关于藤村文学的主题，剑持武彦认为，藤村从欧洲19世纪现实主义文学中，学到了三大主题：

1) 社会因袭的压迫和追求个人自由的青年问题（父辈和子女之间的问题），主要是受陀思妥耶夫斯基的《罪与罚》和屠格涅夫《父与子》的主题的影响；

2) 青年之间的友谊和爱情的问题，受的是屠格涅夫《处女地》的影响；

3) 以夫妇为单位组成的家的问题和男女之间的爱欲问题，受到的是托尔斯泰《安娜·卡列尼娜》的主题的影响。1

他进一步分析道：藤村在近代小说中的几个大的主题受到了俄罗斯文学的启发，他首先采纳的是社会因袭的压迫和青年的自我觉醒的问题。这个问题说具体点，就是父亲这一辈的思维方式与儿子辈的思维方式之间

---

1 参见剑持武彦『藤村文学序説』，樱枫社，昭和五十九年9月，第78页。

的矛盾。而青年的自我的问题又包括了友谊和恋爱的问题。友谊鼓舞恋爱并相互支持的关系，在《破戒》中体现为丑松和银之助的关系，这一主题在《春》里就变成了中心的主题了。接下来面临的人生课题就是夫妇的问题，以及在夫妇之间制造心理隔阂的男女的爱欲问题。这是小诸时代的藤村反复阅读的《安娜·卡列尼娜》的中心主题，也是他不久之后在《家》里面所写的主题。[1]

上述三大主题应该说是在明治时期尤其是自然主义时期日本近代文学所刻意表达的主题。虽然说岛崎藤村在创作过程中受到自然主义理论多大程度的影响恐怕很难论证，他的作品是否能够被完全归纳为自然主义文学也有不同看法（这也说明藤村文学具有某些不同于自然主义文学的特质），但不管怎么说，他的小说的主题除了上面所论及的觉醒者的悲哀和家的主题外，性方面也是他的小说所刻意表达的一个方面。因此，基于剑持武彦对于岛崎藤村从俄罗斯文学里学到的三大主题的分析，笔者以为结合藤村的实际创作情况，可以把藤村文学归纳为下面的三大主题，即：1) 觉醒者的悲哀；2) 家的困扰；3) 性的困扰。这三大主题是在他的一系列作品中都有更直接更突出的表现，同时也涵盖了剑持武彦所论及的内容，尽管在强调重点上略有不同。这三大主题可以视为藤村在人生的不同阶段所面临的最大问题，也是他内心迫切需要告白的主题和他所要着力表现的内容。

前面在分析藤村文学的告白性特征的时候，对每部作品的主题都或多或少有所涉及了，这里之所以再次将藤村文学的主题单列一章来进行论述，就是想把这几部作品纳入到一个整体来考察，从而更好地把握藤村文学的主题及其告白内容。

第二节　主题一——觉醒者的悲哀

这一主题主要是由《破戒》和《春》来完成的。

1　参见剑持武彦『藤村文学序説』，桜楓社，昭和五十九年9月，第83页。

《破戒》虽然是以部落民受歧视这一虚构题材来展开故事情节的，主人公濑川丑松也是虚构的，但是他觉醒之后所产生的悲哀和苦闷却是真实的，是凄凄楚楚的。在觉醒者的悲哀这一主题下，作品中的很多内容都变成了主人公的内心的自我告白，也正是通过这些告白，使得觉醒者的悲哀这一主题更是入木三分，感人肺腑。而在主人公的告白声中，我们分明听到了作者自己的心声："难道自己正在热情的青年时代，就要经受从来没有经验过的也从来没有想过的苦难吗？"[1]

藤村在《破戒》中所追求的主题，概括地说，就是小说中借土屋银之助之口说出的"爱情和名誉——啊，让大有作为的青年充满生机的是它，而扼杀的也是它"的"青年时代的悲哀"。土屋甚至为了丑松的缘故想要为这种青春的悲哀而哭泣。对藤村来说，《破戒》就是他本人寄托在丑松身上的青春告白。例如困扰丑松的几个根本性问题：为什么独有新平民要受到那样的鄙视和侮辱呢？为什么独有新平民就不能加入普通的人群中间去呢？为什么在这个社会中独有新平民没有生存下去的权利呢？——人生多么不仁、多么残酷呀！[2]其中"新平民"不过是个符号，这一连串的发问正是藤村自己对于社会上存在的不合理现象的拷问。而接下来的一段文字更是把觉醒者的悲哀、愤懑和无奈都表达得淋漓尽致：

这时候丑松觉得十分后悔。为什么自己要去搞什么学问，去接受什么主张正义主张自由的思想呢？假使根本不认识一切人平等的道理，也许会甘心情愿地受到别人的轻蔑吧。为什么自己还要像一个人似的生存了这些年呢？假使一直和在深山中徘徊的野兽在一起，也许可以到死不自觉什么痛苦吧！[3]

的确，是去弄弄兽皮乖乖地退隐的好。他要不声不响也不会得那样的病。他不顾惜自己的身体，一天也不休息地和社会斗争，这

1　《破戒》，第168页。
2　同上书，第224页。
3　同上书，第228页。

简直是一个狂人的做法。……这就是野蛮的下等人种的悲哀。[1]

　　类似的疑问在《春》这部作品中也有出现。"岸本所怀抱的思想，都是东西方大人物留给青年们的思想。这些文学上的产物，多半都是抒写人们徒劳的命运。悲壮的戏曲催人泪下；微妙的诗歌使人叹息。他暗暗思忖，有什么必要这样反复折磨自己呢？挣扎地活到今天究竟又是为着什么？岸本一点也不明白。"[2]这是主人公、也是作者本人对于时代和社会所发出的感慨和迷惘。小说题名为《春》，反映了作者对未来寄托的一种希望，据说这一小说题名是从意大利画家波提切利的绘画那里获得的启示。但实际结局却正好相反，更加衬托了主人公的"觉醒者的悲哀"的心情。

　　关于《春》的主题，藤村自己作了解释，即《春》是试图表现"人生的春天""理想的春天""艺术的春天"的作品。《春》描写的是一群生活在明治上升时期的觉醒的年轻知识分子们（《文学界》的同人们）的青春生活，而且，还要表现出在他们的精神深处充满了崭新的先驱者精神的形象。他们并不是主张社会革命的过激派，而是十分明显地试图谋求一种精神上的革命。他们原本就不拘泥于传统的束缚，并把自由奔放的思想活动和现实生活的行动标榜为浪漫主义的精要所在。因此，他们首先强调的是个人的解放。但是，尽管已经迈向了近代，明治的社会风气并没有完全摆脱封建社会的影响，仍然是一个因循守旧的封闭的时代。他们的新时代精神还不大可能自然而然地被完全接受。他们的悲哀，既伴随着作为先驱者的各种抵抗和艰难困苦，也伴随着着各种苦恼和悲剧。正如他们中的一个人所说："我看我们出生得有些过早了。"这是《春》的主人公之一市川所说的话，过早觉醒过来的人们的悲哀跃然纸上。《春》的主题正是对《破戒》的"觉醒者的悲哀"这一主题的继承。

　　　　照青木的话说，哈姆莱特是做了一场最悲惨的梦的人。说也奇怪，"最悲惨的梦"这句话，一直奇妙地在岸本的心头震荡。不知

---

[1] 《破戒》第216页。
[2] 《春》第203页。

道青木是在念台词还是在自我表白。[1]

强烈主张恋爱自由的青木终于如愿以偿地恋爱结婚生子之后,又深深感受到了不堪家小拖累的苦楚,感觉到"有了妻子女儿的自己的命运,同年轻的朋友相比差距有多大"。大声疾呼"恋爱是开启人生秘密的钥匙"的他曾经认为当今世上一切现象都是虚假的,唯有爱情才是真实可感的。奇怪的是,恋爱使他眼花缭乱,而结婚却使他大失所望。究其原因,那是因为像他这样的厌世诗人"不能按照社会的规律行事,他们不以社会为家,也不承认一般的快乐为快乐。他们的思想就是厌恶现存的绳墨规矩,不受社会的任何约束"。而"婚姻使得这些人越发想起社会,背离义务,增加不满情绪"。最后他只有委身于宗教,因为"宗教是脱离一切形式和状态而独立存在的缘故"。青木陷入了精神上的焦躁不安之中。"他自己清楚地知道造成这种不安的原因,可是又无可奈何。青木突然叹息着,他感到自己被许多东西蒙骗住了——例如希望,还有生命。""因此,他想打破一切忍耐的局面,对妻子,对妻子的娘家和自己的家庭,对事业,对所有的一切,他都想打破长久以来忍耐着的心理状态。"[2]从《春》所刻画的青木这一先驱者形象,我们不仅感受到了觉醒者的悲哀命运,对于造成觉醒者的悲哀的社会原因也有所领悟,遗憾的是作者并没有就此继续深究下去。《春》还通过岸本这一主人公把造成自己痛苦的原因——来自恋爱、家族和思想方面的原因给告白出来了。

他漂泊的最初的动机正像他告诉民助的那样。他见到胜子以后,精神上发生了剧烈的动摇,这是事实;他对自己的家越来越感到不像自己的家了,这是事实;他开始考虑这些事物的底蕴和含义,这也是事实;他的思想像洪水一般泛滥起来不可遏抑,这仍然是事实。[3]

对岸本,其实也是作者本人来说,面临的同样是觉醒者的悲哀和走投无路的结局。"大海就是他的坟墓,冷酷而无情的坟墓。不幸的游子

---

1 《春》,第9页。
2 同上书,第40页。
3 同上书,第89、90页。

啊，如今正向自己挖掘的坟墓走去。这墓将埋葬自己的希望，自己的爱情，自己年轻的生命。"[1]当然，觉醒者除了悲哀并非就无所作为了。丑松最终告白出了自己出身的秘密，摆脱了从前的虚伪的生活，从而获得了真实的人生和"新生的曙光的来临"。青木以死抗争，岸本则在艰难之中品味着悲哀的心情，决心继承青木的遗志继续前行。小说把被理想所背弃、追求艺术而不得的挫折青年的形象给刻画出来了。例如，在青木死后，"岸本关在萝卜园家里的楼上，自己寻觅着前进的道路。在他的眼前还有未开拓的领域——这是个宽阔的领域——青木只开掘了一部分，他留下未完的事业死去了。岸本在他的思想的鼓舞下，决心站在这位播种者埋骨的地方，继承他的事业，孜孜不倦地奋斗下去"。但是，"一种漠然的恐惧感不断在他胸中闪现。从前，迫使他忘记家庭、舍弃职业，把自己赶入灰暗而苦寂的行旅生活之中的那股力量，不久又使他沉默，使他急剧地颤抖，使他无端地流下了眼泪"。[2]高傲的他，并不承认自己的失败。他决不会说出"我是失败者"这样的话。这个极为自负、缺乏自知之明的盲、哑、聋兼而有之的青年，当他碰到人生究竟是什么这个疑问的时候，就躺在床上苦苦思索着解答。——好比一个身负重伤的战士，尽管倒在战场的草莽之中，但仍然在奋力抵抗。[3]

　　有分析指出，藤村在讲到写《破戒》的动机的时候，"对于生活在那些愚昧的人中间，并在这些人群中作为人而觉醒了的年轻人的悲哀这种东西，被它深深吸引住了"。也就是说，藤村想要描写的是自我觉醒并渴求自由的人不得不深受残留的封建制度的压迫而苦恼的情形。如此看来，他《破戒》以后的自传体小说自然不用说，一直到《黎明前》，他的主要小说都可以说是以这个"觉醒者的悲哀"作为主题的。在这个意义上，众所周知的《破戒》是社会小说还是告白自己心情的小说的争论就是第二义的了。其主题始终是"觉醒者的悲哀"，而它的主体是别人还是自己并不

1　《春》，第72页。
2　同上书，第184页。
3　同上书，第205、206页。

是作者首先要关心的事了。[1]同样，在《家》中，实际上也写到了主人公小泉三吉觉醒之后的悲哀：

> "难道要我们一辈子这样做下去！像这样扶助我们的亲人，到底是好事呢，还是坏事呢？我越来越弄不清楚了。"[2]

> "我们这些人和关在禁闭室里的小泉忠宽又有什么不同呢？我们不论走到哪里，不都在背负着一个老朽衰败的家吗？"

> "我想砸烂这个家。"[3]

但是，"家"所造成的觉醒者的悲哀的因素似乎更复杂一些，是剪不断理还乱的家族内部的义理人情关系（相关内容笔者在接下来关于家的困扰里面再进行论述）。《春》在表达觉醒者的悲哀这一主题的时候，一开始写的是青木等《文学界》的同人们，到后半部分则逐渐把主题集中到了以作者本人为主人公的岸本身上。这也是作者从告白群体青春（我们）到告白个人青春（我自己）这一转变过程的体现。到后来的《黎明前》，作者更是将这种觉醒者的悲哀追溯到了作为他生命根源的父亲岛崎正树（小说中为青山半藏）那里。小说写了主人公青山半藏悲剧性的一生，而他的形象与《破戒》中的猪子莲太郎、《春》中的青木骏一可谓一脉相承，都有着北村透谷的影子。这既是作者藤村对影响他一生的良师益友北村透谷的缅怀，也是他对于自己青春岁月的感悟和告白。"最早把'觉醒者的悲哀'以最为具体的形象提示给藤村并给他留下深刻印象的，毫无疑问就是透谷的一生。因此，我们可以说藤村在其自然主义时代也同样继承了透谷的苦恼和斗争。"[4]

有很多研究者指出，藤村在写这一主题时存在着一些明显的局限性：写歧视问题，却意识不到自己脑子里的歧视意识；写觉醒者的悲哀，却不触及造成悲哀的根源。如他在《春》中写了《文学界》的同人们"理

1　参见吉村善夫『藤村の精神』，筑摩書房，1979年9月，第224页。
2　《家》，第243页。
3　同上书，第294页。
4　吉村善夫『藤村の精神』，筑摩書房，1979年9月，第225页。

想之春"和"艺术之春"相继幻灭,却没有去挖掘造成他们悲剧性命运的深层原因,等等。其实,这是因为自《破戒》始藤村创作的重点始终放在了告白自我的真实这一点上。这种情形只有在他晚年的《黎明前》之中才有所改观。他把父亲悲剧性的一生和觉醒者的悲哀放在了明治维新的胎动期这一社会时代背景下来进行考察,对当时激进的西化风潮所造成的冲击和影响进行了批判性的披露。

第三节　主题二——家的困扰

近代自我首先以一定的社会性的纽带来连接的场所就是"家",即家庭或家族。以"家"为问题的自然主义文学的现代意义是巨大的。在欧洲,作为"家"的组成部分的个人不受"家"的束缚,各自独立形成小说的中心。但在日本,"家"却成了困扰藤村那一代近代知识分子的主要因素。[1] 岛崎家是一个延续了十八代的古老家族。藤村出生在这样一个家族传统深厚的家庭里,那种强烈的家族意识无疑深深地烙印在藤村身上。

关于家的困扰,来自两个方面:一是传统意义上的家;一是近代意义上的家。当时,家意味着以家长为中心、以姓氏为标志的封建家族。明治维新以来,虽然实现了文明开化,但在人与人的关系上仍然残存着浓厚的封建色彩,这就是家族制度。这一制度实际上是天皇制的牢固支柱。尤其是在日俄战争以后,家族主义与个人主义之间的矛盾更加显现,使得那些向往和渴望个人解放和尊重个性的人们都必然要碰到包括"家"在内的这个巨大的时代壁垒。当时包括岛崎藤村在内的日本自然主义作家们所面临这个共同问题,所采取的方式与欧洲作家是不一样的。欧洲自然主义作家如左拉等是通过家的共性来反映整个社会的特点,而日本的自然主义作家则是通过社会来看具体的家。藤村的主要作品都涉及到了家的问题,

---

1　参见吉田精一『自然主義研究』,桜楓社,1981年4月,第51—52页。

《破戒》就是围绕父亲的戒律对他人生的困扰来展开故事情节的,并开始了对于家对近代人的新生活的困扰的探究。《春》更是把家在经济上和精神上对年轻的岸本舍吉的束缚作了深刻的描写。《家》则是在《春》的基础上更深层次地把旧家的束缚和新家的困扰给描写出来了。主人公面对的是无奈的家族的放荡传统和封建家族制度的压迫。《新生》则是在继续反映家族关系给个人生活带来影响的同时,也表现出家族为了保住主人公的声名地位而做出牺牲的一面。

藤村在《家》这部作品中描述了他对于近代精神的向往,以及日益没落的旧家给他带来的精神上的困扰和经济上的重压。在《家》中,还反映了旧家的重压不仅是作为来自外部的封建束缚,而且作为从内部腐蚀的"可诅咒的放荡的传统"甚至宿命的东西产生影响。封建家族制度对藤村近代自我的确立影响之深由此可窥一斑。《家》中所体现的旧家的重压,对于作者藤村来说其实不过是《破戒》的主人公不堪其苦的饱受歧视的重压的改头换面而已。

关于"家"的主题,无疑是以《家》最有代表性。而对于"家"这一主题的深入,是从《春》开始。作者在写《春》的过程中发现了"家"的主题,或者说发现了一直困扰自己的家的问题。《春》实际上写了两个家,即青木的新家和岸本自己的旧家。追求恋爱至上的青木,强烈地认识到理想与现实的背反,恋爱与婚姻的不一致,比起世俗化的婚姻来他更重视诚实的恋爱。对青木来说,他最大的束缚是来自妻子;而等待岸本的,则是"有着三百多年历史的世家"以及显示出"矜持和欲望"的家长名助的"威严与宽大"。他们都拖着代表现实社会的"家"的难以断绝的锁链,也都把"家"视作"牢狱"。[1]作者认识到了那种令人毛骨悚然的力量就是家族的宿命的时候,《家》的主题也就形成了。《家》正是《春》下半部分关于家的困扰这一主题的延续,《家》也写了两个家,即《春》中的旧家和自己的新家,关于青木的新家的主题也以《家》中三吉的新家

---

1 参见《春》第94页。

的形式给继承下来了，并进行了更深入的挖掘。

一、旧家的困扰

从《春》可以看出，家的情结，或者说家的束缚，对于岸本来说是潜移默化而且根深蒂固的。曾经下定决心一旦走出家门就不再回来的他，却因为无法忘却自己的亲人的家庭，最后"像一个罪犯一样，躲避着人们的眼睛，浑身震颤不安"地回到了东京。藤村关于旧家的描写，实际上告白的是重重压在个人生活上面的家族制度和家长制所带来的痛苦和烦恼，以及对此产生的疑问。称得上是日本社会最根本的组织"家"的问题，实际上作为家的问题意识已经在《破戒》中以父与子的问题，即"父亲与儿子之间的对立"出现了。父亲与儿子之间的问题，是他在诗歌《农夫》（收录在诗集《夏草》中）和小说《破戒》以来所一直关心的一大课题。吉田精一认为《破戒》中关于父与子的对立涉及到的就是家族制度的问题。

确实，他每次想起父亲的矜持的性格来，他就想向相反的方向逃走，他愿望的是自由自在地骂，自由自在地笑。啊，老前辈和父亲两个人的差别有多大呀！一个是狂热愤世，一个却教导自己把无情的过去埋葬掉。丑松徘徊歧路，不知道该选择哪条路走了。[1]

《破戒》中的丑松在告白之前所遇到的最大阻力就是来自父亲的戒言的束缚，他做出的种种努力都是要谋求从父亲的束缚之中逃脱开来的解放感。父与子的问题，主要是作为家族权威的一部分带给主人公精神上的约束和困惑来加以表现的，同时还被作为遗传的特征来描写，如在《春》中写到岸本和长兄民助"容貌大致相仿，特别是那副又高又大的鼻子。是岸本家里的祖传显示出远祖的骄矜和宏愿。兄弟俩生长在有这三百多年历史的世家，民助尤其具备家长式的威严和宽大的风貌"。[2]这种遗传特征逐步演变成父与子之间的宿命关系来困扰主人公，本书将在性的困扰一节再论述。

1　《破戒》第121页。
2　《春》第84页。

《春》主要是从旧家所带给主人公的重压的角度来对家进行描写。小说的前半部分以青木作为中心人物来描写青春群像,后半部分则是以岸本舍吉为中心。在继续写作的过程中作家主体的内部有着不断朝自我集中、回归的构思。自我告白的意识也变得更加强烈。于是,群体的青春就无法刻画下去了,"我"(自我)的问题也逐步变成了作为危机根源的"家"的问题而被挖掘出来。就象小说中出现的"一切为了家"的感言一样,当时的藤村把这些年来家所带给他的深刻烦恼作为小说的主要主题了。那是在"旧家"的重压之下又肩负着妻子的负担的家,是挣扎在封建的家族道德之中的家。

  出家—漂泊—死亡,往事不断地在三吉眼前浮现。"我还年轻,在这个世界上,还有很多我不知道的东西。"正是这种想法,才使三吉带着本该失去的生命回到了一度离开的家乡。从那时起,他便做好了饱尝人世艰辛的准备。而这种艰辛来得是那样的快:哥哥入狱,家庭破产,姐姐患病,母亲去世……他经历了在他当时那个年纪本该经历的事情。新家庭的建立给他带来了一线希望,他准备依靠自己的力量开拓未来的生活。[1]

通过这段短短的文字,作者把主人公在旧的封建家族制度的重压下自己饱受其苦的内容,以及因此希望建立自己的新家来开拓自己新的人生的内容告白了出来。这段话对从《春》到《家》的过程中作者身边所发生的主要事件都有记载,并与他的新家对接了起来。其中"我还年轻,在这个世界上,还有很多我不知道的东西"的引用来自《春》第三十二节。透过这些文字不难看出"家"给他带来的是怎样的困扰。在《春》里面,这个"家"还是旧家,所带给他的主要是经济上的负担,以及精神和道义上的压迫。"岸本家终于遭到了破产的厄运","这个家里有母亲,有嫂嫂,有不幸的哥哥,还有爱子。他不工作,这些人就无法活下去。"但是,"要养活这么一大家子人,对于尚未成熟的岸本来说确实不

---

1 《家》第63页。

易啊!"[1]于是,他开始觉悟起来:"父母固然是重要的,可是寻求自己的出路更为重要。人应当独自寻求自己的道路。如果连自己为什么活着都不懂,那就谈不上如何孝敬父母。"[2]

但是,他的这种觉悟到了《家》很快就被"兄弟孝行"所取代,他的新家同样必须承受来自旧家的经济上的负担。他甚至不得不借钱来满足一心想重振旧家雄风的兄长的要求,负担小泉家的生活,成为小泉家实际上的经济支柱。经济上的负担给三吉的身心带来了沉重的压力——"大哥实为了支撑小泉家的老门户,几经周折,掉进了黑暗的深渊,三吉自己也曾经被卷了进去。为此,他只好抛弃了年青人的理想和志愿,有时候甚至弄得垂头丧气,在灰溜溜地过日子。"这种负担在《新生》中继续有所体现,那就是二哥义雄利用岸本与节子(义雄的女儿)的乱伦关系不断向岸本索要钱财。在藤村的笔下,旧家的困扰首当其冲的就是经济上的困扰,藤村也正是通过这种困扰把旧家崩溃的主题给揭示了出来。

《家》写的是桥本和小泉两大旧家族的命运,也就是它们崩溃没落的过程,在小说开始的明治三十一年,桥本家还有着作为名门的家世和声望,而小泉家则已经解体,变成了长兄实、继承了养父家的家业的二兄森彦等所代表的人格上的象征。在旧家陷入分化解体的历史中,家族的"家风"、传统的家族制度及其生活感情等,对于追求近代自我的个人来说就是桎梏,主人公试图通过各种努力从中逃脱出来,却又难以做到。《家》把家"作为所谓的命运共同体的功能,从家长的道德和新旧两代的思想上的纠葛,到人际关系的错综复杂等,这些束缚自我的外在的桎梏基本上都写了进去"。[3]

旧家所带来的困扰,在《新生》中还以另外一种形式体现出来了,也就是关于家族为了维护主人公(作者本人)的社会地位而做出"牺牲"的一面的描写。义雄告诉岸本,台湾的大哥称赞他在兄弟中最安稳,是最

---

1 参见《春》第168页,173页,201页。
2 《春》第127节,207页。
3 三好行雄『島崎藤村論』,筑摩書房,1994年1月,第182页。

让人放心的。但是大哥并不知道岸本和节子的事,因为"我是想到岸本那个家,想到祖先传下来的岸本家的名誉;发生的事情就随它去了,只要保住岸本舍吉的名声,人家也就不知道,家族的荣誉也不会被玷污,也就不会让祖先丢脸。这件事我是想得比较远。比起岸本家的名声,节子一个人的过错又算得了什么。我甚至想有了这种过错反而是好事。我这样想就是因为更看重岸本兄弟的前途"[1]。根深蒂固的家族观念由此可见一斑。这种"牺牲"反而给主人公带来了很大的精神压力和经济负担,最终促成了他(作者)面向社会的公开告白。

总之,正是这种挥之不去的家族情结,使得岛崎藤村继续在《黎明前》中,把作为家的根源的存在而影响到自己人生的父亲的一生给写出来了。在对旧家的困扰的描写中,不只是揭示了封建家族名门走向衰微与没落,还解剖了家族制度对个人生活的重压,也有对旧家族制度的鞭挞,从而触及到了日本社会最大根本性的"家"与家族关系问题,在这个意义上,《家》和《春》都具有广泛的社会性和深刻的思想性。大正十一年八月藤村带着全家回到故乡,打算让大儿子楠雄从明治学院中学部退学,回乡务农并重建家园。这件事足以说明,即便藤村在《家》中强调了旧家带给他经济和精神上的重压,但在他的内心深处,家族情结已经成为他生命的一部分,是永远抹不去的。

二、新家的困扰

藤村的一生历经艰难困苦,他的婚姻生活也很难说是幸福的。第一任妻子秦冬子是函馆人,22岁经媒人介绍嫁给藤村,同甘共苦18载,在生下四女儿柳子之后不久便因产后出血撒手人寰,当时年方40岁。这段婚姻给藤村留下了太多的痛苦甚至绝望,这从作者在《家》和《新生》的相关表述中可以看出来。不过笔者以为,藤村在小说中一方面强调了与妻子之间的肉体关系,同时也夸大了与妻子之间的精神隔阂,从而培育了自己对

1　《新生》第二卷第113章。

第一段婚姻的失望情绪。对此,他在妻子去世之后才真正体会到并读懂自己的妻子,不能不说是一件憾事。藤村第二段婚姻是在1928年与加藤静子的结合,当时藤村已经57岁。这段婚姻为藤村过上幸福宁静的晚年生活提供了重要保障。

关于新家的困扰主要是指它的第一段婚姻期间以夫妻关系为主的家庭生活,其中也包括经济上的贫困所带来的各种困扰等。"他一方面要跟贫困作斗争,另一方面还要和恶劣的天气作斗争。在这样的环境中再听到老婆孩子的哭泣声,实在感到凄凉。"夫妻关系是藤村在《家》里面重点描述的家庭生活的一个内容,忌妒心又是作为影响他们夫妻关系的一个重要因素而贯穿全篇的。

在《春》中,岸本从青木的家所看到的,是青木和操夫妇"既惨淡又相对"般的作为恋爱的坟墓的婚姻。到了《家》,他要告白的重点是他自己的夫妻关系。在此之前,他对于在旧家中的夫妻关系,或者说封建家族制度对夫妻关系的影响做过详尽的交代。首先,在姐姐阿种和桥本达雄的夫妻关系中,藤村是这样写的:"父亲对她的教育,给她讲过的话语,都使种久久不能忘记。不仅如此,父亲还亲自为女儿写了习字的法帖,写了贞操和献身是女人的美德,教会她要热爱邻里,要勤勉、克己、俭约、诚实和笃行。"[1]但丈夫给她造成的巨大痛苦以及她沉重的心事是不允许告诉任何人的。这就是父亲的遗训。到了小泉家,长兄实是一个一直没有改变他作为家长的威严的人,对待家里人实在太严酷了。而在他刚结婚的时候,面对动不动就发牢骚的老祖母,小两口连话都不敢说。妻子仓从未听到过实对她推心置腹地说过话。而她自己,平时在丈夫面前有话也不敢说。无论是阿种与达雄还是小泉实与仓,都属于旧式家庭中的夫妻关系,与我们所讨论的新家的夫妻关系有天壤之别。

对于接受过新式教育和西方现代价值观念的三吉来说,他所追求的当然不是那种老式的夫妻关系。他希望组成一个不同于旧家的、以个人

1　《家》第22页。

为中心的近代意义上的"新家",追求的是夫妻平等的新式夫妻关系。他甚至为了摆脱旧家的影响,特意在新婚不久就选择了到外地去教书。那么,他所希冀的新家能否实现呢?为了实现他所向往的新家的远景,他在新婚不久就将自己相识的两个女友介绍给了妻子,想让她们成为朋友。他希望通过夫妇俩的共同劳动来建设和经营自己的小家,而那时的雪常面带微笑,三吉虽说身子疲倦,但心中着实快乐。后来他回想起新婚时离开东京回到故乡的旅途,山岗、杜鹃、阳光,这一切都闪烁着新生活的灿烂光辉。但是,破坏新家的和谐气氛的隐患也开始显现出来了,如生活在优裕环境的雪毕竟一开始不大习惯这种清贫的生活方式,包括衣着打扮方面似乎也与当地的劳动妇女有差距。三吉开始用教诲的口吻吩咐年轻的妻子要注意自己的打扮。这使得雪听了实在难以接受。偶尔因为家务处理不当而挨了丈夫的几句责骂,雪会连续两三天情绪消沉,而三吉看到柔弱的妻子的这幅模样,总感到过意不去,他自己先软下来,好言劝慰妻子,百般讨取雪的欢心。而雪也就回心转意。两人又重归于好。就这样,三吉夫妇开始过着青春时代的家庭生活。所有这一切,都让我们看到了一个通过不断磨合而步入和谐正常轨道的新家的诞生。

但是,藤村在组建新家的时候,已经犯了一个致命的错误。近代意义上的新家必须是以作为夫妇的男女双方的相互理解和爱情为前提条件的,而他的新家反而是通过媒妁之言、一切交由大哥做主这样一种封建传统的操办方式组成的,他和自己并不熟悉的女性结婚了。应该说,对于经常在不同场合鼓吹恋爱自由和妇女解放的藤村或三吉而言,这个新家在起始阶段就已经蕴含了一定的悲剧因素,照样无法彻底摆脱旧家的影子。在三吉自己的新家中,恰恰是大家都认为保证让三吉满意的这位叫雪的姑娘身上,后来却发生了令三吉不愉快的事情。雪曾经的恋人——她妹妹福的未婚夫勉的不断来信引起了三吉的注意,一开始他是怀着很豁达的心情来理解的,认为妻子和自己一样在结婚前也是经历过种种事情之后才嫁给自己的,只要妻子能够正视自己的处境,安顺地操持好家务就行了。但是,当有一天他无意间读到了妻子尚未发出的信上写着"致亲爱的勉……绝望的雪上"的字样,随后又找到了勉的来信,了解到雪和以前的情人还有着藕断丝连的联系的时候,他开始对自己的妻子产生了不信任感。这种不信任感是致命的,它使得他们的夫妻关系从此笼罩在不和谐的阴霾之中,一直到雪死了之后他都仍然无法从这一阴影中走出来。他在家里阴沉着脸,对于雪特意准备的菜肴也不尝,让不明就里的雪感到扫兴。而他自己也感到茫然不知所措。他内心里很同情雪和勉的爱情,并产生了离婚并由自己做媒来成全他们俩的念头。他感到自己的家庭就要毁掉了。同时,他对女性失望的一面也更大了。

  三吉常常会突然返回到昔日漂泊时代的心境里去。当雪忙于厨房事务、而他却要抱着孩子在屋里踱步的时候,他有时甚至会突然产生丢开妻子、独自出走的念头。[1]

这里写到的漂泊时期的心境,在《春》里面已经有过交待。那是遭受失恋的沉重打击的时候藤村的心境,也是体会到了觉醒者的悲哀的藤村的心境,更是不堪大家庭的经济压迫而要寻找个人的出路的藤村的心境。可见妻子的"通信事件"对于一心想摆脱旧家的阴影、建立自己新的家庭生活的三吉(藤村)的打击有多大。尽管他采取了颇为新式的解决方式,即写信给勉表示三人可以做好朋友,而雪也通过文字的形式向丈夫表明自己是怀着满心的希望离开娘家嫁过来的,并给勉写了绝交信,以求得到三吉的谅解,但这件事的阴影对于三吉(藤村)来说却是很难驱散的,他长期对此耿耿于怀。

  勉和雪的爱慕关系,三吉是知道的,并予以谅解。这已经是相当长的岁月了。三吉在同勉的交往中,很能理解勉的心情,以前的事,似乎早已成为过去了。可是,随着近来难以抑制的内心的不安,多年被忘却了的痛苦又复苏了。[2]

由此不难看出三吉是一个嫉妒心理很强的人。他为自己的嫉妒心理羞愧的同时,也深知自己内心并未真正谅解勉和雪。这件事所引发的藤

---

1 《家》,第70页。
2 同上书,第279页。

村的嫉妒心理，在他的《旧东家》等早期作品和《家》等小说中都有表现，如："世上竟有这样的家伙，给人家的老婆写信却满不在乎地称呼着雪"（《家》），"妻子把使丈夫尝到了激烈的嫉妒心的那种不小心也嫁了过来"（《新生》）。他对于包括妻子在内的女性的失望和不信任情绪也由此而起。雪趁着母亲来家里帮忙这一难得的机会外出去亲访友，三吉对此也会产生一种无形的不安，甚至会突然发问："小房当真是我的孩子吗？""你到底为什么要嫁给我呢？"而雪也只有对着小孩说："爸爸不喜欢咱们，……"[1] 缺失了夫妻之间最基本的信任，也就很难实现他所希望的灵肉一体的亲密关系。三吉心里反复琢磨雪过去的男朋友在给她的来信中说的话："……你常常来信这么说：真不该去做人家的妻子……"他自从读了这一封信后，忽然在心里产生了一种难以言状的失望。长期以来，尽管夫妻俩同甘共苦，但妻子还是如此地不了解自己。三吉心里真感到不胜悲惨。不仅如此，从这分感情、个性、处境全都不同的他人的来信中，又该如何去理解妻子的心情才好呢？这一点首先使三吉感到为难。[2] 三吉内心经常感到空虚。他带着半自言自语的口气对正太说："为什么家庭倒成了一个令人烦恼的地方呢？象我那个家日子应该过得好些嘛，可是……"[3] 于是，他苦心经营并寄予很大希望的家，给他带来的精神上的困扰使他不堪忍受，长期造成了夫妻之间的隔阂，甚至是致命的疏远。在妻子因祖母去世回函馆奔丧期间，留守的他对自己的婚姻生活进行了回顾和反省，并"深切地体会到夫妻间的疙瘩关系"："成家的当年曾发生过这样的事，第三年又有过那样的事"，使得"他为自己结婚以来跟结婚前大不一样而感到惆怅"，并"深深地感到自己前途渺茫"。藤村和三吉对新家的失望溢于言表。

《家》在写到正太的妻子丰世表示很羡慕雪的时候，三吉曾责问雪："你不是也有不满吗？"雪则加重语气回答："什么不满也没有。"

---

1 参见《家》，第81页。
2 同上书，第272页。
3 同上书，第275页。

三吉则表示："我们没有任何一点值得丰世羡慕的,只不过身体健康罢了。"那天晚上,夫妇俩谈起了正太和丰世的事,聊到了深夜。孩子们都睡熟了,雪突然像想起了什么似的,以一反常态的声调说:"他爹,请相信我吧!看来你是相信我的。"三吉只有用沉默,悲喜交加地承受着妻子呜呜咽咽的哭泣。[1]后来,在《新生》中,藤村对这一情节继续作了呼应:

"他爹请你相信我……请你相信我……"

岸本听懂他夫人这句话,花了12年时间。园子并不像是生长在殷实人家的姑娘,她很能耐劳,喜欢……他费了12年,才真正能够和自己的夫人以心相见了。而真的听懂了这句话的时候,他的夫人已经去世了。(《新生》第一卷9章)

"丈夫是丈夫,妻子是妻子,丈夫奈何不得妻子,妻子也奈何不得丈夫。这种想法使他近乎绝望了。"[2]夫妻关系给他带来的困扰是如此之深,以至在《新生》中,主人公还有这样的表述:失去妻子的时候,岸本想过再不要重新过这种同样的结婚生活了。像这样两性相克的家庭,使他感到厌倦和疲惫。如果能够的话,他想开始新的生涯。于是他打算独身,不再结婚,因为"爱的经验伤了他如此之深"。

新家的困扰还体现在经济上的贫困方面,最直接的结果就是由于贫困造成的营养不良等原因,使得三个孩子相继死去,妻子也患上了夜盲症。三个孩子的死,给主人公(藤村)的打击很大。一种无形的恐惧袭击他的心灵。他觉得自己快要疯了,想独自一个人到忘却人世的那种地方去。[3]在失去孩子以前,他根本不知道有如此伤心的事。在《新生》中,他还念念不忘这种痛楚。造成新家的贫困的原因是多方面的,但主要一点还是来自旧家的拖累。对此就不再重复。

对于《家》所表现出的家的问题,濑沼茂树做了如下总结。"家"

---

1 参见《家》,第331页。
2 同上书,第289页。
3 同上书,第176页。

的本质究竟是什么？本来它是单纯指作为近代市民社会的夫妇中心的"家庭"（新家）。但是，尽管日本正在进行近代化，但作为历史单位的家——中世的"家族制度"（旧家）还残留下来了，反而被作为专制统治的政治机构的支柱加以利用。作为近代化的推进力的经济发展，是把作为历史单位的"家"解体为作为社会单位的"家"，使得家长制的家族制度（户主制和长子继承制）徒有其表。而儒教道德作为政治机构的现实基础，渗透到了生活感情的各个角落，反而作为文教政策被强化。一方面存在着对近代个人生活的原理的贯彻，另一方面又有着封建儒教伦理在感情上的渗透，造成了个人生活内容的双重性，表现出矛盾冲突的特征。如果一方面呈现出外在的"虚伪的生活"，那另一方面则有着被暗淡的家庭负担所摆弄的阴暗的生活的特征。"旧家"的崩溃没落和"新家"的派生、兴旺，在这个日本近代化的特殊进程中相互有着深刻的关联而互相交织在一起，并发生变化，这样就发生了日本的"家"的复杂而又奇怪的各种问题。藤村所摄取的显而易见就是这个问题。[1]

不过，在现实生活中，藤村一方面受到来自大家庭的经济和精神上的双重困扰，另一方面，又不得不享用依托大家庭相互提携传统的便利。在妻子冬子去世之后，他把刚出生不久的女儿柳子交给大哥的大女儿抚养，又把未满两岁的儿子蓊助放在木曾福岛的大姐园那里。长子楠雄和次子鸡二则放在身边，由前来帮忙的二哥的两个女儿看管，也因此引发了"新生"事件，再次成为"家"的"受害者"。"家"是岛崎藤村剪不断、理还乱的精神家园；家的主题则是藤村文学成长的摇篮。

第四节　主题三——性的困扰

从基督教的改善惩恶开始至今，性一直是告白的权威性题材。据说

1　瀬沼茂樹『評伝島崎藤村』，筑摩書房，昭和五十六年10月，第202頁。

这是人们的隐私。然而，万一与此相反，这个性会不会是由完全特殊的方式作为人们告白的东西而存在的呢？（米歇尔·福柯《性史》）

日本自然主义文学家特别强调人的"本能冲动"，即性欲对人的生活所起的所谓"决定性"作用，主张通过对肉欲的描写，直接暴露自己的丑恶。因此，性欲成为了他们自我告白的一大主题。

对于岛崎藤村来说，性的困扰在不同阶段可以有不同的表现和内容。它可以表现为恋爱、婚姻方面的感情因素，也可以表现为纯粹的性欲（爱欲）的内容；但它又不是作为单纯的性欲出现，还会作为与遗传和宿命相关的放荡的血液来体现。早在《绿叶集》所收录的他的早期短篇小说的主题几乎都是围绕爱欲和通奸问题，表现了乡村的性风俗和女性的堕落等内容。在《破戒》中，主要是围绕丑松与志保的恋情的烦恼来表现这种困扰的，虽然是虚构的，其中的真情实感却是来自藤村与佐藤辅子那一段没有结局，却又刻骨铭心的初恋。这段感情在《春》里边表现得更为充分，既有与胜子（佐藤辅子）之间那种飘着淡淡的忧伤的、像诗一般的恋情的回忆，也写了和其他女子的交往。写到胜子死的消息传来的时候，岸本"精神更加沉沦不振"，"从他自身来说，过去的一年他有着种种痛苦的经历，尝受过可怕的打击。这打击不是别的，是来自胜子的死"[1]。三好行雄对《春》写到岸本失恋后的漂泊之旅进行了以下分析：漂泊的动机从爱情变成了爱情之外的更加强烈的什么东西。岸本所看到的，是在恋爱感情的深层蠕动着的"心猿"的叫声。岸本发现了贯穿恋爱的负担和生活的负担的一种力学。岸本确实成长了。同时也应该是作者的成长。在把那种不可思议的力量看作是遗传的宿命的时候，《家》的主题自然也就产生了。[2] "心猿"指的就是本能的冲动，或者说情欲的暗流，这是藤村在诗歌时代就意识到的潜在危机，并在《家》中对此作了较为详细的正面描写。有评论认为《新生》是一部通过性爱与女性的自我对抗、纠葛，通过与女性的自我产生相互依存关系获得幸福并指出其中的局限性的恋爱小

---

1 《春》第169页。
2 三好行雄『島崎藤村論』，筑摩書房，1994年1月，第169页。

说。岸本——藤村因为没有把与女性自我对抗的思想当做恋爱的指导思想，所以对于岸本——藤村的自我来说，恋爱与社会是价值对立的。可是，也不是说藤村对于女性的自我是无知的。他越重视恋爱就越因与女性的纠葛感到苦恼。[1]在《新生》中无法面对女性自我的岸本只有逃走了事，在《春》中岸本即便面对已有婚约的胜子的暗示最终还是选择了逃避和退缩。经历了"新生"事件的藤村则不断从自己的家族，尤其是与自己一样深陷近亲乱伦之深渊的父亲那里寻找自己人生的答案。

一、与妻子之间

夹在古老的家族的重压之下生存的藤村渴望建立自己的新家，但是，近代意义上的家给他带来的却是性的困扰。

田山花袋曾指出："可以说再也没有像岛崎君那样为性欲所苦闷的作家了。"对于婚姻生活感到困顿的藤村在妻子死后干脆过起了独身生活。本来他的独身念头源自他对女性的强烈厌恶，而这种厌恶感有来自婚姻生活给他带来的伤害（阴影），但另一方面他所表现出来的却是"再没有像他那样厌恶女人的同时，又像他那样非要得到女人不可的"。这种矛盾造就了藤村的性生活的基本结构，那就是本能，是性的困扰。根据《家》和《新生》的描述来看，他的夫妻生活也是如此。总之，他过去的婚姻体验使他不再轻易相信异性的爱，因此才会强迫自己在肉体上疏远女人。但是，但凡身体健康的男人，对女人的渴望都会理所当然地包括肉体和精神两个方面。正如在"新家的困扰"一节里所介绍的，没有了感情沟通的夫妇之间所剩下的就只有相互的性欲了。

丈夫虽然想把家当作寺院，妻子却压根儿不想当尼姑。

不仅如此。对于年轻时代就饱尝了破落的痛苦的三吉来说，不能不想到给他喂药、喂饭的人的恩情。到他离开病床的时候，很快就还了俗。他的精神发生了极大的动摇。甚至感到屈辱。

---

[1] 水田宗子《女性的自我与表现》，叶渭渠主编，中国文联出版社，2000年1月，第20页。

兄妹之爱——他的思想朝这个方向转变。他想把雪当作自己的妹妹来对待。他带着雪上馆子吃饭，一方面告诫雪不要那么羞答答，一方面自己好像要同忧郁的生活决裂似的，领着饱餐一顿的"妹妹"朝回家的方向走去。[1]

缺乏精神上的沟通，又无法拒绝妻子对自己的日常生活的照顾，相互的性欲就成了维系他们夫妻关系的纽带了，尽管他想用"兄妹之爱"来粉饰自己的动摇甚至屈辱。他和雪之间产生的激烈的感情冲动和愤懑已经过去了，夫妻之间的情爱对他的精神已经不太那么起作用了。他不仅对雪的身体，就是看着自己的身体，也不过像是欣赏一尊塑像一样觉得淡然无味，恰如平心静气地喝完杯中剩下的几滴清淡的残酒一样。可此时两人已是相依为命，难舍难分了。雪是他的奴隶，他也是雪的奴隶。[2]这种不正常的夫妻关系使他深深体会到了性的困扰给自己的生活所带来的冲击。经历了"新生"事件的他把自己的性欲的觉醒归咎于他的妻子。在笔者看来，这种思维方式颇有一个小孩子一不小心把自己的玩具摔坏了却怪自己的父母的意味，也许这就是所谓的日本的"甘え"（撒娇）文化吧。

"一切都是从园子一个人的死而起的。"

对于那时正处壮年的园子，肌肉发达的她与女人十分相称，她的体格虽显肥胖却又结实，仍不失轻盈风韵，岸本对此记忆犹新。岸本还能把当时的记忆从楼下搬到书斋里来。有时候他一个人独自闲坐楼上面对书桌。忽然之间有一个人来到他的身后，伸出双手抱住他，亲热地把脸贴过来。是他的妻子。

园子从此不再对丈夫的书斋有所顾忌了。在与其说是画家的画室，倒不如说是科学家的实验室那样充满了冷峻严肃的书斋里面，能够如此随意赏玩，这对她来说似乎是无比快乐的事。岸本对她也是随意赏玩，她也必定以同样的方式来奖赏丈夫。有时候她把丈夫的身体驼在自己的背上，在那边的书架前面摇摇摆摆地走来走去，

---

1 《家》，第283页。
2 同上书，第306页。

就是岸本眼前所看到的同一房间。

相当长一段时间,他一直急于去引导妻子,到了那个时候他才清楚可以使园子快活的是什么。他知道自己的妻子也是与其不合时宜地受到相敬如宾的尊敬,宁愿让人粗暴地抱爱的那种女人。

从此岸本的身体像是觉醒过来了一样。头发也觉醒过来了。耳朵也觉醒过来了。皮肤也觉醒过来了。眼睛也觉醒过来了。身体的所有部分都觉醒了过来。他醒悟到自己一直是和自己并不了解的妻子住在一起。即使是埋头于妻子怀里而哭泣,也难以排遣他内心的百无聊赖。

有时他会想到那种近似于荡子游女的痴情般的许多可怜的情景,而这一切都是从像是毫无所知地熟睡着的自己的妻子的身边所发现的悲哀的孤独中产生的。岸本心中的毒,就来源于那个孤独之中。(第一卷14章)

以上是《新生》中的一段描写,不难看出夫妻沉溺爱欲之情形。其中作者用了"抱爱"一词来突出夫妻之间肉体上的交流。类似的描写在《家》里面也有,不过作者更为感慨的是夫妻之间缺乏精神上的交流。

三吉看着睡梦中的雪,看上去,她脸上显得没有一点痛苦似的……三吉把蜡烛凑近了妻子的脸,仔细地端详着她,好像要看透雪的心底似的,但没有发现任何异常,好像只有深沉的睡意在支配着雪的身躯。……虽然感到男女争吵很无聊,但自己却不知不觉地卷了进去。不知要到什么时候,丈夫和妻子的心才能真正想到一块儿去!眼下他连想一想这种事都感到厌烦。三吉作为丈夫,是妻子理所当然的保护人,但却不是谈得来的知心人。说来也怪,他不能在雪的面前坐久了,和妻子谈话的时间稍长一点,他就感到无聊。[1]

从原本追求精神上的契合的天恋思想,到靠双方的性欲来维系的肉体婚姻生活,无疑是近代意义上的婚姻生活的一种堕落,他对此也十分苦闷。"阿雪成了他的奴隶,他成了阿雪的奴隶。"这种受性欲和本能支配的夫妻生活引发了他的"心猿",为他日后的"新生"事件埋下了隐患。

---

1 《家》第276—277页。

藤村的妻子则是作为在他内心种下毒素并最终酿成"新生"事件的根源出现的。"一切都是由园子一个人的死而引起的"——

> 岸本不知不觉中就成了对于再婚根本听不进去的人。独身对于他来说意味着对女人的一种报复。他甚至对于爱也感到恐惧。爱的经历是那样使他受到伤害。
>
> 在大多情况下岸本对于女性是冷淡的。他总是作为一个旁观者来应对各种诱惑,这并不是他故意压抑自己,而是他蔑视女性的秉性的结果。和他那个一生对女性充满崇拜的死去的外甥太一相比,他天生就与他大不相同。(第一卷6章)

从上面的叙述中不难看出他对于女性和婚姻生活的绝望。藤村在《家》和《新生》中有多处把自己看作婚姻生活的受害者的表述。

二、与侄女之间

与妻子的婚姻的不幸使他对女性充满了失望之感,妻子死后,他曾抱着"守身如玉"的独身的坚定信念以表示对女性的不屑,包括拒绝别人给他提亲,跟朋友们聚会时他对于喝花酒之类也毫无兴趣。当时很多人都对他的这些举止感到不可思议,其实这是他对女性和婚姻极度失望的一种反应。但这种人为的压抑反而会激起他更加强烈的欲望和某些变态之举。《浮士德》中的恶魔靡非斯陀认为,人类无法克服情欲的诱惑,注定了悲剧性的处境。岛崎藤村尽管在妻子去世后以鳏夫自傲,并以此来惩罚女性,但最终绕不过情欲这道坎。按照田山花袋的说法,藤村本是一个性欲很强的人,那么这种刻意的压抑所形成的反作用力也就可想而知了。在妻子死后没过多久,藤村终于按耐不住内心深处"心猿"的骚动,勾引上了前来家里帮忙照看孩子的年轻侄女。

> 妻子园子死后他再也不想重复那种婚姻生活了,他希望如果可能,自己要开始一种崭新的人生,甚至把独身那件事作为对异性的一种报复,为了平时就觉得烦心的女人——更何况是为了自己的小侄女的缘故,想不到自己的命运坠入了这种阴暗之中,实在令他恼

火。(第一卷24章)

这种近亲相奸所带来的道德上的自责和身败名裂的恐惧,随着侄女肚子里的胎儿一天一天地长大而与日俱增,让他体味到了人生中前所未有的危机感。藤村在《新生》中倾诉了与侄女之间的感情的困扰。因为节子的缘故,岸本承受了那么深刻的苦恼的煎熬。因为节子的缘故,岸本感受到了那么深刻的哀怜。无论是罪过还是旅行,以及彼此后来互托终身的悲哀——所有这一切实际上都是因为节子这一对象而发生的。(《新生》第二卷111章)他在惶惶不可终日之际难免怨天尤人。一方面,他把"新生"事件归咎为"父亲之手"所象征的遗传的放荡血统在作祟。就像对待妻子回娘家去了的那个夏天曾经与另一个侄女发生的"拉手事件"一样,他当时把它归咎于"一股不可思议的力量"使然;而这次他又发出了"自己为何会受到这种痛苦的折磨"这一出自受害者对命运的愤懑和叹息,甚至还认为让自己犯这种罪的"内心的毒根"是由亡妻种下的,有将责任转嫁他人之嫌。另一方面,他夜不能寐,有时想象着侄女自杀,有时想到自杀,有时又想到遁入遥远的孤岛或荒废的寺院去。最终他撇下怀孕的侄女远走法国、到一个谁也不认识的国度去开始新的生活。可以说在这一事件中他经历了一生中最大的危机和在近代自我追求道路上的最大困惑。

藤村在《新生》中对自己的巴黎生活做了如下回顾:当他真的到了一个谁也不认识的异国他乡的时候,过起了近似自我封闭的生活,整天对着书本枯坐,也不去接近本地的女人,这自然无法走进陌生人的生活中去。而要想融入到陌生人的生活之中去,以女人为突破口是最自然的方法,这是一个旅行者教给他的。他要真这样做了,那他也会更加自责。因为侄女的缘故他已经受到了很大的创伤——这应该是他写到的第二个女人给他的伤害。其实最早给他带来伤害的应该是他的初恋情人佐藤辅子吧?像这样一方面厌恶女人,一方面又离不开女人,正是藤村人生中的矛盾和无奈之处。在异国他乡的那份孤独使他越发体会到了自己身上的这种矛盾。与他一同在异国漂泊的人寂寞无聊之际都会想着回国之后要尽情地找女人玩一玩,而藤村也开始考虑一旦自己平安无事地回国,就准备找一个合适的人重新组建家庭。对于因为自己的缘故几乎耽误了一生的节子他也打算劝她嫁人。藤村下定了第二次结婚的决心,而对于结婚的对象,他并不想迎娶过于年轻的人做妻子,但也不想和快四十的女人结婚(正好是他亡故的妻子现在的年龄)。至少要娶三十岁左右的女人。这是《新生》中写到的他刚刚回国之后制定的人生规划,并很快开始了他的相亲之旅。这和他出国之前的独身观念是迥然不同的。大概三年的单身生活和孤独寂寞早就把他原来试图通过独身来捍卫的男人尊严给粉碎殆尽了。至于和侄女之间,岸本在回国之后想恢复到正常的叔侄关系,因为只有这样才能使二哥和二嫂安心,同时也可以忘掉长期困扰自己的苦恼,也不违当初只身远走他乡的初衷。但是,每当岸本看到节子脸上有不高兴的表情,或者说被他称之为"低气压"的忧郁出现的时候,内疚之情又会使他对节子的关心油然而生,从出国时起就一直努力疏远节子的防线到此也就土崩瓦解了——三年的抑制和自责并不曾使他刚毅,他甚至怀疑反而使自己变得更加软弱了:"不可言传的节子的情状那时候有一种奇异的力量吸引着着岸本。他差不多是冲动地走近节子,一言不发地给了她一个小小的接吻。"这一举动究竟是爱情还是本能的驱使,恐怕只有岸本本人清楚。作者似乎更倾向于以怜悯心的形式出现:

"怎么可以救这个人呢?"

他怀着想要摆脱那个无形的牢笼的心情,吃惊地感觉到离开巴黎下榻之处的自己,与重新接近节子的自己之间有着某种关联性。也许正是因为这个原因自己回国来了,想到这里他不禁茫然。

正好是二哥去了乡下不在家的时候。岸本为了不让兄嫂操劳自己的孩子们的事情,让两个孩子跟自己睡一屋。节子或者看不过叔父的操劳,跑过来叫小孩过去。从那天起,两人的关系又和以前一样了。岸本把自己的行为解释为怜悯:"你不怜悯她,那你怜悯谁呢?"尽管曾经有过令人可怕的痛苦经历,但现在还是再一次卷入其中了。只不过此时的岸本已经不是以前的岸本了。他已经不是那个因为厌恶女人以致于要以独身来作为一种报复的人了,反而是深深的悲悯之情在岸本心头涌动。他内心想到的不只是拯救节子,也

要拯救他自己。(第二卷37章)

"真是一个没有爱过人也没有被人爱过的不幸的女人。"岸本针对节子发出的这一无情的感慨,似乎是在强调说明他与侄女之间似乎只存在性的困惑。但是,不只是节子,就连岸本自己也不满足于这样一种心情或关系。于是,当节子去他在外面租的书房帮忙的时候,两人之间的交流也多了起来。当节子把自己的短发垂下来给他看的时候,他会说"节子吃了不少苦之后,比以前好得多了。我好像喜欢起你来了——以前可不是这么喜欢的"。而且,即便说这话的时候,他也没有抛弃再婚的念头,也在想着要劝节子嫁人。他对于自己与侄女之间关系的死灰复燃,真正感觉到了自己的不中用和立场不坚定。但他没有因此就被这件事情束缚住自己的手脚,他下定决心要为节子和自己开辟崭新的人生之路。

《新生》中,在岸本的另一个侄女爱子为他张罗介绍再婚对象的时候,他不得不考虑与已经和自己有过小孩的节子之间的关系对自己的再婚将会产生怎样的影响。他想到的最好的办法当然是先把节子嫁出去。但是节子知道他再婚的打算之后脸上再次出现了"低气压",甚至对家里人都爱理不理了。原本他是把自己再婚看成向节子伸出的挽救之手,而节子则似乎根本不领这份情。其实,岸本自己的内心也也有些纠结,以致于当他直接地断地把自己打算再婚的想法告诉节子的时候,又说出了"叔叔和侄女难道真的不能结婚吗"、"索性娶了你怎么样呢?反正我最终还得娶一个的"这类荒唐无序的话语,不仅误导了节子,也动摇了自己,最后达成了不结婚却让节子把一生托付给自己的默契——"以罪孽洗刷罪孽,以过错洗刷过错的选择。岸本甚至想断了再婚的念头,为了想救活节子"。这是回国之后经过与节子在同一屋檐下生活了四个多月之后岸本内心所发生的变化。原先对女性充满憎恶之情时的那种恐惧和战栗都没有在同一个侄女身上发生过。在本能和占有欲驱使下他曾经问过节子:"你不管什么时候都是属于叔叔的吗?"节子给了他肯定的回答。岸本是一个害怕寂寞的人,在节子一家刚搬走不久他便感到了不曾有过的寂寞,但也使他明白了怜悯人的心情与被怜悯的人的心情之间的隔阂。他和节子就处在这样一种进退维谷的关系之中。由此不难看出,相对于三吉与阿雪之间的夫妻关系最后演变成纯粹以性为纽带的男女关系，岸本与节子之间则是由以性为纽带的男女关系逐渐演变成充满怜惜和爱慕的情侣关系。不可否认，对这两种关系的描述其实都有藤村自我辩白的因素在起作用，而在根本上都属于藤村对于性的困扰的告白。藤村对此是再清楚不过的，这似乎也是日本自然主义作家所共同面临的困惑。

　　岛崎驹子在回忆录中写道，"母亲经常会说：'你就像是一块石头一样的女孩子，所以应该不会出什么错。'但是，满了20岁的我，与周围大多女孩子一样已经开始青春萌动了。但又不是姐姐那种说什么都无所顾忌的开朗性格，因此人们也许以为我是那种对异性没有想法的傻乎乎的一个女孩子。姐姐是个大美人，性格也开朗，又是那种阳光型的性格，反而使得母亲多了一些担心吧。16岁的时候从老家长野的吾妻村读完高等四年之后来到东京，在三轮田女子高中参加编入三年级的入学考试并顺利就读，从那以后就在根岸的伯母家生活。属于沉浸在一个人的思绪之中、有着带点忧郁的另一面的我，与姐姐属于两类人。比我大三岁的姐姐是个很招男人喜欢的大美人。母亲到东京来的时候所担心的并非我，而是姐姐。姐姐相比较更属于文学少女型，而我则更属于哲学少女型。姐姐人很好。尽管那个姐姐经常会使坏心眼欺负我，但从孩提时候起我们关系就很好。姐姐以有一个有名的文学家叔叔而倍感自豪，而我则不然。姐姐属于经常会幻想着自己因为是著名小说家的侄女而会在结婚的时候作为某某的千金成为报纸上的新闻人物这一种类型的少女。但是，我从来没有过那样的想法。"[1] 岛崎驹子把自己和姐姐之间的差异进行了详尽的交代。换句话说，和姐姐相比，她是不大可能发生后来的"新生"事件的那一个。但是，后来发生的事情却让大家大跌眼镜。她还写到她和姐姐都长期生活在爱一天到晚唠叨个不停的伯母家，所以当姐姐和她先后离开伯母家来到叔叔藤村家里的时候，都有一种获得解放的喜悦感。驹子代替姐姐来到藤村家里来照料孩子们的一切的时候，"从各个方面照顾叔叔也是我的职

---

[1] 青木正美『知られざる晩年の島崎藤村』，国書刊行会，1999年9月，第95—96页。

责所在"。于是,在一个绿意甚浓又下着大雨的五月的夜晚,深夜喝了酒回家的叔叔睁开他那红肿的眼睛对她说"给我打盆热水来擦擦身子"的时候,当时驹子从叔父的眼神里读出了某种可怕的东西。但是,她觉得"叔叔也很可怜",这使得她有了勇气不惧为叔父做任何事。于是一个42岁的男人和一个20岁的女人发生了不该发生的事情。在近亲相克和忧郁人生的挣扎之中叔父的理性开始化成了火焰和漩涡。对驹子来说,这个男人只不过是慰籍她内心孤独感的一个爱的对象,虽然这种乱伦关系给双方都带来了强大的精神压力,但是驹子在时过境迁之后仍会认为那是因为当时太过真挚、太过烦恼的缘故。因为自己所爱的人是近亲而导致了自己的悲剧人生,难道说就因为怀有强烈而真挚的态度在面对上帝的时候并不以为耻而理应受到指责吗?如果能相互找到简单的方法我们不也应该是幸福的吗?——她认为只是这个社会的规范妨碍了自己作为女人本应得到的幸福而已。

　　岛崎驹子的自我叙述,恰恰被后来的研究者定性为她是与岛崎藤村属于同一类型的那一类人。因此,他们都摆脱不了宿命的安排,都摆脱不了性的困扰,后来她自己也认识到"这一切都是命"。

三、作为"放荡的血"的遗传

　　自然主义文学重视对人包括生理在内的各种属性进行真实的描写,包括对人的生理情欲以及遗传因素的关注。藤村在《破戒》中还告白了堪比部落问题的旧家族的阴暗血统的问题,而在《家》中他又把这一内容挖掘出来了,进而在《新生》中更是把"放荡的血"作为小说的主题加以背书了。一般来说,如果以乡下人特有的视点来看自己的行为的话藤村应该采取隐瞒的行为才对,而他采取的却是以城市人的开放性的意识来进行告白,有意识地把旧家的放荡血液通过小说表现出来了,说明有着乡村和城市双层身份的藤村把城市和乡下都不看得那么绝对。而在作为城市人的芥川看来,"有谁会把蒙羞的事情告白出来呢"?藤村多次在小说中表达了对于自己身上流淌着的"放荡的血"的恐惧。从心理学层面来看,恐惧是一种对自我某一方面的威胁,焦虑代表了一种冲突,许多焦虑是有神经症的。大多数神经症焦虑都来源于某种潜意识的心理冲突以及人格的分裂。这种焦虑和恐惧也促成了藤村的自我告白意识和行为的发生。

《家》的主题，或者说这部小说所表现出来的"家"的意义，可以从两个方面来看。其一是作为从外部约束人的机构的家；其二则是一方面与作为机构的家有着微妙的关系，另一方面又是从内部来毁灭人的生理的家。前者体现了作为命运共同体的封建家族制度的本质，藤村在这种共同体的内部发现了构成封闭的承传关系的家族的宿命。那是放纵的血液的诅咒，以及由此产生的人格上的颓废的危机。小说中的人物都无一幸免于这种阴湿的宿命。就象三吉和正太一同感叹"若不是出生在那样一个陈腐的家庭里，也就不会有那种颓废的表现"[1]一样。在这样一种家族背景下，"由于家庭生活而被紧紧拴在一起的人们，那极为微妙、满是阴影、无法表达的深远渊源关系——叔侄之间、堂兄妹之间、表姐和表弟、表哥和表妹之间。这一切都沉重地压迫着他的胸膛"。[2]对于三吉或藤村来说，他们面对的是一个立体层面的"家"，从不同角度束缚他，影响他的人生。而放荡血液的遗传，正是藤村所大书特书的一个因素。

在三好行雄看来，《家》的开头写到三吉在桥本家的储藏室的角落里发现了当家人达雄以前的日记，"连他自己体验过的那些放荡的男女之间散发的腐臭气息，都毫不掩饰地写在日记上"，并想象"说不定正太曾经躲在这隐蔽的地方阅读父亲放荡的历史呢"，这其实是很阴惨的风景。有这么一个屏住呼吸拼命看父亲的爱欲的记录的儿子，而他又逃不脱桥本家代代相传的病，他所肩负的是和父亲患同样的病，同样沉溺不久就陷入毁灭的宿命。可以说唤起三吉想象的正太的形象才真正象征了《家》的主题[3]——那就是放荡的血液的遗传。《家》接下来写到了正太的放纵生活，达雄跟女人私奔而去等，从旧家遗传下来的放纵的血统相继毁了哥哥、姐夫和外甥。对桥本家的婆媳来说，桥本父子如果没有乱搞女人的毛

---

1 《家》，第296页。
2 同上书，第207页。
3 三好行雄『島崎藤村論』，筑摩書房，1994年1月，184、185页。

病还真算得上是好男人,而她们也确实不断为丈夫跟女人的关系而苦恼。三吉作为身上也遗传了同样血统的人,难以抵御近亲之间的性诱惑,因而也就逃不脱宿命的悲剧。在一个夜色朦胧的夜晚,当他带着侄女小俊来到自己喜爱的杂木林小路散步时,"突然,一股不可思议的力量,使他拉住了侄女的手。在这股力量面前,他控制不了自己"[1]。第二天晚上,他还和小俊去散步了。三吉感觉到了自己的身子在颤抖。后来他让姑娘们给他捶背,"让她们捶打着身体深处的疼痛,那里的骨头象碎了似的。"[2]三好行雄对这些描写作了分析:罪的意识是以肉体的痛苦来偿还的,是不可思议的惩罚的形式。但是,这无论如何都是藤村式的沉郁的自我惩罚方式。藤村是那种所谓用下半身思考类型的作家。[3]他受制于这种本能的冲动,一直为之苦恼并试图摆脱它。藤村清楚地意识到,自己正承受着与一般人毫不相干的"报应",而这种意识给他带来深深的恐惧,他有着渴求"从宿命中脱身"、"通过现实中地狱般的体验""来追寻自己的生命的根源的意图"。

"想到自己面临的处境,他将被拽进一个可怕的地方去,非马上止步不可。这时,他脑子里浮现出一时忘记了的妻子。"[4]

从那天起,三吉尽可能地避开侄女。可是越想避开,反而越被牵连住了,好像心灵遭到了蹂躏似的。他只能怀着痛苦的心情去看侄女的眼睛。他不时觉得好象有一股从未闻过的、极为轻微的气味扑鼻而来,既象少女的头发散发出的那股焖气,又像少女的身体蒸发出的那股热味。一闻到它,他就感到自己仿佛无法摆脱这种吸引力似的。"老是这样下去,自己将会怎么样呢?"他陷入了沉思。"我除了逃之夭夭,别无他途。"[5]事实上,《家》写到的三吉在妻子回函馆去参加祖母的葬礼期间与小俊之间发生的"拉手事件",那股"不可思议的力量"其实就是他本能的性

---

1 《家》,第194页。
2 同上书,第196页。
3 三好行雄『島崎藤村論』,筑摩書房,1994年1月,第187页。
4 《家》,第197页。
5 同上书,第201页。

欲冲动的一种反应,而且在这股力量面前"他控制不了自己"。在接下来的几个晚上他的身体都"像狗一样""颤抖"、"战栗"。"三吉没有点灯,他颤抖着坐在昏暗的屋子里,想到自己面临的处境,他将被拽进一个可怕的地方去,非马上止步不可"——三吉的反思,使得他对显得格外亲热的小俊不冷不热起来,拒绝了对方要给自己按摩肩膀和拔白头发的请求。在这一过程中,三吉因为担心心里还在想着"是不是在什么地方得罪叔叔了"的小俊会否"告密"而有意疏远回避她,"可是越想避开,反而越被牵连住了,好像心灵里遭到了蹂躏似的。他只能怀着痛苦的心情去看侄女的眼睛。他不时觉得好像有一股从未闻过的、极为轻微的气味扑鼻而来,既像少女的头发散发出的那股焖气,又像少女的身体蒸发出的那股热味。一闻到它,他就感到自己仿佛无法摆脱这种吸引力似的"。他已经清楚地意识到了潜伏在自己身上的那股情欲的暗流的骚动及其可怕性。这股暗流的骚动与正太父子的放荡行为几乎同出一辙,他"除了逃之夭夭,别无他途"。虽然《家》的三吉算是成功逃脱了,但他还是逃不出宿命的安排的。因为那其实是积蓄在他体内的情欲的躁动。他最终还是与前来帮忙的侄女节子发生了乱伦的关系。

  岸本感觉到对于节子有着受良心谴责的亲密和罪孽深重的悲哀。
  她身体上正在发生的某种变化,似乎在不断地压迫着她。她这种表情,像一股沉重的力量挤压着岸本的心。(《新生》第一卷17章)

  他把这种乱伦关系归结为中年的颓废所导致,并认为根本原因就是从父亲那里遗传到了不安分的血液。《新生》在结尾处还借大哥民助之口把父亲所犯过的同族之间乱伦的过失说了出来,以此来印证这种不安分血液的遗传性。这也是藤村所塑造的主人公一直以来隐隐约约感到命运中的不安的症结所在。这种不安,表现出来的就是对死去多年的父亲的耿耿于怀和对遗传的关注。这在他的主要作品中都有体现。

  1.《破戒》:"看哪,你那手势都完全跟你爸爸一模一样哩!"婶母带笑说的时候，不觉流下了眼泪。[1]

2.《春》：

1）岸本在长火盆上取暖的手奇怪地映入了民助的眼帘。这双手不怎么灵巧，指头很短，布满了粗大的青筋，越看越和父亲的手一模一样。[2]

2）在民助眼里，那个为主张勤王遍历诸国，广交志士，不顾家事的人，不就是长着这双手吗？那个动辄离家出走，两三个月不归，每次都要央求山上的老头儿找回来的人，不就是这双手吗？那个平素年高德劭，对家人和乡亲一片热心，被尊为一村之长，但稍不如意就气势汹汹用弓背将民助痛打一顿的人，不就是长着这双手吗？那个醉心于国学、神道，埋头于深山幽谷，一生烦闷，终于发狂的人不就是长着这双手吗？（中略）他们的父亲二十岁开始发病，当时一度治愈，到了中年再次复犯。民助联想起这些事实，生怕年方二十的弟弟也会和父亲同样的命运。[3]

（对此，十川信介是这样解读的：回到家的岸本与兄长民助相逢的场面，把这部小说隐藏的主题都提示出来了。弟弟从兄长的相貌中发现有着"家"的权威，哥哥从落魄的弟弟那双父亲遗传的手想起了"家"遗传的病，即情欲的暗流。[4]）

3.《家》：

1）透过姐姐的吟诵声，三吉仿佛看见了父亲紧靠在昏暗的禁闭室的窗格子边那副失常的姿态。[5]

2）"你看看三吉，坐在那里的样子多像父亲……兄弟们中惟有他的举止最像。""父亲常常说，三吉最爱钻研学问，只有三吉才能继承他的事业，才像是他的儿子……"[6]

4.《新生》：贯穿半生，萦绕于内心的忧郁——说的、做的、想

---

1 《破戒》第96页。
2 《春》，第85页。
3 同上书，第85、86页。
4 十川信介『島崎藤村』，筑摩書房，昭和五十五年11月，第95页。
5 《家》，第265页。
6 同上书，第7页。

的,都像是从里面(旅心)发生的,那无名又无故的忧郁,早在步入青年时代的时候就已经袭到了自己身上——可以听懂这句话的人,恐怕就是父亲了。为什么呢?像岸本烦恼着的半生一样,父亲也是一生充满了烦恼的人。……但是岸本到了最后,就是叩下头来想诉心中苦痛的也只有父亲。(第一卷113章)

在巴黎过着孤独和禁欲的日子里,岸本的心也时常会回到父亲的身边去。他心里常常会产生对少年时代就死去的父亲的爱慕之情。在藤村看来,他和父亲之间的渊源实在太深了——不只是性格上的忧郁特点遗传自父亲,而且在精神和宿命的层面他也在努力寻找自己与父亲之间难以割舍的渊源。追寻自己与父亲之间的精神纽带成为他晚年巨著《黎明前》的主要创作动机。

关于遗传,是藤村文学一直关注的一大主题。有关遗传的宿命观,既可以看作是藤村对于自然主义关于遗传的理论的一种呼应,也反映了藤村在意识深处对于父亲有着浓厚的寻根意识,只不过在《新生》中他主要是从放荡的血统这个角度来加以解释的。但与此同时,他也开始尝试着从自己生命根源的角度来思考自己与父亲的关系。这种思考最终导致了《黎明前》这部巨著的诞生。其实,就像在《家》中当森彦批评外甥正太放荡不羁的时候,三吉会为正太和艺妓小金辩护,并认为对这种事还是少管为好、不必小题大做一样,比起遗传或宿命来,藤村或三吉本身对于性的宽容态度恐怕才是造成他人生中的重大悲剧的真正原因。

藤村对遗传的关注主要体现在性格外貌和淫荡的血液这两个层面。一般来说,前者虽然是藤村在作品中刻意描写和表现的内容,但他真正要深究的还是淫荡的血液方面,这一点随着《新生》的落幕也得到了彻底的暴露。在他妻子去世之后他与侄女之间发生的乱伦,可以理解为在长期的性压抑之后基于其性欲本能而发生的。但他却把这一乱伦行为归结为"天性"——"原本有着血缘关系的异性更容易产生诱惑的天性"(类似的表述在《新生》的草稿中出现过,后来被删掉了)。他不是把它当作自己过于压抑了对异性的性欲来认识,而是作为"天性"犯了乱伦来考虑。把它视作"天性",就等于是置身于个人的责任之外了。也就是说,天性就是那样,把与节子之间的事情放在被动的角度了。他所强调的来自遗传的放荡的血,与这里所说的"天性"有着异曲同工之妙,因此也难免会有读者和评论家批评他的类似表述有推托之嫌且过于自私和狡猾。

有的评论认为《春》和《家》过于追求对于主人公的内心的极端痛苦的细致、真实的描写,过分渲染爱欲的冲突,字里行间所流露的悲观、绝望和宿命的情绪,不但没有了《破戒》那种批判社会的力量,反而在某些方面发展了《破戒》所存在的自然主义倾向的弱点。对照藤村的人生经历,尤其是自少年时期开始他幼小的心灵就背负起了家族内部的沉重秘密,此后一直到中年类似秘密不断给他的人生加负,我们就不难理解藤村文学的这种变身——并非迎合文坛思潮的一时冲动,而是藤村的人生经历决定了藤村文学的走向。其实,如果从藤村文学的主题原本就是告白其内心世界的角度来看的话,这样的看法可能就比较容易接受了,对于他对爱欲和遗传的关注也就容易理解了。藤村在文学创作中所遵循的一直都是"我手写我心"这一原则。

第五节 伟大的人生的记录者

岛崎藤村对于自己创作三部长篇时的情形有过如下回顾——

这也许是我一个人的故事,根据我的创作体验,一部长篇可以带动另一部长篇。我写《破戒》时,《春》已经在胸中萌芽。我写《春》时,又在构思着《家》。但是当我写完《家》后,心里就再也不出现第四部长篇了。当时我甚感孤寂。我在快要走完三十几岁这段道路的时候,完成了《家》,这时正值明治年代的终结。《家》后半部脱稿的第三个年头,已经改元大正了。无论从个人生活或从年龄来说,我都迎来了一个转折期。

我一开始写长篇小说就接二连三遭到不幸，遇到这样的灾祸，再提笔写作长篇就令我感到恐惧。我写一部长篇大约要花两年时光，是因为在这样的岁月里和写作短篇不同，身边发生了种种事情；还是因为埋头创作，自己未能好好照料家务呢？看来都不是。我写《破戒》的时候，一年当中失掉了三个孩子。写《春》的时候总算平安无事。写完《家》的上篇接到了外甥的讣告，说是外甥却跟亲弟弟一样亲密，他的死给了我沉重的打击。不久，妻子也去世了。第二个儿子患伤寒病住院，也是写作下半部时候的事。我到医院探望高烧的儿子，回到新片町的旧居继续伏案工作。（《我写三部长篇的时候》）

在日本的近代作家中，要说最大的自传作家，当属岛崎藤村。藤村在写完《破戒》以后，所创作的《春》、《家》、《樱桃熟了的时候》和《新生》，甚至连《黎明前》都可以归入这一系列。上述三大主题，都是与藤村的实际人生密切相关的，也是他在现实生活中饱受困扰的三个主要因素。作家对自身生存状况的关注和焦虑促成了他勃发的告白意识。他不断地围绕这三大主题来告白自我，告白自己的私生活，告白自己的内心世界，使之成为藤村文学的主要内容，从而构成了藤村文学的自传性特征。这三大主题可谓集中反映了岛崎藤村一生中最重大的问题。他所告白的内容，也正是他人生的真实写照，再没有哪个作家的文学创作与作家本人的生活结合得如此之紧密。

《破戒》虽然是以受歧视的部落民丑松为题材，故事情节也是虚构的，但是，丑松的许多心理活动却是真实的，也就是说，丑松所感受到的觉醒者的悲哀是作者本人的真情实感。《春》采用纪传体文学手法，以《文学界》的同人们的共同生活为背景，真实地记录了日本浪漫主义作家们的精神历程，反映了浪漫主义文学运动在日本社会现实中遭受挫折的过程。作者藤村执笔写《春》的时候是36岁，他追溯十五年前的往事，试图在小说中再现北村透谷等《文学界》同人的青春。从时间的范围来说，小说描述了明治二十六年七月《文学界》的同人在铃传旅馆等待藤村从关西流浪回来，到明治二十九年九月他赴仙台当东北学院教师，即藤村21岁至24岁这一时期（约三年期间）的事件。作品中人物的原型是实际存在的，小说中的主人公之一岸本舍吉就是作者本人，其他年轻人则大多是在近代的黎明期最先自我觉醒、发出新的呼声的《文学界》的同人。《家》从内容上来说，写的是从明治三十一年到明治四十三年整整十二年间关于藤村一家的故事。小泉家指的就是岛崎家，桥本家指的则是藤村的姐夫高濑家。他所写的每一个人物都来自藤村的实际生活，都能从藤村的生活中找到原型。无论是《春》和《新生》中的岸本舍吉，还是《家》中的小泉三吉，无疑都是作者岛崎藤村本人，《家》中的雪和《新生》中的园子就是藤村的妻子秦冬子。即使是《家》中的侄女小俊和《新生》中的侄女节子，也都分别是大哥岛崎秀雄的女儿阿勇和二哥广助的女儿驹子。以"新生"事件为题材写的《新生》在报纸上连载的时候，作者的朋友看到写到节子怀孕的地方的时候，就在等着传来作者自杀的消息，可见《新生》的自传性程度。他在这些小说中所写到的事件，都能从他的实际生活中找到出处，甚至因此有很多研究者据此来考证他本人的年谱。研究岛崎藤村的学者们在叙述藤村小说的时候往往把男主人公直接等同于藤村，也表明了小说中的人物与作者的现实生活之间的零距离接触。

　　有一些评论家因此批评藤村是一个天生就缺乏文学想象力的作家。但也有评论家指出，与其说是藤村缺乏想象力，不如说是他的文学理念使得他放弃虚构，只能写真实的自己。"对于陶醉在实证精神的浪漫派诗人来说，再没有比以自己为主人公的告白小说更自然的表现形式了。最重要的是，对于试图通过事实的力量来感动读者的诗人们来说，小说的虚构在他们眼里成了绊脚石。"¹另外，还有一个事实的虚构的问题。他所写的并非都是事实，或者说写的虽然是事实，但是那是经过了艺术加工的事实，因而使得事实被变形，这也正是藤村的小说不是单纯的自传小说的原因。同时，藤村的自传性小说的人物基本上都是一致的，事件也是相呼应的，时间也是基本连贯的。从《童年时代的回忆》《樱桃熟了的时候》

1　中村光夫『近代の小説』，岩波書店，2003年4月，第125页。

《春》《家》和《新生》一直读过来，从幼年到少年，从少年到青年，从青年到壮年的半生的历史，各个时期也是轮廓鲜明地依次呈现出来。正像是正宗白鸟所说："不只是把一个在艰辛的道路上跋涉的作家的一生原原本本地记录下来了，还富有抑扬顿挫，有伏笔有呼应，给人感觉就像是金圣叹点评的水浒一般。"[1]

藤村这种热衷于对自己个人生活的写实，自然也招致一些非议。包括表现的题材太狭窄，太局限于个人狭隘的私人生活圈子，等等。也正因为这个原因，江藤淳对自然主义的孤独的告白内容一直持批判态度，认为太肤浅，并因此理所当然地导致了文学与社会的游离。围绕藤村的宿命观，自我的张扬和社会性的丧失等方面的指责也屡见不鲜。在中国读者看来，他所进行的告白的浓厚的个人色彩与中国作家所表现出的强烈的社会责任感更是形成鲜明的对比。但是，我们也要善于从作者的这种告白自我的写作方法及其内容中透视到更多社会性的东西。在表现社会性这点上，我们不妨用"殊途同归"这四个字来理解中日作家的这种差异性，就像秋田雨雀所指出的，这个作家的社会描写，一直都是透过个人的生活来表现，这正是他的特色所在。[2]

伊藤信吉认为，从其作品的内容来看，岛崎氏是一个很靠近私小说的世界的作家。抛开《破戒》和《黎明前》等社会性的作品的话，其他作品基本上都是从经验的世界或者他所处的周围取材，由此产生了作品的私小说特征的性格。但这只是第一层面的性格。更深层面的性格，则为他的人生的欲望（信念）所代表，带有一定的社会性。这就是作品的社会性的振幅度的问题。[3]他提到的"作品的社会振幅度"，笔者认为可以这样来理解，即藤村通过告白刻画出了一个生动而又真实的自我形象，这个人物复杂的一生，也正是藤村本人的复杂人生的体现；而赋予他的人生这种复杂性的，则与日本的前近代的社会现实密切相关，因此，他的作品所告白

---

1 此处引自平野谦『岛崎藤村』，岩波书店，2001年11月，第66页。
2 秋田雨雀编『岛崎藤村研究』，乐浪书院，昭和九年11月，第9页。
3 参见伊藤信吉『岛崎藤村の文学』（增补版），日本图书センター，1987年10月，第84页。

的内容，也是当时日本社会现实的一个折射。

　　《破戒》的故事情节是虚构的，相对于《春》和《家》等作品来说，也只有《破戒》所采用的素材是很特别的。但是，"在其深处流淌着的是与诗无异的青春的气息。如果说《早春》是他诗中的青春之书的话，那么《破戒》就是散文中的青春之书"[1]。作者借助虚构的主人公丑松把自己青春的苦恼给告白出来了。而他的青春苦恼，在根本上是"觉醒者的悲哀"这一知识青年都有的时代病。他想要从被社会因袭所否定的个人生活之中解放出来的想法，与由于恶劣的经济条件而使得自己的文学生活被否定，不得不忍受乡村教师和文学家这种双重生活的藤村本人内心的苦恼是相通的。[2]《春》有着自传风格的私小说的内容，所描写的人生的理想与社会现实相冲突的情形，正是当时众多年轻知识分子们所共同面临的烦恼。《家》同样有着一贯的自传风格，通过把旧家的没落过程放在了与爱欲和遗传的关系之中来进行深刻的写实，准确地刻画出了蠕动在阴暗的激情之下的宿命的困扰。对世人来说，这种遗传和宿命才是无法逃避的永远的炼狱，《家》不仅写了藤村自己为之苦恼，也深刻地刻画出了其他为之痛苦的人。《家》所反映的正是明治社会很普遍的社会现象。即使是《新生》所反映出的知识分子的颓废心态，也不仅仅是藤村个人的，而是当时具有一定的普遍性的现象。因此，有评论家指出，藤村文艺与人类普遍的问题联系在一起，具有与那些永不消失的真实紧密相连的价值。因此，它与漱石文艺一样有着永恒的价值。[3]

　　陈德文在《破戒》新译版《前言》中通过对岛崎藤村与夏目漱石的比较，进一步说明了岛崎藤村文学的现实意义。比起名学者名教授的夏目漱石来说，岛崎藤村只能算是一个清贫的书生、漂泊的诗人、满怀忧患的小说家。在文学创作上，夏目漱石始终是一个清醒的旁观者，他以"冷

1　龟井胜一郎『島崎藤村』，日本図書センター，1993年1月，第57页。
2　瀬沼茂树『島崎藤村その生涯と作品』，日本図書センター，1987年10月，第69、70页。
3　実方清『藤村の文芸世界』，桜楓社，昭和六十一年4月，第137页。

眼向洋看世界"的态度,高踞于现实生活的海岸上,用他睿智的头脑和富有灵气的笔墨,描写社会,指点人生,评判善恶美丑。岛崎藤村却不是这样,他与其说是一个生活的表现者,毋宁说是一个生活的实践者。他首先是一个社会生活的参与者,其次才是一名文学家。他的全部文学活动,都没有把自己同社会生活游离开来,相反,他的诗、小说和散文随笔等无不把自己投入生活的洪流,其中一部分就是他本人的记录,精神的写照。在藤村笔下实时晃动着的人物,大都是作家本人、家族成员或者周围的亲戚、朋友、同僚的化身。从这一点上说,岛崎藤村是一个热心的自我表现者,一个痴迷的追求者和探索者。陈德文的概括比较准确地反映了藤村及其文学的特质。他的《破戒》以后的每部作品,都是他人生某个阶段的一部断面史。把他所有作品汇合起来,他整个一生也就几乎完整地记录下来了。藤村是一个毕其一生都在致力于忠实记录自己人生的作家。就像秋田雨雀所指出的:就拿《新生》一篇来说,藤村也是与近代日本文坛所产生的最伟大的写实主义者相符的作家。读到这部作品的时候,给人感觉是他的所有时代的著作的主题都汇合成一股潮流了。《春》《家》《樱桃成熟的时候》中所描写的事件,都以统一的形式在这里加以描述了。可以说《新生》不只是藤村自己的生活记录,也是明治社会的一个生活记录。[1]

---

[1] 秋田雨雀编『島崎藤村研究』,楽浪書院,昭和九年11月,第8页。

第七章
告白与岛崎藤村的近代自我

日本文学由传统走向近代,或者说日本近代文学的确立,大致必须具备以下三个价值标准:一是近代自我的确立;二是文学观念的更新;三是文体的改革。[1]坪内逍遥的《小说神髓》所提倡的写实主义和二叶亭四迷的《浮云》给日本文学带来了文学观念的更新和言文一致运动,使日本文学迈向近代成为可能。而影响日本近代文学确立的核心问题,则是作为创作主体的作家们的近代自我的确立。这是贯穿在日本近代文学从发生到确立整个过程并与许多重要作家密切联系、进而影响到日本近代文学的主要特征的基本问题。对于岛崎藤村来说,他面临着同样的、甚至比其他作家更为突出的近代自我的问题,就像有些评论家指出的那样,"再没有像藤村那样一生经历那么多磨难的作家了"。岛崎藤村被认为是一心致力于自我形成的真挚的人生探究者。可以说,他的这种近代自我追求,正是他文学创作的原动力。

---

1 参见叶渭渠、唐月梅著《20世纪日本文学史》,青岛出版社,1998年12月出版,第15页。

第一节　岛崎藤村的近代自我

一、藤村近代自我的外在特征

藤村是一个一生都在不懈追求近代自我的人，也是一生都在面对近代自我挫折的人。他的一生，是充满坎坷的多灾多难的一生。

纵观岛崎藤村的一生，我们便会发现他在近代自我追求过程中所表现出来的妥协性、矛盾性，这也就是小林秀雄所谓的前近代自我特征。新的价值观念在不断召唤他，旧的传统意识又羁绊着他，观念上的矛盾导致他行为上的矛盾和情绪上的无奈。他在《怀人生之风流》中，大谈特谈人生的目的就在于追求无限的爱情。他也经历了与佐藤辅子、广濑恒子的恋爱之烦恼，令人费解的是，最后他却与几乎没打过什么交道（之前只见过一面）的秦冬子结了婚。这与他的恋爱结婚的期待相反，也非一般的相亲结婚，而是漫不经心地全权委托给他人（兄长）。也许在他看来，恋爱和结婚是完全不相干的两回事。同样，我们时而见到一个义无反顾地走出封建家庭，甚至不怕倒毙途中以追求自我实现的藤村，时而又见一个"一切为家人着想"而不断屈从的藤村；既看到他内心的许多自由主义和个人主义的思想，又留意到他身上许多宿命的东西；他在表现出爱好和模仿西方诗尤其是英国浪漫诗的同时，又难以掩饰自己对风流、幽玄等传统美意识的欣赏和对西行、芭蕉等的憧憬。总体来看，在他的观念中，既有西方的罪意识，同时东方的耻意识也很重。这种矛盾性贯穿在藤村的近代自我追求及其文学创作中。

回顾岛崎藤村的近代自我的发展变化，可以发现他的人生观基本上呈现由早期的积极甚至激进转向后来的消极持重的特点。藤村在接受基督教洗礼之后，显得活跃而又积极，甚至因为爱出风头而得了"补锅匠的扁担"这样一个绰号。"那时候，他喜欢演讲，演起滑稽戏来，装扮、做派，活灵活现。逢到教会做礼拜的日子，他和年轻人聚在一起唱赞美歌，热心地接受洗礼，实在快乐极了。"而在吉田精一看来，岛崎藤村一生中有几个命运的岔道口，其一是在父亲的安排下10岁上东京；其二是在恩人吉村的安排下进入明治学院学习英语，接受基督教的洗礼。其三则是明治学院毕业时违反恩人的意愿，选择了文学的道路。这是他用自己的意愿来选择命运的开始。违反父亲的意愿去做自己想做的事在当时绝非易事，何况是没有血缘关系的恩人。这必须有强烈的觉醒意识和面对义理、人情决不妥协的气魄和意志，甚至还要有厚脸皮。但是藤村却敢那样做，他毫不退缩的决心，与他本来的性格和明治学院尊重个性的近代主义精神有关系。[1]在他早期的作品尤其是诗歌中，表现出了热烈追求个性解放和美好生活的理想，充满了青春的气息和奔放的浪漫情绪，并发出了反抗明治社会的声音。在《破戒》中，我们可以看到作者对于社会上存在的不平等之类的丑恶现象所进行的深刻批判；在《春》和《家》中，我们还可以看到藤村对于自由恋爱的追求和对束缚自己的"家"的反抗等。这一切都表明他在追求近代自我的过程中所表现出来的积极的一面。

　　但是，这种精神并没有在他以后的生涯和文学创作中一直延续下去。或者说，藤村在近代自我追求的道路上所遭遇到的更多是挫折感。于是，我们看到了藤村的另一面。首先，他屈从于高山犀牛对其诗歌过于个人主义的批评，思想上受到挫折和打击之后，他的诗歌也由理想主义转向了消极情绪。他曾因描写与马场孤蝶、户川秋骨交友的短篇小说《街树》等而遭到这些友人的猛烈抨击，这就是所谓的"原型事件"。他因此倍受打击，一度"想把笔折断退出文坛"。《破戒》中丑松因隐瞒秽多身份而向学生谢罪的场面，反映了主人公自我觉醒的不彻底性，这实际上是作者内心的妥协性和封建残余思想的折射；《春》更是表现了追求理想和艺术的春天而不得的岸本面对现实的压迫和苦恼不断妥协的一面。种种迹象似

1　参见吉田精一『島崎藤村』，桜楓社，昭和五十六年7月，第7—9页。

乎都在表明，藤村在近代自我的追求上给人以半途而废的感觉。他所表现出的各种前近代自我特征，使人们不禁要提出疑问，藤村对近代自我精神的理解究竟有多深。

这种疑问，其实在当时是很普遍的。日本在明治维新以后资本主义获得了很大发展，各种西方的观念和自由民主思想也开始传播。但是，1889年2月颁布的《大日本帝国宪法》，确立了天皇极权主义，从而限制了个人主义精神的发扬，无论是在政治制度还是理念、思想感情方面都保留了浓厚的封建性；针对要求民权与自由的自由民权运动的高压政策和军国主义、警犬主义、功利主义的盛行，使得国民毫无权力可言，自由与民主遭到窒息。这种痛苦、黑暗的时代使日本的现状与社会的发展及个人内在的精神成长（近代自我）的发展发背道而驰，从而使得日本近代的自我在这种封建专制体制下表现出其独特的性格：自我缺乏主体性，自我具有依附性，自我极度封闭。日本的近代自我不像西方那样以个人主义为中心，而是以群体为中心，过分强调自我服从于群体，而忽视自我在服从群体时所应表现的个体的独立性，从而削弱了自我的完整性和独立性，走向封闭式的发展道路。[1]这些因素必然导致包括岛崎藤村在内的知识分子深感"窒息时代"的压抑，体验到"觉醒者的悲哀和苦闷"，同时也导致了近代自我在日本的畸形发展。大逆事件和北村透谷的自杀使藤村的近代自我追求又一次受到重挫。他一方面有近代自我觉醒的意识以及投身社会进程中确立自我的强烈愿望，另一方面又对现实生活感到迷惘，对理想感到幻灭。用石川啄木的话来说，他"处在丧失理想、失掉方向、失去出路的状态下"，"长期郁积下来的其自身的力量，是英雄无用武之地"。这时他所面临的选择，要不就是像透谷那样，与"窒息的时代"决一雌雄，拼个鱼死网破，要不就是放弃近代自我的追求。这两者对藤村来说都是很难做到的。天生性格内向并且有着父亲遗传的忧郁的他，本来就缺乏与社会现实直接对抗的精神。可是他又已经踏上了一条充满悲哀和苦闷的觉醒者

---

[1] 参见叶渭渠、唐月梅著《20世纪日本文学史》，青岛出版社，1998年12月，第16页。

的不归路,就像《破戒》中的主人公丑松一样。他必须另辟蹊径,继续在近代自我的道路上走下去。于是,面对严酷的现实,无奈之下藤村选择了放弃与外部的对抗和冲突,并转向自我的内心世界去寻求自由和自我真实的中间路线。这条路线也符合他关于近代自我的价值观。

那么,他所理解的近代自我、或者说他所获得的近代自我的内涵究竟是什么呢?

二、藤村近代自我的内涵——"内面的自由"

一般而言,日本的近代自我问题,是在明治维新所带来的欧化风潮的影响下,以合理主义的思维方式、实证主义的科学态度、自由平等的思想和人本主义的精神等,从思想、文学、宗教(基督教)、政治等多个层面对当时的人们、尤其是知识分子们产生冲击而形成的。西方文化、文学思想启蒙运动就是围绕以人本主义为基调、以实现近代自我为中心而展开的,并逐步促成了包括岛崎藤村在内的年轻知识分子们的自我的觉醒。日本的个人主义思想是在自由民权运动的倡导下出现的,自由民权运动的失败,也就意味着西方意义上的个人主义思想的挫折,人们对于近代自我的追求也就不可能在西方意义上实现,而必须有新的内容和方式。于是,北村透谷们通过与专制体制和封建社会的外在抗争转向了寻求内在的精神上的自由,当时很多知识分子的自我追求都局限在对自我内部——个人的感觉、感情、情绪上的自由的争取上,在空想中获得自我的充实。岛崎藤村是在和北村透谷相遇之后,才获得关于近代自我的一种新的诠释,使他在近代自我追求的挫折中得以继续艰难前行。

关于岛崎藤村的近代自我,第一章所论述的关于藤村的告白意识形成的各种因素,实际上已经有所涉及。这些因素中的相当一部分对于岛崎藤村、甚至岛崎藤村在《文学界》的同人们的近代自我的形成都产生了影响。在谈到岛崎藤村的近代自我追求的时候,有两个人物我们不能不提及,他们就是木村熊二和北村透谷。正是这两个人,确立了藤村的近代自我精神。如果说北村透谷是他的近代自我形成的导师的话,那么把他引向自我探求方向的则是木村熊二。同时，他们两位对藤村走上文学之路都起了很大作用。

作为藤村的恩师，木村熊二对藤村的影响不可谓不深，他视藤村有如亲子一般，藤村也把他当父亲一样敬重。木村熊二对于藤村的影响，首先体现在他让藤村接受了基督教的影响。藤村于15岁即明治二十年进入基督教的教会学校明治学院学习，第二年在高轮台教会（属新教系统）从牧师木村熊二那里接受了基督教的洗礼。这对于藤村的近代自我意识的形成有着十分重要的意义，不仅促成了他的近代自我意识的觉醒，还使他通过基督教的媒介接触到了广阔的西欧文学世界，为他寻求真正近代意义上的自我打开了另一扇门。

下面这段引言，也可以佐证当时基督教在明治时期年轻知识分子们的近代自我的觉醒方面所起的作用。

　　　　明治十年代末到二十年代初期，从自由民权的政治运动转向文学、又转向基督教，青年透谷的个人生涯中所进行的这一转换，实际上是这一时期日本的民主主义运动作为一个整体到达了一个转换点的强烈的象征性的表现。当时的自由民权运动，将沉睡在民众内部的民主主义的各种要求一个一个地点燃，并进入到有组织的斗争之中，在理论性根据上所起到的作用也是很大的。但是在与那些政治和社会的各种要求相适应的同时，成为这些原理的基础的新的统一的人的观念的形成这一点上还很不够，在难以克服这方面明显的不平衡和扭曲的过程中，使得运动本身陷入崩溃的边缘。而相对于此，基督教就凭着崭新的人的观念和它所有的个人的、内面的自觉化，从明治初年开始就有着鲜明而强烈的影响力，作为控制个人的内面性的东西，甚至在包括除了世界共通的一神教的上帝之外，不承认世俗的权力者这种宗教形态方面上，开始形成近代的、民主主义的人的意识。作为日本的浪漫主义文学的发生和展开的动因，常常被说到的，一个就是拆除封建时代的禁令，作为西欧的新鲜的宗教（思想）而被知识分子们接受的就是基督教。[1]

其实，木村熊二与藤村走上文学创作之路的关系也是很密切的。他介绍藤村与《女学杂志》主编岩本善治认识；也正是在《女学杂志》那里发表了藤村的第一篇小说《故人》和处女诗作《别离》，并认识了后来《文学界》的许多同人。但木村对藤村的最大影响还是在藤村高中考试落榜时对他的忠告。藤村与木村交往时间相当长，也得到过木村不少指导和忠告。唯有这次忠告改变了藤村的人生志向和性情。木村劝藤村与其搞学术的学问，不如做人生的学问，这引发了藤村通过文学来探寻自我和自我完善的志向，并使得他的性情也从此变得深沉起来。同时，木村还劝诫他切不可恃才骄傲，而要在自我的人生成长方面多下功夫。回过头来看，木村无疑是给了藤村决定性影响的人物。正是这种告诫，把他引向了自我探求的方向。并对他的近代自我产生了很大的影响。藤村在以后强调他希望通过新的"学艺"来自觉近代的人性，无疑与之有密不可分的联系。这里所说的"学艺"是指探求近代精神的学问，他后来在《致海》中表达了以思想探求者自居的想法。藤村的新的"学艺"决不是小说或文学之类，而是以自由人的人格的形成为目的的学问和艺术。这种学艺正是像他这样的精神的漂泊者或思想上的旅人对人生思想的探求。当时他学习英语并不是像漱石那样为了去攻读英国文学，而是用来获取他所渴望的近代精神。对他来说，学问就是以探求人生为目的，是该如何活下去的人生的真理。

但是，要获得这种有着自由人人格的近代自我，在当时的环境下是不大现实的，所以真正对藤村的近代自我产生根本性影响的还是北村透谷。

关于北村透谷，唐纳德·金有如下评价："他是第一个追求自我的本质及其可能性的、将自我的哲学与整个人生观合一的作家，从真正意义上说，他也是第一个建立基于自我与精神生活的新人生观的日本近代作

---

[1] 参见渡辺巳三郎『近代文学と被差別部落』，明石書店，1993年1月，第30、31页。

家。"[1]北村透谷对藤村的影响无疑是最大的,有的评论家甚至指出,如果没有北村透谷,可能也就没有作家岛崎藤村了。在近代自我的问题上,如果说木村给藤村指明了方向,那么北村透谷则是教给了藤村具体内容。事实上藤村也是把透谷作为自己人生的导师来看待的。

北村透谷对藤村的影响,不仅体现在他们在《文学界》的共同活动,还可以从他的文学创作活动中反映出来。但藤村对透谷的关心不只是浪漫主义诗人时期,在其确立了自然主义小说家的立场之后也是如此。他所写的关于北村透谷的文章大部分都是在他成为自然主义小说家的时期。他的小说《春》、《樱桃熟了的时候》中的青木自然是透谷,《破戒》的猪子莲太郎、《黎明前》的半藏也同样都有透谷的影子。这说明藤村在其创作生涯中一直关心透谷。藤村从其浪漫主义时代到自然主义时代始终如一地以透谷为自己的人生导师。

当然,透谷的自杀给藤村的影响也是很大的。有的人认为藤村在其自然主义时期把透谷视为导师只是从反面教师的角度,即铭记透谷用其浪漫主义与现实世界斗争并惨遭失败这一事实。鉴于此,他自己绝不会挑起这种无谋的斗争,而是采取尊重现实,顺应现实的态度,从而产生了他的自然主义的立场。也有的评论家指出,藤村那么热心地学习透谷,可是,透谷作为一个勇敢地向世俗作斗争的战士的一面他却没有继承下来。在藤村身上表现得更多的是妥协性的一面,而不是透谷的战斗性。也就是说,藤村虽然想继承透谷的遗志,但他又缺乏透谷的战斗性和革命精神。所以,他既无法继承透谷的理想世界,又无法直面透谷的现实世界,更不用说象透谷那样把两者有机地结合起来了。于是,透谷的浪漫主义精神在藤村那里也就很难得到延续。

北村透谷对藤村的近代自我形成的影响,可以从几个方面来看。首先是在《文学界》时期,他所领导的浪漫主义对藤村产生的影响。"近代,从大的方面来看也可以称之为浪漫主义的时代。以透谷为思想上的先

---

1 唐纳德·金《日本文学的历史》,此处转引自叶渭渠著《日本文学史近代卷》,经济日报出版社,2000年1月,第190页。

驱者的《文学界》的浪漫主义，可以说是近代精神本身的浪漫主义的直接的发动，在把近代精神导入了日本这个意义上值得大加赞赏。"[1]我们知道，《文学界》是日本浪漫主义运动的起点，它以精神解放作为其文学的目标，确立以基督教文明为媒介的个性和自我。作为其精神领袖的北村透谷，在同陈旧的封建思想、显身扬名主义、自私自利主义的尖锐对立和斗争中，积极探寻近代自我的确立及真正文学的意义和目的，为近代文学的确立进行了不懈的努力。透谷的这种斗争精神成了以后藤村追求近代自我的力量所在。在朋友田山花袋作为从军记者踏上战场之际，一直谋求生命的解放的藤村决心继承前辈透谷的遗志，把人生看作一大战场，认为自己就是"人生的从军记者"，要在那里尽一个文学家的本分。正如他在《春》中所写的："岸本在他的思想的鼓舞下，决心站在这位播种者埋骨的地方，继承他的事业，孜孜不倦地奋斗下去。"[2]

其次是北村透谷主张恋爱至上，将恋爱作为人生第一要义：恋爱乃人生的秘密钥匙。人生始于恋爱。抽走恋爱，人生就毫无意义。藤村青春意识的萌发，正是由于恋爱意识的觉醒和性意识的觉醒带来的，由此产生的青春的苦恼使得他开始背离基督信仰之路，第一次真正感觉到了"自我"的存在。

再就是透谷通过《内部生命论》等强调尊重人、尊重人的内部生命，并以探寻内部生命作为对自由的追求的主张。北村透谷针对自由民权运动追求政治上的自由（Liberty），有针对性地提出了以内心的自由（Freedom）作为"近代的生活"的核心的主张，追求近代自我就是为了保证这种自由而进行斗争。从而使得藤村把"近代的生活"的核心放在了"自由"上面，并因此把"自由"的战士北村透谷看作是开拓了"近代的生活"的先驱者。吉村善夫指出，藤村毕其一生都在不断地追求近代精神，他也把这种近代精神说成是近代的生活，但他对于政治经济和社会的制度组织等外面的实际生活几乎没有提及过，其关心完全放在做学问这种

1　吉村善夫『藤村の精神』，筑摩書房，1979年9月，第209页。
2　《春》第184页。

内在的精神生活上。藤村所追求的近代意义上的自由是内面的自由。[1]也就是说，透谷所倡导的内面的自由，终于成为了岛崎藤村追求近代自我的核心价值。对于藤村来说，内面的自由是近代精神的核心，换言之，基于自我的觉醒的"自我中心"正是"近代精神"的核心。这种追求内面的自由的价值观的确立，对于岛崎藤村来说可谓意义非凡。它是形成藤村的文学理念（自我告白意识）和人生理念（近代精神）的一个基础。

第二节　人生和文学的结合点——真实原则

如何才能获得内面的自由呢？那就是追求内面的真实。北村透谷强调通过"天才的诚实"来开拓出"近代的生活"，天才的诚实也就是对自己的诚实，对自己的真实，即用天才的诚实来追求内面的真实，从而获得内面的自由。不仅如此，藤村还从卢梭那里学到了"近代人的思维方式"，而且这种"近代人的思维方式"就是把真实视为"自由"的核心。他还学到了这种自由已经不是陷入透谷的主观的冥想（空想），而是"直接观察自然"[2]，并由此明确了通往法国和俄罗斯的自然主义文学的道路，最终导致了他的"真实=事实"这么一个文学理念的形成（在关于藤村的告白意识的形成一章中已经做了介绍），从而确立了藤村在近代自我和文学创作上的真实原则，实现了文学真实与人生真实的对接。也就是说，通过追求文学的真实来追求自我的真实（内面的真实）；通过追求自我的真实来追求近代自我（内面的自由）。在此基础上形成了通过自我告白来实现自我真实的理念，最终形成了通过文学创作，通过文学创作中的自我告白来实现自我真实，从而达到实现追求近代自我的目的这么一种文学理念，这么一种人生价值观。正是这一真实原则，支撑了藤村的近代自

1　参见吉村善夫『藤村の精神』，筑摩書房，1979年9月，第43页。
2　这里"自然"指的是人的自然属性。有时也包括本能之类。

我的追求和文学的创作。

一、自我告白与人生真实

正如我们在前边介绍的，藤村的人生中充满了各种挫折和危机。他在近代自我的追求上既受到了外界因素的抑制，一直忍受着觉醒者的悲哀和苦闷，又长期受到家族制度的压迫和性方面的困扰。妥协、自责、逃避、宿命、矛盾等构成了藤村的基本精神结构。他采取妥协和压抑自我的方式虽然保持了与外界的平衡，但却增加了内心的重负，从而造成了分裂的自我形象。长期的妥协，长期的自我分裂，就会变成一股强烈的暗流，在他的人生之路上汹涌起来，甚至摧毁它的近代自我，摧毁他的人生。因此，他必须想方设法排解这种压力，才能使得他的近代自我追求、使得他的人生得以继续前行。那么，藤村又是如何面对和解决他人生中的各种危机和困扰、来维系他那艰难的近代自我追求之旅呢？简单地说，那就是上面提到的真实原则。

"啊，像我这样的人，也想设法活下去呀。"被伊藤整称之为"极其暧昧而又有着奴隶为保全生命以退让之身来保持自我那样的意志"[1]的这句话，其实包含了藤村本人对于人生的执著追求的感慨。在岸本身上，我们看到的是岛崎藤村那种不折不挠、将生活进行到底的精神。在藤村的生存模式中，面对矛盾无法解决的时候首先想到的就是出去旅行，这是他从现实的矛盾中逃避出来的处理方式。旅行这一模式既贯穿在他的多部小说中，也与他的实际生活密切相关。《春》就是从岸本旅途归来的地方开始写起的，一直写到他再次踏上旅途之处结束。藤村实际生活中的旅行在作品中被抹去了。《春》一开头写到的他的关西漂泊之旅既是他的头一次旅行，也是他作为文学家的起点。当时，年仅29已经站在了明治女子学校讲台上的春树没过多久就倾心于自己的学生佐藤辅子。从她那里，他既感受到了姐姐般的温情，也体会到了爱撒娇的妹妹般的可爱。但是，佐藤辅

1　伊藤整『小説の方法』，岩波文库，2006年6月16日，第108页。

子已有婚约在身，而且自己在有着严格的清规戒律的教会学校爱上自己的学生这件事本身就够他苦恼的，再加上初为人师的他感受到了自己的知识还不够的压力。不仅如此，他还为自己在文学创作上无所作为的危机感和信仰上的动摇，以及与父亲发狂而死相关联的血的恐惧等所困扰。他急于从这种人生的窘境中摆脱出来。于是，他试图更好地探寻自己的文学人生，怀着起死回生的愿景，毅然决然地结束了三个月的教师生涯，也脱离了教会，在1893年1月末大雪纷飞的时候，踏上了关西漂泊之旅。他怀着"古人多死于旅途"的悲怆之情，踏上了追寻古人（芭蕉）足迹并以此拯救自我的旅途。在这次旅行中他与广濑恒子的交往以及由此引发的与《文学界》同人星野天知的不和事件等，给他的精神带来很大的打击和动摇。而后一次的旅行，不用说就是指"春天"的实现。对岸本来说，藤村的"旅行"与"家"分别代表了梦想与现实的世界。前者代表着"希望"和"爱情"及"年轻的生命"，虽是观念性的，却有着自由的发展；后者代表的是压制梦想世界的社会习俗和日常生活。[1]

> "父母固然是重要的，可是寻求自己的出路更为重要。人应当独自寻求自己的道路。如果连自己为什么活着都不懂，那就谈不上如何孝敬父母。"
>
> 岸本自己为自己辩解，他在苦闷之余想出外旅行。[2]

这是《春》结尾部分反映主人公心声的一段话。由此不难看出，离家出走即旅行在岸本那里成为了解救自我的方法，也是他解放自己生命的手段。每当藤村在人生中遇到难以调和的矛盾的时候，他多是采取外出旅行的做法。"旅行使我变成了梦想者。"（《一个譬喻》）就像他在一篇序文中用了自己的大半生都用在旅途之中的字眼一样，他认为在每个人的心里都存在一种漂泊的思想，这种思想时不时就会翻腾起来，漂泊是人们从祖先那里继承下来的特点之一。对他来说，通过旅行漂泊他可以重新审视自己的内心世界和周围的环境，并找到新的平衡点，从而避免与现实

---

1 参见十川信介『島崎藤村』，筑摩書房，昭和五十五年11月，第91、93页。
2 《春》第127节，207页。

发生激烈冲突。旅行是他调节自我情绪、回避现实矛盾的最好的武器之一。藤村一生中每当遇到重大危机的时候都会采取这种方式来进行自我调整。他与自己的学生佐藤辅子的恋爱无果而终之后，饱受情感折磨的他为了拯救自己的灵魂，也为了让自己好好地活下去，毅然辞去明治女学校的教职，踏上了漂泊的关西之旅。"我25岁时，独自到仙台去旅行，那时我才知道，我心中的太阳会有升起的时候。"（《我的太阳》）他把自己为"爱"出走的经历都写在了《春》里面。他这种借助漂泊的逃避方式在他的其他代表作品中也有体现——《破戒》以丑松出走美国德州来化解现实中的矛盾；在《家》中，三吉在与妻子的关系陷入僵局的时候也是一个人外出旅行；在"新生"事件发生之后，他选择了一个人逃往海外，以解决自己所面临的生存危机；"遥远的外国旅行——怎样从这个沉滞的深底里可以救出来似的那一条细路，使岸本更加看得明晰了。""在一步都不曾踏出本国过的岸本那样人，会有远旅的决心，这不是一件容易的事情。"（《新生》第一卷29章）到了《黎明前》，青山半藏在他父亲眼里更是一个随时准备外出旅行的人。藤村在《地中海之旅》中写道："父亲大人，您的一生充满了烦恼。我这半生，也是如此。不管您允许不允许，我都要离开您，向着深蓝色的大海走去。"藤村人生中的最长一次旅行则是他的三年法国之旅，被吉田精一评价为"具有给他后半生的文学阅历带来一大转换的重要性"。[1]

和旅行具有相同功效，但又不能频繁使用的另一个手段就是搬家。据统计，藤村在东京度过的大约50年间共搬过15次家，如从小诸搬到东京，又从隅田川搬到浅草新片町，因"新生"事件又把家搬到郊区，晚年再搬到大矶，等等。"这样搬来搬去，反映了北村君内心的躁动。动荡的精神——俄国小说家说的这句话，用在北村君的身上大概是合适的。"——就像他在《寄自新片町》中的《北村透谷君》中所写的那样，搬家同样反映了藤村自己动荡的内心世界，以及他为摆脱这种动荡所付出

1　吉田精一『島崎藤村』，103页。

的努力。藤村还采取过其他方式来回避或化解矛盾，比如在小说的文体上，他把下人和地方上使用的比较委婉但又不乏力度的口语体语言应用到小说中，其实就是他回避人生矛盾的另一种努力。他长期把观察奉为与社会斗争的武器，他曾经立志做一个人生的随军记者，都可以理解为出自这样的动机。但是，这种观察在对自然界的事物的认识方面是有用的，但在对待人间万象方面则起不到什么作用。认识人间万象的方法不是冷冰冰的"观察"，而是温暖的"理解"。就象《家》里的三吉所表白的那样："……折磨他人，同时也在折磨自己……"[1]过于倚重被动的"观察"，而非主动的"理解"，这也是他未能处理好夫妻关系的一个重要原因。在妻子看来，他是一个冷酷的人，他自己也把自己的世界比作"冰海"，在精神世界上夫妻之间有些格格不入。由此可见，藤村对待人生问题采取的上述方法虽然在化解现实生活中的矛盾方面起到了一定的调节作用，但还远远达不到足以支撑他对近代精神的探求的高度，因此也就不可能从根本上解决他精神世界的问题。

　　他的另一种缓解人生矛盾的方式就是自我告白。这是他所采取的所有缓解人生矛盾的方式之中最为重要，也最为有效的一种方式。面对现实的困扰和人生的挫折，性格内向而又处事谨慎的藤村只能把苦闷郁积在胸，久而久之精神上的负担可想而知，近代自我的追求自然也就也难以为继。于是他要走自我告白之路，即便是像《破戒》中的丑松那样很可能因此身败名裂他也义无反顾。在创作《春》的过程中，和田山花袋在《棉被》中采用的方法一样，藤村无疑也是采取自我告白的方式，从而得以更直接地反映自己的内心真实。岸本对于恋人胜子，在明知对方已经有了婚约之后仍要坚持表白自己的真心，恰恰表明主人公在尊重对方的选择或客观现实的前提下，还要争取实现自我真实的动机。恋爱自由是体现近代自我追求的重要象征之一，认为恋爱是实现自我理念的媒介的观念，也是藤村追求近代自我的出发点。在《春》这部作品中我们可以看到岸本在追求

1　《家》第216页。

近代自我方面所付出的各种努力，但是很难看到类似青木那样的大张旗鼓而又轰轰烈烈的恋爱发生在岸本身上。《春》对于青木以实际行动来使自己的爱情和近代自我都得以实现的情形只是寥寥数笔，更多的笔墨放在了对于新家给青木带来的新痛苦——已经蜕变为恋爱的坟墓的青木的婚姻的描写上。是否正是透谷的不幸结局给了藤村以启迪，使他在对待自己的恋情上宁愿停留在表白的层面，而不去采取实质性的行动呢？也许对于藤村来说，相对于想方设法去争取或占有一段感情，保持追求近代自我过程中的自我真实也许更为重要，至于是否通过恋爱来成立家庭并不那么重要。因此，对于藤村在给青年学生演讲时大肆鼓吹要勇敢地追求恋爱自由，但在自己的婚姻上却是通过媒妁之言来实现的做法也就不足为怪了。在藤村看来，自我告白就是追求自我真实，而真实正是他所理解的近代自我的最基本的要求，也是最核心的价值。因此，自我告白也就成为了他解决人生上的根本问题的最重要手段。

  在藤村的好几部小说中，主人公都表达了不论发生什么事情都要坚定地活下去的决心。那么，驱使藤村不管在怎样艰苦的环境下都要千方百计地进行自我告白的动力又来自哪里呢？那就是前面提到的真实原则，即透谷所主张的内部精神世界的自由和真实。在《春》中，虽然他与胜子的恋爱已经不可能了，但他还是坚持向胜子表白的做法，表明他对近代自我精神的理解的重点，不在于与外界的抗争，而在于保证自我内心世界的真实。对他来说，通过文学创作可以充分表达自己的内心真实，因而追求精神自由的最好的手段非文学创作莫属。藤村早在年轻的时候就读到过卢梭的《忏悔录》，也学到了在坦白真实情况的过程中谋求自我生存的方法。他在日常生活中多是采取妥协和压抑自我的方式，虽然保持了与外界的平衡，却增加了自己内心的负荷，在沉重的心理压力之下，他只有通过倾诉内心苦闷即自我告白的方式，才能求得心灵上的些许轻松。丑松通过告白自己出身的秘密来开拓生存的可能性的决心，与藤村通过完成《破戒》的创作来寻求自我确立的可能的决心是一致的。因此，可以说《破戒》的写作动机就是对在《嫩菜集》中学到的"说出来就行"这一体会的重新确认。[1]以后藤村抛开《破戒》中已有的社会批判性而沉迷于自我告白的世界，也是因为自我告白这种方式能缓解生存危机和紧张心理。在《新生》中，他以自己与侄女之间犯下的过错为题材，忏悔自己的罪过，以求得世人的谅解，并以此来乞求新生。"想要设法活下去"这一出自他的近代个人主义的想法，是他围绕新生事件的一系列行动、包括让他从法国回来的原动力，由此也可以看出藤村在近代自我追求过程中是以真实为第一原则的。基于真实的自我告白，才能使他获得自我良心的释放，从而获得新生。这种对自己真实的思想是他从透谷那里学到的，他通过这一真实原则来维系自己对于近代自我的精神追求。

对于藤村来说，告白与"破戒"是可以划等号的：一方面是不能轻易告知外界的内心世界（秘密）；另一方面内敛和压抑太过，就会失去平衡，出于维护心理平衡的需要，必须通过告白将自己的消极情绪抒发、宣泄出来，以获得某种安慰和满足。自我告白是他摆脱自己的人生窘境的一种有效手段。只有彻底渲泻内心的苦闷，才能真正使自己的内心得到放松。他内心强烈的告白欲望，就在于基于真实的自我告白，才能获得内心的自我真实感，并与真实的近代精神接轨。

有分析指出，藤村这个人，常常是只能从肯定现实、或者肯定社会的地方出发的人。所以革新当然不是他的任务。他只能接受先导者们已经在一定程度上开辟了的领域，或者已经在某种程度上制度化了的东西。然后跟在他们后边走，与此同时，再谨小慎微地开始主张自我。由于他的不屈不挠，使得本来一直跟在后边的他不知什么时候就被推到了最前边，甚至站在了制度的旗手的位子上。[2]对此，他自己也有谈到："有人评论我的旧诗，说我的诗的内核不是否定的烦恼，而是立足于肯定之苦。对这句话我自己很认同。"在龟井胜一郎看来，这个"内核"应该是就《新生》说的吧。即使描写人生的阴暗面，也强烈地表现出了立足于肯定之苦的愿望。让人觉得眼前的黑暗、幻灭的悲伤，冬天的严寒，都没有一个是徒

1　三好行雄『島崎藤村論』，筑摩書房，1994年1月，第75页。
2　参见滝藤満義『島崎藤村—小説の方法』，明治書院，平成三年10月，第137页。

劳,而不得不相信春天的到来——肯定发自内心的愿望。[1]告白是藤村从否定之苦走向肯定之苦、走向自我真实的努力。同时,告白就是希望把分裂的自我形象统一起来,自我告白能带来自我拯救,这也是他得以继续追求近代自我的有效手段。也就是说,在现实生活中表现出前近代自我特征的他,不断通过自我告白来追求自我人生的真实和自由(内面的真实和自由)的,从而获得在现实生活中无法追求到的近代精神和近代自我。同时,他还通过自我告白来不断挖掘、发现束缚近代自我的原因,以期获得更多的自我解放。

二、文学创作与人生真实

藤村的自我告白,就是要把自己所遭遇的人生危机及相关的体验和感言表达出来。在藤村看来,文学创作,以及通过文学创作进行自我告白则是他处理精神危机的有效方法。在藤村那里,自我告白与文学创作是划等号的。这种自我告白也就是通过在文学创作中吐露自己的真实的内心世界的方法。(有关内容在《告白意识的形成》一章已经有论述,这里不再重复。)

> 藤村的文本,既是关于"告白"这一写作行为的中心,也是双重的。他告白式地讲述着自己的过去。同时也讲述着告白=写作这一理念。[2]

对于藤村来说,告白(自我告白)成为了实现真实原则的最直接、也是最有效的手段,而文学创作正是对这一真实原则的实践,是内心真实的外在表现。自我实现并不一定都要靠文学创作,但文学创作却是他回避现实矛盾、追求精神自由的最好手段,能给予他现实生活中得不到的自由。通过文学创作还原生活的真实和自我的真实,符合他的近代价值观,也能满足他追求近代自我的要求。于是,在文学创作与追求人生真实之

---

1 龟井胜一郎『島崎藤村:漂泊者の肖像』,日本図書センター,1993年1月,第118—119页。
2 参见渡辺広士『島崎藤村を読み直す』,創樹社,1994年6月,第101页。

间,告白这一形式成了最好的媒介。文学创作正是自我告白的外在形式。他的丰富的情感世界和复杂的人生体验为他的文学创作积蓄了充足的能量,原原本本地告白自我成为了他文学创作的最大动机。从《破戒》到《新生》,正是他通过自我告白把人生真实转变到文学真实、也就是实现他真实原则的一种努力。

  (告白之前)丑松这个时候才感觉到正因为自己一直想隐瞒,才把自己天生的气概消磨了。才弄得连一分钟也忘不了自己。回想起来自己活到今天,过的都是虚伪的生活。自己欺骗了自己![1]

  (告白之后)猜疑、恐惧,——啊,啊,一天二十四小时内不能忘怀的痛苦而今总算是在胸头消失了。现在是和鸟儿一般自由了。丑松呼吸着十二月的早上的冷冽空气,感觉得像是好容易卸下重担而复活过来的一样。又好像结束了漫长的海上旅行,在登上陆地嗅到大堤气息时候的水手的心情一样了。(中略)嚓嚓嚓地在雪上踏着,丑松感觉到的确是生活在自己的世界上了。[2]

  "自己总想隐瞒,结果却磨灭了自己的天性……",他注意到了这一点,于是下定决心破戒,将一切告白出来。这段话作为作者内心的表白,无疑有着他对自己一直以来生活中的虚伪因素的反思。在当时的形势下,觉醒的人也意味着痛苦和悲哀,如何克服这种痛苦和悲哀就是藤村这样的年轻知识分子所共同面临的课题,如何在文学创作中表现出自己的这种悲哀同样是藤村所面临的课题。就像在《破戒》中,作者所寄托于丑松身上的,是人怎样才能克服危机获得新生的发问。针对这个问题的答案藤村早就准备好了。那就是告白。"某些东西要把它表达出来,才能真正与过去决裂。"(《再看〈破戒〉序》)藤村这样简单地表明小说的真正的写作动机,也就是通过告白来与过去的自己告别,开始自己的新的生活这么一种自我拯救的动机。这是针对他自己所面临的真正的困扰而说的。但是,很显然,归根结底那还只是心理上的拯救而已。

---

1 《破戒》第235页。
2 《破戒》第265页。

对于丑松与藤村之间存在着部落民的虚构这一问题，三好行雄认为丑松决不是单纯的告白性的人物形象。尽管如此，藤村与丑松的距离并没有福楼拜和包法利夫人那么遥远。用小林秀雄的话说，丑松决不是作者单纯的"已经社会化的自我"。在这一复杂的关系之中，有着《破戒》这部小说的独创。正是因为有了丑松是部落民的出身这个必须条件，藤村的"自我"才得以成立。部落民的条件在丑松的内部化作了伴随宿命意识的盲目的威胁，自我从内到外都为濒临毁灭的危机而战栗。以这两种危机感作为媒介，使之作为为丑松的青春自画像成为可能。但在这里藤村不是刻画了青春的自画像，而是宣告了对于自己的青春的最初认识。因此，《破戒》是作者的青春的纪念。这种认识在《家》中变得更加明确，藤村在受到自己的青春的故事要被外部强大的封建残余制度所摧残的危机的诱惑的同时，还把它作为与从内部来使他走向毁灭的"阴暗部分"之间的矛盾来把握。迫使毁灭的一个因素就是围绕自我的现实社会，另外一个因素就是代代相传的颓废的血统的诅咒。[1]这种对自己人生真实的认识以及对自己人生危机的感悟，正是《破戒》摆脱了虚构的外形，构成文学真实与人生真实相一致的力量所在。

《破戒》的意义还在于，"重要的是，在《破戒》的主人公的内部，有着作为在《春》和《家》之中完成的自我认识的结构的预兆而存在的事实。之所以这样说，是因为那不过是藤村本人发现青春的意义，并因此发现自我的过程而已。"[2]《春》正是作者舍弃虚构的形式，在文学创作中直面自己的真实人生的大胆尝试。在写《春》的时候，年轻时候的旅行的回忆，通过离家出走来拯救自己的情形，又不由得涌上了藤村的心头。但是这样的青春之旅已经一去不复返。自己处身于家的现实中，使得他只有继续着追溯生命的源泉的旅程，就像在年轻的时候寄托于抒情诗来歌颂自己的思慕之情一样，他试图通过描写自己的痛苦的根源，来找出解

1　三好行雄『島崎藤村論』，筑摩书房，1994年1月，第134页。
2　同上书，第135页。

放自我的方法来。《春》成为了表明藤村的这种方向性的第一部小说。[1]作者在写《春》的时候重点围绕从理想到人生,从青春到家的转变来写,靠近结尾的时候,青春的特征显得更加模糊,而刻意表现担负着家族命运的青年的挣扎。这是他通过自我告白更进一步接近了自我青春的真实的努力,《春》这种朝向"自我"的回归最终使他找到了作为自己的青春的危机的根源的"家"的问题,从而接近到了《家》的主题。那就是藤村因为临摹自己的青春而得以发现的"家"的问题。当时,藤村在青春的自画像中正确地看到了现实的写真。唤起回忆的青春的危机,与明治四十年藤村的危机是同样性质的。或者反过来,应该说集中到自我的意识迫使自己凝视现实从而发现了家的意义才对。当时的藤村围绕家的烦恼之深已广为人知,他自己在后来写的《家》中也作了描述(从《春》到《家》这一段藤村的人生道路并不平坦)。《家》比其他作家的作品都更纯熟地把活着的烦恼和艰辛表现出来了,我们很容易就会发出人活着真是艰难的感叹。这正是作者不急不躁、不紧不慢地凝视自己人生的苦恼并把它告白出来的结果。

　　藤村通过对青春的追忆,发现了存在于自己内心的家的意义。对藤村来说,家的发现正是他首次面对命运的根源。他相信通过写《家》,可以结束长期寻找逼得自己走投无路的危机根源的经历。他写的是被束缚在了家的内部的自己的人生。作者写旧家,就是要写出旧家的家族制度对于"新人"(三吉)和新家(三吉和阿雪的家)的影响,以及在追求新家的过程中所遭遇的旧家的阴影。这是作者所要告白的目的、也是主要内容之一。同时,作者对遗传、对血统的关注可能有外在的触发因素即左拉的影响,而更多的是他对自身的宿命的感悟,是他的精神上的、也是他的家族中隐藏很深的秘密。他逐步把这一切给告白出来了。这种告白只是一个起点,真正的告白是在《新生》中,从中也可以看出藤村所追求的自我告白,自我凝视精神,也多少预示了他未来的命运的东西,宿命的东西。龟井胜一郎也指出:"藤村从《春》开始,一直到晚年作为自传性的作家取

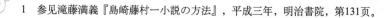

---

[1] 参见滝藤満義『島崎藤村―小説の方法』,平成三年,明治書院,第131页。

得了巨大成就。感到他对于自己与家庭、家族，反复坚持以执著凝视的精神，想彻底弄清楚可以说是自己的存在理由和自己的生命之源这类东西。"[1]

写《新生》之前，实际上作者处在是否告白的烦恼之中。因为一开始，他并没有想到要把"新生"事件告白出来。《新生》的告白就在于作者对真实原则的追求，它完全是基于其近代自我的真实原则而产生的，内容叙述了作者和侄女之间所犯下的道德上的错误，其中可以看得出他独特的那股顽强地迷恋生活的热情。作者通过忏悔，通过把自己的丑恶的真实公之于众，谋求自我的真实和世人的谅解，以换取自己人生道路上的新生。

有关上述内容，渡边广士还有更详尽的阐述。他认为，作家不只是写作，他通过自己所写的东西还能够写出自己的人生；无论潜在的还是显在的，通过自己的作品能够创造人生。尤其是岛崎藤村更是这样。所谓他以《新生》写了自己的罪过=告白，只不过是事情的一个方面而已。换种看法，他为了把在《破戒》和《春》中所写的"死→新生"这一观念的关联在自己身上体现出来，炮制了犯了罪的自己。他在《破戒》的出发点上从读书之中得出告白一词=理念，具体地说就是从卢梭的《忏悔录》中得到的。于是笃信"告白—自我—自然"这一观念方面就理所当然了，并让他担负起了实践这一思想的课题。通过写值得写的自己、自然的自己来发现，就能产生出值得表现的被隐瞒起来的自己。《春》就是把已经度过的青春期的自己在"春"一词所包含的多层意义上来再现的作业。"春"的多层意义就是藤村从西洋文艺那里所获得的"生命・爱・梦・烦闷"等。这些词语中既有着历年浪漫的面孔，也包含了作为相反的极端的自然的一面。于是隐瞒起来的自己，作为置身于其中的反理念的自然的深处的人而被发现。《春》是以肯定生活在"生命"最底层的自己的语言结束的。在《家》中，探测那个隐藏起来的自我的深层的铅坠挖掘到了"家"的内

---

[1] 龟井胜一郎『島崎藤村論・作家論』，野间省一，昭和四十九年9月，第65页。

部的秘密。藤村在《家》中不只是写自传小说。而是探寻在明治时期的"家"一词所包含的多层意思。在其探寻过程中,把生活在"家"内部的人们的微妙关系的线拉到了"旧家"和"新家"相冲突的故事之中,而藤村发现了与在家的内部的他者们同类的自己。为了写"家",就不能只是个旁观者,现在还有必要把自己放在实验者的位置上。写家的内部的秘密的人自己也成了拥有秘密的人,那就是与小俊有关系的小泉三吉的命运。"告白"这一西洋的词=观念,藤村如何误解了并不是问题。"告白"是《破戒》以后成为他创作的原动力的理念。那是造成从《破戒》→《春》→《家》不断改换着形象而被反复的、一直到《新生》的藤村的命运。[1]

总之,在藤村那里,小说的真实是由实际人生的真实来支撑的,人生的真实通过小说的真实更进一步得到了确认。[2]正如前面所论述的,藤村把自己在人生中所受到的三大困扰作为了其文学创作的三大主题来告白,所告白的内容也都是藤村真实的人生经历。于是,以告白为媒介,文学真实与人生真实在藤村文学那里得以统一起来了。告白的冲动与创作的冲动的有效结合的结果是:告白的欲望强烈地诱发了创作的欲望;也只有创作才能彻底实现藤村得那种告白欲望;文学创作成为了藤村自我告白的最有力的外在表现形式。告白造就了藤村文学。

第三节 文学创作(自我告白)与藤村的近代自我追求

"诗歌岂能是在幽静中产生的感动。实际上,我的诗歌是苦苦挣扎的告白。悲哀和烦恼都留在了我的诗歌中。想到了就说出来好了。毫不

---

[1] 参见渡辺広士『島崎藤村を読み直す』,創樹社,1994年6月,第145—146页。
[2] 伊藤整在《小说的方法》中写道:藤村形成了为了描写自己所要描写的自己。日本的近代作家的艺术的崭新之处就在这一点上。为了描写,就要成为在行为上值得描写的自己。他们以这种形式作为他们人生的实验。这是日本私小说的方法的一个极点。

犹豫地说出来好了。在这种细微的举动的激励下,我的身心因此得到拯救。"(《藤村诗集》合订本序)这段序言表明藤村对于通过告白获得自我拯救有了明确的认识。这种认识又取决于他对近代个人意识与日本近代文学发展状况的深刻理解。

  日本近代的写实主义未能像西方写实主义那样发展到批判现实主义的程度,浪漫主义也未能像西方那样发展到积极的浪漫主义,就变形转向自然主义的浪漫;自然主义在日本文坛的长期影响、私小说的产生,以及理想主义和新现实主义从不同层面多少地继承自然主义的非社会性的根本思想等等,都在说明日本近代的种种文学和文学思潮追求的全部"近代意识"——"个人意识"是集中在自我的确立和完成,以及自我的丧失,而缺乏与社会应有的联系,淡化近代文学应具备的"社会意识"。[1]在这一背景之下,藤村选择了与他一生敬仰的北村透谷所不同的人生方式,平野谦形容为玉碎(北村透谷)和瓦全(岛崎藤村)之别。他认为藤村独特的自我与现实之间的决斗,被原封不动地搬到了《破戒》的写作之中。通过文学创作中的自我告白,不仅可以实现真实原则,同时,还可以藉此(文学作品的面世意味着面向公众)在自我颠覆后建立新的外部秩序,获得内心的解放和自由,使分裂的自我形象重新得以统一,从而获得拯救。告白与拯救,是藤村从《罪与罚》那里所学到的,也是他在《破戒》中刻意模仿的,前面引用的告白之前与告白之后的主人公的心情的对比,正是告白与拯救的关系的现身说法。通过自我告白实现自我真实,从而获得克服现实危机,获得肯定现实人生的力量,这就是藤村的人生理念。告白是藤村面对生存困境的突围。每一次告白都是精神的一次否定;每一次否定又都是迈向自由的一步。就像他的诗不是从否定的痛苦、而是从肯定的痛苦中产生的一样,自我告白也正是他的自我肯定的努力。追求真实是告白的目的所在;告白能带来真实的感觉,从而获得一种自我肯定。于是,自我告白成为他追求近代自我的一种重要手段,也是一剂良药。

---

1 叶渭渠《日本文学史现代卷》,经济日报出版社,2000年1月,第4页。

不管生活怎样把他逼向"死亡"的附近,只要在写作,也就是只要朝着告白这一理念不停地运动,他就在"生"的这一侧。[1]

文学创作(自我告白)是他有效化解近代自我危机、延续近代自我追求的有效手段。藤村在《昨天,前天》中曾写道:"当时,在《文学界》的同人中,北村透谷已经逝世。我想继承朋友的遗志继续进行心灵的战斗。"[2]他所谓的心灵的战斗,就是通过自我告白来达到一种自我肯定,从而获得一种自我拯救,使自己得以在近代自我的追求上继续艰难前行。生的肯定,已经在透谷生前就在他的绝对影响下,在藤村的内部生根发芽并成长起来了。那是通过透谷的死、和卢梭的邂逅等变得更加牢固的信念。《春》写到了透谷的死、与透谷的诀别等,实际上也是藤村的自立宣言。十川信介提出的这种藤村固有的生存模式,在《春》中还有很多诠释。有表现他的叛逆性的一面的,如"毅然走出家门,甚至不怕倒毙旅途中的岸本,他悄悄出走,连封信也不写,婶母病危时,他接到哥哥打来的电报一直没有回复,而且接连来了三次电报,他都不予理睬";也有他的妥协的一面、矛盾的一面的:他最终还是回到了当初毅然出走的家;还有他的宿命的一面:"一个命运已经注定的人,不管别人怎么说,也是无法改变的了。"(第二卷第34章)在《春》中非常冷静地注视着自己的真实状况的藤村,从其真实的丑陋和人生的无望中产生绝望后,曾一度试图投海自杀。但是海没有杀死他。"自己还年轻——在这个世界上还有许多自己不知道的事。"因为爱情和流浪的伤心而决意死去的岸本,在那一瞬间转化成"现在就死太不值了"这种对生的肯定。于是他又回到了人生中来,在更加敏锐地将目光审视自己的内部同时,也希望能够再次眺望广阔的人生。也许这正是《春》的主人公岸本和生活中的藤村不同于青木和透谷的地方。面对生活中的矛盾和重压,藤村采取了与透谷不同的处理方式。中村光夫认为告白是以对自我进行反省为动机的,没有自我批评的告

---

1 参见渡边广士『島崎藤村を読み直す』,創樹社,1994年6月,第101页。
2 《千曲川速写》中译本,陈喜儒、梅瑞华译,河北教育出版社,2002年6月,第328页。

白本身就应该是自相矛盾的。[1]但是，岛崎藤村的告白里虽然也充满了自我反省，但却是以自我肯定为目的的。

"在这个世界上还有许多自己不知道的事，现在就死太窝囊了。"岸本又改变了主意。他在波涛拍打着的海岸边缘停住了脚步，转过身又向村子里走去。[2]

正如《春》这段话所表现的，藤村所表现出的旺盛的生存欲望是叹为观止的，而"如何活下去"正是藤村一直面临的人生难题，也是藤村文学所刻意表现的一个主题。他的文学创作正是在这一指导思想之下来进行的，也是试图合理主义地解决他在人生中的困扰，或者说在近代自我追求上的挫折的坚持不懈的努力。《旧东家》和《草鞋》这两部作品就是在试图肯定自然的本能的时候形成表里不一的两种态度而导致分裂现象的作品。《草鞋》的动机就在于想描写野性的激情之强烈，而《旧东家》则有着《草鞋》中所没有的问题意识，通过对于被迫通奸的少妇的"想活下去"这一愿望及其处境的同情，藤村涉及的是在"家"的壁垒之中如何使自己生存下去这一藤村内在的苦恼。被称为日本近代文学的出发点的《破戒》，实际上是对这两部看起来相互独立的作品的写作动机加以扬弃和统一而出现的作品。[3]《破戒》以后的藤村被龟井胜一郎称为"作为隐士来追求自我的典型作家"[4]，他的告白性的文学也被称作求道者的文学。

渡边广士指出，"告白"是贯穿在《破戒》从开始到结束的主题，而它的现实形态则是"秽多"一词。这个词的作用对于告白这一符号来说是颇有寓意的。《破戒》的作者藤村所模仿的，正是类似卢梭的《忏悔录》那种通过近代小说的虚构来实现自我统一的道路，只不过他是把卢梭通过自己对自己的告白来获得统一的思想作为出发点来加以采纳的。[5]

1　中村光夫『風俗小説論』，河出書房，昭和二十五年10月，第69页。
2　《春》第72页。
3　高橋クニ子『藤村と〈旧主人〉〈藁草履〉』，收录在『島崎藤村』日本文学研究資料叢書，有精堂，昭和四十八年4月，第148页。
4　亀井勝一郎『島崎藤村論・作家論』，野間省一，昭和四十九年9月，第58页。
5　参见渡辺広士『島崎藤村を読み直す』，創樹社，1994年6月，第26—34页。

《破戒》的写作动机被认为是对在《嫩菜集》中学到的"说出来就行"这一体会的重新确认。可以说，通过告白出身的秘密来拓展生存的可能性的丑松的决心，与在写成《破戒》一篇中寻求自我确立的可能的藤村的决心是同样的。[1]在《破戒》中，告白这一行为是悲壮的，因为它意味着丑松战胜了自己，并摒弃虚伪的人生、找回了真实的自己；在藤村的创作中，告白也是同样悲壮的，它意味着藤村战胜自己和突破自己的开始。但告白的内容绝对不轻松，因为无论是丑松的部落民身份和经历，还是藤村自己所饱受困扰的内心世界（难言之隐），都是那么沉重，无法悲壮起来。对于丑松，意味着对父亲的戒律的背叛和未卜的前途；对于藤村，同样是把自己置身于社会之中，就像"原型问题"给他带来的麻烦和打击一样。但是他仍然义无反顾地坚定地走这条路。因为他和丑松一样，首先要追求自我的真实。

我们知道，藤村写《破戒》的时候，可以说他的人生正处在一个大的转折点上，这从后来所写的《春》和《家》等作品就已经把作者当时内外交困的情形作了充分的交代。志贺直哉在谈到《破戒》的创作经过的时候，发表了一通议论："岛崎藤村写到过，在写《破戒》的时候，他以不管要付出多大的牺牲也要完成它的决心来尽可能紧缩生活，家里人因此营养不良，几个女儿相继死去等。我看了之后很是气愤。我想说《破戒》真是值得这样做的作品吗？几个女儿为此而死，这决不是一件小事。我想这决不是《破戒》能不能完成的问题。"[2]确实，作者在创作《破戒》的过程中先后失去了三个女儿，妻子也因为营养不良患上了夜盲症，其代价不可为不大。他后来在短文《萌芽》中也写到了自己当时的心境："我想，我为什么要携家带口从山上搬到这片新开辟的土地来呢？我深深感到我的努力白费了，感到事业的空虚。我一边眺望一边想：'新芽就要干枯了。'"即使付出这么大的代价，他还是矢志不移地把《破戒》完成了，

---

1 三好行雄『島崎藤村論』，筑摩書房，1994年1月，第75页。
2 志贺直哉『邦子』，此处转引自猪野谦二『島崎藤村』，要書房，昭和二十九年12月，第46—47页。

经过多方筹措资金，明治三十九年（1906）他最终自费把它出版了出来。对于当时的藤村来说，如何突破当时人生所面临的困境，就是他要解决的问题，而《破戒》的创作对他来说就是一个重要的突破口。

和田谨吾认为，在《破戒》中，不能说藤村在当初的构思中完全没有"对社会的抗议"的意思，正如前面所论及到的，藤村产生写这部作品的念头的契机，还是"部落民"这一现象的存在本身。但是，仅凭这一点而无视执笔期间所环绕作者藤村的状况来论述《破戒》是很危险的解释方式。[1]根据他的《寄自新片町》，藤村听到受歧视部落出身的一个教育家大江矶吉的悲惨的一生的传闻。在他的一些诗中，在无路可逃的危机之中有着相信新的生命的可能、或者说期待着这种可能性的思想。这就是藤村的本质的东西所在：他的诗不是从否定的痛苦，而是从肯定的痛苦中产生的。通过他的这个自我认识就能理解了。大江的遭遇及其身份的确定之间的关系就和藤村的这些诗的模式一样。所以藤村对于其中的感动会产生同感和共鸣。因此，他关心的焦点并非社会的偏见和贫困本身，而是背负了那种社会性的人，在困难的条件之中怎样获得生命的觉悟这一点上。换言之，让丑松得以死而复生的，是因为他把他的出身秘密告白出来了。在这个意义上，必须说社会性本身是第二义的。因此，再与社会对决来谋求变革这种想法，在他的诗的想象中就不大可能出现了。"自己也是社会的一员。自己也和别人一样有着同等生存的权利。"这一社会的愤慨，其动力来自于藤村对于出版界的不合理所发出的不满。"我从那个山上来到东京一看，不管那个出版社都有各自的店，雇用店员，经营着相应的生计，而作为给其提供原料的著作者——即使有少数例外——却是饱一顿饿一顿的。我下定决心完全靠写作生活，也是从那个时候开始。"（《分配》昭和2.8）刺激藤村自我革命的一个动机，是因为"战争以来，从郡里给学校的补助断了。从镇里所支出的钱也削减了很多"。"我们得到的实际工资都少于应得的工资。"当时义塾经营陷入困境。《破戒》有着作者对自

1　和田谨吾『島崎藤村』，翰林書房，1993年10月，第45页。

己当时生存状况的关注。"藤村特有的自我成长力,其求道者的性格,被称为'苦苦地挣扎'的东西,通过来川丑松才得以成型,作为'近代人'追求自由的一个典型也就被推出来了。"[1]这个人物,既有藤村的分身,也有藤村的理想在其中。

"我在写《破戒》的过程中,《春》已经开始在我的心里萌芽。接下来写《春》的时候我已经开始在考虑写《家》了。"藤村的回忆,表明了写作《春》包含了他以所谓的"肯定的痛苦"为动机的《破戒》同样性质的主题,而《家》的构思也是在《春》的"肯定的痛苦"的延长线上出发的。这也是通过《破戒》《春》《家》持续谋求自我认识和自我肯定的藤村自己的证言。藤村的文学创作,正是这种"肯定的痛苦"的实践。伊藤信吉也指出,毕竟,岛崎氏并不是对人生持否定态度的那种人,而是生的欲望很强烈,并因此而苦恼的人。因此,《春》下定死的决心到发生逆转,并不能说只是从否定生到肯定生的悲壮的瞬间。死与生的交替,也让人想到年轻之中交织着浪漫的感情的构思吧。可以说,在生的肯定之中,继续着更新的肯定。爱的伤心是最具人性的感情的,《春》的忧愁和苦恼和欢喜,叙述的是它们交织在一起反而要活下去的欲望的过剩。果真如此的话,从死的决心到生的肯定的逆转,代替了浪漫的生命感,现实的生的肯定,正好充满了岛崎氏的心胸。这是在人成长过程中处在激烈的脱胎换骨时期所产生的苦恼。[2]

从《春》到《家》的过程,是藤村自我追求深化的过程。"兄长的入狱"、"家的破产"、"大姐患病"、"母亲的死"等这些从《春》那里延续下来的苦难且不说,经济上的拮据、三个女儿的夭折、外甥的早逝、妻子藕断丝连的恋情的打击、创作上的一筹莫展等,足以让藤村的精神垮掉。《家》可以看作是藤村为了解决困扰自己的"家"的问题而进行的努力。同时,也正是他坚持通过文学创作来贯彻自我肯定的态度所积蓄

---

1 龟井胜一郎『島崎藤村論・作家論』,野间省一,昭和四十九年9月,第59页。
2 伊藤信吉『島崎藤村の文学』(増補版),日本図書センター,1987年10月,第125页。

的生命的能量，才使自己在遇到"新生"事件这类人生危机的时候，能够一而再、再而三地去克服它，并一如既往地坚持走自己的人生之路。《家》中的小泉三吉这一人物形象，继承了《春》中的岸本舍吉的血脉，并向《新生》中的岸本舍吉发展。藤村在写《家》下卷的时候，正好妻子故去，他带着未成年的四个子女过着鳏夫的生活。不久与前来帮忙料理家务的侄女驹子发生了关系。新生事件正是他长期以来隐隐约约地为之不安的所谓来自宿命的威胁的出现。在痛苦、恐惧和毁灭的深渊中，藤村只好逃离日本，从1912年至1916年在法国度过了三年孤独自责的生活。回国后，他与侄女的关系很快就死灰复燃了，使他再次陷入了出国之前的困境，三年的逃避受难也因此前功尽弃。无路可逃的他只有将自己与侄女的关系作为素材写成了小说《新生》。田山花袋在读到报纸上连载的《新生》第十三章那天，担心藤村可能自杀。但是，藤村写《新生》的目的恰恰相反，就像后来的事实所证明的那样，他谋求的是"新生"，是自由的获得。这既是藤村一贯的"生的要求"的体现，也是他的"肯定之苦"的延续。对于罪孽深重的乱伦，他也决不愿否定爱欲的本能。就像《新生》里所写的：

> 等于是自我毁灭的忏悔——他在想"忏悔"一词是否符合眼下的情形——但一想到那个结果给自己带来的影响的恐惧感，就没有理由不再犹豫。当自己在忏悔的时候，当真是能从一团漆黑的牢房里走出来的时候吧。也是从内心感觉到就像看到蔚蓝的天空的时候吧。是一直等待的黎明的到来吧。（第二卷92章）

事实也确实如他所愿，他因为《新生》中的告白不仅克服了人生中最大的危机，同时也给他在文坛上的声誉带来了福音。就像猪野谦二所指出的：一般私小说都是把现实生活化作为了艺术的手段，而《新生》之中艺术被当作现实生活的手段了。[1]

"想到了说出来就行。毫不迟疑地说出来吧。"藤村这一毫不动摇

---

[1] 猪野謙二『島崎藤村』，要書房，昭和二十九年12月，第75页。

的信条一直伴随着他的文学实践,并发挥了至关重要的作用,是他期待人生的黎明,以文学为最后的据点而"动身"的行为的指针,对现实的反噬也由此得以尝试。他把被现实所否定的自我的重建押在了文学上。藤村的文学就是把失去的世界夺回来的努力,也是自我命题的执着的祈祷。作者从诗歌时期到创作《春》将近七年的努力,就是通过确认青春内部的近代,来重建被现实荒废的人生。并通过对青春的回顾和体验来以此与命运抗争。"家"的发现正是对自己的生命的根源的发现。这既是他为了发现命运的根源之旅的结束,也是他追溯命运的根源之旅的开始。[1]从而使得他自己得以再次面临"肯定之苦",夺回被家所束缚的属于自己的自由,真正迎来自己人生的曙光。他通过写《家》,进一步发现了在自己身上的宿命的东西,尤其是颓废的血液的遗传和父亲这一存在对于他的人生的影响,从而有了《新生》对于自己的爱欲的追究的告白,以及在《黎明前》对与自己的精神相通的父亲的一生的追究。

藤村在写作《春》的过程中发现了构成他人生痛苦的根源的"家"的问题,表明他的人生与文学创作之间的互动关系已经形成。渡边广士指出,告白的作家会反复。他先写作,接下来通过实践所写的来模仿,然后再通过写作来反复。这时,被反复的东西就呈螺旋状增大。说是实践,并非很细节的具体事实,而是要有促动写作行为的核心。《家》中三吉拉了小俊的手这一事实,原本是不值得被冠之以罪的一桩小事而已。但是,"告白"让作者将被隐藏的自己作为"自然"来审视,来写作。通过写作将其升格为在"不可思议的力量"所引起的"罪"。《新生》就是这种反复的规模扩大版,于是"罪"的行为及其告白书都显得很大。可以说《新生》正是日本第一的《忏悔录》。[2]

藤村的创作以反映自己的生活经历和内心历程的自传体小说为主,是他近代自我追求的写照。告白,不只是简单地、镜子似地映照藤村的内心世界;它还蕴藏着更深刻的内涵:一次次告白,就是藤村面对生存困境

---

1 参见三好行雄『島崎藤村論』,筑摩書房,1994年1月,第170页。
2 参见渡辺広士『島崎藤村を読み直す』,創樹社,1994年6月,第145—146页。

所进行的一次次精神突围。告白成为他追求近代自我的一种重要手段。从藤村小说的内容或他的传记,都会得出这样一个结论,那就是他的一生经历了很多的坎坷,有挫折,有失败,有磨难,但每一次他都能化险为夷。其中的奥妙,就在于通过告白使他能够克服现实生活中的前近代特征,能够使他在艰苦的环境下延续近代自我追求的感觉,从而坚定他活下去的决心和信心。生命的延续,也意味着生命价值的延续。他在文坛上的活动和文学创作上的丰硕成果充分说明了这一点。

在这一过程中,可以看出在岛崎藤村身上所具有的近代化的自我意识与前近代的现实所造成的矛盾。《破戒》正是他的近代自我徘徊在十字路口时的产物。在写这部小说时,两种力量、两种声音同时在影响着他,所以我们所看到的是有着两重性的《破戒》。同时,这也是作者追求的真实原则开始通过自我告白的形式表现出来的过程。正如西乡信纲等人所论述的那样:"丑松受莲太郎的启发再也不能忍受自欺和虚伪的生活而破戒。通过丑松这个人的发展过程,用写实的笔法描写觉悟了的丑松同压迫他的封建现实社会之间的冲突;同时通过已经觉悟过来的孤独的先驱者同半封建的日本近代伦理之间的纠葛,从广阔的社会范围来反映尊重人权的要求,丑松在公开之前的内心苦闷是与藤村处于阴暗的现实社会里不得不烦恼的青春苦闷一脉相通。"[1]藤村写《破戒》的时候正好三个女儿相继死去了,他以这一苦难作为母胎完成了《破戒》。过去的日子的辛酸,作为形成了岛崎氏的风格的东西,在苦难当中更要把事业完成好。《新生》的告白有着破灭的危险,但他还是杀出了一条血路。"不管什么样的苦难,他都决心忍耐着活下去,坚持不懈地写他的作品。就这一点来说,藤村并不是什么天才,缺乏城市人的气质,而是一个勤奋的人、乡下人,更接近于大多数平民。他之所以对人有吸引力,这恐怕也是原因之一。"[2]生命的延伸,也意味着生命价值的延伸,这正是藤村文学所代表的庶民性

---

[1] 西乡信纲等著《日本文学史》,人民文学出版社,第284页。
[2] 《日本近代文学史话》,中村新太郎著,卞立强,俊子译,北京大学出版社,1986年。

的体现。当藤村通过告白获得了自我真实和自我肯定之后,意味着他在近代自我的追求上,或者说他对于自己生命的肯定方面获得了更大的自信,从而使得他在接下来的人生和文学创作方面都能够获得新的收获。

　　作为坚持写自传体的作家,从《破戒》到《春》再到《家》的这种发展变化,不仅给我们提供了藤村文学上的变化特征,还给我们提供了作者本人思想和生活上的变化轨迹。即便是在文学创作方面,藤村也是随着他的近代自我的发展和变化而相应地经历了一个摸索变化的过程。而且,从整个文学创作生涯来看,他的人生的危机越是严重,反映在他的小说中的告白性因素也就越是强烈。从他一开始满怀热情地用诗歌讴歌作为青春和恋爱的赞歌的瞬间的解放感,到他为了更能表达自己复杂的内心世界的方式而逐步转向散文,再通过长篇小说把一直以来困扰自己的问题以文学的处理方式来加以解决,这正是他的告白意识从萌芽到形成再到告白这一表现形式的采用、确立和成熟的过程。在《破戒》这样的揭露不合理的社会现象的题材里,作者似乎更关注受压抑下的主人公的内心告白,这就使得《春》进一步迈向了《破戒》所开创的告白性之中,而把《破戒》原有的虚构性和社会批判性给丢弃了。自《春》开始,作者完全转向自传体,从写《文学界》的同人们,到在《家》中只写"屋内的事情",作者更多的是如实描写在追求近代自我过种中所产生的个人内心的极端痛苦,直至沉迷在家的束缚和爱欲的困惑之中,对社会的批判性也越来越弱。这意味着作者从自然主义向私小说方向的转变,也是他的大我向小我的妥协和转型。到了《新生》,作者越来越陷入个人的小天地,终于沉溺在自我的本能满足和颓废之中而不能自拔。这种变化与藤村在近代自我追求上从外部世界逐渐向内面的精神世界发展的过程是一致的。寻求精神上的自由的结果,导致其文学向自我内心世界的深入。换言之,他追求近代自我的挫折感,直接影响到他的文学创作及其轨迹。《新生》之后藤村开始逐渐淡化告白这种表现形式,原因就在于他通过《新生》中的告白已经对困扰自己人生的诸多因素进行了一次清算,不仅解决了"新生"事件所带来的妨碍恋爱自由和经济自由方面的困扰,还因此提高了他在文坛的声誉,经济收入上也得到较大改观，不再是以前那种拮据的状况了。在个人感情上，他不久之后即与加藤静子再婚，使自己从此步入了稳定的家庭生活，个人的精神生活也因此步入了稳定时期，从而跳出了之前一直沉溺其中的个人怪圈，也逐步失去了迫切告白所需的内面世界。接下来需要他进行告白的就只剩下一件事情——他在很多作品中早已跃跃欲试、在《新生》中这一情结变得更加强烈、在巴黎生活的时候一直耿耿于怀的事情——那就是探寻自己与父亲之间的渊源，即藤村自己的命运根源的问题。《黎明前》正是他对父亲的不解情结的结晶。虽然在运用告白这一形式上不象以前的作品那么明显，但作者采取告白这种形式来表现的意图还是十分明显。"对藤村来说，深入过去的内部，重新发现它，就是重新发现自己本身和自己生活的时代，通过近代发现过去，通过过去发现近代，即通过这样无限反复的精神运动，藤村的认识深化和发展了。"[1]作品借助描写半藏的两重性格——一面是挫折与失意的动摇，一面是内心沸腾的热情——来进行告白，以反映明治维新时代，也就是日本近代的本质特征，从而对自己文学中的告白性做一个总结。[2]

不仅如此，《新生》也是作者与过去的生活和文风的诀别。"新生"事件之后，作者远赴法国，在那里直接面对西方的先进文明和个人主义精神，在东西方文化的对比中开阔了他的视野和思路，开始了他对日本近代化的重新认识和对传统的自觉，对其孜孜以求又深深为之困扰的近代个人主义精神有了更深刻的理解。体现这种成果的正是他走出个人主义的狭小天地后的恢宏巨著——历史小说《黎明前》。这部作品同样是他对自己的人生的真实性（自己生存的根源）进行确认的一次努力。这部作品不仅在分量上与近代日本小说相比显得格外突出，而且在情节上、内容上也有着无以复加的规模，是一部多层次如实描写从幕府末到维新的日本动荡时期的历史断面的小说。它既是藤村最高成就的文学作品，也是近代日本

---

1 伊豆利彦《日本近代文学研究》，第123—124页，新日本文学出版社，1979年版。此处引自叶渭渠、唐月梅著《20世纪日本文学史》，青岛出版社，1999年1月，第42页。
2 叶渭渠、唐月梅著《20世纪日本文学史》，青岛出版社，1999年1月，第42页。

文学产生的为数极少的杰作之一。通过这一作品,藤村实现了他对大社会的"回归"。同时,藤村在文学上的探寻,到此才找到归着点。他因此不仅较好地解决了传统和创造的关系,也找回了现实主义和自然主义所唤起的真实性原则以及早期政治小说所注重的社会政治意识,从而使他的文学上升到一个新的高度。

至此,可以看出,藤村在经历"新生"事件的危机之后,逐渐走出了个人生活的怪圈,在近代自我追求上也得以突破出来。伴随这一突破的,是他文学创作轨迹也发生了重大变化,并结出了像《黎明前》这样的硕果。藤村沿着这一方向继续写了《巡礼》和《东方之门》,所关注的都是西洋文化冲击下的日本传统和民族性的问题。令人遗憾的是,他摸索到的这一文学方向并未给以后的日本近代文学的发展造成多大的冲击,日本近现代文学的主流中私小说的成分仍很浓。但是,反过来更说明了藤村这一文学方向的重大意义。

第四节　小　结

对于日本近代文学来说,从明治到大正的近代文艺的发展变化与西欧保持了步调一致,都经过了浪漫主义、自然主义、新理想主义这样一个发展过程。藤村作为作家的步伐大致与这一发展过程一致。这充分显示了藤村乃是时代之子的一面,也意味着他自己的人生之路也必然使然。无论是鸥外还是漱石、花袋,或是秋声,这些时代的大作家也遵循了同样的路径进行文学创作。但是,对于鸥外、漱石,人们通常认为他们虽然也有一些自然主义化的痕迹,但还是贯彻了反自然主义的立场,尽管他们从浪漫主义向新理想主义、新浪漫主义前进的过程中也一度接受过自然主义的洗礼。花袋和秋声则与他们相反,浪漫主义和新理想主义的痕迹不甚明显,作为自然主义作家的特色则十分鲜明。花袋在早期创作浪漫的抒情诗和抒情小说，但没有引起文坛的重视，秋声的早期作品也只是砚友社的二流作品，即便他们晚年也写了一些宗教倾向或人道主义倾向的作品，也有超越自然主义朝向新理想主义靠拢的一面，但都没有藤村作品的显著效果。其他作为理想主义者的作家幸田露伴，作为浪漫主义者的泉镜花，虽然包含了若干写实主义成分，但并非一直旗帜鲜明、与时代共进退的作家。像坪内逍遥、二叶亭四迷虽然是从写实主义出发的作家，却未能坚持下去，在自己的浪漫气质与写实主义者的目标之间找到了一条折中的道路。二叶亭四迷与其说是妥协，不如说是体会到了分裂和怀疑的苦涩。坪内逍遥虽然一直致力于站在时代潮流的尖端，却又总是半途而废。因此，在明治大正的大作家之中，真正与时代步调一致、与时俱进的作家，非岛崎藤村莫属。如此说来，藤村似乎应该是一个头脑敏捷、做事果断、经常表现出引领时代的力量的这么一个人。但他又不是这样一个人。就像本书多次引用的那句他借《春》的主人公所说的："啊，像我这样的人，也想方设法活下去呀。"只要能活下去就足够了，他就是以这么低调的生活意愿来掌控自己的人生的。作为一个忠诚地生活下去的平凡之人，藤村凭借其忠诚紧追时代的步伐。但是，藤村追赶时代的态度并没有丝毫妥协的意味，而是依然让人感觉到他的诚实。我们还能从中看到他超越了怀疑的形象。就像亲鸾视人生为地狱，一门心思追随佛祖一样，藤村也是把自己的渺小的人生投入到了时代的涌动之中。这里面饱含了他对人生一贯的积极态度。他在《等待春天》一文中回顾到："有人评论我的旧诗时，说我的诗不是出于否定的苦恼，而是来自肯定的痛苦。我同意他的话。（……）奇怪的是我的半生旅程，便由着早期的思想而决定。当我一想到在年轻多愁善感的时代所选定的方向，如此长久地支配着自己的生活时，不由得暗暗惊奇。前途暗淡，心中郁闷时，曾使我几度迷惘、几度蹉跎，但不管我走的道路多么寂寞，最后总是和我出发时一样，归于对生的肯定。"对此，濑沼茂树在《作家的真实面貌》中给予了积极肯定，他认为《嫩叶集》在日本近代诗的成立史上，确实算得上划时代的以自我确立为目的的诗集。[1]

尽管藤村并不具有创造时代的积极意志和行动，但他总能感觉到新时代的悸动，并不畏艰辛地去追赶之。在《藤村诗集》的序言中他这样写道："新的诗歌的时代到来了。""我要忘了自己的谦卑之躯，去呼应新的诗人的声音。"就像他一直所告白的那样，藤村是一个经常与时代的新声相唱和之人。在《藤村诗集》序的最后，他表达了比起人生来更重视艺术，寄望艺术成为自己的第二人生或第二自然的心情。藤村之所以比任何一个作家都更加与时俱进，没有落后于时代，就是因为他具有比其他任何作家都更加突出的诚实态度。这种诚实态度来自卢梭的教诲，并与真实直通，是武装藤村的重要力量。一直以来藤村都被视为日本自然主义的代表作家，他也通过创作《破戒》而一举成为在日本文坛树立自然主义新风之人，这已是大家的共识。但是，藤村自己从来没有提倡过自然主义，他自己也从没有以自然主义作家自居。由此看来，藤村只是把自己定位为走写实主义道路的作家，这也是通过内心的诚实来期待自己的艺术手法能开花结果的朴素愿望的表现。写实主义与自然主义很接近，浪漫主义之中也有着浪漫主义的真实——即自我情感的真实，要求不虚伪。早期作为新体诗人出现的藤村曾经抱有浪漫的写实主义思想，到了自然主义的潮流兴起之际，即便是追求客观的真实了，藤村也无法完全投入到虚构的世界中去，就是因为比起自然主义所强调的客观真理来，他更倾向于与某种主观满足的真实为伴。藤村的写实或写生是来自面对对象时的那种主观的真实性，与西欧式的科学的写实主义有着质的区别。因此，把藤村说成自然主义作家，那只是从他的表面来看而已，在其内在部分则是藤村本人的诚实所主导，影响其主观真实性的也正是他的诚实态度，是他的自我告白情结。那是浪漫主义时代之中的浪漫，自然主义时代之中的自然，人道主义之中的人道。尽管藤村紧跟时代与时俱进，但藤村就是藤村，他有着自己一直不变的东西。藤村是作为浪漫主义诗人确立其在文坛的地位的，但他是否就

---

1 瀬沼茂樹『作家の素顔』，河出書房新社，1975年4月，第89页。

是天生的浪漫之人这一点倒也令人怀疑。对无限的向往，渴望在自由奔放而又无边无际的世界飞翔，这种浪漫主义气质在他身上并不完全具备。他反而是一个能顺应有限的世界、安于最普通的平凡人生活的人。因此，他缺乏泉镜花和幸田露伴那种投身于浪漫主义精神的热情，一转入小说的世界他便踏上了写实主义者的征程。

但是，藤村没有成为法国自然主义作家那样的写实主义者也是事实。这既有那个时代的日本作家的整体特征，也有藤村自己的特质。日本的写实主义者通过把自然主义主观化，抒情化，就是浪漫主义化，发现了通向心境小说的道路。藤村也是其中一员。但是，与花袋、秋声等开拓纯粹的心境方向的人相比，藤村又算不上心境小说家。那是因为他身上具有人道主义的本质。藤村的本质之中有着大量人道主义的色彩，它与西方自希腊以来的人道主义精神有很大区别，而是更接近日本本土的物哀主义。但是，藤村在早期的诗歌时代浪漫主义色彩很浓，中期自然主义时代的小说确实接近自然主义的写实主义风格，晚年他的文风已经炉火纯青，时代也跨入了人道主义时代，所以他的作风自然发挥出了浓郁的人道主义精神。藤村的人道主义与白桦派不同，是与日本式的写生道相结合的心境的人道主义，是通过爱的纯情来拥抱顺其自然的人生的抒情的、称得上是自然随顺的人道主义的东西，是具有日本特色的西方人道主义。山室静指出，日本其他任何作家，都不可能像藤村那样地去追求人生与文学的统一，并通过不断创作来实现之。[1]藤村在文学上的不断求变，与他跟现实生活的紧密联系密不可分，他是一个通过不断与现实搏斗或协调来实现自己的文学理想和人生追求的作家。

与现实搏斗的作家，对现实是采取肯定的还是否定的态度呢？莫泊桑寻求的是否定式的态度，与此相反，藤村则试图采取肯定的态度。他的写实主义，对于现实不仅是肯定的，还给人生一些创造性的东西，使得否

---

[1] 山室静『藤村文学の魅力』，收录在『島崎藤村現代のエスプリ』，至文堂，昭和四十二年1月，第116页。

定性的因素朝着肯定的方向发展。[1]"即使像我这样的人，也想设法活下去啊！"这是贯穿在藤村文学作品中的一个不变的主题，也是藤村人生抉择上的重要态度。在片冈良一看来，这既是他的自我觉醒，同时也是他对自我生活的绝望。中村新太郎在谈到《春》的时候这样评价岛崎藤村：人们经常指出，藤村那么热心地学习透谷，可是，唯有透谷作为一个勇敢地向世俗作斗争的战士的一面却没有继承下来。但是，另一方面从他的身上却可以看出，不管有什么样的苦难，他都决心忍耐着活下去，坚持不懈地写他的作品。就这一点来说，藤村并不是天才，缺乏城市人的气质，而是一个勤奋的人、乡下人，更接近于大多数平民。他之所以对人有吸引力，这恐怕是原因之一。[2]这也正是包括吉村善夫、濑沼茂树等评论家所指出的藤村文学所代表的近代文学中的平民性的原因所在吧。

那么，如何认识藤村的近代自我特征？如何评价在这一特征下产生的藤村文学？

首先，对于他在追求近代自我过程中所表现出的前近代自我特征，我们必须有一个客观的认识。首先它是那个时代的产物。在明治大正时期的日本，只要存在着作为以前时代日本社会象征的天皇制度，就不可能确立完全近代意义上的自我。宫本百合子认为，"明治维新，在日本没有力量确立人权。至今70余年，欧洲近代文化所确立的个人、个性发展的可能性一直被困在封建的枷锁上。因此以西方近代文化为轴心发展起来的、作为一个社会人的自我观念，也显示出其不健全的绝顶的形式"。实际上，这不只是藤村个人的问题，而是当时日本知识分子都具有的对东西方文明分裂的痛苦。夏目漱石就因为意识到自己不适合融合两者而产生了接近疯狂程度的孤独感，芥川龙之介也有着"对将来的漠然的不安"。只不过相对来说，漱石和芥川更多的可能是作为知识分子从内部对近代自我的自省

---

1 参见伊藤信吉『岛崎藤村の文学』（增补版），日本図书センター，1987年10月，第76—80页。
2 中村新太郎著《日本近代文学史话》，卞立强，俊子译，北京大学出版社，1986年，第100页。

意识更强一些,而藤村似乎给人感觉更多的是关注自己的生存状况,他作为"先驱者的悲哀"更多地被他归结为来自外部,包括后来的"父亲之手"和宿命及"家"所带来的困扰等因素。同时,我们还要看到,芥川是想告白而不能,最后只有自杀。尽管芥川龙之介在临近晚年的时候开始对私小说感起兴趣来了,但正如伊藤整所指出的,像芥川那样把歪曲伦理视为伪善的人在日本社会难以生存。在《河童》中,芥川通过虚构出水鬼的世界,举出人类社会中的许多问题并试图加以批判。这也许是因为他无法将它们作为人类世界的事情来写吧。因此他只能写水鬼世界的事情,由此表达对日本社会的批判,并借此来写他自身的所有问题,并对自己进行一定程度的自我审视和自我批判。他做不到像藤村那样正视自己,因而也就没有藤村那种暴露自己的自由,而是一味隐瞒,以至于他说"现在我自杀也许是一生中的一次任性",说明他的人生过得不潇洒,不自由,因为束缚他的东西太多了,也有人认为他想成为"超人"而不得。同样,有岛武郎与有夫之妇波多野秋子之间的婚外情最后是以两人一起殉情来解决的,和藤村通过告白来解决"新生"危机的做法截然不同。江藤淳在《夏目漱石》一书中对夏目漱石的不能告白也进行了分析:花袋进行《棉被》中的告白的时候,他为了"文学上的真实"不惜丑态百出,并做到了自己内心不受到伤害。而漱石从来没有遇到过这样的缪斯女神。他之所以不能告白,就在于他十分清楚那样的行为无异于掏心自杀。即便是在写《道草》的时候,他也很慎重地采取了双重结构的告白。¹ 和自然主义作家的以自我绝对化的垂直的伦理相比,夏目漱石更加注重具有社会责任感的平面的伦理,当从少年时代开始就一直让他苦恼不堪的"我执"和"自我抹杀"的问题走进死胡同的时候,他便转向了"则天去私"这种带有东方禅宗境界的主张之中,以此消解过于强烈的个人欲望。

  藤村与他们的处理方式是不同的。就像他在自己的评述里所表白的那样,能不能告白出来结果大不一样。北村透谷君有自己打烂伤口的激

---

1 江藤淳『決定版夏目漱石』,新潮社版,昭和五十四年3月,第38页。

情。国木田独步君一直陷在沉痛的难以自拔的烦闷之中。但是，不管北村透谷君，还是国木田独步君，至少他们总还能说说自己，而二叶亭四迷几乎从来不说自己。二叶亭四迷真正沉默了20年。这期间，他翻译了屠格涅夫、高尔基的作品，而对自己的内心世界却闭口不谈。（《悼念二叶亭四迷》）藤村所提及的上述作家确实都未能走上告白自我的道路。无赖派作家坂口安吾在《排除枯燥的风格》一文中指出，日本人大多采取逃避心态，很少会自我批判，但这种人反而能被世间认同，这样的人也才被称作是"成熟的人"或"达到生命境界"的人。然而，基于相对功利的算计，日本人希望被他人肯定，会去包容他人的道德规范。于是，告白还是逃避都称为了作家的自由选择。像同属典型的S型的芥川龙之介决不会像自然主义作家那样，一股脑儿地把自己暴露在别人面前。他在这一点上一直采取某种程度的抑制，而且会下决心进行变形（失真）处理。这对他来说完全是性格上的问题。如果没有经过变形处理，他就感觉不到自己的艺术了。也就是说，S型性格的人不会毫无保留地讲述自己，有着不能完全讲述自己的表述障碍。藤村也和芥川一样，本质上也是不能完全讲述自己的作家。对于这样一个人来说，始终坚持讲述自己的告白性作品的创作，真的是十分难能可贵的了。

　　藤村在文学中的告白绝非简单的感性主义的泛滥，而是蕴含着一种深沉的人本主义精神。他对生命中的感性活动是肯定的，而这种肯定是通过暴露自我使自己的灵魂得以净化的基础上建立起来的，并成为他克服当时流行的悲观主义和虚无主义的最好武器。尽管藤村一生所面临的各种困难和危机恐怕是这些作家中最多的，但他也是活得时间最长的、精神最健全的一个，以至还担任过日本笔会的会长。他采取的是合理主义的解决方式，这也是他被认为与普通日本民众的生存方式接近的原因所在。他在对近代自我的追求上是以追求真实为第一原则，这是他能化解各种矛盾、使自己的个人生活和文学创作都能克服一个又一个的困惑和危机，不断艰难前行的法宝。藤村的意义就在于他采取了合理主义的解决方式，延续了生命，延续了创作，从而促进了日本近代文学的发展进步。

其次，对于藤村的小说，我们也要有一个客观的认识。有的读者认为他的小说因局限于经验性而使得作品题材大多局限于自我告白、自我忏悔和个人生活的纪录，并夹杂了许多颓废、消极的因素。但是，其中表现出的从自我的真诚告白出发，将自己的灵魂袒露于世，可以看作是在特定的社会文化环境下作者以个人绝对自由来表示对专制社会的反抗。这种个人主义的努力，与一般意义上的利己主义恐怕不尽相同，它还包含着固守自我的精神自由的意味。对这种个人主义的追求，实际上是对封建专制主义的一种反拨，因而具有一定的积极意义。同样是以家为题材的作品，相对于欧洲自然主义的以"家"去透视社会，以藤村为代表的日本自然主义则是从"家"去洞察自我，因为当时日本的知识分子所面临的当务之急还是近代自我的确立问题，而"家"是他们近代自我问题上无法回避的第一道槛。因此，他的《破戒》、《春》、《家》和《新生》等一系列作品，从确认自我价值这一意义上同样在日本近代文学史上具有重要的意义。

除此之外，我们还可以从以下几个方面来理解藤村的这种告白情结（告白性特征）。从文化的角度来看，日本人在传统上爱"随波逐流"，缺乏独立的自我（不鲜明的自我；关心他人的自我），[1]而且相对于东方的耻文化和西方的罪文化，日本人被认为是耻与罪的复合体，因而他们必须通过不断地告白来减轻在近代自我追求过程中的自我不确定感。[2]从心理学的角度来看，有的日本学者指出，告白表面上看是一种自我惩罚，更深层面上却是一种自我防卫的机能。这种自罚倾向日本人比起西欧人来要强烈许多。[3]就拿日本人的自嘲来说，表面上看起来是反省和自罚的心理在起作用，实际上潜藏着试图通过自罚这种先下手为强的做法、使得从他人那里所受到的惩罚得以减轻甚至避免的利己主义想法。因此，这种自嘲还与在被他人追究责任时先下手为强、自己追究自己的责任这一意义上的自责和忏悔相关联。所谓忏悔，就是在被他人追究的事情上自己采取主

---

1 参见《日本文化与日本人性格的形成》，源了圆著，北京出版社，第72页。
2 参见南博『日本的自我』，岩波书店，1983年9月，第46页。
3 同上书，第47页。

动,先下手为强,说出自己感到有责任的事情,告白自己所犯的罪过,并对此进行悔过。——这就是日本人用来减免他罚、自我防卫的手段,从而获得自我的安定感和内心的安宁。[1]关于这种解释的最典型的注释,非岛崎藤村的《新生》莫属。正如其名曰"新生",作者把自己不可告人的丑行公之于世,就是为了求得大家的谅解,使自己从内心的困扰和生活的僵局中摆脱开来,从而获得新生。《文艺美学方法论》在论及荣格时有一段话:自我的表现就是人为了达到人格的统一和整合而做的努力。人格的整合达到了,个人便处于自我实现的境界。[2]亚里士多德关于"净化"的理论中也提到,"净化"的要义在于通过音乐或其他艺术,使某种过分强烈的情绪因宣泄而达到平静,以此恢复和保持住心理的健康。[3]可以说,日本的自然主义作家们在文学作品中所作的忏悔,正是在分裂的社会现实中追求自我人格的统一的一种努力,也是通过自己的某些情绪的渲泄来使自己的灵魂得以净化的一种努力。这也是像岛崎藤村这样的作家虽然屡遭生活的重挫没有自杀或发疯,却能一直坚持活下去、坚持文学创作的重要原因。

藤村文学是告白的内在需求与文学创作的外在表现相结合的产物。他告白的最直接的动机,就是为了追求真实;他文学创作的意图,也是为了获得追求真实的自由。藤村的作品基本上都是自传式的;在《破戒》之后的小说《春》《家》《新生》等作品中的主人公都可与作者划等号。所以,小说中主人公的告白就是作者自己灵魂的赤裸裸的告白,作者要解决的正是自己的问题——"在文学中告白成为重要的动机,是因为作家只能告白了"。人生与艺术的合而为一,使得藤村文学的创作激情经久不衰,与不能告白的芥川龙之介形成显明对比。而夏目漱石在采用告白这一形式时,多采取虚构的方式,如《心》,因为他要以一个启蒙主义者的姿态来

---

[1] 南博『日本的自我』,第54页。
[2] 《文艺美学方法论》胡经之、王岳川主编,北京大学出版社,2001年5月,第119页。
[3] 《朱光潜美学文集》第四卷《西方美学史》,上海文艺出版社,1984年10月,第92页。

解决社会的问题。就像柄谷行人指出夏目漱石的作品里缠绕着近代小说的"自我表现"绝不肯表现的"自我"那样,相对于岛崎藤村一贯肯定自我、标榜自我来确立近代自我的方式,夏目漱石则是强调抹杀自我,关注社会伦理,以此来建立新型的自我和他人的和谐世界。他一直到晚年在创作《路边草》的时候才开始了自传式的告白,原因就在于当时他面临的是和岛崎藤村同样的问题——拯救自我。之前夏目漱石文学作品中出现的告白,或者说忏悔这一形式多是通过虚构的形式来实现的,表达的却是作者内心对于人性和社会的最深刻的忧虑。在漱石看来,如果不是通过对"原罪"的认识而形成拯救这样一种观念,由理性形成的自我认识就会把他永远置于受刑状态。因为对自己了如指掌本身就是痛苦所在,而没有上帝的存在,那就变成了难以忍受的痛苦了。因此,与岛崎藤村的告白小说迥然不同的是,夏目漱石的告白小说中很难出现积极意义上的拯救结局,反而暴露了社会和人性的许多阴暗面。岛崎藤村所关注的核心则是自己,他坚持不懈地采取自我告白的表达方式,就是为了更直接地表现自己,更直接地服务于自己的感情需要。

  总之,藤村就是这样一步一步地不断地通过文学创作来朝着近代自我趋近,来把他在现实生活中缺失的理想和自由通过文学世界来实现或体验的。他的近代自我追求给他的文学创作打上了深深的烙印。而自我告白则成为了他把人生真实实践到文学真实的最好媒介。自我告白在藤村克服人生危机、实现近代自我追求上起到了难以替代的作用。

结　语

　　一直以来,人们对于岛崎藤村的文学作品可谓褒贬不一,好恶也是泾渭分明。但这些褒贬、好恶之中有一个共同点,就是几乎都把焦点集中在藤村文学的自我告白性上。因此,如何评价藤村文学的告白性特征,直接影响到对藤村文学的认识和评价。"对哪个作家都会有喜欢或讨厌的人,有或褒或贬的人。但是,像藤村那样分为两个极端的作家却是很少见的。"[1]究其原因,就在于藤村文学与藤村的实际人生结合得太过紧密,以至于读者很容易把对藤村的人生的看法应用到对藤村文学的看法中去,从而影响其好恶。但是,很多即使不喜欢藤村的人也在研究藤村文学,如中村光夫和吉村善夫。吉村善夫的一番话也许能说明藤村文学的魅力所在:"藤村的自传式的各个长篇实际上都是很凝重的,也谈不上风雅,但是,那是他直面现实中的问题,并在其中苦恼着,还想着要找出一条生存之道来的凡夫俗子的挣扎。正是有了这种执拗劲儿,他才会在蒙受着无聊、自以为是、算计、装腔作势、伪善等指

---

[1] 吉村善夫『藤村の精神』,筑摩書房,1979年9月,第1页。

责的同时,还能一直到72岁死的时候都站立在文坛的巅峰。"[1]而藤村这种直面现实问题的人生观,是对摄取了各种各样的外来文化发展而来的日本人的传统的骨气的继承。[2]因此,有评论家指出,在森鸥外、夏目漱石和岛崎藤村这三大文豪之中,只有岛崎藤村才是名副其实的"国民文学"的旗手——他身处日本近代社会之中,真正牢牢地扎根于日本人以及日本的国民生活,从中汲取文学和思想。他是代表生活在日本社会的那些不得不或爱恋、或痛苦、或烦恼的极普通的日本人的生活感情和思想的"国民诗人"。藤村的文学,不是像鸥外和漱石所代表的那种意义上的知识分子的文学,而是代表了日本近代国民性的文学。他作为一个平凡的生活者,从自己以及自己的周围、即日常的国民生活之中,提取出日本以及日本人的自然的、或是历史的生活关系,并尽可能理性地把它们组织起来。再没有像他那样通过自己以及自己的周围来咀嚼日常生活,坚持不懈地深入发掘,为了从中汲取生活关系的意义而不停地苦苦挣扎的作家了。藤村的文学,一直没有离开日本以及日本人的国民生活的实际情况,在这个意义上他出色地完成了典型刻画出国民生活的国民文学的方向。[3]相对于夏目漱石等描写"高等游民"的知识分子形象的文学,对于我们这些搞日本文学研究的外国读者来说,藤村文学无疑提供了让我们深入了解日本近代文学所表现出的日本近代化过程中的国民生活的一面。这也是笔者主张加强对藤村文学研究的一个重要原因。

山室静在谈到藤村文学的魅力时,概括为以下三点:

一、藤村作为普通一市民的烦恼颇为深刻,而且始终没有迷失整体的人性立场来审视人生,并从根本上来追究作为人的诚实品质,说起来有着诗人的本性。

二、不管人生多么艰辛,也总是从根本上对人生加以肯定,而且不只是个人性的拯救,而是把人置于深刻的连带性上来加以捕捉,隐藏着通

---

1 吉村善夫『藤村の精神』,筑摩書房,1979年9月,第2頁。
2 同上。
3 参见瀬沼茂樹『評伝島崎藤村』,筑摩書房,昭和五十六年10月,第4頁。

过热烈的人道主义来期待更加美好的明天的心情。

三、往往容易被忽视,那就是作为文学家,或者进一步说作为文章家所具有的灵活性的天分,以及构建通过非同寻常的努力把天分加以磨练而得以完成的独自的作品世界。

其中一和二与藤村这个人有关系,而三则与作为作家的能力和成就相关联。在藤村他这个人以及生活方式和作为作家的步伐,是比其他任何日本作家都统一为一体、他的文学难以从他那个人那里分开。这一点也许就是藤村文学的第四点、也是最后的魅力吧。这一点,与森鸥外、夏目漱石或者藤村的同事北村透谷、田山花袋等,以及芥川龙之介、太宰治这些作家相比较的话,可以给出很多启示。他们不管是谁,都没有像藤村那样如此追求人与文学之间的统一来经营自己的创作,并得以实现它的作家。在此意义上,一开始就和藤村文学无缘的人们姑且不论,他的文学比起其他任何作家都能更深刻地触及到读者的人性的根本之处;形成了无法捕捉到的魅力。简言之,他的文学与读者之间的关系比其他任何作家都要深,可以说实现了主体与主体之间的接触。从日本的杂志《文艺》增刊《岛崎藤村读本》上做过的一个调查来看,与藤村在一般社会中拥有令人难以置信的读者相对比,在文学工作者中喜欢读藤村作品的人却出人意料地少。[1]

在藤村那里,表达自己的人生是他从事文学创作的首要目的。而他所采取的表达方式,就是本书所重点论述的自我告白方式。岛崎藤村文学所具有的这种国民性特征并不是作者刻意去创造出来的,而是通过他的自传式的作品把自己的人生经历和生活感悟细细道来从而得以表现出来并形成该特征的。藤村的文学,可以说是他的人生自画像。

告白给藤村文学带来了成功。但是,告白也不是万能的。伴随着告白这一形式,藤村文学也会给人造成一些负面印象,如脱离社会生活和时代背景,太沉溺于个人琐事,其内容太过暴露、阴暗、消极,缺乏虚构和想象,等等。于是,也有不少人对藤村的告白持怀疑态度。芥川龙之介在

---

1 山室静『藤村文学の魅力』,收录在『岛崎藤村现代のエスプリ』,至文堂,昭和四十二年1月,第97页。

《一个傻子的一生》中写道:"并非谁都能做到完全告白自我。同时也不是不经告白就能随意表现自我。""卢梭是喜欢忏悔的人。但是在他的忏悔录中并没有看到赤裸裸的他本人。梅里美是个讨厌忏悔的人。但是《科隆巴》不是也在隐约之间诉说着他自己吗?所谓告白文学与其他文学的界限表面上看并不那么清楚。"他在读完《新生》后,就反问道:"果真有'新生'吗?"[1]因为写了《棉被》而被视为日本私小说鼻祖的田山花袋一直鼓吹彻底告白,但是,据说他后来却把自我告白作为"弱者的文艺"而加以拒绝,即使到了大正时期也是更为重视客观小说。而且,他一心放在心境磨练上,向往自即他、主客合一的和谐世界。其实,不只是田山花袋,很多其他大行自我告白之文风的自然主义作家最后也走入或破灭、或转向虚无的境地,说明这些作家的人生如果一味躲在自己的内心世界里也是没有出路的。岛崎藤村本人在《新生》以后对于告白这一形式也是逐渐偏离和疏远的,自我告白的欲望也明显减弱了。

对于藤村的告白,也有不少非议,对于他的很多指责,如装腔作势、虚伪、算计等都是源于他的告白。尤其是《新生》发表之后藤村也招致了很多非难的声音,如:藤村通过"新生"事件侵犯了自己的侄女的处女之身,又获得了精彩的小说素材,而且通过装腔作势的悔悟如愿地成功使自己圣人化,可谓一石三鸟。[2]其中又以芥川龙之介的质疑最为有名:"可惜《新生》的主人公的自我批判也太轻描淡写了。""……可是连卢梭的《忏悔录》都充满了英雄的谎言。尤其是《新生》一书——他从没有遇见过像《新生》的主人公那样的老奸巨猾的伪善家……"。尽管如此,其实芥川到了晚年也逐渐对私小说的方法感兴趣了。"我的母亲是个疯子。"芥川第一次写下这样的话是自大正十五年九月。事实上,在他写下这句话之前,甚至连发出"在我内心深处/有着难以言说的秘密"这样的咏唱都不能被允许。在《澄江堂杂记》之十六《告白》一篇中写道:"多

---

1 《〈新生〉读后》,《罗生门》,楼适夷等译,译林出版社,1998年10月,第342页。
2 青木正美『知られざる晚年の島崎藤村』,国书刊行会,1999年9月,第82页。

写写自己的生活吧，更加大胆地告白吧！"但是，在他自己的小说中虽然也有一些关于自己的经历的告白，但是，"以自己为主人公，毫不在乎地写自己身上所发生的事情吧！""第一我对于好奇心甚强的各位来窥视我的生活感到不快。第二对于由于那样的告白的缘故而侵吞过多的金钱和名誉感到不快。（……）谁会不辞艰辛把深感羞愧的事情写成告白小说呢？"剑持武彦指出，姐夫的自杀，自己的病情，创作上陷入困境，在厄运不断的情形下颇有弹尽粮绝的危机，在感受到了生命力的极度衰竭的晚年芥川看来，藤村的《新生》确实令人厌恶。通过把自己与侄女之间的乱伦关系写出来发表来谋求起死回生之道的这个作家的生命力的执着和旺盛让芥川感到了强烈的嫉妒之情，于是说出"老奸巨猾的伪善者"这样的话来。他把藤村对写实主义的反向利用视为"伪善"，他的想法说明他是一个无法在日本社会做着符合逻辑（情理）的工作生存下去的人。他在临死前的文章中表述了自己想写自传体，但又写不出来的苦恼。对他来说，生是虚伪，死是真实，所以他最后选择了自杀。藤村后来在《关于芥川龙之介君》一文中对已经作古的芥川的上述疑问或指责作出了回应：知己难逢。读了《某傻子的一生》，留在脑中的一个想法就是，我在《新生》中所要写的，还有我自己的意图，恐怕芥川君都没有领会。我的《新生》已经是十年前的作品了，在芥川这一代作者的眼里，也许只能被认为是无用之作。然而，不管我在这里说些什么，芥川君都无法回答了。我只能抒写我的苦寂的内心。[1]藤村所强调的十年前的作品以及芥川对他这一代作者的不理解，我想无非是想强调他们所面临的自我问题不一样，以及告白自我对于藤村这一代作家的自我确立的重要性。他还进行了一些辩护："我也没有那么多功夫去伪装自己来写《新生》"。但是，即便如此，关于告白的利己性问题还是无法回避的。

在告白与拯救的问题上，确实存在着利己主义的问题。如《新生》中写到节子的姐姐辉子来到岸本那里对他说，你把那些事情也写了出来，

---

[1] 此处译文引自《岛崎藤村散文选》，陈德文译，百花出版社，1994年1月，第211页。

没有一个人不为你感到惋惜的。你是经过深思熟虑那么做的吗？叔父如果只是写一些自己做过的事情倒还情有可原，但是，现在到哪里都会听到"只是妹妹太可怜了"、"打算怎么处置节子"之类的议论。面对辉子咄咄逼人的诘问，岸本回答那是在得到节子的认可之后发表的，并对不依不饶的辉子说："让你们担心了，那是我做得不好。但是，要说谁更麻烦，最受麻烦的不就是我吗？"从中不难看出作者强烈的利己主义思想。尽管《新生》的主人公岸本信誓旦旦要通过告白来拯救节子，事实上节子并未从岸本的告白中获得拯救。相反，岛崎藤村因为写出了告白小说反而获得同情和尊敬，并从与节子及其一家的关系所产生的苦恼和纠纷中摆脱开来。而节子及其一家却因为他不得不背上了一笔社会债。当然，藤村绝对不可能是对这种效果作了十分精确的计算之后再发表这部小说的。但是，自我拯救的作品，围绕伤害原型或其周围的人，纠缠在这种自传的、或者说私小说作品中的伦理上的问题，一般来说更适合作为自然主义所派生出来的一个事实来考虑。与之密切相关的就是创作动机的问题。[1] 也就是说，不管是主观还是客观的原因，在创作动机上也多少暴露了岛崎藤村在创作《新生》时的某种程度的利己主义因素。帕特里克·哈南在《鲁迅小说的技巧》[2] 中指出："在《伤逝》中，那个叙述者尽管满心悔恨，却并没有在道德上和感情上公平对待被他抛弃的子君"；他"并没有特别说谎，但却都没有充分地反映事实，也没有真正凭良心说话"。用这句话来理解岛崎藤村在《新生》中的自我告白以及由此带来的岛崎驹子的郁闷的内心感受似乎是比较恰当的。藤村在回答芥川龙之介"果真有'新生'吗？"的质疑的时候，也作了一番自我剖析："芥川君在《侏儒的话》中问《新生》的主人，也就是我这个作者。芥川君以忏悔和告白为重点阅读了《新生》，但我并不是以忏悔为重点而写这部著作的。人的生活的真实不是用我的言语所能道尽的，也不是可以用文字表现出来的。在这方面有所用心的人仍然说我写的东西是谎言，那么我将自动承受这种非难。然而

---

1 参见伊藤整『文学入門』，講談社，2004年12月，第127页。
2 该文中文译文刊载在《国外鲁迅研究论集》，北京大学出版社，1981年。

我写《新生》时没有伪装自己的余裕。当时我只是心中有一种激情才写这么作品的。我想针对我们时代中浓郁的颓废情绪捅上一把刀。我想告诉人们，我已决出自己荒废的心灵，从活生生的地狱原原本本重返现实世界的日子到来了。想到芥川君再也不会有重读这部作品的一天，令人怅然。"

　　告白并不都是按照事实来告白。即使是事实，也有被告白的事实（真相）和没有被告白的事实（真相）。这就是《新生》的女主人公节子的原型岛崎驹子后来在自传《悲剧的一生》中写到"叔父所写的都是对自己有利的事情"的原因吧。夏目漱石也一针见血地指出：称为客观描写的平面描写、印象描写，实际上不过是主观描写。[1]可见告白的内容上主观因素和利己主义还是存在的。但是，多年以后岛崎驹子站在岛崎藤村的墓碑前表示，自己最终体谅了叔父创作《新生》的苦心，因为她明白了藤村首先是作为一个文学家而活着的，因此也就理解了藤村当时所作出的抉择。在现实生活中，"新生"事件的发酵作用远没有因为《新生》的发表而平息，对于两个当事人而言，那或许只是某种形式的结束，也意味着另一种形式的开始。1937年1月，正当作为日本笔会会长因为参加在阿根廷举办的世界笔会的岛崎藤村经过近半年的旅程，经历了穿越南美和欧洲的旅行之后回到日本不久，旅途的疲惫还没来得及消解，便又受到了意外的打击。《东京日日新闻》登载了关于病倒在街头的侄女驹子因为穷困潦倒被收容到板桥的养育院的报道。紧接着《中央公论》又刊登了林芙美子责难岛崎藤村的采访《行走在荆棘丛中的驹子》，不久之后该刊又分两次刊登了驹子的《悲剧的自传》。虽然已经是过去了十多年的事情，但是社会上针对岛崎藤村的风言风语不绝于耳，不堪其负的藤村一时卧病不起，连载的《巡礼》也被迫中断。他也因此坚决辞去了被推举为帝国艺术院会员的资格。

　　藤村在《新生》中的自我告白则让我们懂得即便是这种真诚的自我反省也会有很大的局限性。我们从岸本舍吉的自我告白中，不难发现岸

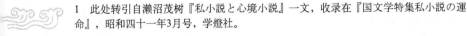

[1] 此处转引自濑沼茂树『私小説と心境小説』一文，收录在『国文学特集私小説の運命』，昭和四十一年3月号，学燈社。

本在一种空泛的自我谴责中，有意无意地处处为自己开脱。与此密切相关的，就是告白与私生活的问题，也就是艺术与人生的问题。伊藤整指出，私小说风格的作品发展起来的时候，作家的私生活就被牺牲了。而当作家的私生活得到和谐的时候，作品被当成生活的方便，不和谐的时候就写不出作品来。比如藤村，为了解决与侄女的乱伦问题并保全自己的立场而写了《新生》。[1] 私小说式的创作方法，使得艺术与人生的关系变得前所未有地密切起来，而在众多日本自然主义作家之中，藤村是把艺术与人生处理得最好的一个。通过自我告白来实现自我拯救的理念，正是藤村对于艺术与人生关系的全新诠释，并在《新生》这部作品中表现得淋漓尽致，也把藤村的告白文学推上了一个新的高度。

我们知道，对于当时同样进行自我告白的自然主义作家们来说，真正妨碍了他们的自由生活的是父母的家庭、各种亲戚关系和娶妻之后的新家等因素。在与家庭的冲突这一点上，田山花袋和岩野泡鸣这些已婚者为自己所组成的新家带来的束缚而烦恼，而白桦派的志贺直哉和里见弴因为更为年轻，常常为了能从父母亲那里获得更多的自由而深陷苦恼。从那时起，作家们已结婚的就写与自己的家庭发生冲突的体验，以此作为小说的卖点。他们之所以感受到了自由，是因为与此同时大都面临自己的家庭的解体。破坏家庭，或即便不破坏，也公然打破家庭的秩序，或自由恋爱，或放荡形骸，或饱受贫穷的过程中，追求自由和真实的求道者们所遭遇到的感动成为了后来日本小说一贯的重要主题，以至延续到了今天。田山花袋、岩野泡鸣、德田秋声、葛西善藏、嘉村礒多、宫本百合子、太宰治等众多作家的作品中均存在这一现象。个性上与他们迥然不同的作家们则是一边反抗着诸多令人不安的打击，一边尽可能维持家庭的秩序，通过不同寻常的努力，试图让追求真实和正义的自己的内心与日本的旧家族制度之间得以协调起来。岛崎藤村、森鸥外、夏目漱石等就属于这个系列。[2] 在这些作家之中，前面一组大部分的作品是原封不动的自传。在后面的作家

---

1 参见伊藤整『近代日本人の発想の諸形式』，岩波文库，2003年4月，第16页。
2 同上书，第97页。

中，有一半的作家几乎是自传。创作自传性的作品的时候，作品中的善恶的判断和外露式的描写都会使小说中所描写的内容没有不涉及自己及妻子、孩子和亲戚的。如果每个人都有自己的人格、有着不容侵犯的社会地位的话，那么在小说中把个人生活作为事实的再现来描写就有损人格了。作家把自己的性欲和恋爱的极其隐秘的事情作为事实描写出来，使得他作为社会人的人格也就不成立了。[1]

尽管如此，岛崎藤村作为社会人的人格却一直保留了下来。这正是藤村文学作为告白小说的时候与众不同的地方。比如田山花袋读到写有与侄女发生关系的内容的时候，马上联想到接下来很可能会传来藤村自杀的消息。伊藤整把花袋的这种认识归结为单一的写实主义者的认识，认为藤村在形式上利用告白小说，实质上则是把它作为与脸面、压力相似的东西来使用的。这点被芥川给看穿了，藤村因此受到了芥川的严厉指责。但是，在芥川这种有着冷静清晰的判断的人看来，把那种写实主义反其道而行地加以利用无疑是"伪善"的。因此，像芥川那样把歪曲逻辑视为伪善的人在日本的社会是难以生存的。而藤村的生活方式，则是即使冒着伪善者的危险也要坚决混杂在当时的日本社会的家族、亲戚之中，既不破坏他的非逻辑的家族关系，而且还能够继续着自己的事业。这一近似奇迹般的生活方式正是他一贯的做法。[2]这就是岛崎藤村与众不同的地方：他考虑问题的方式，是在维系自我的同时，与周围进行协调求得生存的思维方式，与其他自然主义体系的作家完全不同。这正是岛崎藤村的人生和文学的过人之处，即所谓的独特性，也是他在自我告白上的良苦用心及其难能可贵之处。

关于告白与藤村文学的关系，本书首先从藤村告白意识的形成入手，介绍了藤村所具备的"告白的内面"和影响到他把"告白作为一种制度"来接受的主要因素。其实，告白意识的形成与近代自我意识的出现是密不可分的，告白意识的出现是以近代自我的觉醒为前提的，同时，告白

---

1 参见伊藤整『近代日本人の発想の諸形式』，岩波文庫，2003年4月，第99页。
2 同上书，第17页。

意识的形成也是近代自我意识的一种体现。不难看出,随着岛崎藤村近代自我意识的觉醒,逐步形成了岛崎藤村的告白的内面世界,这既是他对时代和社会所赋予的觉醒者的悲哀的体验,也是他自身"难以言说的真实的秘密"的困扰。于是,在基督教和以西洋文学为主的新观念的影响下,告白意识作为一种文学理念也逐渐得以形成,作为一种告白制度被他接受。这是他在对近代自我的进一步理解的基础上,以追求真实为目的,将自我内心世界的真实作为实事告白出来的一种方式,也是他通过这种自我告白,把人生的真实实践到文学创作之中,从而追求近代自我的一种人生价值观。藤村的文学创作,正是在这样一种理念下进行的。

对于藤村文学在告白这一形式上的形成、变化和发展的考察,本书把重点放在了《破戒》《春》《家》《新生》四部作品上。首先,《破戒》是藤村对于告白这一表现形式的"破戒"。那是他从诗歌时代起就具有的"想到了就说出来"的告白冲动与他逐步形成的告白意识相结合的产物。在《破戒》之前,藤村就进行了各种尝试和摸索。从诗歌时期对于告白与自我拯救之间的探索,到在《破戒》中终于在告白这种形式上取得突破和成功,对于藤村文学的发展方向来说,无疑是意义重大的。其意义还在于,藤村在经过创作《春》的前期在自我告白道路上的举棋不定之后,终于还是确定了走自我告白的道路。《春》正是藤村在告白内容上的"破戒"。于是,他放弃了虚构,直接写起了自传性的告白小说。《家》和《新生》正是他在自我告白小说上取得的硕果。藤村在自我告白的同时,不断用自我凝视的态度深入到自我的内心世界和生活环境之中,在对自己的青春进行回顾的同时,探寻困扰自己人生的诸多因素,来作为自己文学的素材。这种自我审视的结果,使他发现了"家"的主题。于是,他从告白青春时期觉醒者的苦闷和悲哀,进一步告白起了家的困扰和性的困扰,并因此形成了藤村文学的三大主题。这三大主题也是他所告白出来的藤村文学的主要内容。一直身处于旧家的困扰的藤村,常常会感觉到来自宿命的威胁,他把它看作是遗传带来的"放荡的血"。《新生》就是关于这种"放荡的血"所导致的近亲相奸丑闻的告白。《新生》的告白因此成为藤村对于自己的"破戒"。通过这种自我否定式的告白,藤村谋求的是自我肯定的人生。他的人生,就是在这种肯定之苦的艰难之旅中行进的。

总之,我们通过对告白与藤村文学关系的考察可以看出,告白不只是作为一种文学创作方法或表现形式出现在藤村文学之中,更是作为一种文学理念为岛崎藤村所应用,并深深浸润在藤村文学之中。同时,告白还作为一种人生价值观体现在了藤村的创作行为之中,也体现在藤村的近代自我追求上。自我告白作为追求人生真实与文学真实的媒介,促进了藤村文学的发展,也维系了藤村的近代自我追求;造就了藤村别具一格的文学风格,也成就了藤村与众不同的丰硕人生。直到今天,人们还乐于谈论藤村文学,或是回顾藤村的人生,其中的魅力就在于,藤村的文学正是他所告白的人生,藤村的人生打造了他所告白的文学。岛崎藤村通过自我告白,把自己的人生演绎得虽然说不上完美,却绝对称得上完整。告白使得他的艺术与人生合而为一,并因此造就了日本近代文学史上的丰碑——藤村文学。

参 考 文 献

日文部分

（一）単行本

1. 瀬沼茂樹：『島崎藤村その生涯と作品』，日本図書センター，1987年10月
2. 瀬沼茂樹：『評伝島崎藤村』，筑摩書房，昭和五十六年10月
3. 小林秀雄：『Xへの手紙・私小説論』，新潮文庫，平成十五年2月
4. 実方清：『藤村の文芸世界』，桜楓社，昭和六十一年4月
5. 片岡良一：『自然主義研究』，筑摩書房，昭和五十四年11月
6. 柄谷行人：『日本近代文学の起源』，講談社，1992年5月
7. 鈴木昭一：『島崎藤村論』，桜楓社，昭和五十四年10月
8. 『欧米文学を読む』，花林書房，1986年7月
9. 吉村善夫：『藤村の精神』，筑摩書房，1979年9月
10. 伊藤信吉：『島崎藤村の文学』（増補版），日本図書センター，1987年10月
11. 伊藤氏貴：『告白の文学』，鳥影社，2002年8月
12. 滝藤満義：『島崎藤村—小説の方法』，明治書院，平成3年10月
13. 『日本文学の古典』第二版，西郷信綱等著．岩波書店，1996年2月
14. 吉田精一：『島崎藤村』，桜楓社，昭和五十六年7月
15. 亀井勝一郎：『島崎藤村：漂泊者の肖像』，日本図書センター，1993年1月
16. 亀井勝一郎：『島崎藤村論・作家論』，野間省一，昭和四十九年9月

17. 十川信介：『島崎藤村』，筑摩書房，昭和五十五年11月
18. 小林利裕：『島崎藤村』，三和書房，1991年11月
19. 伊藤整：『文学入門』，講談社，2004年12月
20. 伊藤整：『小説の方法』，筑摩書房，1989年11月
21. 中村光夫：『近代の小説』，岩波書店，2003年4月
22. 中村光夫：『風俗小説論』，河出書房，昭和二十五年10月
23. 『島崎藤村 現代のエスプリ』，至文堂，昭和四十二年1月
24. 伊藤整：『近代日本人の発想の諸形式』，岩波書店，2003年4月
25. 平野謙：『島崎藤村』，岩波書店，2001年11月
26. 平野謙：『芸術と実生活』，岩波書店，2001年11月
27. 『島崎藤村事典』，伊東一夫編，明治書院，昭和四十七年10月
28. 『島崎藤村研究』，秋田雨雀編，楽浪書院，昭和九年11月
29. 川西正名：『小説の終焉』，岩波書店，2004年9月
30. 渡辺広士：『島崎藤村を読み直す』，創樹社，1994年6月
31. 『島崎藤村』，下山嬢子編，若草書房，1999年4月
32. 和田謹吾：『自然主義研究』，文泉堂，昭和五十八年11月
33. 和田謹吾：『島崎藤村』，翰林書房，1993年10月
34. 三好行雄：『島崎藤村論』，筑摩書房，1994年1月
35. 笹渕友一：『小説家島崎藤村』，明治書院，平成二年1月
36. 『藤村・花袋』，吉田精一等編著，三省堂刊，昭和四十年8月
37. 『近代文学鑑賞講座第六巻島崎藤村』，瀬沼茂樹編，角川書店，昭和三十九年10月
38. 伊東一夫：『島崎藤村研究』，明治書院，昭和四十四年3月
39. 佐藤三武朗：『島崎藤村〈破戒〉に学ぶ―いかに生きる』，双文社，2003年7月
40. 下山嬢子：『島崎藤村―人と文学』，勉誠出版，2004年10月
41. 川島秀一：『島崎藤村論考』，桜楓社，昭和六十二年9月
42. 川端俊英：『〈破戒〉とその周辺：部落問題小説研究』，文理閣，

1984年1月

43．猪野謙二：『島崎藤村』，要書房，昭和二十九年12月
44．『臼井吉見評論戦後』第六巻『人と文学1』，筑摩書房，昭和四十一年5月
45．『日本近代文学の軌跡　伊藤泰正著作集』別巻。翰林書房，2002年10月
46．『中村光夫全集』第三巻。筑摩書房，昭和四十七年7月
47．『島崎藤村』日本文学研究資料叢書，有精堂，昭和四十八年4月
48．『島崎藤村II』日本文学研究資料叢書，有精堂，昭和五十八年6月
49．高阪薫：『藤村の世界—愛と告白の奇跡』，和泉書院，昭和六十二年3月
50．正宗白鳥：『自然主義文学盛衰史』，講談社，2002年11月
51．南博：『日本的自我』，岩波書店，1983年9月
52．田中富次郎：『島崎藤村-作品の二重構造』，桜楓社，昭和五十三年1月
53．『島崎藤村必携』，三好行雄編，学燈社，昭和四十四年4月
54．剣持武彦：『藤村文学序説』，桜楓社，昭和五十九年9月
55．『文芸読本　島崎藤村』，河出書房新社，昭和五十五年5月
56．小池健男：『藤村とルソー』，双文社，2006年9月
57．梅本浩志：『島崎藤村とパリ・コミューン』，社会評論社，2004年8月
58．藤一也：『島崎藤村〈東方の門〉』，株式会社沖積舎，平成十一年10月
59．秋山駿：『私小説という人生』新潮社、2006年12月

　　（二）島崎藤村専門誌

60．島崎藤村学会編　『島崎藤村研究』　1~31号（76，11~03，9，双文社）

　　（三）雑誌特集号

61．『国文学　特集日記文学の系譜』十二月号，学燈社，昭和四十年8月
62．『国文学　特集私小説の運命』，学燈社，昭和四十一年3月号
63．『島崎藤村全集』，新潮社，昭和二十四年12月

64.『島崎藤村集』（一）（二），筑摩書房，昭和三十八年11月

中文参考文献（包括译著部分）

1. 《新生》岛崎藤村著，中文译本，徐祖正译，骆驼丛书，1927年出版
2. 《破戒》岛崎藤村著，中文译本，由其译，人民文学出版社，1958年
3. 《春》 岛崎藤村著，中文译本，陈德文译，福建人民出版社，1983年
4. 《家》 岛崎藤村著，中文译本，枕流译，江苏人民出版社，1981年8月
5. 《千曲川速写》 岛崎藤村著，陈喜儒、梅瑞华译，河北教育出版社，2002年6月
6. 《日本近代文学史话》，中村新太郎著，卞立强，俊子译，北京大学出版社，1986年
7. 《现代日本文学史》吉田精一著，齐干译，上海人民出版社，1976年1月
8. 《日本现代文学的起源》，柄谷行人著，赵金华译，三联书店，2003年1月
9. 叶渭渠著《日本文学思潮史》，经济日报出版社，1997年3月
10. 叶渭渠、唐月梅著《日本文学史近代卷》，经济日报出版社，2000年1月
11. 陈国恩著《浪漫主义与20世纪中国文学》，安徽教育出版社，2002年10月
12. 李卓著《中日家族制度比较研究》 人民出版社，2004年8月
13. 李春林著《鲁迅与陀思妥耶夫斯基》，安徽文艺出版社，1985年9月
14. 何云波著《陀思妥耶夫斯基与俄罗斯文化精神》，湖南教育出版社，1997年2月
15. 《朱光潜美学文集》第四卷，上海文艺出版社，1984年10月
16. 格非著《小说叙事研究》，清华大学出版社，2002年9月
17. 陈平原著《中国小说叙事模式的转变》，北京大学出版社，2003年7月
18. 申丹著《叙述学与小说文体学研究》，北京大学出版社，2001年5月

19. 《自然主义》柳鸣九主编，中国社会科学出版社，1988年8月
20. 赵桂莲著《漂泊的灵魂》，北京大学出版社，2002年9月
21. 李军著《"家"的寓言》，作家出版社，1996年9月
22. 徐葆耕著《西方文学：心灵的历史》，清华大学出版社，2002年5月
23. 刘再复著《性格组合论》，上海文艺出版社，1986年7月
24. 王本朝著《20世纪中国文学与基督教文化》，安徽教育出版社，2000年12月出版
25. 《破戒》中译本，陈德文译，人民文学出版社，2009年

岛崎藤村年表

1872年（明治五年）		3月2日出生于长野县西筑摩郡神坂村，取名春树。
1878年（明治十一年）	6岁	上神坂村小学。
1879年（明治十二年）	7岁	与邻居家的女孩淡淡的初恋。
1881年（明治二四年）	9岁	与三哥友弥一起上东京，寄居在大姐夫高濑家，就读于泰明小学。
1883年（明治十六年）	11岁	寄养在高濑家的同乡吉村忠道那里。
1886年（明治十九年）	14岁	就读于三田英学校，后转学到共立学校。11月父亲岛崎正树在老家去世。
1887年（明治二十年）	15岁	就读于教会学校明治学院普通系本科一年级。
1888年（明治二十一年）	16岁	6月1日在高轮台教会接受牧师木村熊二的洗礼，成为基督徒。
1889年（明治二十二年）	17岁	刚进校门时属社交型、享乐型，这时变得内向起来。
1892年（明治二十五年）	20岁	10月开始成为明治女子学校的讲师。爱恋上学生佐藤辅子，因此苦恼。与北村透谷相识。
1893年（明治二十六年）	21岁	从明治女子学校辞职，脱离教会，踏上关西漂泊之旅。《文学界》创刊。大哥一家到东京，和他住在一起。

1894年（明治二十七年）	22岁	4月重新回到明治女子学校教书。5月16日北村透谷自杀。藤村深受打击。大哥入狱。
1895年（明治二十八年）	23岁	从明治女子学校辞职。开始热衷于写诗。
1896年（明治二十九年）	24岁	9月上旬孤身一人前往仙台东北学院赴任。
1897年（明治三十年）	25岁	7月从东北学院辞职回到东京。出版第一部诗集《嫩菜集》。发表处女作《假寐》。
1898年（明治三十一年）	26岁	先后出版诗集《一叶舟》和《夏草》。
1899年（明治三十二年）	27岁	到信州的小诸义塾当老师。与秦冬子结婚。
1900年（明治三十三年）	28岁	长女出生。开始转向散文创作。尝试写生文。
1901年（明治三十四年）	29岁	第四部诗集《落梅集》出版。
1902年（明治三十五年）	30岁	二女儿出生。发表小说《旧东家》，并被禁售。
1903年（明治三十六年）	31岁	发表《父亲》和《老处女》。
1904年（明治三十七年）	32岁	发表《水彩画家》。开始构思《破戒》。出版诗集合订本《藤村诗集》。三女儿出生。
1905年（明治三十八年）	33岁	从小诸义塾辞职回到东京。三女儿夭亡。11月，《破戒》脱稿。
1906年（明治三十九年）	34岁	《破戒》自费出版。二女儿和大女儿相继夭亡。

1907年（明治四十年）	35岁	第一部短篇小说集《绿叶集》出版。发表《街树》、《黄昏》。惹出了原型问题的麻烦。开始着手写《春》。
1908年（明治四十一年）	36岁	4至8月，开始在报刊上连载《春》。三儿子出生。
1909年（明治四十二年）	37岁	10月，为了获取《家》的素材到信州去旅行。第二个短篇集《藤村集》出版。
1910年（明治四十三年）	38岁	1至5月，《家》在《读卖新闻》上连载。四女儿出生，妻子因产后失血去世。
1911年（明治四十四年）	39岁	1月和4月在《中央公论》上发表《家》的下部《牺牲》。《千曲川速写》开始在《中学世界》上连载。
1913年（大正二年）	41岁	下定决心到国外去。四月离开神户前往法国。初秋侄女驹子生下一男婴。
1914年（大正三年）	42岁	开始发表《樱桃熟了的时候》。
1916年（大正五年）	44岁	从法国回国。出版《藤村文集》。
1918年（大正七年）	46岁	开始在《朝日新闻》上连载《新生》上篇。出版《走向大海》。
1919年（大正八年）	47岁	出版《樱桃熟了的时候》和《新生》第一卷。在《朝日新闻》连载《新生》下篇。
1921年（大正十年）	49岁	发表《一个女人的一生》。
1926年（大正十五年、昭和元年）		发表《暴风雨》。
1928年（昭和三年）	56岁	与加藤静子结婚。

1932年（昭和七年）	60岁	出版《黎明前》第一部。
1935年（昭和十年）	63岁	《黎明前》全卷完成。出任日本笔会会长一职。
1936年（昭和十一年）	64岁	《黎明前》获朝日文化奖。
1942年（昭和十七年）	70岁	开始创作《东方之门》。
1943年（昭和十八年）	71岁	《东方之门》开始在《中央公论》上连载。8月22日去世。

附录：藤村作品名称中日文译名对照表

1. 「若菜集」　　　　　　　　　《嫩菜集》
2. 「うたたね」　　　　　　　　《假寐》
3. 「藁草履」　　　　　　　　　《草鞋》
4. 「一葉舟」　　　　　　　　　《一叶舟》
5. 「夏草」　　　　　　　　　　《夏草》
6. 「落梅集」　　　　　　　　　《落梅集》
7. 「水彩画家」　　　　　　　　《水彩画家》
8. 「旧主人」　　　　　　　　　《旧东家》
9. 「爺」　　　　　　　　　　　《父亲》
10. 「老嬢」　　　　　　　　　《老处女》
11. 「破戒」　　　　　　　　　《破戒》
12. 「緑葉集」　　　　　　　　《绿叶集》
13. 「並木」　　　　　　　　　《街树》
14. 「黄昏」　　　　　　　　　《黄昏》
15. 「春」　　　　　　　　　　《春》
16. 「家」　　　　　　　　　　《家》
17. 「新生」　　　　　　　　　《新生》
18. 「千曲川のスケッチ」　　　《千曲川速写》
19. 「桜の実の熟する時」　　　《樱桃熟了的时候》
20. 「海へ」　　　　　　　　　《走向大海》
21. 「新片町たより」　　　　　《寄自新片町》
22. 「ある女の生涯」　　　　　《一个女人的一生》
23. 「市井にありて」　　　　　《在市井》

24.	「夜明け前」	《黎明前》
25.	「嵐」	《暴风雨》
26.	「巡礼」	《巡礼》
27.	「東方の門」	《东方之门》

后 记

俗话说,十年磨一剑。本书是在我的博士论文的基础上修改加工而成的,而博士论文的选题则是在2003年4月正式确定下来的,算下来本书从酝酿到成书出版已有将近十年的时间。时光冉冉,本书的面世虽然算不上利剑出鞘,却也见证了这些年来我对于岛崎藤村文学研究的那份投入和执着。

我最早开始对岛崎藤村的研究可以追溯到1993年我完成硕士论文《岛崎藤村的文学轨迹》的那个时期。可能正是考虑到硕士时期已经有了一定的基础,才使得当我时隔八年重回北大攻读博士学位的时候导师于荣胜先生会建议我继续把岛崎藤村的研究做下去吧。从2005年5月博士论文答辩通过到今天的付梓又过去了将近八年的时间,本来早就应该成书出版却被一拖再拖到了今天,其中的原因很多,包括重新从事日语教育工作之后的艰辛和忙碌,使得我很难有静下心来重新整理和修改的时间;也包括本书所研究的课题所具有的难度和复杂性,使得我不得不一次又一次地重复查阅资料之类的琐碎工作,并断断续续地做一些修修补补的工作。这次我终于下决心把书稿交给出版社,还得益于前不久申报的国家社科基金项目《自我告白意识与藤村文学嬗变研究》获得了立项，使我因此还有机会弥补本书所存在的不足，也可以另起炉灶继续深化和完善自己的一些新的学术思考。

说到八年这个数字，对于我来说可谓感受非同一般。因为自1993年从北大硕士毕业到我重新回归日语界正好八年的时间。当初几经考量之后我最终放弃了在北师大从事教学工作的机会，转而到了当时的对外经济贸易合作部直属的中国纺织品进出口总公司从事进出口贸易工作。这一选择虽然给我的人生增添了象牙塔下所无法体会到的激越与荣光，但也使我在重返北大读博之前的八年时间几乎彻底脱离了日语界，甚至连日语也很少用到。因此，当我放弃了其他机会一门心思忙于重新考回北大的准备的时候，一方面是亲朋好友们的不理解，另一方也使自己付出了一般人所难以体会到的艰辛。好在有志者事竟成，我最终如愿以偿地考回了北大。在接下来的宝贵的四年时间里，我又一次得到了众多北大师友们的指导和帮助，并在2004年获得了作为"HIF外国人招聘研究员"前往日本法政大学研修一年的机会，尤其是经历了博士论文从构思到完成这一阶段的艰苦努力之后，我终于完成了自己学术生涯中的一次浴火重生，再加上这些年的不懈努力，我想自己算是真正回归到了日语界，回到了与围城相当的象牙宝塔。

从硕士到博士，从八年之前的放弃到八年之后的回归，我想首先要感谢我的硕士导师潘金生先生。1990年我考入潘先生门下的时候，很多读书人都陷入了内心的某种迷乱，潘先生则一开始就告诫我们：不管外面风吹雨打，我们只管一心读书。时隔这么多年，我依然清晰地记得先生的教诲，并深深佩服先生当时就具有的那份淡定和超然的心态。潘先生研究的是古典文学，而我的硕士论文写的则是日本近现代作家岛崎藤村，潘先生不仅没有任何异议，还给我介绍了叶渭渠先生和陈德文先生等学术前辈。正是有了潘先生的引荐，我才有幸在团结湖聆听了叶先生的教诲；也是在潘先生的介绍下，我得以前往南京大学当面向陈德文先生请教，并与陈先生交往至今。我之所以能够下定决心重回北大攻读博士学位，与潘先生的鼓励和支持是分不开的。在写作博士论文期间，潘先生在身体不适的时候仍然给我提出了许多宝贵的意见。

我要感谢我的博士导师于荣胜先生。于老师在我读硕士期间就给我上过日本近现代文学史的课,在我考回北大读博士这一件事情上,他和李强老师都给予了我很多鼓励和帮助。当我把博士论文研究的课题确定为从告白的角度研究岛崎藤村小说的时候,是于老师第一个肯定了我的构思,并给我介绍了日本学界相关研究的最新成果,使我从一开始就避免了走弯路,从而可以一鼓作气直捣黄龙,最终得以顺利完成博士论文并将该选题一直做到了现在。在论文写作和修改过程中,于老师大到论文的框架结构、小到遣词造句等方面都给我提供了许多宝贵意见。

我也要感谢我在法政大学的指导老师堀江拓充先生。在2004年4月至2005年4月在法政大学研修的一年时间里,正是在堀江先生的指导和启发下,我对于告白与藤村文学的关系有了更为深刻的的理解,同时也加深了对日本文学的认识和理解,使我得以突破论文写作过程中遭遇到的几大瓶颈,并成功地搭建好了博士论文的主体框架。

我还要感谢严绍璗先生。无论是硕士时期有幸聆听严先生的中日比较文学课,还是博士期间从开题到论文答辩得到的先生的指导教诲,甚至我到上海来工作之后难得的几次机会再次聆听先生的讲座,都使我受益匪浅。严先生所倡导的"文艺发生学"理论也是我在本书修改过程中所遵循的一个重要思考点。我也要感谢清华大学的王中忱教授、北京师范大学的王志松教授、北京第二外国语大学的邱鸣教授、北京外国语大学的秦刚教授等,他们作为我的博士论文的评审老师和答辩委员,给我提出了很多有益的宝贵意见,博士论文的后期修改和本书的最后成书都从中获益非浅。

最后,我还要感谢李强老师长期以来给予我的支持,感谢兰婷编辑为本书的出版所付出的努力。

本书的出版得到了同济大学文科办公室等单位的大力支持和资助,在此表示衷心的感谢。

刘晓芳
2012年7月23日于上海正文花园